Museo animal

Carlos Fonseca

Museo animal

EDITORIAL ANAGRAMA
BARCELONA

Ilustración: «Giochi dall'interno», Ekaterina Panikanova, 2016, cortesía de z20 Sara Zanin Gallery, Roma, colección particular

Primera edición: septiembre 2017

Diseño de la colección: Julio Vivas y Estudio A

© Carlos Fonseca, 2017

© EDITORIAL ANAGRAMA, S. A., 2017
Pedró de la Creu, 58
08034 Barcelona

ISBN: 978-84-339-9840-8
Depósito Legal: B. 16610-2017

Printed in Spain

Reinbook serveis gràfics, sl, Passeig Sanllehy, 23
08213 Polinyà

A Ricardo Piglia, por su inigualable generosidad
A Atalya, como siempre

Seguimos inventando relatos del fin.

DON DELILLO

Lo desconocido es una abstracción; lo conocido, un desierto; pero lo conocido a medias, lo vislumbrado, es el lugar perfecto para hacer ondular deseo y alucinación.

JUAN JOSÉ SAER

Primera parte
Historia natural (1999-2006)

Si desapareciéramos, ¿se pasarían los bárbaros las tardes excavando nuestras ruinas?

J. M. COETZEE,
Esperando a los bárbaros

1

Durante años permanecí fiel a una extraña obsesión. Apenas alguien me hablaba de comienzos a mí me venía a la mente el recuerdo de un viejo pintor que durante mi infancia se dedicaba a pintar decenas de paisajes casi idénticos por televisión. Me llegaba la imagen del viejo barbudo envuelta en una solemne voz que nunca supe si era real o impostada. Segundos más tarde, cursi pero eficaz, llegaba la moraleja: la mejor manera de evitar un comienzo era imitar otro anterior. Yo, sin querer, acabé por tomarme en serio esa sabiduría de postal. Mientras el viejo se ponía a esbozar otro cuadro, repleto de arbolitos y montañas, yo me dedicaba a copiar algún comienzo que le robaba al recuerdo: un drible con el balón, una primera línea que de repente salía a flote, un giro con el cual comenzar una conversación. Nada estaba fuera del alcance de esa repetición inaugural. Así creí yo poder resguardarme durante años de esa horrible ansiedad que nos sobreviene al pensar que estamos haciendo algo nuevo. El viejo se ponía a pintar otro paisaje idéntico y yo seguía con mi vida, repitiéndola hacia delante.

Tal vez ha sido por eso que esta noche, al recibir el paquete ya pasadas las diez, he sentido que no pasaba nada sino que meramente se repetía algo. He escuchado un carro detenerse afuera, he mirado por la ventana y lo he visto todo: el viejo carro color verde oscuro, la forma en la que el chofer ha sacado algo de la parte trasera, las caras confusas de los niños que han detenido sus bicicletas para ver qué pasa. He entendido inmediatamente de qué se trataba, pero aun así me ha tomado unos minutos contestar la puerta, como si realmente no me lo esperase. He decidido en cambio servirme un trago, subir la música un poco y esperar hasta lo último. Solo cuando he sentido que el chofer estaba a punto de irse he decidido dejar el trago sobre la mesa, bajar las escaleras, abrir la puerta y encontrarme con lo que ya me esperaba: esa cara conocida pero ya casi olvidada que se limita a entregarme un paquete ya pasadas las diez de la noche. Lo he tomado en la mano, he esbozado algún gesto de condolencia y me he limitado a cerrar la puerta ante la mirada atenta y un poco juiciosa de los niños y algún padre. Entonces se ha escuchado en medio de la calle el rugir del motor y por mi mente ha pasado la remota imagen del carro trazando ese camino de vuelta a la ciudad que tantas veces tomé en plena noche. Lo he vivido todo como si fuese siete años atrás, no de noche sino de mañana, no un paquete sino una llamada, y entonces he recordado al viejo de los paisajes. Lo raro, me he dicho entonces, es eso: que en el comienzo no haya corte brusco, catástrofe ni colapso, sino una leve sensación de réplica, un paquete que llega justo a las diez, cuando ya nadie lo esperaba pero cuando todavía se está despierto, como si se tratase no de una verdadera urgencia sino de una mera tardanza. Algo que debió llegar a las ocho llega a las diez y de repente las reglas del juego son distintas y las miradas son otras. He tomado, sin embargo, el paquete en la mano, he calibrado su peso y al llegar al cuarto lo he dejado caer sobre la mesa. Y así, en medio del caluroso verano, con la ventana abierta a la calle que ahora sí parece vacía, me he puesto a pensar en esa llamada que entró hace siete años, apenas pasadas las cinco de la mañana, a esa hora cuando nadie espera interrupciones al sueño. Entonces el paquete se me ha vuelto pesado, real, un poco molestoso, y no me ha quedado otra que abrirlo y encontrarme con lo que presentía: esa serie de carpetas color manila que se esconderían detrás del anonimato si no fuese porque en la última se distingue una breve anotación escrita en su inequívoca caligrafía. Confirmada mi sospecha, no he desesperado. Como dice Tancredo, todo perro tendrá su hora.

Tancredo tiene sus teorías. Dice, por ejemplo, que todo fue un complot, bebe cerveza negra y sonríe. Desde hace años se limita a criticar una por una mis decisiones, a deshacerlas a base de humor y cervezas. Tancredo es mi pequeña máquina del desconcierto, mi artefacto de la refutación, por no decir mi amigo. Me dice, por ejemplo, que aceptar la llamada era inaceptable. Inaceptable no porque yo supiera lo que había detrás, sino porque debería haber estado durmiendo. Aparte, dice, ¿quién era yo para creer que sabía algo de ese mundo? Me dice cosas así, luego bebe cerveza, sonríe y esboza otra teoría. Yo creo, me dice, que acá la cosa va por otra parte: un día van a regresar y te vas a dar cuenta de que todo esto era una broma enorme. Una broma menor que fue creciendo y creciendo hasta que después nadie tuvo el coraje de decirte que era una broma y tú te quedaste ahí sin saber si el asunto era tragedia o farsa. Ve que no me interesan sus teorías y cambia la estrategia. Sabe que las anécdotas me gustan más que las teorías y tal vez por eso me pregunta:

«¿Conoces la historia de William Howard?»

Me limito a mover la cabeza en un gesto de negación. Con Tancredo nunca se sabe de dónde saca sus historias pero ahí están, siempre a la disposición de la mano, como si se tratase de una cajetilla lista para ser dividida. Y así me cuenta la historia de este tal William Howard, un gringo que conoció en el Caribe. Me dice que lo conoció en la calle, cuando el tipo se le acercó en trapos, apestoso y borracho, a pedirle dinero. Todos los días, me dice Tancredo, era lo mismo: se le acercaba como si no lo conociese y en un pésimo español le pedía alguna limosna. La cosa, me dice, es que al cabo de dos meses, el personaje empezó a

15

fascinarle: ¿por qué estaba allí, cómo había llegado, por qué se había quedado? Así que fui, dice Tancredo al ritmo que sorbe cerveza, me le acerqué y le pregunté en persona por su historia. ¿Sabes lo que me contestó el muy pícaro? Me dijo que llegó allí porque él coleccionaba islas. Al principio pensé que era un error lingüístico pero luego quedó muy claro que aquel hombre se lo creía todo: se creía que las islas eran algo que se coleccionaba, como si fuesen monedas o estampas. Siempre me quedó la duda de quién le había hecho creer semejante barbaridad. Pero allí estaba el hombre, en medio de una isla, como si alguien hubiese olvidado contarle por dónde iba el chiste. Tancredo sonríe, me da un espaldarazo y termina diciéndome: tranquilo que el perro tendrá su hora.

Por eso cuando descubrí hace una semana el obituario en el periódico recordé las palabras de Tancredo y la historia de William Howard. Coleccionista de islas: no sé por qué me saltó la frase del gringo sobre las islas y súbitamente creció en mí la convicción de que era necesario recopilar todos los obituarios, los impresos y los digitales, absolutamente todos, como si de islas se tratase. Los fui recopilando, uno por uno, en una especie de coleccionismo adictivo hasta que hoy, pasadas las diez, escuché la llegada del carro y supe de qué se trataba. Desde entonces, por una buena hora, me he quedado pensando en esa primera llamada tempranera hasta que una breve intuición ha revoloteado sobre mi estupor y me ha forzado a confrontar el peso de la evidencia: las carpetas que se amontonan como islas me fuerzan a pensar que durante todo este tiempo ella guardó un propósito secreto para esos apuntes. ¿Tragedia o farsa? Por el momento me niego a abrir ese archivo que Tancredo jura documenta la estrategia de una gran carcajada.

Son tres carpetas color manila. Cada una de ellas ha sido envuelta por un pequeño cordón rojo que termina formando un lazo, casi como si de un regalo se tratase. Junto a las carpetas uno de los obituarios anuncia la muerte con ese estilo breve pero punzante que se les da tan bien: *Giovanna Luxembourg, Designer, Dead at 40.* Más abajo se vislumbra una foto de ella vestida de negro, con un pequeño sombrero y la mirada clavada en otra parte. El obituario habla un poco de su obra, menciona algunas exposiciones particulares, habla de un eterno legado y de poco más. Luego se limita a lamentar la muerte a tan temprana edad. Cierta forma de exhibir el secreto, me digo, o tal vez de arroparla en enigma. Tonterías de la prensa. Las carpetas, sin embargo, son más reales: yacen ahí, cerradas. Aun así, sin abrirlas, se puede percibir el gran volumen de papeles que contienen. Extraña el que no estén numeradas, razón por la cual uno llegaría a pensar que se trata de una recopilación reciente y sin método. Algo en la extraña puntualidad con la que han llegado hoy en carro sugiere lo contrario. Aparte de eso, el único distintivo que se nota a primera vista es la pequeña anotación que sirve como falso título: *Apuntes (1999).* Y es ahí donde me detengo. Logro reconocer su caligrafía, la forma en que las letras se alternan y se consumen hasta volverse flacas e indistinguibles. Apenas entonces, al mover la carpeta titular sobre las demás, sale a relucir una figura que parece haber sido esbozada en los márgenes de una carpeta en un momento de distracción:

Parece un dominó. No cabe duda, parece un cinco de dominó, pero no lo es. Ahora que lo noto pienso que ese garabato está ahí para recordarme cómo comenzó todo. Me detengo nuevamente sobre el obituario: *Giovanna Luxembourg, Designer, Dead at 40*. Si hubiese estado Tancredo aquí no se le habría pasado una. Me habría dicho: fíjate que tu estimada diseñadora tenía justo treinta y tres años, la edad del Cristo, cuando te mandó a llamar. Se habría detenido un breve instante a acariciar esa barba suya que en algo lo asemeja a un dragón o a un don Quijote con mucho de Sancho, y habría profundizado sobre su disparate. Apóstol sin causa clara, me habría dicho, como esos que encontró Napoleón a su salida de Waterloo. Se le pegaban y lo adoraban, analfabetos a los que ningún lado quería, ignorantes que no sabían que se pegaban a un derrotado Moisés. Habría dicho eso y se habría reído, me habría contado más historias de islas y todo se habría aliviado. Pero Tancredo no está aquí, el reloj marca las once y ese símbolo que ahora vuelve a surgir es claramente reconocible: se trata del *quincunce* que tanto me fascinó en algún momento. El obituario me ha recordado que justo en unos meses yo también cumpliré cuarenta.

2

En mis años universitarios, cuando todavía el plan era ser matemático, un amigo barbudo con aura de falso filósofo me mencionó de pasada la existencia de un texto que intentaba demostrar que detrás de toda la variedad natural, detrás de las diferencias, se hallaba un singular patrón. Una especie de estampa primaria. Durante años olvidé su comentario, hasta que dos inviernos más tarde otro amigo completamente distinto, un tipo terriblemente higiénico que no viajaba sin llevar un jabón en el bolsillo, me comentó que un tal Thomas Browne, un tipo melancólico que nació y murió en el barroco siglo XVII, había postulado en una obra póstuma que la naturaleza y la cultura se encontraban en la repetición de una forma de cinco puntos llamada quincunce. Recordé entonces la barba de mi primer amigo, sus aires de falso profeta, y me dirigí a la biblioteca. Tardé un poco en hallar el libro que buscaba. Alguien lo había puesto fuera de lugar y el libro había terminado por alguna razón en la zona de dibujos animados –según me contó la bibliotecaria–, allá entre Mickey Mouse y Tom y Jerry, perdido entre los primeros garabatos de Walter Disney. Así que me dirigí a la sección de dibujos animados y allí, entre esos dibujitos que tanto han dado que hablar, encontré una vieja edición del libro. La obra en cuestión era *The Garden of Cyrus*, publicada originalmente en 1658, veinticuatro años antes de la muerte del autor. Mi amigo se había equivocado: aunque se trataba de la última obra publicada en vida por el autor, no se trataba de una obra póstuma. Sin embargo, los dos habían acertado en el tema: la prevalencia del patrón quincunce en la naturaleza como demostración de un diseño divino. En la portada encontré el retrato de un hombre pequeño, de ojos profundamente grandes, rojizos y tristes, de barba afilada y de pelo largo. Recuerdo haber pensado que Thomas Browne en algo parecía ser una mezcla de mis dos amigos pintada desde el recuerdo. No me detuve sin embargo en la impresión. Hojeé rápidamente esa vieja edición hasta que al cabo de un minuto encontré la forma. Se trataba de una especie de estrella de mar, una mariposa geométrica que no tardó en ganar mi interés. Tomé el libro, se lo di a la bibliotecaria y me lo llevé al dormitorio de estudiantes. Recuerdo que, al llegar, mi amigo negó cualquier semejanza con el melancólico inglés.

Quince años más tarde, luego de largas lecturas y de un cambio de carrera inesperado, mi obsesión terminaría por producir una serie de artículos de los cuales me sentía más satisfecho que orgulloso. Entre todos, el menos conocido y difundido era una historia de las variaciones del patrón en las mariposas tropicales, una breve nota titulada «Variaciones del patrón quincunce y sus usos para la lepidopterología tropical» de la cual la revista inglesa *The Lepidopterologist* había publicado un breve fragmento en traducción bajo el más exótico título «The Quincunx and Its Tropical Repercussions». Recuerdo que el artículo comenzaba, puramente por capricho, con una bella cita del propio Browne: «Los jardines fueron antes que los jardineros y solo unas horas posteriores a la tierra.» Aún hoy, cuando leo el artículo, me extraña ver esa cita allí, como una traducción innecesaria perdida dentro de la otra, la necesaria y relevante. Por alguna razón que aún no he descifrado fue ese pequeño artículo el que había logrado captar la atención de una modista cuyo nombre conocía de pasada pero de cuyo proyecto sabía poco. Aun sin abrirlas lo sé: las seis carpetas que ahora tengo frente a mí son una especie de testimonio de esa colaboración que comenzó con una simple llamada.

3

La llamada había interrumpido a las cinco. Usualmente no habría contestado a tan tempranas horas, pero la noche anterior había salido de tragos con los amigos y la acidez me había pegado justo a las cuatro, dejándome postrado en la cama en una especie de duermevela que se negaba a decidir entre la lucidez y el sueño. Ahora lo veo claro: la llamada fue la justa excusa para poder levantarme a esas inciertas horas. Pero eso no importa. La llamada había interrumpido a las cinco y al quinto timbre yo había contestado con esa expresión distintiva que había adoptado ante la incertidumbre que toma la lengua en el extranjero cuando el país habla un idioma y tus amigos otra: una especie de hijo amorfo del *Hello* americano y el *Hola* latinoamericano, un aleteante *alo alo* que tenía algo de desesperada tortuga. En esa extraña lengua que es todas precisamente porque no es ninguna, contesté el teléfono al quinto timbre. Recuerdo que una voz masculina confirmó en inglés mi nombre y luego, como para dar algún indicio de intención, me preguntó: «*Are you the autor of "The Quincunx and Its Tropical Repercussions"?*» Le contesté que sí, que era uno de los textos que había publicado durante mis años de estudiante pero que ya no trabajaba en la universidad sino en un pequeño museo de historia natural en Nueva Jersey. Por un momento sentí que lo perdía, que la línea se vaciaba, pero luego lo volví a escuchar, como si regresara de alguna parte. El resto de la conversación fluyó como si todavía durmiese: me contó de un proyecto que no llegué a entender del todo, me mencionó ese nombre que en algo me sonaba a un juego de mesa que solía jugar en la infancia, me habló de la importancia de la discreción dado que se trataba de una figura de cierto renombre público. En plena madrugada yo simplemente me limité a decir que sí, sin saber exactamente a qué accedía y de qué se trataba todo, poseído como estaba por una extraña sensación de pérdida en algo parecida a la que sufren ciertas personas en alta mar cuando de repente toman conciencia de que han perdido la estabilidad del suelo firme. No recuerdo cómo terminó todo, pero sí que el tipo colgó y yo me quedé ahí sin poder dormir pero tampoco despierto, un poco insomne ya entrada la mañana, con la acidez de la noche previa encima. Me cociné unos huevos con cebolla y me puse a buscar entre los archivos de la computadora hasta que encontré una copia del viejo artículo, del que casi no recordaba nada. Lo leí una, dos, tres veces, mientras por mi mente pasaba una película de los últimos diez años de mi vida, ese trayecto que muchos llamarían de caída libre hacia el fracaso, pero que yo había llegado a aceptar con cierta alegría noble. Vi mil veces las variaciones del quincunce sobre mariposas cubanas, costarricenses, dominicanas, puertorriqueñas, hasta que ya no quedó quincunce ni mariposa alguna, sino meramente la cara de un niño de quince frente a una pizarra repleta de símbolos. Amanecía y por la ventana se vislumbraba el paisaje blanco. Era invierno.

Para ese entonces hacía poco que había parado de tomar las pastillas para la ansiedad y a veces la realidad parecía brincarme un poco. Nada extraño, ninguna alucinación ni nada por el estilo, simplemente pequeños deslices de percepción que parecían más llamadas a la lucidez que cualquier otra cosa. Algo así pasó con la llamada. No que la olvidara ni tampoco que la rechazara,

23

sino que simplemente quedó ahí, latente, como si se hubiese caído entre las rendijas de la vida. En esas semanas comí en los mismos restaurantes de New Brunswick, tomé cervezas con Tancredo y los amigos, fui al museo y regresé, todo sin mencionar ni una vez el incidente. Sin yo saberlo, las influencias actuaban de forma subterránea. Lo que si noté fue un regreso de cierto interés por las formas, cierta percepción de patrones. El retorno, tan largamente postergado, de mi interés por el quincunce. Tal vez fueron las tantas veces que leí el artículo con la mirada puesta en otra parte, pero de repente la forma me salía por todas partes: en un cenicero, en los fósiles marinos del museo, en las burbujas de la cerveza, en la configuración de los pasajeros en medio de la estación de tren. Testarudamente aparecía por todas partes, salía a flote y se escondía, solo para aparecer horas más tarde en otro lugar inesperado. Justo cuando empezaba a creerme finalmente libre de las obsesiones una pequeña llamada regurgitaba una pasión olvidada. A la semana empecé a sentirlo como una maldición, como un peso que amenazaba con hundir el flotador sobre el cual se movía mi cotidianidad. Así que no esperé más y cuando una tarde regresé a casa del museo me puse a buscar entre los papeles cercanos al teléfono hasta que encontré uno con una especie de garabato dibujado en distracción y un número que correspondían a la ciudad de Nueva York. Marqué y el teléfono sonó tres veces, pero nadie contestó. No sé por qué pero pensé que eso significaba que me había equivocado de número. Algo en mí asociaba ese número con cierta autoridad total: un todo o nada. Así que no lo volví a intentar hasta dos días más tarde, después de leer el artículo por quinta vez. El timbre sonó tres veces y a la cuarta contestó una voz masculina parecida a la de la primera mañana pero levemente distinta. Me identifiqué y mencioné la llamada anterior pero, luego de un silencio, me comentaron que nadie sabía de qué se trataba. Así que como si nada me puse a mirar la televisión. Lo mismo de siempre: terremotos en la costa chilena, polémicas de políticos corruptos, programas absurdos para enterrar el aburrimiento. Cuando volvieron a llamar me encontraron medio dormido, y, por alguna razón, tal vez por el comentario de Tancredo, dejé la llamada irse a la grabadora y desde allí escuché por primera vez su voz. La voz era algo áspera y pensé que se apagaba.

4

Así que se podría llegar a decir que en el principio hay una voz que se repite en una grabadora: una voz áspera que por momentos parecía apagarse pero que ahora vuelve a resonar. Luego me veo montado en un carro, un carro verde como el que hoy se ha detenido en medio de la calle, cruzando las calles nevadas de aquel terrible invierno, alternando izquierdas y derechas, saliendo de New Brunswick sin saber exactamente adónde iba, dejando atrás el museo con la esperanza de que finalmente había llegado la hora de retomar mis ambiciones. Recuerdo pasar las fábricas abandonadas que reconoce todo aquel que ha estado en Nueva Jersey, esas ruinas cubiertas de nieve, una pequeña capilla que se asomaba entre lo blanco. Veo cómo dos trenes nos ganan la carrera. Luego el atardecer y luego lo oscuro. Entonces no veo mucho más que las luces de los autos, la cara del chofer que por momentos se asoma por el retrovisor hasta que de repente emerge esa bella catástrofe de luces que es la ciudad de Nueva York vista desde Nueva Jersey.

A veces me gusta pensar que detrás del insomnio se esconde algo así: una visión lúcida y enorme que los insomnes no pueden olvidar. Cierran los párpados y la ven allí, como un magnífico cuadro repleto de diminutos puntos que palpitan como estrellas.

Recuerdo cruzar el puente y llegar a esa ciudad en la que había estado muchas veces pero que ahora crecía como crecía la esponja de mi ambición, como crecen los erizos o los corales, con paciencia medida, persiguiendo una voz indistinguible que ahora le pertenecía a toda la ciudad. Me veo en ese carro que hoy he visto llegar pasadas las diez, cruzando una calle repleta de nieve, hasta que de repente siento que el carro gira a la derecha, ve aparecer un enorme edificio sin ventanas y se detiene al notar los primeros adoquines.

Esa primera vez la reunión fue larga pero pareció no serlo. Era de noche, más o menos las diez, cuando el carro se detuvo en aquella calle adoquinada que luego llegaría a conocer tan bien, entre aquel terrible edificio sin ventanas y un edificio de lujo que antes había sido fábrica industrial. Imagino que serían las diez ya que luego comprendí que con ella todo tenía su extraña puntualidad, cierta precisión que se alejaba de los horarios fijos, del sentido común que determinan los calendarios. Sí, serían las diez porque luego siempre fueron las diez, máximo las once, ese tipo de horas ambiguas cuando todos regresan a casa. La cosa fue que me recibió una muchacha joven a la cual por un instante confundí con ella, con la diseñadora, pero a la que rápidamente reconocí como una ayudante, una de esas que luego se multiplicarían casi anónimas, siempre un poco al margen, molestosas en su extraña labor de oficinistas glorificadas. Me presenté por el nombre, y lo siguiente que supe es que caminábamos por los pasillos de aquel edificio que tantas veces visité pero al que si hoy volviese todavía consideraría extraño, marcado como estaba por cierta atmósfera de hotel vacío, por cierta aura de fábrica olvidada dentro de la cual de repente aparecían puertas con números. Recuerdo que siempre sentí que los porteros usaban a sus hermanos para intercambiar horarios: las personas que me saludaban eran extrañamente similares pero siempre un tanto distintas. Luego, recuerdo ver la imagen de la ayudante deteniéndose frente a una de las puertas y tocando con una delicadez que casi rayaba en el miedo. Es entonces, cuando abre la puerta, que la veo por primera vez: una mujer en plena juventud, hermosa precisamente porque algo en ella se negaba a entregarse a la mirada. Recuerdo que se presentó por el nombre pero a mí lo que me interesó fue cierto tic nervioso, esa forma de pausar las frases a medio camino, como si se le hubiese olvidado mencionar algo y en plena frase buscase retroceder, solo para darse cuenta de que no había otra que terminar la oración. Creo que llevaba una bufanda azul y a mí me pareció que tal vez la había visto en otra parte. El resto de su vestimenta era totalmente negra, como pronto supe que era su costumbre.

Recuerdo que en el pasillo aún hacía frío y que ella me invitó a pasar. Nos sentamos en medio de la sala, ella muy alejada de mí, yo tirado en un mueble que me pareció incomodísimo y ella sentada un poco a lo lejos en una silla de madera. Yo, por timidez o distracción, me puse a mirar el cuadro que crecía a sus espaldas, una especie de cuadro formado por trapos inundados en óleo, hasta que la escuché comenzar aquel extraño y alucinado monólogo que todavía siento haber escuchado en otra parte: comenzó mencionando los ojos del *Caligo brasiliensis*, la forma en que la mariposa tiene dos puntos dibujados sobre las alas que la hacen parecer un búho. Luego, sin detenerse, pasó a discutir el famoso caso de la mantis religiosa, la forma en que el insecto jugaba al anonimato en plena selva. Recuerdo que mencionó algo sobre la lluvia en las selvas tropicales y luego se detuvo. Entonces, miró el cuadro en distracción, sacó una pequeña libreta y comenzó a dibujar esbozos: mariposas, insectos, figuras marinas, pequeños garabatos que apenas formulaban algo, pero que ella no tardó en mostrarme. Acá están las *calappae*, parecidas a piedras, acá las *chlamydes,* parecidas a semillas, acá las *moenas*, parecidas a gravilla: dijo todo eso con una seriedad absoluta y luego se echó a reír. Pensé que tal vez todo era una broma de mal gusto, o tal vez, aún peor, el monólogo de una mujer desquiciada, pero algo en el timbre de la risa me hizo pensar que se trataba de otra cosa. Entonces, apuntando a un nuevo dibujo sobre el cual se distinguían una serie de flores campanas que yo rápido reconocí como las cholas brasileñas, me comentó finalmente la razón de su llamada.

Estoy cansada, me dijo, de hacer colecciones de moda. Quiero, antes de que se me acabe el tiempo, hacer una colección sobre la moda. Ya no mera moda sino otra cosa. Su dedo, pálido y largo, apuntaba nuevamente hacia la libreta. Algo en su voz quedó colgando sobre la atmósfera y yo pensé en la voz que hacía semanas había escuchado desde la grabadora, en esa primera intuición de que algo en ella se apagaba. Luego hablamos de cosas más prácticas, de la ciudad y del invierno, de mi trabajo en el museo y del quincunce, de toda esa especie de niebla cotidiana que ahora sin embargo parecía trastocada. Serían casi las dos cuando me despedí. De alguna manera habían pasado casi cuatro horas. Recuerdo que al salir el chofer me dijo que me llevaba de vuelta pero yo me negué con el pretexto de que quería caminar un poco. La nieve, le dije, había terminado por calentar un poco las calles.

Caminé durante horas, un poco sin rumbo, mientras en mi mente saltaban imágenes de la conversación. Destellos, imágenes de momentos equívocos, la resonancia de esa risa que cada vez me parecía más ambigua. Crucé las calles nevadas sin prisa, con la extraña convicción de que sin saberlo iba hacia el este y que ya pronto aparecería el sol y yo podría volver a casa. Pensé en la intuición que me sugería que algo en esa voz se apagaba, esa voz áspera que hoy había escuchado con paciencia animal. Pasé el barrio chino y luego una extraña calle repleta de gatos, recordé la extraña manera que había tenido ella de aventurarse de entrada en el proyecto con sus esbozos y casi llegué a convencerme de que todo aquello, todo ese monólogo alucinado, ella lo había copiado de otra parte. De una película en mala traducción o de algún programa televisivo. Lo raro era que cuando Giovanna hablaba, algo en ella se retraía, como se retraen las palabras cuando se pronuncian dobladas, en una lengua ajena a aquella en la que fueron pensadas. Me distrajo del pensamiento un letrero de neón que anunciaba un establecimiento de música. Algunos muchachos se reunían delante de él. Noté que todavía le quedaba algo de vida a la noche y que tal vez valiera la pena meterse a un bar y tomarse un trago. Del letrero me había llamado la atención la palabra «Bowery». Conocía el nombre como conocía la ciudad entera, como se conocen las cosas desde afuera: mediante historias ajenas. Pero en este caso la historia era la transposición de una mentira.

Por decirlo de otro modo: no una mentira sino una fantasía de lectura. De la novela ya no recordaba el nombre pero sí el aspecto: la tapa dura de colores grisáceos, una pequeña imagen colorida en el centro y alrededor el título, dos o tres palabras de sentido ambiguo. La había leído hacía cuatro años y ahora la historia volvía a brincarme en su aspecto más tangencial. En el trayecto de New Brunswick a Nueva York me había llegado el recuerdo de uno de sus personajes secundarios, un lejano antepasado del protagonista que se había venido a Nueva York a mediados del siglo XIX. No recordaba por dónde seguía la trama, ni me importaba, pero la imagen me había acompañado en el trayecto nevado, forzándome a pensar en mi propia relación con esa ciudad que pedía historias. Luego, con Giovanna dibujando garabatos bajo aquel inmenso cuadro, había olvidado el asunto, pero algo en el letrero de neón alrededor del cual se amontonaba esa muchedumbre juvenil me había hecho pensar en la novela y la propuesta de un pasado neoyorquino me había vuelto a saltar casi como una responsabilidad. Descubrir si algún antepasado mío había estado allí, caminando por las mismas calles, pareció ganar, de momento, cierto impulso vital, como si solo así tuviese el derecho de caminar a tales horas por barrios que realmente desconocía. Recordé una expresión que la diseñadora había usado aquella misma noche –«animal tropical»– y pensé que en mis trópicos no había mucho animal y que ella se confundía, que yo no era el indicado para ese proyecto. Sí, miles de puertorriqueños habían llegado en la gran ola migratoria de los años cincuenta y sesenta, pero mi relación con esa generación era ambigua y problemática. Tal vez por eso había decidido ubicarme sobre los márgenes de la ciudad, en ese extraño New Brunswick con sus bares de veteranos norteamericanos que siempre me miraban a medias, con recelo. Mi relación con la ciudad pedía otra cosa, no un asunto de segunda o tercera generación, pues ellos siempre me miraban con profunda desconfianza. Algo en mí me decía que solo me salvaría si tuviese un antepasado que hubiese caminado estas mismas calles en pleno siglo XIX. Entonces la raíz estaría bien puesta y yo podría aceptar todo aquello con cierta sensación de derecho y legado. En algún lugar había visto una fotografía del Bowery cerca del fin de siglo: una muchedumbre caminando a la sombra de las primeras líneas del tren, entre las calles adoquinadas con los establecimientos que invitaban a pasar el rato entre esas calles que alguna vez invitaron al vicio. Imaginé a ese precursor mío entre la muchedumbre, un hombre vestido de saco y sombrero, tal vez los únicos que tenía, debatiéndose por esas calles con la misma sensación de desasosiego y confusión que ahora me asaltaban a mí al ver que la antigua zona de vicio de Manhattan se convertía, al cabo de un siglo, en una tímida sombra de sí misma. Tal vez fue en un intento de olvidar ese sentido de desarraigo que acompaña todo recuerdo fotográfico por lo que decidí entrar al bar. No ya el bar de los muchachos y la luz de neón sino un bar más callado que encontré a unos cuantos pasos, bajando las escaleras, en una especie de sótano escondido del cual salió una pareja borracha jugando a besos.

Hay lugares que nos producen la sensación de estar metidos en un error: aquel bar era uno de esos. Una especie de restaurante libanés repleto de *hookahs* y delineado por una luz de piedra rojiza que le otorgaba un aura de falso atardecer. Serían las tres de la mañana cuando, haciéndome espacio entre una pareja de borrachos que salían, bajé las escaleras sobre las cuales empezaba a derretirse la nieve y entré al lugar. Recuerdo una extraña arquitectura que producía inesperados rincones dentro de los cuales jóvenes borrachos fumaban y bebían vino sobre unas alargadas mesas de madera que habrían estado más a gusto en un rústico restaurante italiano que allí, entre el aliento a alcohol cansado que exhalaba el bar. Deseé más que nada haber tenido un libro, algo con que rellenar mis manos y mi ocio, cualquier cosa, un celular o un papel en blanco. Ansié haber traído aquella novela cuyo título había ya olvidado. Tal vez así habría podido pensar más en genealogías. Podría, por lo menos, asumir el anonimato que nos otorgan las cosas al rellenar la mano, esa aura de laboriosidad que me habría quitado de encima esa sensación de estar allí solo, completamente solo, entre los grupos que terminaban la noche entre risas. Pedí una copa de tinto y me puse a observar aquella extraña ecología. Recuerdo que me extrañó la manera tan sutil con que los meseros serpenteaban entre las mesas, frescos y esmerados, como si se tratase de otra cosa distinta. Había algo terriblemente silencioso allí para tratarse de un bar de última hora. Como si algo, una especie de agujero negro, se hubiese ubicado entre las mesas, listo para devorar cualquier exceso de ruido.

Entonces la vi.

Tendría sesenta años, el pelo teñido de rojo y la mirada de los obsesivos. Ocupaba una mesa entera sobre la cual había ubicado un sinfín de periódicos. Algo en la escena me recordó las viejas películas de guerra, cuando el general se reúne junto a sus coroneles para planificar la última emboscada. Algo en ella parecía desmedido, o medido en otra escala, algo parecía volverse leve entre tanto papel arrojado en desorden fortuito. Recuerdo que pedí otra copa y volví a observarla. Alrededor suyo los meseros circulaban con una calma peculiar, como si supiesen que el truco era no molestarla. Llegué a pensar que se trataba de la dueña del local, pero me desengañó el pensamiento de que ningún dueño de bar estaría despierto a esas horas. En su rostro se mostraban rastros de belleza, como si en algún pasado hubiese sido bella y hoy solo tuviese que cargar con aquella belleza inicial. Sus movimientos eran pausados pero logré distinguir, entre la calma inicial, cierta ansiedad por devorarlo todo de una vez. Entonces, como por recuerdo o intuición, como para sacarme a aquel espectro de encima, volví a pensar en Giovanna. También ella tenía algo de oráculo burlón, de esfinge egipcia, de actriz que busca desesperadamente el anonimato. Ahora que lo pensaba, notaba cuán extraña era esa naturalidad con la cual parecía negar todo lo suyo. Tal vez había sido el choque de la primera impresión o la velocidad con que se había abalanzado sobre el proyecto, pero apenas ahora notaba las singularidades de la diseñadora. Tenía un pelo terriblemente rubio, como el de las actrices de Hollywood de los cincuenta, y en el verde vibrante de sus ojos se podía intuir una mentira. Intenté imaginarla en otra clave, con el pelo oscuro y los ojos marrones, pero no me salió. En el apartamento todo me había parecido normal, pero ahora me brincaban las idiosincrasias: la forma en que se había negado a charlar en inglés, prefiriendo un español sin procedencia clara, la sutileza con que en toda aquella casa no había fotografías familiares, la forma en que la conversación se había limitado a lo meramente necesario. Intenté imaginar a Giovanna mayor pero solo logré regresar a la imagen de esa lectora de periódicos que ahora parecía debatirse con cuestiones ajenas a su labor. Dos chicas borrachas, curiosas como yo de su figura, se habían acercado a hablarle y la señora, un tanto neurótica, había reaccionado con gestos que bordeaban en lo violento, gestos que tal vez habrían escalado a algo más si no hubiese sido porque los meseros les pidieron discreción a las muchachas y ella se sumergió nuevamente en la lectura. La hipótesis de la locura me pareció irrespetuosa y superficial. Como dice

Tancredo, a los locos hay que comprenderlos en su propia ley. Tal vez por eso pedí otra copa y ya entre tantas pensé que tal vez ella tenía razón y que los periódicos estaban para leerse a la madrugada del día siguiente, cuando ya casi llegaban las noticias del día siguiente. Cuando miré el reloj eran ya casi las cinco. Afuera ya pronto saldría el sol y yo estaba lejos de casa, lejos de New Brunswick y del museo, en un bar donde una mujer leía obsesivamente periódicos en plena madrugada. Recuerdo que, al salir, dos muchachos peleaban en una esquina. Yo pensé que un poco de todo eso debió de haber vivido mi falso antepasado.

En aquellas semanas mis comentarios a Tancredo se limitaron a esbozar la extraña escena que había presenciado en el bar. Algo en mí, aún hoy, me hace pensar que acepté el proyecto simplemente para poder volver allí, al bar de piedra rojiza y extraña calma. Tal vez, me digo, todo este rollo se resumía en una fascinación pueril por una mujer que en plena madrugada leía periódicos. La cosa es que cada vez que entre cervezas trataba de explicarle a Tancredo mi fascinación, sentía que fracasaba: la descripción me fallaba, el tono no era el adecuado, las palabras se apresuraban y acababan por desvanecerse antes de llegar a su objeto de lujo. Tancredo, un poco cansado de tanta ambigüedad, sacudía el cigarrillo sobre el cenicero, se quedaba un segundo en silencio, fruncía los labios y terminaba esbozando una teoría. Según él aquel bar en pleno Bowery era un poco como lo que los físicos llaman el «horizonte de los eventos», esa línea límite cercana a un agujero negro, en donde la velocidad de escape es idéntica a la velocidad de la luz. Así, todo fenómeno que estuviese más allá del horizonte era imperceptible para un observador externo y viceversa. Como un nido de hormigas, me decía Tancredo, y yo por primera vez comenzaba a tomarles cierto gusto a aquellas metáforas disparatadas. Recordaba los escalones y el letrero de neón del bar cercano, la pelea que había presenciado a la salida. Más tarde, cuando el proyecto comenzó a consumirme, pensé que ese límite de hormigas bien podría describir también el extraño asunto sin salida dentro del cual me había metido. Pero eso fue después. En un principio solo estaba esa imagen de obsesiva lectura en plena noche y alrededor de ella una rutina de insomnio que se repetía hasta el cansancio, hasta dejarme exhausto con una cerveza frente a Tancredo esbozando teorías.

5

Las llamadas usualmente llegaban a las tres, siempre con voces distintas. El teléfono sonaba, los compañeros del museo me miraban con miradas cómplices, yo dejaba mis catálogos y me encaminaba a encontrarme con lo de siempre: voces de timbre suave que me informaban de la hora y el lugar del encuentro. Algo había en todo esto de falso secreto, de aura de ilegalidad y equívoco. Yo me limitaba a aceptar la rutina con cierto automatismo alegre. Luego, más tarde, cerca de las nueve, el mismo carro verdoso pasaba cerca de mi apartamento y yo bajaba las escaleras con cierta ansiedad, dispuesto a todo aquello, fuese lo que fuese. En aquel primer invierno recuerdo haber visto todas las variaciones que la nieve puede crear sobre el mismo paisaje: las mil formas en que al derretirse la nieve pinta ese paisaje ya de por sí ruinoso con alegorías de guerra. Al cabo de unos meses el viaje se convirtió en un rito tan natural que yo dormía el trayecto entero solo para levantarme al sentir los primeros adoquines. Luego era confrontar aquel edificio de las mil caras y luego largas charlas con Giovanna que cubrían mil temas: una teoría de las siluetas que forman las aves al vuelo, charlas sobre la naturaleza del color, un debate sobre la mimesis y su origen animal, extensas conversaciones sobre la antropología latinoamericana. Conversaciones que terminaban siempre por convertirse en extensos monólogos de Giovanna, en los cuales yo encontraba frases que creía haber escuchado en otra parte. Hablábamos de mil cosas, mientras alrededor nuestro se movían, sigilosos, sus ayudantes en una especie de labor continua que en algo llegaba a parecerse a la atmósfera alucinada de ese bar sobre el cual los meseros se movían con tacto y gracia, intentando no molestar a la lectora de periódicos. Giovanna esbozaba cosas sobre una pequeña libreta de cuero rojizo mientras yo de lejos me preguntaba de qué se trataba todo. Luego, a la salida horas más tarde, uno de los ayudantes me despedía con la excusa de que la diseñadora ya estaba cansada. Yo salía entonces a vagar por las calles. Vagabundeaba por un tiempo antes de parar, como siempre, frente al letrero de neón del Bowery, frente a las escaleras que llevaban a ese bar libanés donde una señora de sesenta años leía periódicos obsesivamente. Me sentaba, pedía una copa y me ponía a observar la atmósfera del lugar: los jóvenes borrachos buscando besos, los meseros a los que cada vez veía más parecidos a los ayudantes de Giovanna y, en ese centro equívoco que para Tancredo marcaba el límite, la lectora con su cartografía marcial de la información.

Temí, en esas primeras semanas, ser descubierto en mi fascinación. Temí que un día la señora se levantara de su fijación y me viese allí observándola fijamente. Su sentido del espacio, sin embargo, parecía ser otro: como si, fuera de los periódicos, su realidad se limitase a lo inmediatamente cercano. Así, observé cómo noche tras noche los jóvenes borrachos se le acercaban hasta el estorbo. Solo entonces, como sintiendo la molestosa presencia de un insecto, ella se sacudía violentamente y los increpaba. Alguno de los meseros acudía, alejaba a los borrachos y luego ella volvía a sumergirse en esa nube de información. Podía pasar así horas, hasta que, llegadas las cinco, me despedía del lugar y emprendía en tren el camino de vuelta.

6

Apenas he mirado ahora el reloj y es ya casi la una. Entonces he pensado que en aquellos años la imagen de lectura en pleno bar llegó a ser para mí una imagen reflejo de mi propio insomnio. He pensado un poco en los espejos y en la sensación tan extraña que asalta al niño que, en un momento de distracción, relaja la mano y ve su globo de helio volar por los aires con una levedad incomparable. Algo de ese vértigo invertido siento al recordar ahora aquel año que pasé inmerso en un proyecto cuya lógica se me escapaba pero frente al cual sentía crecer cierto sentido de pertenencia. Sentía, de algún modo, que mi antepasado ficticio acompañaba mis pasos, legitimándolos y dándoles sentido.

Ya casi la una y las carpetas permanecen cerradas. Afuera la calle está vacía, algún que otro grito borracho de vez en cuando pero en general una tranquilidad total. He caminado por el cuarto un tanto aburrido, me he preparado un café y luego he decidido prender el ventilador. Así, con cierto ruido uniforme como música de fondo, con un café para revitalizar la madrugada, todo corre mejor. He vuelto a mirar las carpetas y me he dicho: «El perro tendrá su hora.» Entonces he vuelto a abrir la computadora en busca de cualquier cosa. Al cabo de un rato me he encontrado leyendo uno de los obituarios. Otra foto de Giovanna, esta vez en plena pasarela en uno de sus últimos espectáculos, y luego un resumen de su obra. A mí, sin embargo, lo que me llama la atención es un dato que ya casi olvidaba: en una breve frase, el obituario hace mención de aquel terrible temor que sentía Giovanna con respecto a las muchedumbres. Apenas una línea, pero el dato me ha saltado de improviso junto a la frágil imagen de la diseñadora en plena sala: la forma que tenía de alejarse de todo, de crear su propio espacio como si en eso se jugase la vida. Algo en ese gesto la emparentaba con la señora de los periódicos, algo la volvía cómplice de esa secta de extraños que en plena noche busca esconderse de los sueños. Nunca me mencionó su miedo, pero algo en ella se retraía hasta el punto del escondite. Entonces yo pensaba que todo tenía un poco de sentido. Su obsesión con los trucos miméticos de la mantis religiosa, esa obsesión en pensar la moda como un arte del camuflaje y del escondite. Su pelo rubio hasta más no poder y esos lentes de contacto falsos con los cuales sonreía tímidamente como quien da un paso hacia atrás. No hacía falta verla en medio de la muchedumbre para saber que su lugar estaba en otra parte. Como si, cuando todos habían decidido que la moda era un arte de la vistosidad, ella se hubiese propuesto lo opuesto, pensar la moda como un arte del anonimato en medio de la selva. Noto ahora que aunque nos vimos en distintos lugares, de los cuales la casa en aquel edificio industrial fue apenas el comienzo, siempre nos vimos en lugares cerrados, como si la ciudad le causara un pavor terrible. Noto ahora que en las múltiples casas en donde nos vimos los muebles estaban dispuestos de tal modo que ella podía perderse entre ellos sin la necesidad de la cercanía. Tomo café y la imagen de ella escudándose se hace tan viva y real que por primera vez en la noche siento un poco de tristeza.

Las carpetas empiezan a tentarme.

Todo comenzó con los chistes usuales para luego degenerar en posibilidades más reales: ¿y si te acuestas con ella? ¿No será que el quincunce anda enamorado? ¿No será que muy en secreto la quieres? Las preguntas de Tancredo se extendían sobre la mesa como posibilidades inexploradas. Giovanna era atractiva, de eso no había duda. Algo en sus falsos ojos claros lo forzaba a uno a quererla. Pero, justo cuando la intimidad se proponía, ella cortaba los lazos y de repente todo parecía tan lejano que la posibilidad misma de volverla a ver caía en duda. Desaparecía durante meses sin dejar mensaje alguno. Luego uno leía en los periódicos que andaba en Londres, en Milán, en Múnich. Algo en mí se declaraba traicionado y aceptaba de nuevo su lugar en el museo, con los catálogos y las cervezas, con los muchachos de colegio que llegaban bulliciosos en manada. Pasaban las semanas y yo llegaba casi a olvidarla a ella y el proyecto si no fuese porque algo en mí se negaba a dejar un proyecto así de fácil, especialmente cuando la naturaleza del mismo no estaba clara. «Tragedia o farsa», decía Tancredo, y yo sabía que tendría que seguir el plan hasta sus últimas consecuencias si quería llegar a saber cómo acababa el chiste. A la semana entraba una llamada y horas más tarde estaba de vuelta en el carro verdoso camino de la ciudad, con una nueva estación, con un nuevo clima, pero dispuesto a participar en el mismo enigma. Durante meses me salvó la idea de que no importaba cuánto tiempo pasase, siempre podría apoyarme en el hecho de que en un pequeño bar de la ciudad, escondida de todos, una señora leía periódicos. La constancia, sin embargo, tiene sus trampas, y el día que falla parece que un mundo se desploma.

7

Pronto descubrí que en Giovanna el terror a las muchedumbres iba atado a otro miedo mayor: el terror a enfermarse. Sería ya primavera cuando me contó. Había sido un invierno intenso, con mucha nieve y mucho viento, por lo cual la primavera había llegado con cierto aire profético. La llamada había entrado el día anterior a la hora usual pero con instrucciones distintas: nos reuniríamos a mediodía en la casa de la playa de la diseñadora. Recuerdo que al día siguiente preparé una pequeña mochila y esperé con una cerveza en la mano, mirando por la ventana el pasar de los perros y sus dueños. Tal vez fuera por las charlas que venía teniendo con ella, pero me encontré pensando aquella mañana cuán extraño era el que en aquellas ciudades norteamericanas no hubiese perros realengos. De pequeño siempre me habían producido un miedo terrible esos perros que se paseaban por las calles sin dueño ni ley, signos de una violencia latente que en cualquier momento podía saltar y morder. Yo me quedaba en casa y los veía pasar, feliz de tener un enrejado de por frente. Las ciudades modernas, pensé, sublimaban sus violencias con rascacielos. Las ciudades modernas, me dije, borran sus fronteras con grúas de construcción. Pensaba tales cosas cuando vi llegar el carro. Terminé la cerveza y al bajar me encontré con la misma cara del chofer. Vacilé sobre si mencionarle mis pensamientos, pero al final decidí callar. Las siguientes dos horas nos las pasamos callados en medio de la autopista, yo pensando en perros realengos y en ciudades, en perros e islas, hasta que la naturaleza empezó a ganarle al paisaje de ruinas y yo sentí que algo se aproximaba. Un letrero verde ubicaba los Hamptons a diez millas. Giovanna me había mencionado la casa durante el invierno. La había heredado de muy pequeña y desde entonces pasaba allí largas temporadas cada primavera. Yo había querido preguntarle por sus padres, pero algo en mí sentía que era mejor callar. Tal vez por eso al llegar me limité a un saludo cordial y a un discreto comentario. Dos horas más tarde estábamos tirados en plena terraza, con trajes de baño y copas de champaña, mirando el oleaje, hablando de unos pequeños insectos que en plena selva juegan al canibalismo. Fue entonces cuando me mencionó sus miedos. De pequeña, me dijo, había estado en el trópico. Había recorrido islas, había estado en costas de agua clara y enormes aguaceros, había recorrido montañas y cascadas. Yo quise detenerla y pedirle detalles, pero supe que en ella la vaguedad era decisión propia. Había sido allí, en una isla, donde había enfermado. Un insecto la había picado y había pasado meses terriblemente enferma en una cama, hospitalizada en un país lejano. Recuerdo que mientras me contaba detalles sobre su larga estadía en aquel hospital tropical fruncía el rostro y algo en su habla se encogía temeroso. Yo recordaba la voz que había escuchado meses atrás en la grabadora y algo en mí volvía a la imagen de los perros de mi infancia.

La convalecencia había durado dos meses, durante los cuales su único sostén había sido una serie de libros de dibujos animados que una vieja enfermera le leía día y noche. Con un vaso de champaña en la mano yo escuchaba todo aquello e imaginaba los contornos de la escena: aquella niña de apenas diez años, de pelo castaño y ojos negros, esa niña tan distinta a la mujer que ahora volvía a fruncir el ceño temerosa, perdida en una isla lejana, inmersa en una lengua que ella desconocía. Escuchaba la historia que me contaba y casi podía sentir las siluetas ausentes: la madre y el padre cuya presencia debería mencionar pero callaba, como si alrededor de esa cama no hubiese nada sino la voz de una vieja enfermera narrando dibujos animados. Pensé en detenerla y preguntarle por sus padres, pero su voz me salió al paso y sentí que sería irrespetuoso. Lo peor, me decía, había sido la inmovilidad. Estar allí, sin moverse, como uno de esos insectos de los cuales podíamos pasar horas hablando.

Todo empezaba a cobrar sentido. Justo entonces, Giovanna cambió bruscamente de tema y regresó al debate sobre canibalismo mimético. «Devorarse uno mismo.» Recuerdo las palabras precisamente porque no coincidían en lo más mínimo con aquella tarde soleada en plenos Hamptons, con el mar resonando a nuestras espaldas. Recuerdo que yo me quedé pensando en la historia de la hospitalización pero ella prosiguió con sus teorías. Esbozó entonces la sinopsis de aquello que durante mucho tiempo fue para mí la expresión más grande de ese chiste vuelto farsa: lo ideal, me dijo, sería hacer la pasarela en plena oscuridad, poner a las modelos a caminar completamente desnudas en lo oscuro. No meramente lo oscuro, sino ellas caminando por la pasarela como lo harían de otra manera, vistiendo la colección entera. Decía esas cosas y algo en mí quería odiarla, desenmascarar la farsa, pero ese mismo algo se negaba a odiar a la niña de diez años. Algo en mí quería hurgar las sombras entre las cuales se movían aquellos meses de convalecencia. Así que allí estuve hasta que el sol empezó a caer y ella me invitó a pasar la noche, pero yo –tal vez por miedo o pudor, tal vez temeroso de quererla– me excusé diciendo que tenía mucho trabajo en el museo y que lo mejor era que volviese a New Brunswick. Fue pensando en la historia que acababa de escuchar que decidí dirigirme al Bowery.

Esa noche fue distinta. Llegué temprano al bar libanés y me senté a tomar una copa. La señora de los periódicos no estaba, así que me convencí de que tendría que esperar. Casi por reflejo, como si llenase un vacío, llamé a uno de los meseros y le pedí un periódico. Al cabo de un momento me trajeron uno y yo me sorprendí leyendo la sección de arte. Un breve artículo sobre ciertas intervenciones anónimas de un artista inglés sobre diversas ciudades: grafitis en Nueva York, instalaciones en Berlín, arte conceptual a gran escala en Londres. La identidad del artista se desconocía pero su firma era indistinguible. Yo pensé en Giovanna, en las firmas de Duchamp y en la historia de convalecencia que había escuchado aquella tarde. Algo en mí me llevó a otra historia de infancia: recordé el vago placer que siempre me proporcionaron las largas tardes de pesca. Íbamos mi padre y yo. Él nos guiaba hasta unas piedras en la costa y desde allí comenzaba esa rutina tan precisa que algo tenía de tiempo suspendido: poner la carnada, los plomos, echar la caña hacia atrás y dejarla ir. Luego ver cómo los flotadores quedaban allí, en ese tiempo de suspenso que pertenecía a otro mundo, a un mundo de la paciencia no tan distinto al del insomnio. Sentir las flexiones de la marea sobre el hilo, jugar a distinguir la fuerza del pez de aquella de la marea. Entre copas pensé que algo compartían la convalecencia, la lectura de periódicos en plena madrugada y las largas tardes de pesca. Cierta gravedad inversa. Pedí otra copa y otra. Intentaba, sin darme cuenta, sacar de mi mente la imagen de la joven Giovanna tendida en la cama, escuchando historietas en lengua ajena, terriblemente sola en esa isla anónima. Pensé en Tancredo y en la historia de William Howard, el coleccionista de islas. Pensé en aquella casa de los Hamptons, en la herencia que la diseñadora había mencionado, y llegué a decirme que todo se trataba de una farsa familiar. Todo era una sutil manera de justificar tanta opulencia. Pero allí estaba la cara de Giovanna, la presencia lejana, la incomodidad y los miedos. Algo cierto había detrás de esa aparente soledad. Fue entonces cuando entró la dama de los periódicos acompañada de un hombre pequeño que vestía de negro, con una camisa de manga larga pero sin cuello que le otorgaba cierta aura monástica. Fue la primera y la última vez que la vi acompañada. Se ubicaron en la misma mesa de siempre y yo me pregunté si el hombre sabía que allí, horas más tarde, ocurriría una escena memorable. Ella se veía un tanto distinta, con los rizos rojos cayendo perfectamente y un largo vestido rojo decorado con flores azules. Su rostro ya no guardaba el mismo cansancio sino que parecía ganar cierta autoridad con la edad. La primavera le sentaba tan bien que yo brevemente creí poder amarla. Fue entonces cuando pensé que me notaba. Luego de largos meses de acecho finalmente cometía el error capital: llegar demasiado temprano. Como si en aquel bar se respetase un horario secreto que regulaba las visibilidades y las invisibilidades. Me sentí terriblemente presente e intenté esconderme en la lectura del periódico. Alrededor nuestro la gente cenaba y charlaba, mientras yo tomaba una copa tras otra. Había cometido el pecado de llegar demasiado temprano y la única salida que parecía vislumbrar era emborracharme hasta la invisibilidad. Recuerdo que detrás del periódico podía observarla hablando con ese hombre que parecía sacado de una secta hare krishna. Algo en mí se sentía traicionado, como si detrás de todo aquello, de las múltiples noches que había pasado allí, hubiese un contrato de soledad compartida pero no aceptada. Tal vez, me dije, había llegado temprano y eso había roto aquel imaginado contrato entre insomnes. Había llegado temprano como antes había llegado tarde a la historia de Giovanna. La imposibilidad de llegar a tiempo, me dije, es otro nombre para el insomnio. Al otro lado de la barra, una chica rubia me sonreía con picardía.

Por primera vez en mucho tiempo pensé en fechas. En la esquina derecha del periódico se leía: *April 23, 1999.* Justo se venía el milenio y todos hablaban de un colapso total, de un error en la información debido a la forma en que los programadores habían almacenado las fechas. Pensé en el extraño nombre que tenían los estadounidenses para ese error de software: le llamaban un *bug* como si se tratase de un insecto. Pensé nuevamente en aquel insecto que había picado a Giovanna, en la forma en que nuestras conversaciones siempre terminaban centrándose en algún insecto. Y por un momento me vi de pequeño, intentando evitar que los mosquitos me picasen, enredándome sobre mis propios pasos hasta frustradamente ceder a las picadas. Insectos, nada tan molestoso. Con los insectos el problema era que siempre se llegaba demasiado tarde o demasiado temprano. Pedí otra copa y luego, cuando el hombre se fue y ella sacó los periódicos, pedí otra. Temí que mi borrachera me delatase. Me reí un poco pensando que algo nos había picado a todos.

8

De joven Tancredo había tenido una idea singular. Durante sus años de activismo se le había ocurrido una manera de criticar el sistema a fuerza de aquello que llamaba razón práctica. Vivía en New Brunswick pero trabajaba en Nueva York, por lo cual tomaba el tren a diario. Se le ocurrió entonces registrar todas las llegadas del tren, los desfases en sus horarios, subrayar las tardanzas. Para él cada tardanza era una muestra de que algo en aquel sistema supuestamente perfecto no funcionaba. Todo acababa en una pequeña libreta de cuero rojizo que llegaría a parecerse a aquella pequeña libreta en la que Giovanna luego esbozaría teorías. Yo miraba a Tancredo, su bigote de puntas afiladas y su sombrero de ala roja, me reía un poco y lo acusaba de intentar tapar su carácter obsesivo. Hay que aprender el arte de la paciencia, le decía, citando a mi abuelo. Habrán pasado siete años pero siento que algo en toda aquella cuestión de los horarios empieza a volverse relevante aquí, mientras el insomnio se extiende ya pasadas las dos y la tentación de abrir las carpetas empieza a ganar terreno. A fuerza de café los tiempos siempre concuerdan.

Afuera puedo ver cómo un carro llega y se estaciona. Salen dos personas, una mujer y un hombre, ella con un ramo de flores en la mano y él vestido en impecable traje. De repente, noto que la mujer se vira y le increpa algo al hombre. Impaciente, el hombre le empieza a gritar. No sé sobre qué discuten pero la escena empieza a ganar vitalidad. La ventana le crea un marco y el ruido del ventilador recrea ritmos. Yo me pongo a pensar que todo este tipo de escenas ocurren mientras los hombres duermen, que de seguro el vecino frente a cuya casa ellos pelean duerme placenteramente mientras frente a su jardín una pareja discute con flores en la mano. No logro distinguir lo que dicen, solo la fuerza de los gestos y la violencia de la voz: los contornos de una escena vacía. Recuerdo entonces que durante aquellos meses empecé una libreta de escenarios posibles en donde esbozaba distintas explicaciones de la escena que había visto en el bar: era una libreta de cuero rojiza, como la de Tancredo y la de Giovanna, donde daba rienda suelta a la imaginación y ubicaba a la lectora de periódicos dentro de historias más amplias. Había bautizado la libreta en la primera página con un título juguetón: *Hipótesis de lectura*. Algo en ese título me sonaba a escuela secundaria, a feria científica, a tontería de colegio. Tal vez por eso me gustaba. La cosa es que allí esbozaba posibilidades: desde la más sencilla, la de la locura, hasta la más compleja, la de que todo aquello fuese terriblemente normal y en cambio fuese yo quien alucinase su extrañeza. Era un poco una libreta de historias para el insomnio, de narraciones patinando sobre el vacío, como aquellas historias que debió escuchar Giovanna durante sus meses de convalecencia. En algunos casos me dedicaba a narrar en primera persona, pero en otros aparecía ese antepasado neoyorquino mío que había creado yo a partir de un lejano recuerdo. Llegaba yo al bar de una de las largas conversaciones con la diseñadora, abría la libreta con cautela y entre copas esbozaba una hipótesis: aparecía de repente mi antepasado, sombrero en mano y rostro de pocos amigos, se sentaba junto a la mujer y comenzaba a hablar. Todo estaba en los diálogos: allí se jugaba la verdadera hipótesis, desde la locura hasta la búsqueda de una hija desaparecida.

Vuelvo a mirar por la ventana: la pareja sigue ahí, pero ahora más callada, abrazándose en plena calle sin miedo alguno. Siempre ignoramos que alguien puede estar mirándonos por una ventana. Detrás de esa posibilidad se esconde el origen de la ficción. Lo oportuno, me digo, sería entonces crear imágenes vacías: imágenes como pequeños agujeros negros, diría Tancredo. Regresa a mi mente la imagen de una jovencísima y pálida Giovanna en la cama, una voz a su lado narrando fábulas en español y alrededor de esa voz el nudo de una ausencia: la de sus padres. A partir de ese día, lo supe desde un principio, nada sería igual. Nada es igual cuando uno de los participantes del juego cree tener el nudo de la historia, la clave para rellenar el vacío. Así que a partir de aquel día de playa todo cambió un poco, lo suficiente como para hacerme creer que caía en otra trampa, una más peligrosa pues me hacía pensar que finalmente entendía algo. El truco del bromista, me dijo alguna vez Tancredo, es hacer creer al espectador que tiene control sobre la situación. Solo así la caída es más fuerte e inesperada. Tal vez ya presintiendo eso fue que me emborraché hasta más no poder aquella noche, hasta llegar al borde de acercarme a la lectora de periódicos y confesarle el secreto de mi espionaje. Tuve la suerte de que, justo cuando algo en mí quería acercarse a ella, el bolígrafo empezaba a correr sobre la libreta esbozando una nueva historia hipotética. Como ahora que, mirando por la ventana, puedo ver que la pareja ha desaparecido e imagino finales posibles.

9

Aquella noche soñé. Temeroso de que la borrachera rompiese mi voluntad de silencio, salí del bar más temprano de lo usual y logré alcanzar el último tren de la noche. Entre los últimos y los primeros trenes, se abre una tierra de nadie de dos horas. Para ese entonces yo me había vuelto experto en esas horas vagas. Sabía a la perfección que es entonces cuando la estación central gana su verdadero espesor: los borrachos y los vagabundos comulgan con hombres terriblemente cansados. A esos grupos se le añaden los accidentales: los turistas en tránsito que prefieren dormir unas cuantas horas en la estación a tener que pagar una noche de estadía en un hotel de Manhattan. Sin embargo, aquella noche llegué temprano, justo a tiempo para atrapar el último tren. Logré escurrirme entre los jóvenes borrachos y al final encontré un asiento frente a una señora mayor que me miraba de reojo. Pocas veces me sentí más cansado. No importaron los gritos borrachos de los jóvenes, ni el tumultuoso vaivén del tren. Me quedé dormido al cabo de unos minutos. Fue entonces cuando me soñé pequeño, no simplemente joven sino realmente enano, minúsculo como si mi persona hubiese sido reducida a un punto que se empecinase sin embargo en reclamar un espacio. Me soñé diminuto entre una multitud de voces de timbre suave, todas casi idénticas pero levemente distintas, todas reclamando algo de mí. Yo metía las manos en los bolsillos, como si buscase desesperadamente algo, pero nada aparecía. En el fondo escuchaba cómo crecía la risa de Tancredo hasta que de repente ya no había risa ni voces, sino una especie de música caribeña, una salsa o un son, sobre la cual, de repente, aparecía un hombre que se presentaba como William Howard. Tenía la barba crecida y un olor a cerveza insoportable, pero yo igual lo intentaba abrazar. Imposible, sin embargo, abrazar a un borracho en un sueño. El barbudo me empujaba y me mostraba un periódico con una fecha rarísima: algo así como 17 de julio de 1978. Me lo mostraba riéndose y luego le prendía fuego. Entonces ya no quedaba nada, ni borracho ni isla ni música, sino un montón de hormigas circulando impacientes y múltiples sobre un asfalto repleto de chicles.

Me despertó un jalón del tren justo cuando se aproximaba a New Brunswick. Miré alrededor, vi a unos cuantos jóvenes que todavía seguían de fiesta y de repente al billetero estampando boletos. Algo en la escena se llenaba de tintes anacrónicos: la vestimenta de los billeteros, el sonido mecánico con el cual grapaban los billetes, el vaivén de los vagones. Un altavoz antiguo anunciaba los nombres de las estaciones cercanas en una voz tan confusa que de poco servía. Algo en mí adoraba esos espacios de tren con la fuerza con que se adoran las últimas cosas. Noté que el tren se detenía y logré ver a lo lejos mi estación. De tantos viajes tomados en plena madrugada mi cuerpo sin embargo había aprendido, aun borracho como ahora estaba, a medir las distancias. La estación a aquellas horas estaba casi vacía, exceptuando los borrachos usuales y unos cuantos *dealers* que merodeaban atentos por la estación. Uno intentó acercárseme y yo intenté escapar sin éxito. Me dijo un montón de cosas que no entendí y luego me insultó con voz grave. La verdad es que andaba todavía un poco tocado por el alcohol y al verlo lo único que sentí fue el inesperado regreso del sueño que había tenido. Pocas veces recordaba los sueños, y cuando los recordaba, era todo como una neblina extraña sobre la cual de repente salían a flote imágenes solitarias. Pero esta vez fue distinto. Tal vez sería la borrachera, pero sentí todo el sueño a viva piel. Me vi allí, en aquella misma estación, diminuto como un insecto amazónico, escuchando a un vagabundo que no era otro sino el William Howard de Tancredo. Me asombré al notar que aquel hombre del que había escuchado tantas historias no era blanco, como siempre lo había imaginado, sino un hombre negro de imponente musculatura. Me vi allí, en medio de la estación, escuchando historias de islas mientras alrededor nuestro se movían, invisibles pero reales, las hormigas. Solo entonces, cuando el miedo crecía hasta más no poder, como un globo de helio a punto de estallar, el billetero me despertó para pedirme el boleto y yo pude suspirar al notar que New Brunswick se hallaba todavía lejos, a más de cuatro estaciones. No recuerdo ninguna otra ocasión en donde los sueños se me hubiesen enredado así. Algo en mí pensó que el insomnio me estaba empezando a hacer daño y que debía empezar a dormir un poco. Afuera, enmarcada por la ventana del vagón, la noche corría rápida y oscura, al ritmo de ese tren que se apresuraba tembloroso hacia al sur. Borracho, sentí que la perdía.

Giovanna volvió a llamarme a la semana. Pedía, sin embargo, lo imposible: quería verme en mi área de juego, el museo. Yo no supe cómo decirle que no, por lo cual a los dos días, en plena tarde, todos mis compañeros vieron ese extraño desfile de ayudantes, seguidos por una mujer vestida de negro. Había algo de circo en todo aquello, algo de parada juvenil extraviada. Algo en mi suspiró al pensar que por lo menos esto legitimaba en cierta medida la extraña actitud con la cual había afrontado el trabajo en el pasado año, esa fría actitud de distancia con la cual había dejado a un lado los catálogos para consagrarme a un insomnio perpetuo. Mi aspecto había cambiado. Tenía unas ojeras terribles y en algunos momentos parecía quedarme dormido en plena sala de exposición, entre las placas informativas. Así que cuando aquella tarde vi entrar al primero de los asistentes, sentí un poco de alivio y orgullo. Aquel desfile de circo confirmaba las pocas historias que le había contado a mis compañeros de trabajo. Justo cuando todos comenzaban a verme con cara de preocupación ella interrumpía un día de trabajo con ese desfile de ayudantes. Yo los miraba pasar, uno por uno, los rostros jóvenes, ambiciosos, y algo en mí se sentía pertenecer a esa raza de seres impacientes. Algún día, parecíamos decirnos todos, llegaría nuestro turno. Ella atravesó la sala principal del museo, me abrazó y pidió ver la sala de las mariposas tropicales. Nuestro museo era humilde pero extenso en el más torcido de los sentidos. Guié a Giovanna por aquel extraño laberinto de mil caras, hasta que al final vimos aparecer el salón de las mariposas. Detrás de la cúpula de vidrio se mostraba un día soleado que dejaba pasar una buena cantidad de luz. A plena luz, su rostro, arrojado sobre la multitud de mariposas expuestas, parecía suave y delicado. Los falsos ojos claros reflejaban los tintes de las mariposas en un juego de dobles dentro del cual yo brevemente sentí iluminarse algo. Me miró feliz y me mencionó que eran pocas las veces que iba a los museos, que las muchedumbres se lo impedían pero que me agradecía pues mi museo era un lugar muy higiénico. Nunca olvidaré esa palabra, «higiénico», puesta allí como carnada entre tanta otra cosa. Luego, como quien no quiere, me mencionó una historia que no entendí muy bien. Era la historia de un poeta francés que había dirigido una revista de moda en el siglo XIX. Aunque olvido el nombre, recuerdo una cita que Giovanna aseguraba que el poeta le había dirigido al mayor modista de la época: «Sabe cómo crear vestidos fugitivos como nuestros pensamientos.» Aun sin entenderla, me pareció una cita bella, adecuada para aquella sala que después de tantos años se me presentaba finalmente en su verdadero esplendor. Giovanna continuó con su anécdota. Allí, en aquella revista cuyo nombre, *La Dernière Mode*, escondía el secreto de la profesión, ese poeta se había dedicado a esbozar, bajo los más alocados y aristocráticos seudónimos, una teoría de lo fugaz: intentaba esbozar la relación entre el pensamiento y la analogía, la imagen y la metamorfosis, los vapores, las temporadas y el reflejo de los perfumes del pensamiento. A mí todo aquello me pareció un poco cursi, interesante pero malogrado. Recuerdo, sin embargo, que Giovanna cerró todo aquello con una frase fulminante: «En fin, la moda es el arte de la profecía y por ende de la meteorología.» Tenía esa forma un tanto alegórica y epigramática de hablar, como si dejase rastros que luego uno pensaba ya entrada la noche, en un bar del Bowery, frente a una mujer en plena lectura. Algo en mí sentía que todo aquello venía de otra parte, de esa parte que apenas empezaba a mostrarse detrás de una serie de historias que muy bien pudiesen ser falsas. Eso era lo interesante con ella, esa sensación de que muy bien todo podría ser falso, una especie de mundo entre comillas, un inmenso chiste que terminaría por desplomarse sobre mi cabeza precisamente el día que menos me lo esperase. Fue durante esos días cuando empezó a usar una frase que hoy se vuelve terriblemente relevante. Decía alguna de sus frases o historias epigramáticas, me miraba con ternura y luego decía: «Algún día te mostraré los papeles.» Decía eso y luego callaba, con esa fuerza que tienen los grandes seductores para proponer algo y luego mostrar el puño vacío. Yo me quedaba ahí, un poco cansado y ojeroso, pensando en esos misteriosos papeles detrás de cuya nube iban a esconderse todos los pensamientos de aquella mujer. Así, frase a frase, me ganaba la partida como si de un juego de ajedrez se tratase. Tal vez por eso hoy, cuando el chofer ha llegado con un paquete en la mano, algo en mí ha pensado en esa forma tan rara que tenía ella de hablar como si todo fuese a ganar sentido en retrospectiva.

10

«Algún día te enseñaré los papeles»: siete años más tarde la clave finalmente empieza a desenredarse y a mostrar su costura. Con las carpetas frente a mí, desparramadas en su desorden infantil, me pongo a pensar en cuán fácil sería quemar todo en un gesto absoluto. Deshacerse del problema. Sacarme de encima este legado que no me pertenece. Vienen a mi mente una serie de imágenes de épicas de la destrucción: la más famosa, trivial y confusa, la destrucción de la Biblioteca de Alejandría. Luego he pensado en la quema, en 1501, de los manuscritos árabes bajo las órdenes del Cardenal Cisneros hasta llegar a quemas menos históricas pero igualmente desastrosas como la quema de libros durante el golpe de Estado chileno de 1973, cuando se dice que se quemaron más de quince mil ejemplares de una novela de García Márquez. Más tarde me ha venido a la mente aquel libro de Ray Bradbury, *Fahrenheit 451*, en el que un grupo de bomberos se dedica a localizar y quemar libros. Otra imagen, sin embargo, ha detenido el listado épico. Me ha asaltado la idea de que, aun con la quema, todo permanecería idéntico. De seguro, imaginando un gesto así, ella ha pedido que alguien fotocopie todos los documentos antes de dármelos. Me he imaginado recibiendo una multiplicidad de emails con copias de esos documentos que creía haber destruido y la escena, en cierto modo cómica, me ha parecido atroz.

Alguna vez Tancredo y yo intentamos imaginar la posibilidad de un gesto total e irreversible. A mí se me ocurrió sugerir la posibilidad del fuego. Me gustaban esas escenas finales en las novelas o en el cine en las que uno de los protagonistas, temeroso de que se descubra el secreto, quema la casa con el enigma adentro. La respuesta de Tancredo fue corta pero letal: el fuego solo sirve para quemarle los pulmones a los hombres cansados. Ahora que lo pienso, tenía razón: las copias de las copias le ganan la carrera al fuego más veloz. He recordado entonces otra historia de fuegos y manuscritos. Me la había contado un amigo gringo durante mis primeros días de estudiante: la historia de un crítico literario que durante la guerra se había fumado, literalmente, todo un manuscrito. No tenía papel de cigarrillo, por lo cual se vio forzado a armarlos con el papel del manuscrito. Se dice que era un libro gordo, de cerca de quinientas páginas, sobre el *bildungsroman*. Pobre hombre, me he dicho, unos cuantos años más tarde y hubiese podido fotocopiar con lujo ese libro, fumar hasta el doble. Entonces la he visto a ella, Giovanna, tal y como la vi fumando en nuestras reuniones. Tenía una manera muy rara de fumar, sin estilo o con un estilo muy torpe, casi como si fumase por primera vez. Lejos quedaba ese fumar con estilo que distinguía a las divas del cine francés. En ella todo era más torpe, como si quisiese fumar en secreto. Detenía la conversación a medio andar, sacaba la cajetilla y de repente salía disparada hacia la puerta. Uno la seguía sin saber muy bien hacia dónde iba y de repente la encontraba en los primeros escalones del edificio con el cigarrillo en la mano, temblando un poco de frío o sudando de calor, escurridiza en sus gestos como si en eso de fumar se jugase la vida. Nunca acababa un cigarrillo. Siempre lo interrumpía a medio andar, cuando uno menos se lo esperaba. Entonces detenía la conversación, como si la ausencia de cigarrillo reclamase un nuevo diálogo, y volvía a subir las escaleras con prisa, como si sus pulmones no hubiesen sufrido. Arriba volvíamos a la conversación como si no hubiese habido pausa alguna.

La cosa es que me la he imaginado así, fumando, y me he preguntado si ya desde entonces sabía que el tiempo se le terminaba y que había que organizar el asunto de la herencia. «Algún día te mostraré los papeles»: decía cosas así y luego lo dejaba a uno en suspenso. Sí, el fuego, me he dicho, no será suficiente. Miro las carpetas. Aun en el peor de los fuegos alguna mariposa siempre se salva.

Treinta y tres, la edad del Cristo, decía Tancredo entre risas. Y entonces yo, aburrido, añadía: Cristo muere para dejar un testamento, para dejar doce apóstoles y una iglesia. «¿Tragedia o farsa?» Bien depende de a quién le preguntes. La cosa es la creencia. Aquel que cree ve tragedia y aquel que no cree ve farsa, pero la crónica es la misma aunque se narre con voz distinta. El protagonista se lo juega todo al adivinar si su historia provocará risas o lágrimas. Recuerdo entonces que mientras fumaba a ella le gustaba jugar a especular sobre el clima: parece que mañana llueve, decía, mientras mirábamos un cielo absolutamente despejado. Yo me quedaba allí, sentado a dos manos de ella, pensando si no era una broma de ella, si debía o no reírme. Pocas cosas tan difíciles como el humor.

11

Poco a poco la imagen de la pequeña Giovanna enferma en algún hospital tropical empezó a secuestrarme hasta volverse obsesiva. Era algo raro, una irritación menor como aquella que durante mis años de estudiante me había causado el quincunce, solo que esta vez la historia me atrapaba emocionalmente. Podía pasar tardes enteras recreando esa escena de la cual apenas había escuchado un puñado de datos circunstanciales. En mi mente movía las piezas de un ajedrez invisible, ubicaba al padre a la izquierda y a la madre un poco más atrás, en un mueble de madera. Un poco más al frente, ubicaba a la enfermera con el libro de dibujos animados. Algo, sin embargo, fallaba. Si los padres estaban allí, entonces, ¿por qué era la enfermera la que tomaba el libro en la mano? ¿Por qué narrar en aquella lengua extraña si los padres estaban allí para narrarle todo en inglés? Entonces las piezas de mi ajedrez volvían a moverse un poco y de repente la escena se vaciaba un poco hasta volver a lo mínimo: la enfermera y Giovanna en una soledad compartida. Pero si los padres habían muerto, ¿cómo explicar que Giovanna hubiese llegado a aquel hospital sola? Algo no encajaba. Metido como estaba en un mundo de mariposas y fósiles, yo me ponía a recordar mis años de infancia, cuando podía pasar horas frente a un rompecabezas, girando las piezas hasta que de repente veía algo hasta entonces oculto, una secuencia interna del juego. Horas más tarde empezaba a reconocer la imagen: un mapa histórico, una acuarela de un paisaje florido, un pequeño bote en un día soleado. Alguno de los compañeros de trabajo me despertaba de aquellos ensueños. Me recordaba que una nueva colección de fósiles había llegado al museo, que un grupo de estudiantes de escuela elemental apenas llegaba, que alguien pedía hablar conmigo en la línea telefónica. Yo detenía entonces el rompecabezas por un breve instante, a sabiendas de que volvería a él horas más tarde.

Fue por aquellos meses cuando me obsesioné con encontrar datos biográficos de Giovanna en internet. Las fechas progresaban y en los periódicos solo se hablaba del fin del milenio y de la posible catástrofe cibernética. Se hacían retrospectivas del siglo: Einstein aparecía por todas partes y luego Hitler, hasta llegar a Michael Jordan y la caída del muro de Berlín. Yo pensaba en los *bugs* cibernéticos y me reía un poco de todo aquello. Luego buscaba desesperadamente algo que me diese una explicación de mi *bug* privado: alguna mención a una herencia que explicase la ausencia de los padres, alguna mención a su trayectoria que explicase el inusitado éxito que había tenido a tan joven edad, algo que aclarase el enigma de aquella escena que empezaba a crecer en mí con la fuerza con que en otras geografías crecía la selva. Giovanna había llegado, me decía Tancredo, para reemplazar obsesiones. Había visto que yo era un obsesivo y se había propuesto cambiarme la obsesión. Darme las pistas para que yo mismo creara un mundo falso. Creo que Tancredo hasta llegó a preocuparse por mí. Al principio creía que tal vez alucinaba, que no había diseñadora ni proyecto, pero luego de la visita de Giovanna al museo se calmó un poco. Aunque antes el temor fue otro. Creía que yo andaba enamorado y pensó que tal vez lo mejor sería detener todo de golpe. Recuerdo que hasta llegó a sugerir que empleásemos un detective que se encargase de aclarar todo aquello. Yo me reía un poco y seguía con mi búsqueda. De alguna manera había sido yo quien se había convertido en una especie de detective privado, con mis visitas al Bowery, con la sensación de que seguía los pasos de un antepasado imaginario, con mi pequeña libreta donde imaginaba las posibles vidas de aquella mujer de pelo rojizo que en un bar libanés se dedicaba a leer periódicos. Hacía múltiples búsquedas en internet pero la verdad es que conseguía poco: detalles sobre las últimas colecciones de Giovanna, algunos datos sobre sus primeros años, pero nada realmente relevante. De su familia no se mencionaba nada, ni siquiera su lugar de procedencia.

A veces llamaban y a veces no. Yo igual preparaba mi libreta de apuntes –esa libreta de *Hipótesis de lectura* sobre la cual esbozaba escenarios posibles–, tomaba el tren hasta Nueva York y de ahí deambulaba un tanto hasta llegar al Bowery. Veía a alguna noviecita de paso, a algún que otro amigo de colegio que ahora vivía en la ciudad y luego, llegada la hora precisa, me dirigía al bar libanés. Me sentaba, pedía una copa y sentía un alivio enorme al ver que allí, con la constancia usual, la misma mujer se dedicaba a leer periódicos. La escena, sin embargo, empezaba a mutar y al cabo de unas horas ya no quedaba lectora ni periódicos sino la voz de aquella enfermera que hacía hablar con voces tiernas a los animales, mientras a su lado una joven Giovanna empezaba a comprender aquellas palabras que su mente barajaba con la agilidad de los mejores ajedrecistas. Aprender una lengua tenía algo de acertijo. Recordaba la imagen de Giovanna en los Hamptons, su español neutral que no delataba acento alguno, y algo en mí se decía que ya se acercaba el momento de la iluminación. El truco estaba en la paciencia.

Dos semanas después de su visita al museo me había sorprendido su voz en el teléfono. Una compañera rubia que apenas había comenzado a trabajar allí hacía tres semanas me había interrumpido en medio del tour y yo me había escabullido de aquella tropa de niños ruidosos pensando que sería lo de siempre: la voz de timbre suave de alguno de esos ayudantes que apenas ahora empezaba a reconocer. Me había asaltado, sin embargo, la voz de Giovanna, esta vez en inglés. Pocas veces me hablaba en inglés, y cuando lo hacía, usualmente era en busca de alguna palabra cuyo equivalente hispano olvidaba. Por eso supe, desde un principio, que se trataba de algo urgente. Tenía razón. Quería verme un poco más temprano y no en el lugar usual. Sin pensarlo mucho, acepté y anoté una dirección que me dio. Era una dirección en el Bronx. Hacía mucho que no pasaba por allí, tal vez años, desde que rompí con aquella mujer que se dedicaba a escribir obituarios. Aun así la imagen del regreso me entusiasmó, y terminé diciéndole que claro, que allí estaría tan pronto terminara el trabajo. Así que tan pronto me deshice de aquella muchedumbre en guerra, me puse las gafas de sol y salí en busca del chofer. Habíamos creado algún tipo de amistad a base de conversaciones cortas, por lo cual no creí fuera de lugar preguntarle por la vida privada de Giovanna. Algo en él pareció enojarse, como si mi pregunta hubiese traspasado alguna frontera implícita. Frunció el ceño y se quedó callado. Ms. Luxembourg, como ahora la llamaba con cierto falso decoro, apreciaba mucho su privacidad, por lo cual nunca le había confiado información sobre su historia personal. Me sentí mal al pensar que había cometido alguna transgresión invisible, así que preferí guardar silencio durante el resto del viaje. Trabajé un poco en una clasificación de una serie de fósiles de animales patagónicos que el museo había adquirido hacía poco, como parte de una gran donación anónima que nos permitiría añadir tres pasillos y hasta un dinosaurio a nuestra sala principal. Detrás de todo el asunto, yo sentía que se escondía Giovanna, pero no quise decir nada.

Al cabo de dos horas sentí que el carro se detenía y pude ver aparecer por la ventana una especie de viejo almacén escondido entre una serie de viejos garajes que algo tenían de matadero de carros usados. ¿Qué hacía Giovanna allí? ¿No le tenía acaso miedo a los lugares sucios? El carro se detuvo y al salir me encontré frente a una escena peculiar: un conjunto de maniquíes descuartizados aparecía en plena calle, como si de basura se tratase. Justo cuando me disponía a pensar el aura apocalíptica de la imagen, sentí que un caminante chocaba contra mí y al girar vi a un señor de camisa negra sin cuello en quien brevemente creí reconocer al hombre que hacía semanas había visto cenar junto a la señora de los periódicos en el bar del Bowery. Solo al ver el radiante rostro de Giovanna fui capaz de quitarme el shock del reconocimiento. Me llamaba desde una puerta de cristal que abría al almacén, nuevamente con la cálida textura que adoptaba su voz al hablar en castellano. Dejé los maniquíes detrás y me interné en aquel viejo garaje detrás de cuya puerta se abría un paisaje que aún hoy creo bello: un espacio enorme dentro del cual decenas de figuras encorvadas cortaban, tejían y medían telas que luego iban a adornar la piel de otra decena de maniquíes. Giovanna me tomó de la mano y me adentró en aquel mundo deliciosamente artificial. Atravesamos aquel espacio, yo maravillado de que ella me tomase de la mano así, como si fuésemos niños jugando, y ella mencionando cosas que yo no acababa de comprender, hasta que al final nos topamos con una pared de corcho sobre la cual creí distinguir los esbozos de Giovanna. Rápido noté que me equivocaba. No eran esbozos de vestidos, sino algo más extraño: recortes de periódico sobre los cuales se podía distinguir, repetido, un rostro enmascarado. Con una alegría que poco tenía que ver con todo aquello, con una ansiedad que en algo rayaba en lo insípido, Giovanna me preguntó si lo conocía. Enfurecido, sintiendo que el chiste se volvía hondo, solté su mano.

Obviamente lo conocía. La noticia había estallado hacía cinco años acompañando el Año Nuevo como si de fuegos artificiales se tratase. Un grupo de guerrilleros indígenas habían saltado de la selva dispuestos a declararle la guerra al gobierno mexicano. En las primeras horas del Año Nuevo habían tomado el poder de las principales cabeceras municipales. Desde allí habían pronunciado un manifiesto en el que pedían igualdad, le declaraban la guerra al Estado y juraban marchar hasta la Ciudad de México. Recuerdo que, al leer el manifiesto por primera vez en aquellas semanas, le comenté a Tancredo que todo el asunto parecía orquestado por un poeta en delirio. Lo que había fascinado a todos, sin embargo, habían sido las máscaras: máscaras parecidas a las que utilizaba la propia aristocracia mexicana en sus escapadas a esquiar en Colorado. En esas máscaras la selva volvía a perderse en su anonimato. Sin embargo, detrás de todo aquello, detrás de las máscaras y los manifiestos, detrás de las renuncias y de las portadas de periódicos, el público había empezado a reconocer los ojos de ese hombre que ahora encontraba frente a mí en una especie de foto-collage sobre el cual la diseñadora se había dedicado a trazar esbozos, líneas en marcador rojo que conectaban facciones y trazaban posibles recortes.

Obviamente reconocía la figura del Subcomandante Marcos, esa especie de bandolero en las postrimerías del siglo XXI, esa especie de cowboy latinoamericano, de John Wayne vuelto al marxismo. Reconocía, de hecho, la foto central: una foto en donde el subcomandante aparece a caballo, con la selva de fondo y el impresionante caballo de por frente, con los ojos un poco cansados mientras fuma su famosa pipa. Siempre me había dado curiosidad, de esa foto, el hecho de que en el cuello del subcomandante parecieran colgar unos trapos adornados, una especie de amuleto cuyo origen nunca logré descifrar. Miré brevemente aquellos amuletos enigmáticos antes de perderme dentro de aquel collage alucinado hasta que, con la mirada cansada y sintiendo a mis espaldas la incesante labor de los sastres, me volví hacia Giovanni y le admití que conocía su historia. Giovanna me miró con ansiedad, como si estuviésemos a punto de lograr algo y me comentó que hacía apenas una semana, en una visita a Milán, había conocido a una mujer muy interesante. Una mujer que había llegado a Nueva York muy joven, deseosa de comenzar una carrera como bailarina, y al cabo de unos años lo había logrado:

se había presentado junto a las compañías más prestigiosas hasta que al cabo de una década el cuerpo le había fallado y una lesión la había forzado a reconsiderar su carrera. Solo entonces había decidido tomar la escritura y el periodismo. Había sido esa mujer la que le había comentado la historia de las máscaras. Giovanna entonces apuntó hacia un par de fotos, una de un hombre enmascarado que bien podría ser el subcomandante y junto a ella, en una proximidad que forzaba la comparación, una foto de un hombre de tez clara y barba bien medida. Según ella, la periodista había estado en la rueda de prensa en la cual el Estado mexicano había intentado desenmascarar al subcomandante. Un hombre muy serio se había parado frente al grupo de periodistas con dos copias fotográficas agrandadas, una de un pasamontañas y la otra una copia agrandada de esa foto que ahora tenía frente a mí. Con un movimiento mecánico había superpuesto el recorte de la enorme máscara sobre la imagen, hasta que todos habían visto aparecer, como por arte de magia, la imagen inicial de aquel hombre enmascarado que bien podría ser el subcomandante. Si algo había aprendido de todo aquello, decía la mujer, era el extraño poder de las máscaras. El gobierno creía que le quitaba poder desenmascarándolo. Ocurrió lo opuesto. A la semana miles de ciudadanos enmascarados se manifestaron en el Distrito Federal bajo el lema «Todos somos Marcos». Los ojos de Giovanna se encendían al contarme todo aquello, como si finalmente entendiese algo. Luego continuó contándome la historia: su amiga la periodista había convencido al periódico de dejarla ir a México a ver al comandante. Y así, convencida de que sus años de bailarina la protegerían en la encrucijada, se había abierto camino entre la selva hasta llegar al campamento en el cual se decía estaba Marcos. La espera había durado casi doce horas, hasta que en plena madrugada había aparecido un hombre enmascarado cuyos ojos no delataban herencia indígena. No, había dicho la periodista, sus ojos estaban marcados por la energía perpetua de los insomnes. Aquella mención al insomnio me hizo pensar en la mujer del bar y no pude mirar a Giovanna sin cierto disgusto. Ella, sin embargo, metida como estaba dentro de lo que parecía haber sido su gran descubrimiento, no parecía notar mi irritación. Había decidido, pasó a decirme, que la nueva exposición sería una reelaboración del tema de la máscara. Cansado, un poco molesto por aquel teatro falso, moví la cabeza en un vago signo de aprobación, mientras sentía crecer en mí cierta indignación confusa. A nuestras espaldas palpitaba el rumor de la sastrería.

Debo admitir que si no dejé el proyecto entonces, si no salí disparado por la puerta de vuelta a casa, fue por esa extraña fijación que me prohibía dejar atrás el origen de esa historia que veinte años más tarde acababa por postrarme frente a aquel tablero repleto de fotografías. Retratos de un hombre enmascarado al que conocía y tal vez admiraba, como se admira siempre lo que viene envuelto en misterio, pero al que tal vez por causa de mi propia cobardía sentía como algo ajeno. Miré a Giovanna con el desprecio de los cobardes, pero solo encontré en ella el rostro de la niña de diez años, las huellas de una pasión que venía de lejos y que ahora terminaba por mezclarse con una mínima sonata de costuras. La miré con rencor, como miraría un soldado al general que lo ha llevado a una guerra falsa, pero de golpe comprendí que en ella todo era real, hasta la inocencia misma, y que algo en mí la seguiría aun cuando ella se adentrase monte adentro. Imaginé entonces la historia que acababa de contarme: la bailarina vuelta periodista abriendo camino en plena selva, temerosa de esa muerte que sentía rodearla por todas partes, abriéndose camino en esa selva que de seguro olía a miedo, para luego encontrar, al cabo de una larga espera, los ojos de un insomne. Pensando en Tancredo, me dije que ahora la broma crecía como crece la selva y que lo triste era que yo nunca aprendería a bailar. Al final de todo me encontraría con los ojos insomnes de un William Howard que me contaría la historia de una isla en la que un grupo de insomnes se juegan la vida por ser otros.

Pensé en decirle todo eso a Giovanna. Pensé en contarle el temor que escondían los chistes de Tancredo, mis conjeturas sobre su pasado, la extraña forma en que algo en mí comenzaba a quererla de a poquito y sin pasión, como quieren los tímidos. Algo en mí, sin embargo, se retrajo a medio gesto. Tal vez, ahora que lo pienso, fue la monotonía de las máquinas lo que moderó mi reacción. Terriblemente cansado, finalmente dispuesto a dormir, besé a Giovanna, la felicité por su indudable logro y me excusé diciendo que me reclamaban en el museo. Casi a medio tropiezo entre las máquinas alcancé la puerta. A la salida creí ver nuevamente a aquel hombre extraño, pero me limité a pensar que era una mera coincidencia, como tal vez era una triste coincidencia haber contestado una llamada pasadas las cinco.

Nunca dormí mejor que aquella noche. Por primera vez en mucho tiempo dejé que el chofer me llevase directamente a mi apartamento en New Brunswick y al llegar sentí algo que había presentido desde hacía años pero no había tenido la fuerza para decirme: que el tiempo pasa testarudo, aun cuando en un bar de Manhattan una vieja insomne lea periódicos como si en eso se jugase la eternidad. La realización no me duró, sin embargo, mucho tiempo. Al cabo de unos minutos dormía profundamente. Dicen que es en esos sueños profundos donde el cerebro más juega. Tal vez por eso soñé esa especie de sueño múltiple. Había un espejo y sobre la imagen reflejada aparecía un periódico. Yo trataba de leerlo pero de repente el periódico se llenaba de hormigas, forzándome a soltarlo. Luego aparecía el hombre de camisa sin cuello y lo tomaba. Leía algo, unas cuantas líneas que algo tenían de manual de muebles, o de texto legal, y yo me quedaba allí, sin entender nada, a la espera de que el hombre revelase su identidad. Nada sucedía. Y luego, justo cuando paraba de leer, empezaba a repetirse en el fondo un breve sonido puntual pero repetitivo, algo pausado y muy bajo, que acababa sin embargo por crecer hasta abarcarlo todo. Yo me quedaba ahí, esperando captar finalmente el sentido de esa imagen que ahora se volvía larga y esquiva como un pez en pleno océano. Algo en mí aceptaba que ese era el punto y que algo así debía ser el sueño, una larga broma sobre la cual acostarse a soñar, aceptando que solo muy al final entenderemos algo. Algo me dice que todavía hoy, pasados ya siete años, algo en mí duerme y algo en mí, finalmente, se despierta.

12

Hace una semana, cuando descubrí el obituario de Giovanna en el periódico, sentí la tentación de escribirle uno. Redactarlo anónimo a nombre del museo y después enviarlo al periódico nacional de un país donde nadie la conociese: un periódico puertorriqueño o dominicano, tal vez hasta cubano, un periódico isleño que me hiciese recordar aquellas islas de las que ella siempre hablaba. Dejarlo allí, un poco perdido entre tanta otra muerte, extraviado como ella decía haberse extraviado en pleno trópico. Dejarlo allí como uno deja recados que sabe que nadie leerá. Recordé entonces una antigua novia mía, una chica de falsos rizos rojos y mirada pícara que vivía en el Bronx, heredera de una íntima batalla tropical, mitad dominicana y mitad puertorriqueña, cuyo trabajo era precisamente ese: escribir obituarios ajenos. Resultaba que a veces las familias, derrotadas por el impacto emocional, no lograban retomar las fuerzas necesarias para escribir los obituarios de sus familiares. Dejaban, entonces, en manos ajenas la terrible tarea de decirle al mundo que sus familiares ya no estaban con ellos, pero que igual se les quería muchísimo. Solo tenían que llamar a un número que aparecía en el periódico, o dejar que alguien llamase por ellos. Dar el nombre del difunto. Una voz serena les daba el pésame y les aseguraba que todo estaría bien. Recuerdo que siempre me extrañó imaginarla a ella, tan pícara y juguetona, modulando la cadencia inevitable de su voz hasta llegar a una serenidad absoluta, asegurándole a ese extraño que apenas sollozaba del otro lado de la línea, que todo estaría bien y que el mundo sabría de sus penas. En varias ocasiones, al llegar del largo trayecto que separa New Brunswick del Bronx, trayecto que implicaba en cambio una serie de infinitos trenes, la hallé sentada sobre el escritorio escribiendo obituarios, mientras a sus espaldas crecía el rumor de una salsa cuyo ritmo ella misma se dedicaba a seguir con leves movimientos de cabeza que hacían bailar con ternura esos rizos que tanto me encantaban. Yo la arropaba con un abrazo que llegaba de improviso y de repente éramos un monstruo enorme de dos cabezas encorvado sobre un papel en donde podía leerse un obituario que a mí me parecía terriblemente sincero. Lo había escrito ella, con un estilo íntimo que había aprendido a copiar en apenas una semana. Yo le preguntaba si a veces no le sorprendía la emoción de su tarea, el patetismo de su labor, pero ella me contestaba, con la más breve sonrisa, que no había en el mundo mejor trabajo que aquel. Y en su risa había una chispa de morbo que de repente crecía hasta confundirse con la salsa y volverse alegría. Fue tal vez entonces, contagiado por esa morbosa alegría que era en sí una extraña modalidad del duelo, cuando desistí de escribir el obituario y me resigné a una tarea más humilde: aquella de recolectar todos los obituarios que de ella encontrase, los impresos y los digitales, en una especie de coleccionismo póstumo que algo tendría de desesperado y fatal mimetismo.

A Giovanna le hubiese gustado añadir: como esos animales que, al ver al predador venir, deciden enterrarse entre las hojas caídas en un último intento de escape. Recopilé todos los obituarios, uno por uno, hasta que terminé cubriéndome entre un desorden de papeles que solo apuntaba hacia su inminente ausencia. Entre las docenas de obituarios que encontré ninguno mencionaba a sus padres. Aparecían museos e instituciones, coleccionistas privados y celebridades, aparecía hasta un obituario escrito por Tancredo, pero nada más. Recordé entonces los tableros sobre los cuales Giovanna solía desplegar la estrategia de su locura, esos tableros sobre los cuales se acumulaban fotos, esbozos y recortes de prensa en una especie de megalomanía que en algo se asemejaba al furor callado con el que en un cuarto completamente distinto, desprovisto de lujo alguno, mi antigua novia proseguía su labor de copista. Tomé entonces los obituarios y los colgué, uno por uno, sobre el tablero de corcho que justo había comprado aquel mismo verano. Solo entonces, brevemente, creí quererla un poco.

Miro el reloj: las tres. Algo en mí me dice que sería todo tan fácil, más fácil aún que el fuego. Sería tan fácil como finalmente dejar la cobardía a un lado y abrir las carpetas, encontrar lo que ya creo saber que está allí, los esbozos y las anotaciones, los papeles que quedaron atrás de esas largas conversaciones que dos obsesivos mantenían a media noche. Más fácil aún que escribir un obituario. Abrir las carpetas y encontrar todo eso que ella, muy en clave, me explicó que dejaría para mí. Llegar un poco tarde y encontrarlo todo ya dispuesto, como aquella vez que llegué a su casa y no estaba ella, solamente un libro abierto en medio de la sala, con imágenes y esbozos de máscaras, con un palabra –«nagual»– subrayada en rojo, seguida por una cita rarísima de un tal Díaz de Arce, en la que se hacía un llamado a escuchar las voces de los niños y de las mujeres, pues en ellas se encontraban las verdaderas profecías. Bastaría sentarme como me senté aquella noche, leer los apuntes y echarme a dormir. Tragarme los sueños que vengan y despertar nuevamente, dispuesto a una nueva vida.

Pero, como dice Tancredo, la distracción es el arte moderno. Algo siempre nos resiste y algo nos desvía. Pensando en eso, un poco cansado pero aún cargando las fuerzas que el último café me ha dado, me he puesto a mirar nuevamente por la ventana y he notado una mujer joven, tal vez rondando los treinta, que en plena madrugada pasea su perro por el vecindario. Son las tres, me digo. Decir plena madrugada es tal vez no entender que en dos horas y media, exactamente a las cinco y media, el sol saldrá y los obreros estarán ya en plena labor, mientras el resto de nosotros nos regalamos dos horas más de sueño. Ya es viernes, me digo. Hoy tendría que estar en el museo a más tardar a las nueve. Pero ahí está la mujer, pelo castaño, flaca y alta, paseando a un perro que a veces parece más leve que ella. Entonces me repito la frase que siempre me atrapaba en el trayecto de New Brunswick a Nueva York: en esta ciudad no hay perros. Me la repito y nada cambia. Todo se queda idéntico, duro como una piedra en plena noche. Y me digo: serán las tres, pero alguien tiene que estar despierto para registrar la escena que, si no, se perdería sin más.

La madrugada, pienso, hace temblar las imágenes. Todo gana cierta ambivalencia y cierto toque onírico: como si la falsa luz de los faroles suspendiera el tiempo real y le regalara a la realidad cierta aura de posibilidad. Pienso en Giovanna, recuerdo la forma tan entusiasta que guardaba para hablar de las luciérnagas y su juguetona relación con la luz. Siempre me pregunté bajo qué colores veía el mundo la niña de diez años que en una isla lejana yacía convaleciente mientras, cercana a ella, una voz ajena le contaba en un idioma extraño fábulas de los confines del mundo. Me preguntaba qué haría la niña de diez años cuando, al llegar la noche, se apagaban las luces y solo quedaba la ausencia de los padres, el silencio sin fábulas y sin luciérnagas marcando el ritmo de la escena. Nunca hallé respuesta alguna más que el insolente entusiasmo con el cual Giovanna se abalanzaba sobre una realidad política que le era terriblemente ajena.

La madrugada, me digo, es el tiempo de las ventanas. Afuera la joven prosigue su pausado recorrido, casi como si fuese la cosa más normal del mundo, y a mí me llega a la mente un cuadro en donde el solitario mundo de los otros nos robaba los ojos para verse a sí mismo.

13

Después de nuestro encuentro en aquella inmensa sastrería en el Bronx, la dinámica de nuestra colaboración pareció cambiar. Algo en mí se resistía a participar en aquello que creía una mera payasada, el mero juego de una niña mimada. Giovanna, sin embargo, nunca se mostró más entusiasta. Desde ese momento siempre era ella la que llamaba, ella la que se mostraba frente a la puerta del edificio, ella la que me abría la puerta y la que inevitablemente comenzaba la conversación. El tema era fijo: la máscara. Podíamos pasar horas hablando de camuflaje, del mimetismo de ciertos animales en plena selva, pero todo siempre acababa por convertirse en un monólogo de Giovanna en plena noche. Yo la dejaba hablar, hasta llegaba a admirar un poco el furor de ese entusiasmo con el cual pretendía tomar el mundo como si en cada gesto se jugase una guerra. Yo la dejaba hablar, dejaba que sus largos y pálidos dedos jugaran a esbozar arabescos en plena madrugada, pero muy en el fondo sabía que, por más que hablase, la guerra estaba perdida y que yo estaba allí solo como testigo de los desvaríos de una obsesión ajena: aquella que la forzaba a llenar tableros enormes, aquella que la forzaba a trazar constelaciones en las que yo creía intuir un orden pero cuyos patrones cósmicos siempre terminaban por parecerme un tanto vulgares. Me quedaba allí hasta que de repente dejaba de estar allí y solo estaba ella, en una soledad acompañada no tan distinta de aquella que había trazado la niña de diez años sobre un hospital caribeño. Yo me quedaba allí hasta volverme leve e invisible como los animales de los que hablaba. Entonces la dejaba en su faena y salía a recorrer los caminos que ya conocía, las calles por las cuales transitaba ya casi como un zombi, hasta llegar al bar de siempre y constatar, con una copa en la mano, que la misma señora estaba allí, con los periódicos dispuestos y la mirada atenta. Algo en el mundo no cambiaba, me repetía a mí mismo con complacencia, y así mismo partía de vuelta en el tren de las dos hacia un New Brunswick que extrañamente había aprendido a volver a querer. Allí me esperaba alguna chica, el museo y las cervezas cotidianas entre las cuales Tancredo deslizaba la pregunta más obvia: ¿por qué entonces te quedas? ¿Por qué no le dices que ya basta, que está muy bien el proyecto pero que tu cansancio te gana? Me preguntaba cosas así y yo me quedaba sin mucha respuesta, salvo decirle que algo en mí quería acompañarla, ayudarla a esconderse mejor dentro de ese laberinto personal que tan afanosamente se empeñaba en construir. Le decía eso y Tancredo sonreía con entendimiento, creyendo que yo muy en el fondo la quería. Pero no, no era eso sino algo más, algo que solo saben los que participan en la gran marcha de los insomnes: que para un obsesivo no hay nada que tranquilice más que una obsesión compartida. Tancredo no podía entender eso y por eso yo callaba. Lo de Tancredo era otra cosa: las conjeturas disparatadas, el mundo vuelto metáfora, la realidad torcida en espejos. Y así, con la puntualidad de siempre, ella volvía a llamar y yo hacía el recorrido hasta Nueva York, sin motivo alguno más allá de aquel de acompañarla en ese largo viaje hacia la noche.

Debió ser por aquellos meses cuando un accidente volvió a desviar, levemente, mi rutina. Tal vez fue por aquellos meses cuando finalmente encontré, sin buscarlo, lo que creí ser un breve respiro. Una tarde Giovanna me llamó para leerme unas cuantas líneas del subcomandante, unas líneas poéticas en donde se narraba la historia de un virrey de Indias que sueña la destrucción de su reino. En la historia, el virrey, aterrorizado por los vientos ciclónicos que cree haber visto, se afana en desmentir su sueño. Recorre entonces todo su reino, preguntando a sus allegados por lo sucedido: va a sus guardianes, quienes le aseguran haber soñado lo mismo, luego a los señores feudales, quienes confirman lo soñado, y finalmente a sus médicos, quienes intentan convencerlo de que sus sueños son producto de brujería india. Temeroso, esquizofrénico, el virrey pide la tortura y la encarcelación de todo su pueblo. Recuerdo que Giovanna leía las frases del subcomandante como si fuesen puños, profecías de una historia venidera que sin embargo ocurría en un pasado muy antiguo. Recuerdo que la frase final decía: «Sueña y no duerme. Y el sueño sigue desvelándolo.» Sin quererlo, sin esperarlo, sus palabras tocaron algo en mí y me hicieron rememorar ese inmenso mural de Diego Rivera que de pequeño había visto en el Palacio Nacional: esa especie de historia abreviada de México dentro de la cual las formas parecían confundirse como si hubiesen sido trazadas por el mismo ciclón insomne. Cuando, dos horas más tarde, salí del edificio, todavía tenía la imagen del mural en mente y tal vez por eso, o tal vez por el cielo nublado que ya anunciaba tormenta, decidí que ese día, antes de llegar al bar del Bowery, aprovecharía y visitaría alguno de los museos de la ciudad. Así fue como llegué al Museo Metropolitano cargando los miedos de un virrey que en un imperio pasado se soñaba insomne.

El accidente fue entonces un cuadro, o la conjunción de un cuadro y una frase, o el mero aguacero que se abalanzó sobre la ciudad apenas tocaba yo los primeros escalones del museo. Una meteorología compleja que me forzó a deambular, por más tiempo de lo imaginado, por las salas mojadas de aquel monstruo de mil caras dentro del cual me perdí hasta llegar, sin sentido alguno, a una pequeña sala de cuadros un tanto insípidos. Entonces lo vi: un cuadro insípido entre otros cuadros insulsos, un cuadro geométrico y simple hasta más no poder, que sin embargo se volvía complejo si uno lo miraba con cierto detenimiento. No es que el cuadro fuese un juego óptico. Nada menos cierto. Muy por el contrario, todo en aquel cuadro parecía ser exactamente lo que era: un hombre pálido sentado en su escritorio de trabajo mirando por una ventana. Y sin embargo, cuando se lo miraba detenidamente, el cuadro empezaba a ganar cierta densidad: aparecía la terrible soledad del hombre en esa ciudad ficticia que apenas se insinuaba en el breve fragmento de edificio citadino que manchaba la esquina inferior de la imagen. De otra manera el cuadro era eso: un hombre pálido sentado entre ventanas, mirando el cielo despejado de una ciudad cualquiera. Algo, entonces, empezaba a mutar: aparecía esa segunda ventana que era en sí la nuestra, la ventana desde la cual el observador miraba al hombre mirando. Recuerdo que busqué el título y hallé en él la misma literalidad plana de la imagen: *Office in a Small City*, 1953. El nombre del pintor, Edward Hopper, me sonó conocido pero no llegué a hacerme una imagen exacta de su obra. Me sonaba más bien a un animal saltarín, uno de esos animales cuasicientíficos que a Tancredo le gustaba mencionar tan pronto la conversación empezaba a aburrirle. Pensé en seguir caminando pero por alguna razón preferí quedarme allí, sacar mi pequeña libreta, mirar el cuadro y tomar unos breves apuntes. La frase que le acababa de escuchar a Giovanna me vino a la mente: «Sueña y no duerme. Y el sueño sigue desvelándolo.» Y de repente lo vi claro: aquella imagen era la encarnación del insomnio. No importaba que en aquella ciudad ficticia, tan frágil y leve, el cielo estuviese despejado y el hombre apareciese iluminado por la luz. Aquella era la imagen de un hombre que en pleno día se soñaba insomne, doblado por ventanas, ajeno al tiempo real. Pensé en el virrey, en sus miedos y en su eterna furia y súbitamente me sentí terriblemente poderoso, capaz de mover montañas desde un simple escritorio en una ciudad marginal. Por primera vez en años volví a sentir la furia en las venas, ese ímpetu que me había caracterizado de adolescente, la sensación encafeinada de poderlo y quererlo todo. Todo en plena sala, con los espectadores transitando y yo allí, inmerso en mi megalomanía callada, feliz de haber hallado el camino de regreso, aunque fuese apenas eso: una sala en un museo mojado. Una sala terriblemente geométrica, dentro de la cual de repente las piezas del mundo empezaban a encajar como si de movimientos de ajedrez se tratase. Recuerdo que me senté allí y me puse a pensar en la forma que tenían ciertos animales de quedarse callados, de encogerse un poco hasta volverse leves y anónimos, hasta acercarse peligrosamente a la nada. Me sentí cercano a ellos e intuí su poder silencioso. Luego pensé que más compleja aún era la vitalidad de las plantas, la fuerza secreta de los bonsáis y de las algas, esa forma que tenían de agazaparse sobre sí mismas como si de una sutil exhibición de su omnipotencia se tratase. Y nos vi a todos –a Giovanna, a la señora de los periódicos, a mí y a Tancredo, a los asistentes y al hombre de camisa sin cuello–, nos vi a todos detrás de nuestros escritorios mirando hacia ese mismo cielo despejado que ahora parecía salir del cuadro, inundar la sala y regresar a su lugar ficticio como si nada hubiese pasado. Apunté el nombre de ese pintor cuyo apellido me sonaba a rana y salí del museo dispuesto a cambiar de vida. Afuera un puñado de nubes parecía decidido a contradecirme.

No le conté a nadie del suceso. Ni a Tancredo ni a la chica española con la que me había enredado por esos días y que, como siempre ocurría, había acabado por convertirse en una especie de psicoanalista privada. Simplemente proseguí con mi rutina a sabiendas de que dentro de mí crecía una voluntad que algo tenía de planta o de alga. Recuerdo que Tancredo me miraba entre cervezas y creía intuir algo. Algo en ti anda en otra parte, decía. Pero luego se limitaba a afirmar lo que ya creía saber: que Giovanna me enamoraba de a poquito, me engatusaba con su misterio y que algún día yo sabría cuán largo podía ser el chiste. Yo callaba, sintiendo dentro de mí el retorno, tan largamente postergado, de esa misma voluntad infantil con la que en un pasado lejano había perseguido las siluetas del quincunce sobre una extensa cartografía de mariposas tropicales. Callaba y esbozaba una sonrisa, como si ahora fuese yo el que le propusiese al mundo una última broma.

Lo primero que me había chocado de los cuadros de Edward Hopper había sido su sencillez apabullante, esa literalidad total detrás de la cual, poco a poco, algo sin embargo parecía retraerse. Algo parecía erizarse dentro de eso que, de otro modo, habría parecido un mero panorama de postal. Tal vez por eso tardé dos días en buscar el papel en el cual había escrito su nombre junto al título del cuadro. Al final lo encontré, escondido entre los bolsillos de unos pantalones que había enviado a la lavandería. A pesar de lo borroso de la letra, logré distinguir el nombre, el título y la fecha: Edward Hopper, *Office in a Small City*, 1953. Entonces me dirigí a la librería de la universidad y compré un pequeño libro ilustrado sobre su obra. Dos horas más tarde, cuando llamó Giovanna y el chofer pasó a recogerme, no dudé en llevar, junto a mi pequeña libreta de apuntes, mi nuevo libro. En el trayecto ojeé sus cuadros: mujeres desnudas que en pleno día contemplan un afuera, oficinistas retratados desde ventanas, hombres y mujeres que ociosamente toman café y fuman. Hopper es el gran paisajista del insomnio americano, me dije, pero el accidental juego lingüístico me pareció vulgar. Preferí una cita que aparecía en la contraportada del libro: «*Hopper is simply a bad painter, but if he were a better one, he would probably not be such a great artist.*» Me gustó esa idea de que en el fondo se tratase de un pintor malo, de un pintor anacrónico que en plena modernidad, mientras sus compatriotas se dedicaban a esparcir pintura sobre el lienzo, se hubiese dado a la tarea de retratar paisajes. El gran acierto de Hopper era ese: retratar la intimidad del paisaje que apenas se insinúa. Pasando las páginas llegué a otro cuadro. Se titulaba *Morning Sun* y estaba fechado en 1952. En él una mujer en camisón yace sentada en la cama, de perfil y con las piernas recogidas. El cuadro está marcado por la luz que atraviesa el cuarto e ilumina el rostro de la mujer, que a su vez parece observar con una paciencia total ese mundo que apenas se insinúa detrás de la ventana. Detrás del marco de la ventana apenas se muestra muy poco: los últimos despuntes de un edificio citadino de ladrillo rojo. Mirando ese cuadro, me dije que eso era lo que hacía de Hopper el gran paisajista americano: la forma en que invertía la lógica del género. Mostrarnos al insomne que mira y no al paisaje. Miré nuevamente el cuadro y creí ver a Giovanna y a la mujer del bar, pensé en el subcomandante y en el virrey insomne. El vaivén del carro al llegar al primer adoquín me hizo notar que ya nos acercábamos. Detrás de cualquier ventana, en un cuarto desprovisto de lujos, en un cuarto a lo Hopper, podría esconderse ella.

Esa noche no le mencioné nada. La encontré tensa, más ansiosa de lo común, moviéndose con la erizada energía de aquel que sufre una resaca. Indecisa e impaciente, Giovanna parecía concentrar su desasosiego en los músculos de la mano derecha, entre cuyos inquietos dedos sostenía una figurita que al cabo de un tiempo distinguí como un pequeño elefante de jade. Yo me limitaba a observar sus movimientos, a trazar mentalmente las peripecias del pequeño elefante, hasta que el recuerdo del cuadro que había visto hacía apenas unas horas me hizo verlo todo con otros ojos. Por primera vez la imaginé desnuda en plena sala, con las manos sujetando las rodillas y la mirada un tanto perdida, como si de un cuadro de Hopper se tratase. La imaginé desnuda en pleno insomnio, terriblemente pálida y ansiosa, como esos dedos suyos que ahora parecían sujetar la figurita de jade como si en eso se jugase la vida. Miré su falso pelo rubio, las raíces negras que ahora parecían esconder mucho más, y algo en mí se dijo que había llegado el momento de actuar: dar un paso adelante y terminar con sexo esa broma que ahora amenazaba con sepultarnos a todos. Tal vez el código se hallaba allí: en la pasión de una noche detrás de la cual se escondía un día soleado. Por un breve segundo sentí que Giovanna pensaba lo mismo, que detenía el inquieto indagar de dedos y me miraba profundamente.

El timbre del teléfono detuvo la escena.

La vi dejar el pequeño elefante sobre la mesa, cruzar el laberinto de muebles que ahora me parecía insoportable, alzar el teléfono y contestar en una voz que en algo me recordó la voz que casi dos años antes había escuchado por la grabadora. Ansioso, todavía agobiado por la escena que acababa de imaginar, me incliné sobre la mesa buscando algo que pudiese tomar en la mano. Entonces lo vi: un sobre apenas abierto con la estampa de una oficina médica sobre el dorso. Me quedé allí, recordando la tempranera llamada, los ecos de esa voz grabada que ahora parecía sollozar en el teléfono mientras se limitaba a afirmar y a negar con esa frágil fuerza que solo les es dada a los enfermos. Tomé la figurita de jade en la mano y, como si de un talismán se tratase, la guardé en mi bolso. A su regreso, reconocí en el rostro de Giovanna la testaruda convicción de aquel que pretende mentir hasta las últimas instancias.

En algún lugar leí que no es mentira lo que se olvida. En los meses que siguieron a aquella extraña reunión permanecí fiel a esa perversa intuición. Traté de olvidar, mediante la laboriosa construcción de un alocado proyecto, la dolorosa verdad que creía haber visto aquella noche. Recuerdo que esa noche llegué al bar del Bowery con la sensación de que mi recién adquirido poder peligraba. Si no tomaba una decisión ahora corría el riesgo de permanecer en esa extraña penumbra que era la vida de los otros. La vida de los otros: como esa mujer que en el mismo bar se dedicaba compulsivamente a leer noticias. Saqué entonces mi pequeña libreta de apuntes y, allí donde hasta entonces decía *Hipótesis de lectura*, escribí un título que me pareció más adecuado: *La frontera invisible*. Miré a mi alrededor, más por pudor que por otra cosa, y, bajo el título, esbocé la silueta de esos falsos ojos claros con los que hacía apenas unas cuantas horas Giovanna me había mirado desde la patria de los enfermos. Solo entonces sentí que la imaginaria figura de mi antepasado se disolvía y finalmente aparecía yo en plena historia. Y era yo el que ahora decidía violentar las fronteras invisibles, era yo el que, en pleno bar, decidía levantarse de la mesa en la que hasta entonces me había mantenido callado, y era yo el que, rompiendo todas las leyes tácitas, se acercaba a esa mesa sobre la cual los periódicos yacían expuestos y, sin pudor alguno, apartaba una silla y se sentaba en ella. Era yo el que hacía caso omiso a los meseros que intentaban disuadirme y era yo el que, finalmente frente a esa mujer a la que sentía haber observado durante siglos, pronunciaba la pregunta obvia:

«¿Por qué los periódicos?»

Lo que sigue lo recuerdo casi como un recuerdo artificial, como se recuerda en las películas, mediante la pura imagen. La forma medida y pausada con la que, negando la esperada violencia, su rostro pareció levantarse muy despacio del papel. Sus ojos tenían el tinte vidrioso que ganan ciertos rostros al ser fotografiados digitalmente. Una mirada terriblemente vacía pero no por eso profunda, unos ojos que simplemente se negaban a ser algo más que ojos, mera superficie sin profundidad y mucho menos abismo. Desde ese vacío sin abismo escuché la respuesta que aún hoy, con los cuadernos de Giovanna tirados sobre la mesa, me parece terriblemente pertinente:

«¿Y a ti qué te importa?»

Aún hoy, pasadas las cuatro, la pregunta parece ser esa: ¿y a ti qué te importa? La pregunta siempre es esa: ¿por qué decidimos involucrarnos en ciertas vidas y no en otras? ¿Por qué en medio de la noche alguien decide rememorar una historia y no otras?

Aquella noche en el bar del Bowery aprendí que la paciencia no siempre merece historias o, más terrible aún, que a veces la curiosidad se queda en eso, en mera curiosidad, sin llegar a la anécdota. Que a veces todo lo que hay es superficie, mirada sin profundidad, dos ojos vidriosos que se dedican a rellenar las horas con letras. Finalmente creí entender algo: aquella mujer no leía nada, no buscaba historias más allá de lo que le ofrecía la superficie del papel. Como los copistas antiguos, como las computadoras actuales, su labor se limitaba a un mero registro del vocabulario anterior a la anécdota. O tal vez no, tal vez leía desde el centro secreto de su particular obsesión, pero en ese caso también todo terminaba allí: ante la coraza de la pasión privada que intuí en su mirada. No llegué, o no creí necesario llegar a pronunciar una respuesta. Simplemente me disculpé como si de una imprudencia se tratase, guardé la libreta de apuntes y al salir creí revivir una escena: en las afueras de un bar cercano, dos muchachos se enredaban a puños. Solo que ahora sentía vivir la escena en piel propia, en presente y no en pasado, envuelta en todos sus detalles: el sudor de los dos muchachos, la peste a cerveza vieja, la sangre que parecía delinear la ceja de uno de los implicados, un muchacho altísimo que ahora era abrazado por sus amigos con la misma furia con que él intentaba escapar. A principios del siglo XXI dos muchachos repetían una escena que de seguro habían vivido dos gángsters del siglo XIX, con la diferencia de que yo estaba forzado a vivir la escena en vivo y a color, en su presente absoluto, con la resolución moderna de la televisión. Crucé la calle con la convicción de que poco a poco comenzaba a desprenderme de mis viejos ropajes. Al cabo de unas cuadras me detuve en otro bar, saqué la libreta y leí esa frase que había escrito en el bar: *La frontera invisible*. Un proyecto se vislumbraba detrás de esa frase. Abajo, el esbozo de los ojos de Giovanna parecía recordarme que no sería un proyecto fácil, como nunca fue fácil el olvido.

La mirada de los gatos traiciona su eterna vigilia, dice siempre Tancredo. Lo dice como si los conociese, como si secretamente frecuentase sus reuniones, como si perteneciese él al mundo animal. Lo dice y luego se corrige. Los gatos, vuelve a repetir, habitan un entremundo. Lo han demostrado los científicos, repite, como si a mí me importase, y luego pasa a explicar eso que llama la ciencia: el hecho de que se ha demostrado que las ondas cerebrales de los felinos imitan la estructura de las ondas cerebrales de los humanos cuando estos duermen.

Tal vez por eso la tarde en que decidí afeitarme pensé en Tancredo. Afeitarme, ahora lo pienso, era mi forma de firmar la frontera de un cambio: un antes y un después con el que simulaba un cambio de vida. Frente al espejo me vi: cansado y viejo, más gordo que antes, pero aun así dispuesto a lidiar la última batalla. Y allí estaba la barba, esa barba que había tenido desde los veinte, a veces más frondosa y a veces más tímida, pero siempre allí, cubriendo gran parte de mi cara. Pensé que, aunque fuese extraño, Giovanna y yo nunca habíamos discutido el tema de la barba, el pelo como máscara. A fin de cuentas eso había sido la barba para mí: en un principio una forma de ocultar mi juventud, luego una forma de esconderme detrás del anonimato de lo común, hasta llegar a convertirse en la máscara que ocultaba una adultez precoz. Algo en mí, ahora, empezaba sin embargo a resistirse: algo quería volver a ser niño. Tanteé la barba con los dedos y, al ritmo de una bachata dominicana, vi la pelusa caer hasta que no quedó sobre mi cara más pelo que aquel marcado por un bigote saltarín. Reí al pensar que me había convertido, a fin de cuentas, en uno de esos gatos que mencionaba Tancredo, una especie de eterno vigilante del mundo de los dormidos. Reí al pensar que un hombre podía llegar a parecerse a un gato. Fue entonces cuando comprendí el sentido que tomaría la frase que acababa de escribir: *La frontera invisible* era otro nombre para la mirada. Pensé en Hopper y en los personajes de sus cuadros, esos hombres y mujeres que en pleno día parecían mirar hacia un afuera que nos era, sin embargo, prohibido. Me miré a mí mismo en el espejo, con ese bigote saltarín pintado en medio rostro, y jugué por unos segundos a volverme irreconocible. Jugué a perderme en mis muecas, con la alegría plástica de aquel que juega a repetir palabras hasta deformarlas. Todo cambiaba excepto la mirada. Sentí una alegría infantil al decirme que *La frontera invisible* sería eso: una enorme exposición sobre la mirada animal, un enorme desfile de ojos. Me dije eso y por un instante, mientras la rasuradora removía el bigote, olvidé la mirada de Giovanna, el sobre médico, los ansiosos dedos. Olvidé que la había imaginado desnuda en el centro de la sala, que la había deseado aunque fuese por un breve instante. Con el último corte, volví a mirar el espejo: me vi joven y extraño, convertido en un gato sin bigote, ansiosamente dispuesto a despertar.

14

De pequeño siempre me fascinó ese instante en las caricaturas animadas en donde el muñequito, que hasta entonces corría velozmente sobre el vacío, decide mirar hacia abajo y súbitamente toma conciencia de su insensatez. No importaba cuántas veces viese la misma escena, en cada ocasión me asaltaba el mismo sinsabor al verme forzado a atestiguar la necedad del personaje, su siempre inoportuna decisión de entregarse al mundo de la gravedad y por ende al de la lógica. La astucia, pienso ahora, recaía en suspender el tiempo de la razón, en volverse ingrávidos: ver por cuánto tiempo se podía correr sobre el vacío, negándose a mirar hacia abajo, como si de una carrera de insensatos se tratase. Como ahora, que noto que soy yo el que se niega a mirar hacia abajo, a romper el encanto de esa broma que crece ya pasadas las cuatro de la madrugada. Afuera la noche prosigue sin más, mientras adentro yo vuelvo a mirar las carpetas, los cinco puntos del quincunce que ahora parecen querer tomar vuelo como si de una mariposa se tratase. «¿Tragedia o farsa?» Recuerdo entonces una pregunta que Tancredo suele hacer: ¿cuán largo puede ser un chiste? Como en las caricaturas, el truco del bromista consiste en no mirar hacia abajo: mirar hacia abajo es entregarse finalmente a la inevitable tragedia, seguir corriendo sobre el vacío es apostar en cambio por la insensatez de la risa y de la farsa. El truco del bromista, dice Tancredo, consiste en mantener al público en vilo, removerle las certezas, suspenderlos en una nube de expectativas, hasta verlos emerger súbitamente detrás de una risa común. El bromista que duda cae al abismo silencioso como si de un muñequito se tratase. Pasadas las cuatro, empiezo a sentir que mi tiempo ya llega, que el bromista vacila y que el espacio se abre para que emerja la risa.

Afuera, en la casa de al frente, una luz se ha prendido y logro reconocer, por la ventana, la silueta de una mujer que prepara un café. Ya llega el día, me digo. Ha llegado la hora en la que la gente se permite prender las luces, hacer el café, mostrarse. Salir del anonimato del insomnio. Pienso en Hopper, en la extraña luz que aparece en sus cuadros, una luz sombra, una luz silueta y de repente me llega la imagen de una pecera enorme. Me pregunto si en las fábulas que escuchó Giovanna en aquel hospital tropical había peces y, si los había, en qué idioma hablaban. Tras la ventana ahora iluminada, la mujer se pone a leer algo que bien podría ser un periódico, pero luego pienso que es demasiado temprano para el periódico, que el muchacho pasa a las cinco. La miro nuevamente, la filosa silueta femenina detrás de la ventana. Me pregunto si llegaría a amarla. Así somos los hombres privados: amamos lo que está detrás de las ventanas. La cercanía se nos hace insoportable.

Giovanna tenía una pecera en su casa, una pecera con muchísimos peces que alimentaba constantemente. Peces de todos los colores. Anaranjados con rayas negras y blancas, azules y amarillos, hasta llegar a mis favoritos: los peces gato. Esos seres de profundidad con cara de hombrecitos gruñones, carroñeros que en plena noche se dedican a limpiar del subsuelo marino los restos de lo que durante el día fue la vida diurna de sus coloridos compatriotas. Giovanna detenía la conversación, abría una gaveta, sacaba una caja pequeñita y, con esa forma de caminar suya

85

que algo tenía de pez o de mantarraya, llegaba hasta la pecera y les daba de comer. Yo sentía una extraña alianza con aquellos peces carroñeros. También eran para mí las últimas migajas que traía la noche, mientras el día era siempre para los otros. Nunca supe si Giovanna tenía amantes, aunque si los tenía, llegué a decirme, debían ser amantes diurnos. Tal vez en alguno de esos viajes repentinos que la llevaban a Milán, a Praga, a Barcelona, le leía versos a un hombre que había aprendido a desearla mejor que yo.

Observo nuevamente la escena que ocurre del otro lado de la calle: la mujer se ha parado y lentamente, como si todavía durmiese, ha caminado hasta la cafetera. Se ha servido un poco más de café y, al girar, ha vuelto al periódico. En una esquina de la carpeta he escrito una frase, casi un título: *Escenas de la vida privada*. Y me he puesto a pensar que los norteamericanos son maravillosos en esos géneros menores de la vida privada. Dramas suburbanos, películas de histéricos e histéricas, tragicomedias de los malestares de la pequeña burguesía. «¿Y a ti qué te importa?» La frase de la mujer del Bowery me ha saltado de improviso y algo en mí se ha dicho que todos somos precisamente eso: peces en pequeñas peceras adyacentes que en plena noche se empeñan en mirarse entre sí a sabiendas de que entre ellos se impone una barrera invisible. Giovanna quería desesperadamente salir de todo eso, me digo. Quería volverse invisible y anónima para luego saltar y arroparlo todo. Tras la ventana, veo cómo, dos casas más abajo, alguien prende la luz.

Catástrofes privadas, las llama a veces Tancredo, mientras engulle una hamburguesa. Catástrofes privadas, dice, y en su voz noto esa ironía ácida que a veces tanto me molesta y otras me divierte: una forma de suspender la verdad, de regalar palabras como se regalan piezas de un rompecabezas, con la gracia del equilibrista que se lo juega todo en una simple metáfora.

A veces siento, mirando a Tancredo, su sombrero de ala roja y el bigote solitario pincelando el rostro pálido, que su apuesta es esa: la construcción de un mundo metáfora, de un mundo teoría. La apuesta por un mundo futuro. A veces, sin embargo, su cinismo me exaspera y siento que su perfil lo delata: un hombre en el final de los tiempos, un hombre decadente y sin futuro que en un *diner* de New Brunswick pretende disolver lo real en una enorme red de alusiones disparatadas. Catástrofes privadas, dice Tancredo, y con esa expresión pretende burlarse de mi teoría del comienzo. Según él, no hay repetición ni copia en el origen, sino una mera explosión diminuta que de repente hace que algo despierte en el hombre privado. Todo eso para decir: que no hay realmente en el comienzo más que la histeria de un hombre común.

Y ha sido precisamente con la valentía de un hombre común, con la paciencia de un alga o de un pez, como me he acercado a las carpetas hasta ponerlas todas sobre la mesa. Tres carpetas color manila, decoradas por un lazo rojo, como si de un regalo se tratase. Cada una ha sido numerada en la parte inferior derecha con un pequeño número que tal vez alguien haya anotado posteriormente. He puesto las carpetas sobre la mesa en orden ascendente, comenzando con esa primera carpeta sobre la cual logro reconocer la frágil caligrafía de Giovanna: *Apuntes (1999)*. Recuerdo los festejos de aquel fin de siglo, la llamada de Giovanna ya pasadas las diez: estaba en Roma y ya le pertenecía al siguiente siglo. Borracha me había dicho cosas que yo no quería escuchar y que después olvidé o creí olvidar, como igual olvidé o pretendí olvidar aquel sobre médico. *Apuntes (1999):* los miedos que quedaban atrás reducidos a disparates del siglo pasado y los miedos que apenas empezaban a crecer. Afuera la luz de otra casa puntúa el panorama todavía oscuro y veo a un hombre en pijama que carga en sus brazos a un niño pequeño. Pienso en Giovanna, en el sobre médico y en la niña de diez años. Tal vez tenga razón Tancredo: detrás de todo esfuerzo se halla no tanto la conciencia de un cambio, sino la mera decisión de marcar una pequeña frontera. Adentrándome en el frágil umbral que ahora separa la noche del día intento desenredar el nudo del primer lazo.

15

Después fue después: días, semanas, meses, años que empezaron a amontonarse al ritmo que Giovanna se afanaba en desaparecer. O tal vez era yo el que, impulsado por un afán de olvido, finalmente empezaba a emerger de un descuido todavía más profundo. Más delgado y sin barba, algo en mí parecía decidido a batallar aquella gran farsa del anonimato con la más impresionante vistosidad. El museo había aceptado mi propuesta y la exposición *La frontera invisible* estaba programada para el año siguiente. Giovanna igual llamaba pero ya nada era lo mismo: más que colaboradores, parecíamos viejos amantes condenados a rememorar las antiguas y ya inaccesibles noches de pasión. Ella se iba por meses sin mencionar palabra alguna y algo en mí se sentía aliviado. Meses durante los cuales yo me dedicaba a jugar con el pequeño elefante de jade que le había robado. Jugaba con él entre los dedos, tal y como ella había jugado con él, con una ansiedad inconsciente, mientras me dedicaba a organizar aquella exposición que poco a poco empezaba a tomar la forma de mi ambición: jugaba con el orden de las fotografías, intercambiaba los textos, me divertía salteando miradas humanas entre aquella gran marcha de ojos. Ella desaparecía durante meses y yo juraba que se iba para la selva, que cruzaba la maleza en plena noche hasta llegar al campamento donde la recibían los ojos de un subcomandante insomne. Yo me limitaba a seguir su trayecto de lejos, a seguirles los pasos a los pronunciamientos poéticos del subcomandante, a la espera de que algún día los periódicos anunciaran el imprevisto encuentro entre una modista y un líder de izquierda. Me reía al pensar las barbaridades que sugeriría la prensa de derecha: los amoríos que imaginarían, las perversas historias de corrupción que tejerían alrededor de esa simple imagen de inocencia. Sin embargo, los meses pasaban y nada ocurría. Ella regresaba de sus largos viajes, más delgada y evasiva, como si el proyecto ahora creciese a mis espaldas y el secreto se volviese profundo e impronunciable. La idea, siempre presente pero ignorada, de que pudiese ser a otro hospital hacia el cual se dirigiese en aquellos meses de silencio me roía internamente. Proseguíamos la discusión como si poco o nada hubiese ocurrido, pero algo en mí se decía que todo había acabado hacía meses, con Giovanna en el teléfono asintiendo. Sentía que apenas estábamos allí como parte de una historia de fantasmas que ahora apenas sobrevivía en su resaca. De todo aquello lo que más me gustaba era salir a caminar al bar del Bowery. Me gustaba asentarme allí y, liberado como ahora estaba de la curiosidad pero igualmente acompañado por la señora de los periódicos, me ponía a trabajar en la exposición con una voracidad absoluta, con esa misma voracidad con la cual, unas cuantas mesas al lado, la mujer devoraba las noticias con una mirada que ahora yo sabía vacía. Me desbocaba sobre la pequeña libreta de cuero rojizo y esbozaba ideas alocadas: traer a un animal vivo al museo, elaborar una anatomía de la mirada, llenar la sala con retratos de ojos hasta que se confundiesen las miradas y ya nadie supiese cuáles eran los animales y cuáles los humanos. Trabajaba con intensidad hasta que me llegaba el cansancio o hasta que la imagen de Giovanna enferma me detenía en medio gesto y la idea de continuar se volvía insoportable. Tomaba entonces el tren y al llegar a la casa caía profundamente dormido, como hacía tiempo que no dormía, plácidamente rodeado por miles de ojos que, apenas esbozados, parecían velar mis sueños.

Esperábamos el final de los tiempos y lo que nos quedó fue la resaca de una bacanal innecesaria, decía Tancredo. Yo asentía para no llevarle la contraria, pero por dentro me decía que finalmente el tiempo llegaba. Algo había cambiado irrevocablemente, aunque no se tratase del final de los tiempos. Algo había mutado y el caparazón se había roto. La primavera ya se vislumbraba y mientras en los bares la gente bebía, yo me decía que ahora era el momento para la sobriedad, el momento de tomar las riendas y arriesgarse finalmente. Me sentía a gusto, en paz dentro de ese hábitat tan extraño que había logrado construirme. Me había convertido en un bicho raro, en un insecto que incesantemente batía sus alas para no caer pero que aun así, poco a poco, había aprendido que no hay que batir tan rápido ni seguido, basta batir a un paso moderado pero con destreza. Paciencia, le decía a Tancredo, mientras pensaba que la metáfora estaba equivocada y que no era que yo hubiese pasado los años batiendo las alas incesantemente sino todo lo contrario. Me la había pasado quieto, hasta el punto de desaparecer en medio del paisaje. Solo ahora, lentamente, con el sigilo de los reptiles, empezaba a emerger de esa madriguera que con tanto cuidado me había tejido. Siempre que aparece algo es porque desaparece otra cosa, fondo y figura, recalcaba Tancredo, mientras algo en mí intuía con temor las consecuencias de mi súbito despertar.

Siempre que aparece algo es porque desaparece otra cosa, fondo y figura, repetía Tancredo, mientras en mi mente la imagen de Giovanna me devolvía una memoria de infancia. Recordaba las tardes en las que mi padre me llevaba al zoológico. No me interesaban los animales centrales. Me aburrían los elefantes y los leones, las cebras y los monos. Me entristecía su supremo aburrimiento en el cual, ahora que lo pienso, sentía relucir una especie de retrato vulgar del mundo adulto. Me encantaba, en cambio, visitar el vivario: esa especie de cajas de Pandora para la mirada

91

dentro de las cuales se escondían enigmas vivos. Me fascinaba pararme frente a las cajas y, sin mirar el nombre del animal, intentar descifrar de qué se trataba. Allí, detrás del cristal, se hallaba la vida como enigma a descifrar. La vida a modo de rompecabezas o de estereograma. En algunos casos, la respuesta era obvia: se notaba la forma sinuosa y húmeda de la serpiente sobre el tronco seco, la presencia revoltosa de la mariposa, el siniestro tedio de la solitaria iguana sobre la piedra. En otros casos, sin embargo, detrás del cristal se intuía, meramente, un vacío absoluto. Como si el animal original hubiese muerto y a los empleados del zoológico se les hubiese olvidado cambiarlo por uno nuevo. Era frente a esas cajas aparentemente vacías donde yo me postraba, a la expectativa de que súbitamente surgiese la figura hasta entonces oculta: la singular mariposa que se confundía con el ramaje, las laboriosas hormigas en su hasta entonces invisible labor, la misma iguana en cuya quietud ya no vislumbraba aburrimiento sino picardía. Me encantaban esos pequeños trópicos en cautiverio en donde la nada se hacía finalmente visible. Tal vez por eso detestaba al niño impaciente que, al notar que tras el cristal no parecía haber nada, se atrevía a darle un golpe de dedos en un intento desesperado por ver surgir algo. Me recordaba parado frente a uno de estos teatros tropicales en los que nada parecía ocurrir a pesar de los impacientes golpes de los demás niños. Seguros de que allí no había nada, ellos no tardaban en pasar a otras cajas. Yo, sin embargo, me había quedado parado allí, a pesar de la insistencia de mi padre, que, como los demás, tampoco creía que allí hubiese algo. Entonces lo había visto emerger lentamente: ya no meramente el animal dentro del paisaje, sino el animal-paisaje, el animal que era en sí el paisaje dentro del cual nosotros habíamos intentado buscarlo. Me había vuelto para mirar el nombre tal y como lo presentaba la pequeña placa: «Mula del Diablo, Costa Rica». Más abajo, en un aparte que quedó grabado en mí por mucho tiempo, se leía: «Fásmido». Había visto emerger a ese pequeño fásmido con la impresión de que no se trataba de un camuflaje típico, sino de algo más siniestro: un animal que poco a poco devoraba el paisaje con la secreta ambición de convertirse en paisaje. Años más tarde encontraría en el libro de un filósofo francés los conceptos necesarios para pensar lo que allí meramente ocurría: la copia devoraba el modelo. Pero eso sería después. Para el niño de apenas doce años que se paró aquella tarde frente a la caja vacía la impresión fue otra: la de estar frente a un animal descomunal, frente a un animal más temible que cualquier otro precisamente porque su ambición no era necesariamente sobrevivir sino trascender la vida. Un segundo descubrimiento me había sobrevenido al acercarme al cristal: no se trataba de un simple animal sino de docenas de pequeños insectos que parecían confundirse entre sí hasta crear esa especie de cuerpo colectivo que parecía decidido a emular un paisaje ausente. Una confusión horrible me dejó despierto aquella noche, mientras intentaba comprender exactamente qué era lo que había visto aquella tarde. ¿Qué se había vuelto visible y qué se mantuvo invisible? Durante aquella primavera ya lejana la imagen de aquel enjambre de insectos me acompañó como una especie de precaución: aquello que de repente aparece es algo que siempre está muy cerca de la nada. De esa terrible nada que ambiciona, sin embargo, serlo todo. Recordaba aquella tarde con la seguridad de que algo así éramos Giovanna y yo, una dupla de fondo y figura cuya secreta ambición era la de fundirse en una nada absoluta. Y así crecía la primavera, jugando a la cuerda floja entre el todo y la nada, mientras yo intentaba convencerme de que la única manera de realmente acompañar a Giovanna era aprender a perderla. La veía llegar de alguno de sus viajes enigmáticos, más delgada y pálida, pero me tranquilizaba a mí mismo diciendo que todo aquello era pura ilusión. Ya pronto cambiaríamos de perspectiva y la verdadera imagen aparecería, magistral y precisa: notaríamos que su delgadez no era sino el costado de otra realidad más atroz, aquella que la impulsaba a fundirse con el paisaje con la fuerza de aquel elusivo fásmido de mi infancia. Siempre que aparece algo es porque desaparece otra cosa, fondo y figura, recalcaba Tancredo, mientras en mi mente la que desaparecía no era la Giovanna real sino la niña de diez años.

Podría decirse, entonces, que el proyecto se diluyó con la misma espontaneidad con la cual fue concebido. Podría decirse, también, que hasta hoy no sé cuál fue realmente el proyecto. Mi vida había sido interrumpida por una llamada tempranera y al cabo de dos años de labor todavía no me quedaba claro hacia dónde iba la cosa. Me gustaba pensar que algún día veríamos al subcomandante con algún pasamontañas más a la moda, algo colorido y saltón. Y junto a él, Giovanna riéndole a la cámara como si me mirase. Reía al pensar que eso interrumpiría la guerra irrevocablemente, tal y como una simple llamada a las cinco de la madrugada había interrumpido mi vida. Sin embargo, mis alucinadas comedias nunca ocurrían. La guerra seguía siendo la guerra en un país lejano y en un nuevo siglo. Y así, el proyecto se difuminaba como si no hubiese sido otra cosa sino un breve sueño.

La última vez que la vi no llevaba maquillaje. O sí lo llevaba pero a medias, como si hubiese intentado bruscamente removerlo pero se hubiese detenido a medio gesto, tal vez al escucharme tocar la puerta. Estaba, como siempre, vestida de negro, pero de un negro cansado, que ahora parecía extenderse hasta las raíces del pelo en donde, descuidada, la cabellera parecía empeñarse en retomar su color real. Sentí que poco a poco sus disfraces se difuminaban y que tal vez muy pronto tendría frente a mí a la Giovanna real. Ella, sin embargo, parecía decidida a permanecer la misma. Me comentó algo sobre sus viajes y se fue a sentar en unas de las sillas. Sobre la mesa del comedor había una enorme cantidad de piezas de un rompecabezas cuyo modelo yacía junto a la pecera. A su alrededor los peces parecían flotar como si perteneciesen a aquel mismo mundo. Se trataba de uno de los luminosos jardines de Monet: un jardín de pequeñas flores en cuyos pétalos el púrpura parecía jugar a convertirse en blanco. La partición del rompecabezas en mil piezas lo volvía evidente: la mayor parte de las piezas se limitaban a sugerir un toque de púrpura. Fue entonces cuando arriesgó su movimiento: me sugirió en una voz muy leve que el proyecto ya llegaba a su fin y que no necesitaría mi ayuda en los siguientes meses, pues pensaba pasar una temporada en el extranjero. Me lo dijo así, «el extranjero», y a mí me pareció una expresión rarísima, algo que no escuchaba hacía años. Luego, sonriendo, tomó una pieza un tanto verdosa –una hoja, pensé yo distraído– y la acomodó dentro de un pequeño fragmento que ya empezaba a tomar forma. Yo me limité a imitarla, sin creer necesario ni siquiera responder, comprendiendo que aquella no era realmente una pregunta sino mera información, una frase que ella lanzaba al aire para que se quedase precisamente allí. Así fue como pasamos el resto de la noche reconstruyendo aquel cuadro de flores livianas, envueltos en un silencio tenso detrás del cual se podía intuir una leve disputa. Habría sido más apropiado, pensé entonces, que esa noche hubiésemos jugado una partida de ajedrez o, mejor aún, uno de esos juegos de mesa que tanto me gustaban de niño: un juego de guerra, con el mapa del mundo dibujado a colores y los pequeños soldados brincando fronteras. Algo, volvía a repetirme, que hubiese dejado claro que lo que nos jugábamos entonces era una partida final. Pero ese no era el estilo de Giovanna. Su estilo era mucho más sutil y ligero, como aquel cuadro de Monet que ahora recomponíamos, un cuadro que parecía estar dibujado con la delicadeza de un dios terriblemente aburrido: acá una pincelada de púrpura, allá una de blanco. Uno de esos terribles ejercicios de paciencia que tanto le gustaban a ella. Así estuvimos hasta entrada la madrugada, cuando Giovanna se quedó dormida. Yo me quedé una media hora más, intentando terminar el rompecabezas, pero pensé que lo justo era precisamente dejarlo así, a medio hacer. La miré dormir como una niña mientras intentaba convencerme de que los finales nunca son así. Siempre queda algo. Al salir noté que ya amanecía.

16

Seis años más tarde, un desorden de hojas yacen sobre mi cama como si de piezas de un rompecabezas se tratase. Afuera, un hombre cierra una puerta y enciende el motor de su auto. Tomo conciencia de que ya son siete las horas que han pasado desde que el hombre me entregara este paquete que ahora yace aquí desperdigado en piezas. Miro el reloj como buscando confirmación. Son ya las cinco, me digo, y pienso nuevamente en la llamada original que había entrado justamente a las cinco. Me alegro al pensar que mi teoría sigue intacta: todo comienzo es mera réplica. Entonces me pongo a organizar los documentos en un intento de comprender qué historia trata de contarme Giovanna.

La primera carpeta está compuesta completamente por fotografías. Habrá tal vez cincuenta fotos sin fechar que al cabo de un tiempo logro organizar en tres categorías básicas. En el primer grupo, tal vez el más notable, ubico las fotografías de moda: mujeres vestidas con trajes de baño de los años cincuenta, voluptuosas jóvenes maquilladas a lo Marilyn Monroe, a lo Jayne Mansfield, a lo Grace Kelly. Jóvenes en cuyas fotos uno puede intuir el falso tinte casi blanco de la cabellera, los rizos perfectos y el escote acentuado. Fotografías de modelos que poco a poco se vuelven menos imponentes y más delicadas, menos parecidas a Marilyn Monroe y más parecidas a la tierna Audrey Hepburn. Hasta llegar a una serie de fotografías tomadas ya no en el set, sino en medio de lo que parece ser el furor nocturno del Caribe, con sus palmeras y los barrocos trajes tropicales al estilo Tropicana. Luego, en un segundo grupo de fotografías que parecen posteriores, empiezan a despuntar, a todo color, paisajes naturales: fotografías de montañas rocosas al estilo de Anselm Adams, fotografías de una selva más frondosa y tropical dentro de la cual, cuando vuelvo a mirar, aparece el rostro de una de las modelos de las anteriores fotos. Una chica rubia, muy joven, que juega a cubrirse el rostro con una amplia hoja verde. Los ojos, sin embargo, la delatan: se le reconoce en su risa oculta, en ese gesto con el que niega la cámara juguetonamente. Luego hay más paisajes: la selva retratada desde el aire como la hubiese retratado un hombre desde un globo de helio, algunas fotografías de un río crecido y, para terminar, una serie de fotos de aves en vuelo. El tercer grupo de fotografías es más desconcertante. La componen una serie de imágenes de lo que parece ser un pueblo minero: los hombres tiznados, las carretas, los túneles subterráneos. Estas fotografías están nuevamente en blanco y negro pero no buscan un efecto emotivo. Parecen buscar otro efecto: una especie de objetividad absoluta, como si la mirada hubiese perdido su pasión y buscase enterrarse junto a la memoria de su pasión. Acá no hay rostros. Las fotos se limitan a esbozar a los obreros en gestos de trabajo. Entre ellas, un poco fuera de lugar, encuentro una de un pequeño canario tiznado. Un canario de mina, me digo, mientras recuerdo esa historia que contaba mi padre sobre un canario de mina que había cambiado la historia universal: el asfixiado silencio de aquel humilde canario había salvado al abuelo de Churchill y por ende a Churchill. Mi padre reía y luego daba el salto inevitable: aquel canario nos había salvado por ende a todos. Remuevo la imagen del canario y me pongo a revisar nuevamente las fotos. Busco alguna carta de Giovanna explicando todo esto pero no la encuentro.

Pienso por un segundo que todo esto es un error. Giovanna se habrá equivocado y habrá dispuesto que tras su muerte se me envíen estos cuadernos. Habrá confundido la figura del quincunce con el destinatario. Vuelvo sobre las fotografías hasta que me detengo en aquella que muestra a la chica rubia tapándose juguetonamente la cara con una hoja tropical. Algo en los ojos me recuerda el gesto con el que Giovanna se apartaba al reír, cierto movimiento pendular en el que yo creía intuir un juego de ausencias. La semejanza sin embargo pronto se desvanece. Reviso las otras fotografías de la modelo, aquellas en las que aparece un tanto más joven y voluptuosa, un poco más Marilyn y menos Audrey, en lo que debe haber sido la década de los cincuenta. Vuelvo a encontrar allí la semejanza, la misma mirada de amplios y redondos ojos jugando al escondite. Entonces me digo: aquí está la trampa, Tancredo, tal y como la esperábamos. Las piezas vagamente dispuestas para que el obsesivo empiece a trazar patrones. Como negando mi intuición, intento distraer la mirada. Pongo a un lado las fotos de la mujer y me concentro en las fotografías del pueblo minero. El verdadero descubrimiento, pienso, está allí, entre estas fotografías que se niegan a encajar dentro del patrón general. Miro al canario y me digo que si aquí hay una historia esta tendría que comenzar con el canto de un canario en un pueblo lejano. Afuera, el día comienza a mostrarse.

La segunda carpeta la conforman lo que a primera vista parecen ser cinco ensayos. Todos giran alrededor de la fotografía. El primero, fechado en 1967, es una especie de reconciliación del carácter artístico de la fotografía de moda. El segundo, fechado siete años más tarde, en 1974, es una indagación sobre la relación entre la fotografía y la historia. Hasta acá, todo normal. Los ensayos están escritos en prosa elegante pero severa, como si realmente creyesen en los parámetros impuestos por el mundo académico hacia el cual parecen estar dirigidos. En el tercer artículo es donde las cosas cambian. «La silueta de las nubes», publicado en 1975, tiene once epígrafes y una prosa alucinada detrás de la cual intuyo cierta vocación poética. Su tema: la fotografía como meteorología, la fotografía y el futuro. El cuarto artículo, titulado «A vista de pájaro», lo conforman siete fotografías aéreas de un pueblo minero alrededor de las cuales serpentea una pequeña épica sobre la distancia. El texto está fechado al final con localidad incluida: «San José, Costa Rica, 1978». Por último, un artículo de 1983 sobre la fotografía y la reproducción, sobre la fotografía y los hijos. Pienso en Giovanna, en la niña de diez años enferma en un hospital caribeño. Pienso en la ausencia de los padres y me descubro tocado por un sentimentalismo inesperado. Me detengo. Hojeo los textos y noto que todos están firmados por el mismo nombre: Yoav Toledano. Repito el nombre tres veces, pero nada ocurre. Luego me detengo en un pequeño poema que se encuentra en el último artículo, una especie de espiral cósmica que termina por provocarme cierto vértigo. Pienso que la figura no parece tanto una galaxia sino un pequeño huracán tropical. Pienso en los agujeros negros que tanto le gustan a Tancredo y pienso en aquel bar del Bowery en el que me atrincheré durante casi dos años. Pienso que hay secretos que apenas se dejan entrever y detrás de los cuales, como si de una galaxia se tratase, no hay otra cosa sino un gran vacío. Me pongo a leer los versos en busca de algún patrón pero al cabo de un rato me aburro. Algo en mí se dice que tal vez la historia va por ahí: una gran épica del aburrimiento que Giovanna tejió para rellenar las horas vacías, una especie de vano viaje tras una inventada ballena blanca que se desvanecerá tan pronto comience a perseguirla. Vuelvo sobre ese artículo titulado «La silueta de las nubes». Subrayo con marcador rojo unas líneas: «*A photograph, like a cloud, is never a thing in itself, but rather the sign that something will happen.*» Intento traducir: «Una fotografía, como una nube, no es algo en sí mismo, sino un mero índice de que algo sucederá.» Pienso que la frase se equivoca: que la fotografía no apunta hacia el futuro sino hacia el pasado. Me gusta, sin embargo, la idea: tomarle una fotografía al futuro. Vuelvo a mirar los textos y me digo que es demasiada lectura. Cuidadoso de mantener el orden inicial, guardo los artículos en la misma carpeta.

La tercera carpeta la componen una serie de notas de periódico. En ellas se reporta el surgimiento de un fuego subterráneo en un pequeño pueblo minero. La primera nota, fechada en 1962, narra el evento inicial sin todavía intuir las repercusiones: según la información oficial, narrada en las actas, el fuego fue inicialmente causado por un error en la quema de desperdicios del vertedero municipal. Alguna parte del fuego inicial quedó sin consumirse y al crecer logró internarse en el laberinto de minas de carbón que yacían abandonadas en las proximidades. Hasta ahí la noticia. Se menciona que el pueblo está bajo vigilancia y que se espera que muy pronto las autoridades sean capaces de aplacarlo en su totalidad. Leo con interés el documento y pienso en las fotografías del pueblo minero que aparecen en la primera carpeta. La segunda nota, fechada diecisiete años más tarde, en 1979, traza la estela de ese evento inicial. Según cuenta el artículo, al intentar medir los niveles de gasolina, Will Farris, el dueño de una estación local de gasolina, notó que su varilla de medición emergía inesperadamente caliente. Decidió entonces medir la temperatura de la gasolina y se sorprendió al encontrar que esta alcanzaba los setenta y ocho grados Celsius. Solo entonces comprendió que los fuegos lo rodeaban. La tercera nota periodística data de 1981 y narra un triste evento: la caída de un niño de doce años en un sumidero de ciento cincuenta pies, al abrirse este súbitamente en su propio patio. El artículo narra el heroico acto de su primo de catorce años, quien fue capaz de salvarle la vida al sacarlo del hoyo. La columna de humo que exhumaba aquel sumidero fue analizada y se encontró que contenía cantidades letales de monóxido de carbono. Silenciosamente, el fuego corría alborotado a los pies de un pueblo que todavía jugaba. Me detengo frente a la nota y pienso que Giovanna tendría cerca de esa edad, catorce años, para ese entonces. Pienso en la historia de Giovanna en el hospital tropical y algo me regresa a su tan peculiar manera de fumar. Pienso en las fotografías de la modelo en cuyos ojos he creído reconocer la esquiva mirada de Giovanna. El cuarto artículo está fechado en 1987 y narra el viaje de un reportero al pueblo cuando este ya empezaba a vaciarse. Lo que ya empieza a despuntar allí es la fascinación del reportero por los que deciden no irse, aunque el artículo dedica la mayor parte a describir los incentivos gubernamentales ofrecidos a los ciudadanos para abandonar la ciudad. Diez años más tarde, en 1997, el mismo periodista firma un artículo en donde su curiosidad se hace evidente: regresa al pueblo para entrevistar a aquellos pocos que han decidido quedarse. Logra entrevistar a casi todos. Solo tres se niegan a participar. El artículo, sin embargo, menciona los nombres de estos tres: el matrimonio compuesto por Richard Cena y Roselyn Cena, ausentes del pueblo a la hora de la entrevista a causa de la enfermedad de una hija, y Yoav Toledano, un fotógrafo extranjero reconocido por sus peculiares manías. Reconozco el nombre con alegría cansada, como quien reconoce una iglesia luego de haber manejado perdido por horas. Cierro la carpeta a sabiendas de que aún falta mucho camino por recorrer. Afuera dos hombres gritan mientras empieza a amanecer.

Así que al final de esta historia solo queda un nombre: Yoav Toledano. Me repito el nombre hasta que pierde su sentido y solo entonces, cuando ya las sílabas se separan hasta el anonimato, prendo la computadora y pongo su nombre en el buscador. Aparecen una serie de fotografías de un hombre apuesto, en algunas con un estilo impecablemente limpio, sin barba y con gomina en el pelo, al estilo de los años cincuenta, hasta llegar a otras en donde aparece barbudo y más juguetón, fotografiado junto a algunas figuras de la bohemia de los años sesenta y setenta. Más abajo encuentro otras fotografías cuyo estilo inmediatamente reconozco: fotografías de moda como las que he encontrado hoy en esa primera carpeta. Me detengo en una fotografía fascinante en donde el propio fotógrafo aparece, barbudo y con una pierna enyesada, junto a una modelo que parece recostarse, con aspecto de bailarina, sobre su arqueada espalda. Toledano viste pantaloneta corta, como si viniese de la playa, y sujeta con picardía una escopeta que parece haber sido convertida en caña de pescar. A sus espaldas crece un mapa del mundo. Logro reconocer en los ojos de la mujer la misma mirada en la que, media hora antes, creí haber hallado a Giovanna. Es la misma modelo, pero esta vez más morena y tropical. Cierro la página de imágenes y busco cualquier información sobre este personaje de nombre Yoav Toledano cuya figura ahora crece a pasos agigantados. Al cabo de unos minutos hallo un dato que ata los hilos hasta ahora descubiertos: «Desde 1978, el fotógrafo israelí Yoav Toledano, famoso por haber capturado muchos de los insignes rostros de la bohemia neoyorquina, desaparece sin dejar rastro.» Toda historia, me digo, comienza lejos de casa.

17

Después de aquella última reunión, seguí tomando el tren a Manhattan como si Giovanna todavía me llamase. Llegaba hasta la ciudad y de allí me dirigía hacia el sur, feliz de poder caminar libreta en mano por aquellas mismas calles por las cuales había deambulado durante dos años. Caminaba como caminan las aves cansadas, con cierta pena alegre, hasta llegar al bar del Bowery. Reconocía a la mujer de los periódicos y a los meseros. Entonces abría la pequeña libreta de cuero rojizo y me ponía a trabajar en la exposición. Trabajaba así, al amparo de las lámparas de lo rutinario. Noche tras noche regresé a ese lugar que creía yo era el origen de la ficción, el origen del delirio, hasta que una noche ella no llegó. Pasé las horas mirando la mesa vacía en donde hasta esa noche siempre habían estado los periódicos y al cabo de dos copas me dije que era hora de partir. Recuerdo que al salir sentí que la noche se mostraba abierta. Caminé sin pausa y sin dirección, hacia cualquier parte pero buscando algo, algo que sin embargo no era una localización y ni siquiera una sorpresa. Caminé buscando una sensación, solo para darme cuenta de que ya la tenía y que bastaba seguir caminando hasta gastarlo todo, hasta llegar al final de la noche y darse cuenta de que ya no quedaba más que agotar la alegría.

TRES PREGUNTAS A GIOVANNA LUXEMBOURG
(Entrevista inédita, diciembre de 2005)

¿Cómo y cuándo decidió que se dedicaría al diseño y a la moda?
Tenía dieciséis años y un enorme deseo de escapar de mí misma. De mi voz, de mi cuerpo, de la fijeza de esos espejos que parecían perseguirme por todas partes. Fue entonces cuando comencé a escaparme por las noches. Corría de la casa en la que entonces vivía junto a una pareja de viejos retirados que me había adoptado. Fue por esos días, también, cuando decidí por primera vez pintarme el pelo de negro. Pero no fue solo el pelo. Algo en mí quería convertirse en el color negro: un vacío que escapara a todos los espejos. Me vestía de negro, me pintaba las uñas y los labios de negro, buscaba en la ausencia de color un vacío. Mi familia adoptiva se preocupó y decidió enviarme junto a una tía lejana a Europa. Hasta hoy no sé decir por qué acepté ir, pero la cosa fue que lo hice y al mes estábamos en Europa. Fue allí, en uno de esos pequeños pueblos blancos que dan al Mediterráneo y que siempre parecen querer vaciarse de sí mismos, cuando decidí volver a escapar. Aproveché que mi tía había ido al baño y corrí, ignorante de que el pueblo era tan pequeño que me encontrarían sin buscarme. Corrí como nunca había corrido antes, hasta que al cabo de unos minutos vi aparecer una diminuta capilla al final de una calle estrecha. Entré y me escondí. Mi idea era quedarme allí hasta que llega-

se la noche, para luego desaparecer pueblo abajo. Huir a otro pueblo a pie, traspasar incluso fronteras más osadas. Pero sentí miedo y en medio del miedo grité. Grité como nunca lo había hecho, con una furia que se escondía entre el temor. Grité altísimo y para mi sorpresa mi voz se perdió entre los recovecos de esa pequeña capilla hasta el punto de que creí haberla perdido. Estaba a punto de pensar que soñaba cuando escuché que finalmente el grito regresaba a mí, convertido en algo más: era mi voz pero era otra voz, era un eco en el que mi voz jugaba a camuflarse entre otras voces, pasadas y futuras. Algo en mí se dijo que aquello era lo que había buscado: un escondite dentro de mi propia voz. Y recordé entonces una memoria de infancia que hasta entonces había olvidado: volvió a mí la imagen de una selva tupida y en ella la figura de un insecto que jugaba a disfrazarse entre las ramas. Recordé aquel animal juguetón, vistiéndose y travistiéndose en plena selva, y algo en mí comprendió entonces que la única escapatoria al miedo y a la furia que yo sentía se hallaba allí: en los trucos de aquel animalito y en los ecos de aquella voz que ahora volvía a regresar a mí, a la vez idéntica y transformada. Escondida de sí misma. A la mañana siguiente, cuando amaneció, salí finalmente de mi escondite y le dije a mi tía que no lo volvería a hacer con dos condiciones: quería cambiar de nombre y estudiar diseño de moda. Una semana más tarde les dije a todas las amigas que mi nuevo nombre era Giovanna Luxembourg. Todas rieron, pero yo volví a escuchar el eco de aquella capilla fantástica.

¿Cuál es su verdadero nombre?
Carolyn Toledano. Pero decir verdadero es no entender nada de lo que he dicho.

¿Y qué relaciones tiene con sus padres?
Ninguna. Digamos que han muerto. O digamos, mejor, que con mi madre a veces siento que hablo: que a medianoche

su voz me dicta el camino a seguir. Y digamos que mi padre es un hombre que en un pequeño pueblo minero intenta olvidar el fin del mundo. Cambiar de nombre es un poco cambiar de familia.

Segunda parte
El coleccionista de ruinas (2007)

La ruta sería larga. Todas las rutas que conducen al objeto de nuestro deseo son largas.

JOSEPH CONRAD

1

Todas las tardes el orden se repite con el aura de un ritual vacío: llegadas las cinco el viejo deja el trajín del garaje a un lado, se sirve una cerveza rubia, se sienta en la mesa del patio y dispone, una por una, las piezas sobre el tablero de ajedrez. Con la parsimonia siempre atenta de un gato, se quita las botas, se alza las mangas, se toca la barba y solo entonces, sentado frente a la tarde que ahora empieza a reclinar, lanza el profundo grito que me deja saber que está listo. Yo tiro la novela sobre el colchón, cruzo la sala en donde se escucha el frenético revolotear de los canarios en sus jaulas, abro la puerta y al salir constato que el ritual se ha cumplido. Lo veo, sentado en dirección al viejo colegio ahora vuelto terreno baldío, la cara curtida por el sol y los años, la mirada detenida sobre el tablero como si pensase jugadas, la calva prominente alrededor de la cual caen, elegantemente, unos rizos blancos. A su alrededor tres perros vagan, ociosamente cansados, como si buscasen escapar del calor de la tarde. Hace un gesto con la mano derecha mientras con la izquierda da una pequeña palmada sobre la otra silla. Señal de que tome asiento. Así, sin mucha palabra, termina el día y empieza la partida.

Cada atardecer desde mi llegada ha sido idéntico. A veces jugamos varias partidas y a veces solo una, eterna y múltiple, que me hace

111

creer que el viejo inventa juegos dentro de la gran partida, reglas privadas dentro de ese universo en miniatura que él mismo ha construido. Jugamos al calor de la tarde, entre cerveza y cerveza, con los perros vagando a nuestro alrededor y el constante rumor de los canarios como música de fondo. Él siempre en dirección al poniente y yo siempre mirando hacia el este, hacia la casa abandonada del viejo Marlowe, sobre la cual ahora revolotean alocadas docenas de gallinas sin rumbo. «Las entrenaba para competir», me ha dicho al finalizar el segundo día. «Soltaba las gallinas a una milla de distancia y con sus amigos apostaba a ver qué pájaro regresaba primero a casa.» Luego ha escupido hacia delante como si le escupiese al suelo o como si intentase limpiar la conversación.

Y así, mirando el desasosiego de las gallinas que finalmente han vuelto a una casa que ya no da para más, jugamos durante horas, bajo un silencio acompañado, hasta que de repente siento que el aburrimiento lo hastía. Lo veo erguirse sobre la silla hasta parecer mucho más alto y joven, con los ojos bien abiertos y el rostro más expresivo. Solo entonces lo reconozco tal y como lo he visto en las fotos que aparecen en el archivo de Giovanna: la mirada pícara, la sonrisa a medio hacer, las cejas, ahora blancas, bien marcadas. Reconozco al hombre que, cuarenta o cincuenta años más joven, aparece en las fotos acompañado por bailarinas tropicales, pero igual intento esconder el hallazgo. Si se entera de lo que sé, me digo, se negará a ayudarme. Sin detener el juego, entre sorbo y sorbo, el viejo fotógrafo empieza a contarme esa historia que crece serpentinamente, una historia larga y flaca de desvíos y viajes que termina por depositarlo en este pueblo que crece a sus espaldas, un pueblo que se vacía con la misma voluntad cansada con la que él ha decidido adoptarlo como suyo. Me cuenta la historia por fragmentos, como si de fotografías se tratase, hasta que de repente, cansado, canta el inevitable jaque mate. Adentro, el silencio de la casa es señal de que los canarios han aceptado el final de la jornada.

Yo, sin embargo, sé que su jornada no termina allí. Sé que pasadas las nueve el viejo vuelve al garaje a contemplar el progreso de esas enigmáticas maquetas a cuya elaboración ha dedicado las horas del día. Sé, porque lo he visto, que al terminar de cenar abre nuevamente la puerta de la casa, cruza el pequeño patio, se interna en el garaje y se sienta a contemplar, con ojos de inmemorial elefante, esas maquetas sobre las cuales aparecen esbozados mapas a medio desdibujar. Mapas a distintas escalas, repletos de borrones, mapas que parecen disolverse como se esfuma un recuerdo o un olor. Parecen representar la misma ciudad. Se diferencian, en cambio, en las escalas y en la singular manera en que han sido desfigurados. Entre el desorden de viejas revistas, diarios y cervezas que compone el garaje, hay una mecedora de mimbre. Él se sienta en ella y desde allí, con ojos de león dolido, contempla esos monumentos efímeros con el mismo tacto pausado con el que horas antes ha movido las piezas del ajedrez. Yo lo observo a escondidas en ese ritual tan extraño hasta que la pregunta se vuelve obsesiva: ¿por qué no se fue cuando todos decidieron irse? ¿Por qué se quedó en este pueblo que no era ni siquiera el suyo? Uno de los perros se acerca y lame mi mano como señal de amistad en pleno desierto.

2

Yoav Toledano tiene veintitrés años la primera vez que piensa en América Latina como una posibilidad real más allá de los tristes mapas. Una creciente alergia a la guerra, producto de su participación en la Guerra del Sinaí de 1957, ha terminado por inculcar en él una secreta vocación de trotamundos. Piensa, inicialmente, en visitar algún país asiático, con palmeras verdes y costas claras, pero la resonancia poética de la Tierra del Fuego es capaz de disuadirlo. La idea, terriblemente romántica, de la soledad en el fin del mundo le hace sentir que huye de una historia que lo cerca por todas partes. Una fotografía que encuentra en una vieja revista de moda, en donde la provincia de Bariloche sale retratada, con sus montañas nevadas y su bello lago, confirma sus intuiciones. Se imagina en los confines del mundo, acompañado por pingüinos y osos polares, rodeado por la taciturna solidaridad del color blanco. Se dice que de llegar a América, necesitará tres cosas: una cámara fotográfica, un mapa y la voracidad que ha guiado a sus familiares durante un interminable peregrinaje de cuatro siglos. Sin todavía haber visto la nieve, se visualiza fotografiando enormes témpanos de hielo, a bordo de pequeñas barcazas empeñadas en adentrarse siempre hacia el sur. Es entonces cuando concibe su misión bajo los retintes de la épica: viajará hacia el oeste como el sol y hacia el sur como los astros. A sus familiares, sin embargo, les explica el viaje como un periplo juvenil. Regresará al cabo de unos cuantos meses, tan pronto haya aprendido a recitar, en perfecto español, los poemas del poeta favorito de su padre: el nicaragüense Rubén Darío.

Convencidos los padres, se embarca en la selección de la cámara fotográfica. En un pequeño libro sobre la historia de la fotografía encuentra la inspiración necesaria: allí lee sobre la cámara oscura de Niépce y sobre el aparato de Daguerre, sobre los experimentos de Talbot, el surgimiento de la primera cámara Kodak y la invención de la fotografía instantánea. Este último evento le parece fascinante: no puede imaginar la fotografía sin esa ligereza instantánea. Resulta natural, entonces, que en el momento de comprar una se decida por una Polaroid Pathfinder que encuentra en una pequeña tienda de electrónicos en Tel Aviv. La selección del mapa es más sencilla pero no por eso menos sugerente. Encuentra, en un libro de historia, un mapa con las rutas de los viajes americanos de Alexander von Humboldt. Lo arranca y traza sobre su superficie rugosa el viaje que ha imaginado. Tiene cuatro puntas. La primera, una estrella trazada con marcador rojo, es lógica: el puerto de Haifa. La segunda punta, marcada con un sello postal, se ubica en la punta sur de España, como si todo viaje trasatlántico pidiese una repetición del viaje de Colón. La tercera, moderna e ilusa, se ubica en Nueva York. Desde allí traza una línea zigzagueante que cruza nuevamente el Atlántico, esta vez mediante un arco enorme que terminaba por asentarse sobre la punta sur del continente. Sobre esa última punta, Toledano decide dibujar un pequeño pingüino, al margen del cual se puede reconocer, en letras hebreas, el nombre que tanto le fascina: «Tierra del Fuego». Así, inevitablemente romántico, con una imperiosa voluntad juvenil, se prepara durante el invierno a la espera de ese viaje que solo puede imaginar bajo la rúbrica de otras travesías clásicas: aquella que acaba depositando a un joven Charles Darwin sobre la punta sur de ese continente al que dice dirigirse, aquella famosa circunnavegación del globo mediante la cual Magallanes descubre la belleza de las esferas, aquel triste vuelo en el que acaba desapareciendo Amelia Earhart y, con ella, su sueño aéreo. Traza rutas, imagina estadías, esboza proyectos. Pero principalmente toma fotos.

A falta de fusil, la cámara portátil que ha comprado se convierte rápidamente en su mejor aliado, por no decir en su obsesión. Recorre todo el país tomando fotos, de norte a sur, del mar de Galilea al desierto del Néguev, de las ruinas romanas de Cesarea hasta las callejuelas a media luz de Jaffa. Al cabo de unas cuantas semanas se convierte en un experto. Sus amigos le piden retratos, su familia postales. Un conocido de la familia, coleccionista de arte, llega al punto de pedirle, a cambio de una comisión, que retrate las cinco nuevas piezas que acaba de comprar en Nueva York. Toledano no vacila. Fotografía obsesivamente esos cuadros de un joven pintor cuyo nombre desconoce y cuyo estilo le confunde: no puede saber que detrás de las pinceladas violentas de un tal Willem de Kooning, se esconde un pintor con el que pronto se codeará en los salones de la Gran Manzana. No puede saberlo y no quiere saberlo. Más que el arte, más que la pintura, le interesa la naturalidad del color. Y bien sabe que hay dos colores ausentes en su colección: el blanco de la nieve sureña y el verde de la selva amazónica. Así que en la tarde soleada y primaveral en que le informan que sus papeles de viaje están listos, Toledano no puede sino figurarse envuelto por ese mundo que imagina como un monstruo terriblemente natural. Ansioso, acaba de darse cuenta de que ha llegado a los veintitrés años sin haber salido del pequeño terrón que lo vio nacer. Se tranquiliza repitiendo una cursilería que a su joven edad aún le suena temeraria y poética: «Pronto fotografiaré el fin del mundo.» Ignora, sin pena alguna, que el comienzo de todo viaje es un desvío.

La tarde de su partida su padre le regala dos libros. Más que libros son amuletos, objetos que lo acompañarán a través del recorrido como recuerdos de una promesa de retorno. Al menos así lo imagina el padre, quien, ante la mirada de la familia, abre el primero de los libros y lee, en un español con mucho de ladino, unos versos que nadie salvo él comprende:

Y llegué y vi en las nubes la prestigiosa testa
de aquel cono de siglos, de aquel volcán de gesta,
que era ante mí de revelación.
Señor de las alturas, emperador del agua,
a sus pies el divino lago de Managua,
con islas todas luz y canción.

En la voz del padre las sílabas son toscas, las erres raspantes, las pausas incómodas. Nadie sabe por qué ha adoptado, como poeta de cabecera, a ese escritor nicaragüense, de frases un tanto grandilocuentes, pero esta tarde, congregados frente al hijo que parte, todos lo toman como una especie de mal chiste. Todos menos Yoav, para quien esa lengua secreta significa un mundo. La curiosidad, sin embargo, le gana la partida. Deja el libro de poemas de Rubén Darío a un lado y abre el segundo libro. Una biografía de Nadar, ese fotógrafo del que ha leído algo en su pequeña historia de la fotografía, pero del que aun así apenas sabe lo básico: nació e hizo retratos. Pronto sabrá más: sabrá, por ejemplo, que ese hombre que retrató al insigne Baudelaire fue el mismo que retrató las catacumbas parisinas. Años más tarde se preguntará qué hubiese ocurrido si en vez de un libro de Rubén Darío su padre le hubiese dado un libro de Baudelaire. Pero eso será después. En la tarde de su partida el libro de Nadar no es más que eso: un libro. Yoav, con curiosidad ansiosa, lee unas cuantas páginas y lo guarda en su mochila, entre el libro de poemas y esa pequeña historia de la fotografía que lo ha acompañado durante los últimos meses. Besa al padre, besa a la madre, besa al hermano menor y parte.

Primera parada: España. Sus padres le han pedido que visite ese lugar de origen que ha quedado tatuado en su nombre: Toledo. Así que al bajarse en Madrid lo primero de lo que se asegura Yoav es de ubicar los puntos cardinales. Viajará hacia el sur como si se tratase de un ejercicio de práctica de cara a ese viaje final que, según él, lo acabará depositando en la punta sur del continente americano. Sus padres le han pedido que, de ser posible, tome fotos de la famosa Sinagoga de Toledo, allí donde comienza la historia familiar. A Yoav, sin embargo, le interesa más el bello nombre que usan los cristianos: Santa María la Blanca. Persigue, más que una historia, los vericuetos de un nombre. Dos días más tarde, al cabo de un peregrinaje que ha incluido un tren y dos buses, Toledo lo recibe con la melancolía indecisa de quien recibe a un hijo pródigo. En pleno atardecer, Yoav reconoce la vieja sinagoga y se repite que allí empieza toda la historia. Son las seis de la tarde del viernes. Este sabbat lo alcanzará lejos de casa, solitario entre un paisaje de postal.

La historia se la ha narrado su abuelo a lo largo de numerosas veladas, en fragmentos dispersos a través de un sinnúmero de sabbats. Es una historia que según lo que ha escuchado comienza precisamente allí, en Toledo, una tarde cualquiera en la que Yusef Abenxuxen, hijo del más hábil ministro financiero de Alfonso VIII de Castilla, se empeña en que será él quien logrará convencer al rey de que la plegaria de los suyos también merece casa. Será él quien convencerá a la corona de que Toledo necesita una sinagoga. Se acerca el siglo XII y una nueva ola de antisemitismo ha levantado la ansiedad de los judíos toledanos. Usando sus influencias, contrariando a su padre, Abenxuxen consigue una cita con el consejero del rey. En una tarde lluviosa, sentado frente a un hombre que no parece escucharlo, intenta explicar la necesidad de ese templo que imagina, bajo los conceptos de las sagradas escrituras, como un espacio de silencio, plegaria y ley. Al cabo de una hora, cansado de lidiar con la retórica de ese joven entusiasta, el consejero lo despacha asegurándole que llevará sus protestas al rey, aunque duda que la reacción sea positiva. Así que dos días más tarde, cuando la respuesta alcanza a Abenxuxen en plena cena, la sorpresa no es menor: el rey ha aceptado. El problema es otro: no abundan arquitectos judíos. El edificio, subraya el mensajero, tendrá que ser diseñado por arquitectos moros. Yusef no desespera. Joven, pragmático, sabe que lo importante es tener la fortaleza en pie. El problema recae en otra parte: convencer a los viejos rabinos. No tarda en vislumbrar una nueva salida. Recuerda a un amigo suyo al que siempre se le ve dibujando, concentrado en diseños arquitectónicos que sin embargo nunca ejecuta. Se le ocurre que de convencer a ese arquitecto aficionado, de lograr que forme parte del grupo de arquitectos moros, los rabinos aceptarán. Ese arquitecto original, le ha contado su abuelo, es el primero del linaje familiar.

Se llamaba Yosef Ben Shotan, pero al cabo de dos semanas los arquitectos moros con los que ahora compartía la alegría de una profesión terminaron por bautizarlo con un nombre más neutral: Toledano. Una timidez de genio lo dotaba de un carácter camaleónico. Se podía pasar la tarde sin decir una palabra, pero cuando la pronunciaba parecía como si hubiese estado allí, hablando, desde el comienzo. Tenía esa capacidad de encajar en cualquier parte, de no desentonar aun en el más experimental de los conciertos. «Es el primer marrano», decía su abuelo, mientras frente a él un pequeño Yoav asentía sin saber qué quería decir esa palabra. Con apenas doce años, lo histórico ya le empezaba a intrigar aun cuando todo le pareciese incomprensiblemente lejano. «Se adelantó unos cuantos siglos», proseguía el viejo, «pero en su gesto ya se escondía la valentía del marrano.» Horas más tarde, escondido en la enorme biblioteca de su padre, entre viejos tomos de Shakespeare, prisionero del desconcierto que le causaban aquellas anécdotas familiares, Yoav descubriría, en una vieja enciclopedia, una breve nota sobre las prácticas secretas de los judeoconversos, sobre la práctica clandestina de costumbres religiosas. Encontraría, dispersas entre el artículo, palabras que lo confundirían aún más: palabras resplandecientes y serpentinas como criptojudaísmo. Más abajo, como una última ayuda, encontraría una representación pictórica que mostraba a un grupo de judíos reunidos a oscuras, rezando entre velas, en una atmósfera que claramente no era de este siglo, sino de una época ya pasada. Yoav olvidó el resto y se quedó con aquella imagen. Cada vez que su abuelo repetía que Yosef Toledano era el primer marrano, él volvía a imaginar una escena a oscuras, con una gente muy antigua hablando entre velas. El secreto de aquella palabra era, para él, algo que tenía mucho que ver con el atardecer. Así que quince años después, al llegar, ya pasadas las seis de la tarde, a la antigua sinagoga de Santa María la Blanca, Yoav se dice que así tenía que ser su llegada: tardía, marrana.

En la postal fotográfica de Toledo que enviaría a la familia aparece entre dos de los famosos arcos blancos de la sinagoga, sonriendo a medio atardecer. Se le ve alto, apuesto, con el pelo corto y bien dispuesto, tal y como lo habían despedido sus padres. Se vislumbra en él, sin embargo, cierta voluntad nómada. Al girar la fotografía se encuentra, escrita en hebreo, una pequeña nota: «Acá desde el primer templo. En un atardecer marrano. Abrazos.» Más abajo, en un guiño al padre que le ha regalado los libros, hay una cita de Nadar: «Mucho hay en el atardecer de fotografía.» Apenas acaba de salir de casa y ya parece haber encontrado un segundo hogar. Ha imaginado el viaje como una odisea al final del mundo, pero esta primera parada ya se le antoja final y hogareña.

Se queda en España dos semanas. Quiere terminar de recorrer la historia familiar que se esconde detrás de ese primer nombre: Yosef Toledano. Apenas tiene los datos que le ha contado su abuelo: las fechas, algunos nombres, esbozos generales de la historia de los marranos en la España antigua. Sin embargo, no se achica. No le importa tampoco no hablar la lengua. Ha captado varias palabras clave, las cuales, combinadas con algunos gestos y un diccionario, le bastan para sobrevivir. Por las mañanas recorre las calles de las viejas juderías, esos antiguos arrabales judíos que se extienden a través de la ciudad con la fuerza de un secreto. Recorre las calles de la vieja ciudad amurallada, del puente de San Martín a la puerta del Cambrón, del antiguo barrio de la Assuica a Santo Tomé. Se sienta a tomar una cerveza en Montichel, disfruta una tarde de sol en las cercanías del barrio de Bab Alfarach. En una callejuela de Hamanzeite, una pareja de gitanos intentan robarle la cámara. Él no se deja. Sabe que ese aparato es su verdadera lengua. En cada lugar toma muchísimas fotografías, imágenes que luego, después del almuerzo, recoge en un álbum de viaje sobre el cual, al cabo de la tarde, se sienta a escribir un diario que crece, serpentinamente, entre las fotos. Una intuición luminosa le dice que en el futuro las novelas serán algo así: almanaques ilustrados, catálogos enormes, gabinetes de curiosidades sobre los cuales los autores, meros copistas, escribirán comentarios.

Una tarde, buscando un mapa, entra en una pequeña tienda en el antiguo barrio de Arriaza. Un hombre enorme, gordo y apestoso, lo recibe. El lugar huele mal, a alcohol viejo y a comida fermentada. La escena la completan una media docena de gatos que deambulan por un establecimiento realmente pequeño, en cuyas paredes cuelgan docenas de artefactos inservibles: tocadiscos rotos, fusiles oxidados, un antiguo fonógrafo. Yoav piensa en salir pero cierta cortesía lo hace quedarse. Haciéndose paso entre los gatos toma un mapa en la mano e intenta ubicar la sinagoga Samuel Ha-Leví. Al verlo el hombre le pregunta qué busca. Yoav, tímido, incapaz de expresarse en esa lengua que todavía le es ajena, le muestra una fotografía de la sinagoga y se limita a pronunciar la palabra clave: marrano. El hombre no lo comprende. Justo entonces cambia de lengua. Es el primero y el último, durante todo su viaje por España, que le hablará en inglés. Y así, en un inglés perfecto a pesar del aliento alcoholizado, el gordo le cuenta que hace años estudió arqueología en Inglaterra –en Cambridge, para ser específicos– entre aristócratas británicos y señoritas almidonadas, hasta que un día, cansado de bibliotecas, optó por el alcohol y los gatos. Le cuenta de las tardes en Londres, sobre las cuales se concentraban las cuatro estaciones, le cuenta de las siempre tibias cervezas inglesas, del Museo de Historia Natural, de las muchachas que besó en plena lluvia. Luego, entre sorbos de alcohol, prisionero de la nostalgia que la lengua inglesa le provoca, le muestra una carpeta vieja. Y allí, entre papeles repletos de manchas de café, Yoav vislumbra lo que parece ser un mapa de la ciudad entera. Un mapa que muy pronto, entre grotescas risas, el gordo le jura que retrata el subsuelo toledano. Más que un mapa, parecen dos mapas superpuestos, uno sobre el otro, como si de una batalla se tratase. Según él ese mapa había formado un día parte de su tesis doctoral, una tesis que prometía descubrir, a través de un estudio arqueológico del subsuelo toledano, las ruinas de los antiguos cementerios. Según él, allí mismo, debajo de la ciudad viviente, subsistía una historia subterránea, que abarcaba los restos romanos, visigodos, judíos, musulmanes, árabes.

«Un hades privado», repite.

A Yoav la historia le parece fascinante, le encanta imaginar que camina sobre un mundo secreto, sobre una historia subterránea que, según este arqueólogo alcoholizado, despunta a veces sobre la superficie de la ciudad. El gordo le cuenta que hay algunos rincones de la ciudad en los cuales perviven restos intactos de los cementerios: una lápida a medio borrar se puede hallar en la calle de la Plata, otra permanece intacta cerca del puente de San Tomé.

Los próximos días Toledano se los pasa inmerso en su diario, trazando diagramas, dibujos, comentarios, aforismos. En el colegio ha sobresalido precozmente en las matemáticas, y eso se nota en sus cuadernos, los cuales parecen guardar un orden precario, como si se tratase más de gimnasia que de escritura. Un caos ordenado, eso es lo que se encuentra en las páginas que dedica a los acontecimientos más insignificantes: notas sobre el atardecer sureño, comentarios acerca de la textura fotográfica, esbozos de gatos y hasta un boleto de tren. Más que de un diario, se trata de un almanaque, un collage conceptual en algo parecido a esas revistas de principios de siglo dentro de las cuales convivían, con terrible serenidad, cuentos de Poe y los más frívolos anuncios para señoritas. Por las tardes, cuando el calor se vuelve insoportable, se resguarda en algún pequeño café abanicado y lee, con una alegría no desprovista de ansiedad, ese pequeño libro de la historia de la fotografía que lo ha acompañado desde que primero ideó el viaje. Vuelve una y otra vez sobre las mismas historias: la *camera obscura* de Giovanni Battista della Porta, la linterna mágica de William Hyde Wollaston, esa complicada y traicionera historia de Daguerre y Talbot. Le gusta la forma en que los personajes de esta historia se lo juegan todo por ideas que en un principio parecerían disparatadas. Le fascina el modo en que, en nombre de la más pura ciencia, inventan proyectos que mucho tienen de alucinación. En ese mismo libro lee, entre esos litros de cerveza que poco a poco ha aprendido a tomar sin disgusto, del proyecto heliográfico de Niépce. «Heliografía»: le gusta la palabra, lejana y leve, pero le gusta aún más lo que significa. «Escritura del sol»: repite la definición en plena taberna y la idea le alumbra la tarde. En pleno iluminismo, dos hermanos, cansados de escuchar al viejo Kant hablar de la luz de la razón, se dicen que mejor sería inventar un aparato que escribiese con la luz solar misma. Envuelto como está en un furor romántico, el proyecto le suena terriblemente poético: en pleno iluminismo, desafiar la razón, imaginando un artefacto imposible que sin embargo ilumina todo eso de lo que los viejos filósofos hablan. Ponerle una pizca de oscuridad luminosa a tanta palabra y concepto. Yoav no tarda en descubrir que así mismo es: mucho hay

123

de oscuridad en las primeras fotografías. Hojeando las ilustraciones del libro encuentra una fotografía borrosa, una imagen más parecida a un error de tinta que a otra cosa. Al pie de la imagen encuentra una explicación que la declara la primera fotografía, una reproducción del paisaje tal y como se veía desde la ventana del estudio de Niépce una mañana de 1826. Asombrado, se dice que el arte fotográfico es algo así, un arte de la pausa y de la suspensión, un arte de la luz estática con mucho de oscuridad adentro. Rodeado como está por hombres borrachos, repite: «Algo así, pausado y leve, como el alcohol.»

De todos los datos de esa historia fotográfica hay uno que rápido se convierte en su favorito. Se trata de la invención, por parte del inglés William Henry Fox Talbot, del negativo fotográfico. Le interesa tanto la anécdota que, para no olvidarla, como niño en plena escuela primaria, la copia tal y como la ha leído, palabra por palabra. Se trata de la historia de un invento que, como todos, es más que nada un golpe de suerte. Una tarde, mientras vacaciona en las cercanías del lago de Como, Talbot decide dejar expuestas al sol unas cuantas hojas sobre un papel que ha sido inmerso en nitrato de plata. Al cabo de unas cuantas horas descubre que el sol se ha encargado de trazar una imagen inversa de la silueta de las hojas. Bastaba un poco de sal y esas sombras inversas quedaban fijas sobre el papel. Años más tarde, el inglés sería capaz de trasladar su técnica al reino de la *camera obscura*. Es el verdadero nacimiento de la fotografía moderna, de la reproductibilidad mecánica, del universo visual del que tiempo después él mismo intentará escapar. Al joven Yoav, sin embargo, lo que le interesa no es tanto el invento en sí, sino las implicaciones conceptuales, el vuelo metafórico de la anécdota. Le gusta la idea de la fotografía como un arte de la inversión, como un espejo en el cual la realidad encuentra su opuesto subterráneo. La anécdota lo lleva inmediatamente de vuelta a la historia del gordo, a la imagen de esa ciudad sepulcral que convive bajo el suelo toledano. Sobre el cuaderno, bajo la anécdota que acaba de copiar, al margen de la primera fotografía captada por Talbot, escribe una reflexión que titula, no sin cierta ironía, «Atardecer toledano». Se trata de una pequeña reflexión sobre inversiones, sombras e invisibilidades. Hasta ahora nota que ha leído muy poco, poquísimo. La escuela la pasó metido entre ecuaciones y juegos de fútbol. Así que en el momento de escribir, por primera vez, algo que considera legítimamente literario, las palabras le surgen libres, por no decir huérfanas. No tienen tradición, no tienen base, no tienen tierra. A él, sin embargo, le gusta ese estado de absoluta contingencia, ese poderío inocente que sugiere la primera escritura, esa *tabula rasa* que esconde una reflexión errante sobre su propio linaje. «Atardecer toledano» es un texto de peripecias conceptuales que esconde algo más: por primera vez, el joven fotógrafo imagina la fotografía como la posibilidad de un escape. Más que la visibilidad, se dice, la fotografía persigue lo invisible. Más que la luz, la oscuridad. Más que el suelo, el subsuelo. Lo escribe todo así, envuelto en reflexiones un tanto patéticas. Ignorante de la tradición, libre de la ironía, el patetismo no le parece un problema. Se repite lo escrito y su prosa le convence. Siente, por primera vez, el placer de la voz propia, aun cuando es precisamente de esa voz de la que parece querer escapar: Toledano es, a fin de cuentas, no solo un adjetivo, sino su apellido. La reflexión es, veladamente, una reflexión en torno a los secretos que esconde el nombre propio. Entre los términos que esboza, hay uno que le parece particularmente sugerente, un concepto que utilizará en numerosas ocasiones de ahí en adelante: la «historia negativa». Detrás de todo evento, detrás de toda historia, se dice Yoav, hay algo más: una especie de negativo fotográfico del sentido, una sombra histórica de lo que fue.

Esa noche sueña. Se sueña en la tienda del arqueólogo, rebuscando papeles entre un archivo que de a poco crece con la misma fuerza con la que crece su desconcierto. No sabe qué busca pero continúa en ello, como si el sentido de la labor estuviese allí, en su repetición absurda, más que en otra parte. A medio sueño escucha algo. El eco de una risa que rápido reconoce que es la del gordo. Solo entonces nota que al fondo de la tienda hay una pequeña escalera que parece llevar a un sótano. Al bajar las escaleras, se encuentra con un subsuelo mucho más amplio. Parece ser el estudio. Lo es: allí, entre decenas de cuadros idénticos, el gordo se pasea dándole los últimos toques a un paisaje montañoso. Es el mismo paisaje que se encuentra retratado en cada uno de los múltiples cuadros que allí se hallan. Sobre el margen, un viejo completa crucigramas, mientras el cuarto empieza a llenarse de gatos. Solo entonces se levanta, aterrado, jurándose que es hora de partir.

3

Me lo cuenta todo –su historia, el viaje, las aventuras de esta picaresca juvenil– con una neutralidad endiablada, como si no hablase de sí mismo sino de alguien más. Yo lo dejo hablar, mientras alrededor nuestro los perros vagan ociosos como si de testigos se tratase. De vez en cuando uno de los perros se acerca buscando mimos, pero el viejo lo aleja de un manotazo. Prosigue entonces con esa historia que parece puntuar con movimientos de ajedrez: cuenta una anécdota y luego mueve una torre, cuenta otra y mueve una reina, recuerda una tarde en Montichel y mueve un peón. Aquí, me digo, se juega algo más que una mera partida. Yo lo dejo hablar, dejo que prosiga con esa historia larga y flaca, mientras en mi mente las imágenes de ese pasado remoto empiezan a asociarse con las de este pueblo repleto de humos. Pienso en sus reflexiones sobre los atardeceres marranos, pienso en la historia que acabo de escuchar sobre el sepulcral subsuelo toledano, pienso en su teoría sobre la historia negativa y me digo que todo lleva a este pueblo. Pienso en sus deseos de llegar al fin del mundo y me digo que tal vez, luego de décadas, Yoav Toledano comprendió que el verdadero fin se hallaba no en la punta sur sino en un pequeño pueblo minero a dos horas de casa. Vuelvo a mirar la casa vacía del viejo Marlowe sobre la cual las gallinas revolotean sin cesar y me digo: el perro tendrá su hora.

John, el más joven de los nueve que quedan, el que apenas tenía cuatro años cuando la presencia de los fuegos se volvió ineludible, me lo ha mostrado todo con la elegancia dolorosa de quien traza una historia invisible. Ha apuntado hacia un terreno baldío y me ha dicho: ahí estaba la iglesia. Ha apuntado hacia unos árboles y me ha dicho: ahí estaba la escuela. Hemos caminado sobre un terreno fangoso y a medio camino ha murmurado: acá estaba la casa de mi tío. Me lo ha mostrado todo durante las mañanas, aprovechando que es durante esas horas tempranas cuando el viejo se sumerge en esas maquetas cuyo propósito él también desconoce pero de las que ha escuchado teorías. «Mi tío decía que las maquetas retratan el pueblo tal y como aparecería visto desde el cielo», me ha dicho. Pero luego ha añadido: «Ese viejo está loco, no sé por qué te interesa.» Y yo he pensado que precisamente por eso me interesa, por ser aquel que se quedó sin tener razón alguna. Llegó un año antes de que los fuegos tomaran control, según él a tomar fotografías de las minas, y al cabo de dos años todavía estaba allí, aun cuando la noticia corría pueblo abajo y la carretera principal se llenaba de carros en fila de escape. No tenía mujer ni familia, al menos no hacía nunca referencia a ninguna. Se pasaba los días con la cámara al hombro, anotando cosas en una pequeña libreta de cuero rojizo. Se le notaba que había sido alguien más, alguien citadino, elegante y sofisticado, pero ahora parecía haberlo dejado todo atrás para entregarse a un hermetismo en el que parecía decidido a no dejar entrar a nadie. No había en él, sin embargo, ni tragedia ni alcoholismo. Simplemente tomaba sus fotos y luego regresaba a casa. Ya ahí nadie sabía qué hacía. Se encerraba en esa casa que había comprado quién sabe con qué dinero y no se le veía salir hasta la mañana siguiente, nuevamente con la cámara al hombro y la convicción de que nada había cambiado. Y así fue, día a día, mientras alrededor suyo el pueblo se vaciaba de a poquito. Hasta que un día salió sin la cámara y los que quedaban pensaron que finalmente se iría, que finalmente comprendía que no tenía mucho que hacer allí. Se equivocaban: nunca se le vio más decidido a quedarse. Como si fuese esa la verdadera razón de su llegada.

John cuenta la historia de Yoav Toledano tal y como la ha escuchado. Luego se cansa y vuelve a lo que para él debería ser la única historia, la historia de ese pueblo minero que un día se despierta con la noticia aterradora de que su subsuelo es un verdadero infierno. Juntos recorremos a pie ese pueblo que ahora, veinticinco años más tarde, parece más una aldea dispersa que un pueblo: una casa aquí, otra allá, pero en todas partes una inminente sensación de vértigo, una intuición de que allí hubo algo más. Atravesamos los vacíos de lo que fue –la iglesia, la escuela, la librería, la sede de la vieja compañía minera– hasta que en el fondo de tanto pastizal veo surgir una enorme montaña. Acá, dice mi nuevo amigo, comenzó todo. Entonces me cuenta la anécdota. Me cuenta que fue allí, en el vertedero, donde un fuego destinado a calcinar desperdicios entró en contacto con el carbón de las minas subterráneas. Hace un sonido de explosión y con las manos imita la fuerza de la onda expansiva. Sobre los costados del vertedero logro vislumbrar unas humaredas que respiran lentamente, como si respondiesen a una voz ancestral, antigua, pausada. John vuelve a repetir la historia del pueblo pero yo, sin embargo, me distraigo. Dos gaviotas vuelan a media altura, mientras a lo lejos se vislumbra la carretera principal. Yo me limito a imaginar ese chispazo inicial que me hace pensar en un flash fotográfico.

Por las tardes, cuando John parte a trabajar, regreso a la casa sin hacer mucho ruido. Veo al viejo en su faena alucinada, inmerso en la elaboración de esas extrañas maquetas, y algo me hace pensar en la vieja lectora del Bowery: la misma obsesión ciega y testaruda, la misma mirada vacía. De cara a los perros que duermen en el calor de la tarde, con los canarios como música de fondo, me tiro en el catre y finalmente me detengo a observar la casa del viejo. Poco a poco comienzo a notar, con extrañeza, la forma en que el espacio parece estar puntuado, muy sutilmente, con elementos latinoamericanos: en una esquina, en dos estanterías viejas, ubico entre libros algunas novelas de autores latinoamericanos. Los grandes nombres:

García Márquez, Cortázar, Cabrera Infante, un ejemplar ya muy viejo de las obras completas de Rubén Darío. Más abajo, perdido entre tratados de antropología, ubico un ejemplar en español de Los sertones, de Euclides da Cunha. Luego, dos nombres que no reconozco pero cuyos libros llevan títulos en castellano: Salvador Elizondo y José Revueltas. La cosa, sin embargo, no se detiene ahí. En la misma pared, un cartel en colores primarios rememora los primeros años de la lucha sandinista. Más escondido aún, en una esquina que hasta entonces no había notado, logro ver un pequeño santuario: los coloridos velones a medio extinguirse, algunos con imágenes de santos, otros con imágenes de vírgenes mulatas. Junto a una vieja radio, un busto plástico de Simón Bolívar, el libertador, completa la inesperada escena. Nunca, me digo, se imaginó el viejo Simón acabar vuelto plástico. Alrededor del pequeño Bolívar de plástico los canarios revolotean sin mostrar respeto algún por el líder independentista. Mientras, yo vuelvo a mirar los velones de santos y a mi mente llega la imagen de las largas tardes de oscuridad y calor que seguían a los huracanes de mi infancia. Pienso entonces en Giovanna, en la forma en que América Latina había empezado a surgir dentro de su propia historia de a poquito, con la sutileza de esos reptiles que tanto le fascinaban. Pienso en la imagen de Giovanna enferma en los trópicos y a mi mente llega esa foto de Yoav Toledano que he encontrado entre las carpetas: la fotografía que lo ubica en pantaloneta corta y con la pierna enyesada, junto a esa mujer cuya mirada tanto me recuerda a Giovanna, pero que todavía se niega a aparecer en esta historia. Pienso en el mapamundi que se extiende allí a sus espaldas y me vuelvo a preguntar qué tiene que ver este viejo israelí con un Bolívar de plástico. Al cabo de un tiempo, el asunto empieza a tomar toques kitsch. Entonces, para batallar el asco y el aburrimiento, me tiro nuevamente sobre el catre y me pongo a leer la novela que he traído: una novela sobre un cónsul alcohólico que intenta regresar con su mujer. Leo esporádicamente, por fragmentos, hasta que el aburrimiento me gana la partida. Entonces, pensando en la historia que acabo de escuchar, saco la mochila y *reviso los papeles del archivo de Giovanna. Con cautela, temeroso de que el viejo me descubra, extraigo los recortes de periódico. Ahí está la historia en pedazos, la historia en fragmentos: desde ese primer recorte, fechado en 1962, que narra el origen de un desastre que todavía no parece fatal, hasta ese último recorte, fechado en 1997, en donde se entrevista a todos los miembros que decidieron quedarse.*

4

Cruzar el Atlántico le resulta más placentero de lo imaginado. Lejos quedan las tortuosas travesías épicas de Magallanes y Colón, de Earhart y de Darwin. Lo suyo es otra cosa, un simple viaje de posguerra, un mero periplo turístico que él, sin embargo, se ha empeñado en ver con ojos homéricos. Guiado por un romanticismo tardío que alimenta su hambre de acción, Yoav Toledano exige turbulencias en época de paz. Años más tarde, envuelto en un torbellino mesiánico del que tampoco sabrá dar cuentas, comprenderá que todo deseo inconcluso esconde rencores. Sin embargo, eso será después. El 6 de mayo de 1957, al abordar ese barco inmenso que lleva de nombre *Almanzora*, Toledano se encuentra con una realidad amortiguada. No es tampoco que el viaje sea corto ni cómodo. Por el contrario: de Nueva York lo separan tres semanas y un camarote de tercera clase dentro del cual todo respiro parece un milagro. El verdadero enemigo de su epopeya, sin embargo, resulta ser algo más sencillo e inesperado: ese rostro juvenil y atlético con el que, apenas abordar, se gana la atención de dos niñas adineradas. El viaje no ha ni siquiera empezado, pero Toledano comprende, instintivamente, algo que a muchos les tomará una vida: no hay por qué quedarse en el puesto que se nos ha dado, menos si la genética nos dotó con un cuerpo ágil y unos ojos saltones. De la mano de las dos primas italianas, herederas de un imperio textil, el joven conoce los camarotes de primera y las salas de lujo. Toma champaña en salones vedados a sus compañeros de tercera y se sorprende probando alimentos imprevistos: langostinos, camarones, pulpos, caviar. Lejos queda el régimen kosher de su infancia. Descubre, junto a la compañía nocturna de las dos primas, que aunque en la oscuridad todo camarote parezca idéntico, algunos se dan mejor para los juegos de seis manos. Desinhibido por el alcohol, comprende que ser apuesto es otra forma de ser rico. No tarda en vislumbrar el infeliz corolario de tan amena intuición: ser rico es muchas veces la peor condena. No ha pasado una semana cuando, en plena cena de lujo, toma nota de su traición: ha pasado una semana entera sin tomar fotografías, una semana entera sin leer el libro de poemas de su padre, una semana entera perdido entre las risas golosas de dos primas insaciables. Años más tarde, inmerso en una partida de ajedrez, recordará este error con las siguientes palabras: «Así se va la vida, en esos desvíos que te roban una década.» Su historia, podría decirse, no es solo la historia de su obsesión sino también la historia de sus desvíos.

Entristecido por esta breve distracción, regresa a la lectura. Al amparo de ese colorido mapa de América Latina que ha colgado en la pared junto a la litera de su camarote, relee los poemas del poeta de su padre, Rubén Darío, hasta que se cansa de tanta grandilocuencia. Tira el libro de poemas a un lado y desde ese día en adelante se pasa las mañanas leyendo exclusivamente sobre fotografía. Junto a la pasión por la lectura retoma la voluntad práctica. Se le ve en los salones de lujo con la cámara a cuestas, siempre con el ojo atento en el momento preciso. Toledano cree así haber resuelto su dilema: fotografiar el ocio es todavía un acto fotográfico. Retratar la vida en bruto es otra forma de vivirla. Espera así escapar de las distracciones sin negarse esos placeres mínimos que de a poco lo empiezan a tentar. Para su desgracia la cámara solo sirve para acentuar su atractivo. En su caso, como comprende muy rápido, ser fotógrafo se convierte en el más potente de los afrodisiacos. Ante las miradas celosas de las dos aristócratas italianas, Toledano ve cómo nuevas niñas se le acercan, curiosas por el mecanismo de la cámara. Para ellas, abrumadas por la tradición conservadora y aristocrática de sus padres, este muchacho desgarbado y atlético, con la cámara al hombro y la sonrisa endiablada, se convierte muy rápido en todo un signo de lo moderno. Y lo moderno, para esa década sesentera que ya se avecina, es sinónimo de lo sensual. Sin esperarlo, sin buscarlo, el joven se descubre moderno, sexual, atractivo. Las mujeres batallan por él, por ese lente que de repente gana tacto, pulsión y caricias. Más importante aún, Toledano intuye, para fortuna o desgracia, un saber que lo acompañará a través de ese recorrido que apenas comienza: dondequiera que esté, la gente parece aceptarlo como si perteneciese allí. Dondequiera que esté, su presencia parece, más que aceptable, necesaria. Lejos de volverlo invisible, este efecto camaleónico le dota de cierta omnipresencia. Solo así se pueden contar la multitud de niñas con las que comparte noches durante ese viaje de apenas tres semanas.

Y así se podría resumir ese viaje que lo acaba depositando en una Nueva York temible: Yoav Toledano comienza su segunda vida en un enorme crucero en el momento en que se da cuenta de que el que carga la cámara es el verdadero origen de la ficción. Años más tarde, abrumado por las consecuencias de esta terrible intuición, buscará en un pueblo minero la invisibilidad total, el reverso oscuro de esta historia de luces.

Una muchacha, sin embargo, lo enamora. Se llama Lucía Ferrer, es catalana y proviene de una acaudalada familia de banqueros. Entre todas las mujeres que se le acercarán durante esas tres semanas de viaje náutico será ella, altanera y arisca, la única que le hará sentir algo distinto. Lucía Ferrer es la niña mala, la aristócrata desteñida, la alcohólica insumisa, la ironista. Y es precisamente esa aura punk *avant-la-lettre* lo que atrae a Yoav. Le cautiva la forma que tiene ella de despachar todo con pequeñas frases que parecen puños, la gracia con la cual se desentiende de todo ese mundo de champaña y caviar. Es ella, también, la única en negarse a pronunciar una sola palabra en inglés. Todas las otras chicas han cedido a las trampas del entendimiento, han rebuscado entre sus memorias escolares hasta encontrar las palabras inglesas con las cuales comunicarse con este joven israelí que apenas balbucea algunas sílabas de un castellano tosco. Ella, sin embargo, se niega. A pesar de que habla el inglés a la perfección, no lo pronuncia ni una sola vez durante esa última semana que pasan juntos. En un gesto en el que se mezcla el desafío y la soberbia, fuerza a Toledano a acercarse a ese idioma que el joven todavía no comprende del todo, pero dentro del cual comienza a sentirse ágil. En un español brusco pero perfecto, adecuado a su personalidad, la joven narra mentiras que Yoav, todavía ingenuo, cree que relatan las hazañas de una precoz aventurera. Le cuenta historias políticas, historias íntimas, historias escolares. Múltiples historias que la retratan en sus costados más rebeldes, historias que la asemejan a una María Antonieta contemporánea. Basta afirmarlo: Lucía Ferrer es una diva moderna. Anacrónicamente aristocrática, desenfadadamente moderna, es el cuerpo vivo de una contradicción. No extraña entonces que el joven Toledano la escuche con la atención de quien desentraña una paradoja. Y es así como, dentro de los múltiples nombres que recorren estas historias transversales, Yoav cree reconocer uno: Josep Lluís Facerías. Le lleva un tiempo recordar dónde ha escuchado ese nombre, pero cuando finalmente lo recuerda la iluminación le llega nítida, precisa como la imagen que la acompaña: se recuerda el mismo día de su partida, en un comedor toledano, escuchando a unos viejos gritar el nombre de ese señor que según Lucía ha sido su mentor. Y es que, según su niña, ella ha participado en golpes anarquistas, en conspiraciones izquierdistas, en guerrillas urbanas. Indeciso, incapaz de decidir si esta extraña aristócrata le toma el pelo o no, Toledano decide optar por trasladar la cuestión al único tribunal posible: la cama. Allí, luego de dos horas de forcejeos y de tirones, la evidencia gana cuerpo: solo una anarquista, piensa él, podría moverse así, besar así, morder así. Solo una guerrillera clandestina se atrevería a besar así, con pasión desmedida y a grito limpio. Adolorido y exhausto, Toledano se resigna a la evidencia de un furor sexual sin precedente, solo para descubrir que, terminado el acto, Lucía Ferrer estalla en risas. Se ríe de él, aunque no de sus capacidades de amante, tal y como Toledano piensa. Se ríe, en cambio, de la ingenuidad que lo ha llevado a creer que ella podría ser parte de las guerrillas anarquistas de Josep Lluís Facerías y Quico Sabaté. Solo un niño imberbe, dice ella, creería que ella perdería el tiempo en juegos políticos. Desde la mesa principal, envuelto en vergüenza, Yoav la mira reír, desnuda y alegre, hasta que súbitamente la venganza ideal se le presenta nítida. Busca su cámara, la levanta y, sin preocuparse por su desnudez, le toma una fotografía. El grito de acusación que espera nunca llega. Muy por el contrario, solo entonces, desahogadamente irónica, Lucía Ferrer intensifica su risa sin perder por ello la gracia. Por decirlo de otro modo: tan pronto siente sobre sí el ojo de la cámara, la joven toma la decisión de posar. Sin saberlo, Yoav Toledano ha tomado el primer paso hacia la fotografía de moda que muy pronto le servirá para ganarse la vida. Inconscientemente, ha cruzado una frontera que marcará una era. Años más tarde, un periodista británico le preguntará en qué momento se decidió por la moda como género fotográfico. Su respuesta será breve y enigmática: «La tarde en que descubrí que la cámara tenía el poder de hacer sonreír a una anarquista.» Los desnudos que retratan a Lucía Ferrer en plena juventud son la primera muestra de una curiosidad que de repente se aleja de lo natural y se asienta sobre ese animal convulso e instintivo que es el ser humano. Desde ese momento el pacto es mutuo. Solo se les ve juntos, riendo y siempre con la cámara cerca. Él ha imaginado su viaje como una larga travesía hasta el fin del mundo, pero apenas mes y medio más tarde parece haber hallado un fin en las risas de una joven vivaracha. Lucía Ferrer marca pues el complicado comienzo, el aprendizaje como carcajada y como desvío, la breve intuición de un horizonte distinto, repleto de mordiscos y de champaña. Lucía Ferrer marca la profecía de una verdad que solo se hará visible años más tarde, bajo el calor de un largo verano tropical: el compromiso político de Yoav Toledano comienza con la broma de una niña malcriada que se miente anarquista.

Todo viaje, sin embargo, culmina en un puerto. Y esta no es la excepción: el 21 de mayo de 1957, el *Alzamora* ve surgir a la distancia la silueta de la ciudad de Nueva York. Es hora de tocar tierra.

¿Qué sabe de Nueva York? Nada o muy poco. La imagen que el cine le ha regalado de la metrópoli avara y golosa, la imagen serpentina de una ciudad donde la razón encuentra sus límites. En el cine Armón de Haifa ha visto *All About Eve*. Nueva York, por ende, está ligado a una historia de traición, a la imagen decadente de la siempre bella Bette Davis, al triunfo de la niña mala. De Nueva York conoce, o imagina conocer, la imagen estridente de una nueva torre en plena construcción, los listados de los shows de Broadway, noticias sobre la bolsa de valores, la vestimenta de los New York Yankees. De la ciudad sabe eso: su cara icónica, su rostro kitsch, su costado más Disney. Ha escuchado de Babe Ruth, de Mickey Mantle, de los barrios bajos del Bowery, de las luces de Madison Avenue y de los famosos *hot dogs*. Tan pronto se adentra en la ciudad comprende que nada de eso lo ayudará. La ciudad es otra cosa: un ruido de fondo constante que fuerza el movimiento de las masas, un gran vertedero de ruidos sin escapatoria posible, una gran marejada sin cielo. Solitario y sin rumbo, se deja llevar por esa pulsión vital que empuja y desplaza, hasta que termina por comprender que esta ciudad no es como ninguna otra. Lejos quedan las caminatas amenas de su natal Haifa, los placenteros recorridos en bicicleta por Tel Aviv. Nueva York es otra cosa: un cuerpo ansioso que se sacude y retuerce sin pedir permiso. En plena ansiedad, a falta de un escondite posible y ante la evidencia del atardecer, comprende que tendrá que buscar ayuda. Recuerda haber guardado en su mochila el número, nombre y dirección de la galería de ese amigo de sus padres para el que meses atrás ha fotografiado unas pinturas. Piensa en llamar, pero la vergüenza lo detiene. No puede ceder a la cobardía. Debe saborear Nueva York, se dice, por lo menos una noche, con la paciencia valiente y súbita con la que se prueba un licor desconocido. Lejos queda ya la anárquica sonrisa de Lucía Ferrer.

Esa tarde no se aleja mucho del puerto. Ya tendrá, bien lo sabe, tiempo de explorar el norte. Ya tendrá tiempo de ir a los grandes teatros de Broadway y de visitar la Nueva York gloriosa y decadente de Bette Davis. Hoy, en cambio, le interesa otro tipo de decadencia, aquella que encuentra en las callejuelas oscuras del Bowery, esa zona de prostitución y fiesta que ha visto retratada en las fotografías sociales de Arthur Fellig, mejor conocido como Weegee. Nadar, se dice, retrató las catacumbas parisinas. Él retratará el submundo neoyorquino. Le seduce la idea de la fotografía como un arte de reversos, como un arte de opuestos y de negativos. Le seduce, desde ese primer día, pensar que fotografiar a los vagabundos del Bowery es otra forma de retratar la paradójica megalomanía de la grandiosa metrópoli. Ese día, sin embargo, no toma fotos. Se limita a caminar por las calles de Lower Manhattan: desde el Greenwich Village de Allen Ginsberg, poeta al que ha leído en inglés, pasando por un desértico Soho, hasta llegar al infame Bowery del que tanto ha leído. En cada lugar se sienta, se toma una cerveza y sigue, hasta que la noche lo encuentra sentado en una pequeña taberna del Lower East Side, sin hotel ni alojamiento. Solo entonces, al escuchar el retumbar de unas congas frente a la taberna, comprende que sin saberlo ha llegado a donde quería. El rumor de ese castellano que todavía no sabe distinguir como caribeño le alegra. No tarda, con esa inocencia y esa soltura que terminará por distinguirlo, en juntarse en canto al grupo de puertorriqueños que adorna la acera. Tres horas más tarde, cuando con el último trago de ron comprende que ya toca encontrar alojamiento, se limita a preguntarle a uno de sus nuevos amigos latinos si saben de algún lugar donde pueda dormir. Quince minutos más tarde, una mujer abre la puerta de lo que será su primer alojamiento en el nuevo mundo: un pequeño cuarto sin baño que compartirá, por tres meses, con tres boricuas acabados de llegar a eso que ellos, con su picardía usual, se limitan a llamar «Loisaida».

Si hay algo que lo caracterizará en esos primeros años de viaje será precisamente eso: en cualquier lugar adonde vaya, Toledano *encaja*. Camaleónico, jovial, fácil, Toledano cae parado en cualquier parte: entre puertorriqueños, entre italianos, entre irlandeses, entre judíos. A la semana, luego de visitar al día siguiente la pequeña galería de arte del amigo de sus padres, conoce a un judío rumano que terminará por darle su primer trabajo en un pequeño periódico de Brooklyn. Todas las mañanas, desde entonces, las dedicará a escribir pequeñas historias en torno a un sinnúmero de imágenes periodísticas. Todas las mañanas concentrará todo el inglés que conoce para sintetizar, en diez palabras, lo que dice una imagen. Sin importarle que suene pretencioso, él se limitará a describir su trabajo con su elegante nombre francés: escribo *faits divers*, le dirá al que le pregunte. Las tardes, en cambio, las pasará paseando, por el sur o por el norte, siempre con la cámara a cuestas, convencido de que en cualquier momento podría surgirle el cuadro fotográfico perfecto, esa foto decisiva que haría palidecer a todas las otras. Las noches, en cambio, las pasará en grupo. Con los amigos puertorriqueños que ha conocido en el albergue, o en los distintos bares adonde le llevan una vez cae la tarde. Camaleónico, jovial, fácil, Toledano conoce la gran ciudad al mismo ritmo desenfrenado con que consume alcohol y mujeres, con la alegre ligereza de quien sabe reducir una historia entera en tres frases. Ha aprendido que en la Nueva York de Bette Davis lo único que importa es acoplarse.

Son días de lecturas y obsesiones. Por las tardes, cuando sale a caminar, siempre lleva un libro. Más que leer, devora: desde los libros de la generación beat que tanto suena por esos días, desde el famoso *On the Road* de Kerouac hasta el *Howl* de Ginsberg, hasta llegar a los clásicos modernistas americanos. El *Manhattan Transfer* de Dos Passos, la poesía de Hart Crane, las grandes tragedias sureñas de William Faulkner. De los beatniks le gusta el aspecto experimental, las ansias de verlo todo, los alucinantes viajes a un México que todavía concibe bajo los retintes de la épica. Él también se ha jurado, muy pronto, viajar hacia el sur. De Faulkner, sin embargo, le gusta la fuerza de la escritura, la valentía por dejarlo todo a un lado para finalmente adentrarse en las ruinas del sur. Un tema, sin embargo, se convierte rápidamente en su favorito: la historia de la fotografía. Una vez termina el libro con el que ha viajado desde Israel, no tarda en comprarse otros. Múltiples historias de la fotografía que terminan por nutrir esos proyectos que, con la inocencia de un niño, esboza pacientemente en una pequeña libreta de cuero rojizo que compra con el primer salario y que desde entonces no deja de llevar a todas partes. De todas las anécdotas de la historia de la fotografía, dos le persiguen: en él, la idea de la fotografía como un arte de negativos convive con la imagen del Gaspard-Félix Tournachon adentrándose en las catacumbas parisinas, dispuesto a retratar, desde dentro, el subsuelo parisino. En las noches, mientras entre tragos sus amigos puertorriqueños le hablan de playas e islas, Yoav Toledano imagina proyectos tan grandiosos como los de Nadar: imagina un enorme atlas fotográfico del subsuelo neoyorquino, imagina un catálogo donde la miseria neoyorquina coincidiese con su grandeza, se imagina incluso encontrando un marco fotográfico desde el cual la propia ciudad aparecería idéntica a sí misma, reducida a la escala de la ambición y del desconcierto.

Son años de coincidencias inesperadas y a veces silenciosas. Sin muchas veces saberlo, Toledano coincide, en los bares y en las fiestas del bohemio sur, con muchísimos de los artistas y escritores que marcarán las pautas de lo que resta de siglo. Beberá, sin saberlo, a dos mesas de Jackson Pollock y de Willem de Kooning, a quien no reconocerá a pesar de que hace apenas unos meses ha comenzado su carrera fotográfica retratando un cuadro suyo. Cantará un bolero de Daniel Santos a seis codos de un borrachísimo Ken Kesey. Conquistará mujeres en los mismos bares del Soho en los que se mueve un todavía desconocido Andy Warhol. De ellos, sin embargo, conocerá poco. Siempre acompañado por sus amigos caribeños, sentirá que su tradición es otra. Imaginará que, como los beatniks, su tradición es una línea de fuga hacia el sur, esa épica travesía que según él terminará por ubicarlo en la Tierra del Fuego. Nueva York, se dice, es apenas un desvío. Una pequeña parada en esa odisea que, sin él saberlo, terminará por ubicarlo en un pueblo fantasma, rodeado por perros y canarios, jugando ajedrez tan pronto cae la tarde. Pero eso no puede saberlo. Yoav Toledano no puede saber todavía que nunca llegará al sur total, al igual que tampoco puede saber —mientras bebe ron junto a sus amigos isleños– que le esperan mil y un desvíos en su travesía sureña. Ignorante de su destino, se limita a beber, consciente de que dos cosas se le dan bien en esta vida: las mujeres y el alcohol. No comprende todavía, joven como es, que las dos conspiran para evitar las líneas rectas.

Y así, no ha de extrañar que un segundo desvío interrumpa el periplo sureño del joven Toledano. El 6 de mayo de 1959, mientras prepara sus maletas para finalmente partir hacia Tierra del Fuego, es invitado a una fiesta en la casa de los acaudalados

amigos de sus padres. Esa misma noche, perdido entre champaña y canapés, conoce a una chica tan joven como bella, en cuyo
nombre ya cree reconocer sus futuros triunfos: se llama Virginia
McCallister, tiene diecisiete años y, según le cuentan, es la modelo más cotizada de toda la Costa Este. De solo verla, Yoav
Toledano comprende que se tratará de su gran desvío.

5

El ajedrez es un juego de futuros, dice el viejo, mientras a su alrededor los perros vuelven a cabecear como si nadasen sobre el tedio. Poco importa. Con el aura de un elefante cansado, paciente e inmemorial, él se limita a mover una pieza, luego otra, mientras a nuestro alrededor el silencio de los canarios puntúa la escena. Entonces yo me pongo a pensar en las cifras que he leído: en las cuatro mil personas que había en el pueblo en 1962, en las mil personas que quedaban en 1975, en las doscientas que quedaban en 1985, en los nueve habitantes que quedaban en 1999. Pienso en esas cifras y la imagen que me viene a la mente es la de una ciudad que de a poco se vaciaba de gente para llenarse de canarios.

La historia me la ha contado mi amigo John. Me ha contado cómo, una vez se supo de los fuegos, los habitantes decidieron recurrir al viejo truco del canario en la mina. A más de medio pueblo le dio por comprarse un canario. Se los llevaban a la casa y los ponían a cantar, explicó, temerosos de que algún día el silencio del canario indicara que había llegado el fin: metano, monóxido de carbono, cualquiera de esos gases cuya presencia presagia, de una manera u otra, la muerte. Según me contó durante una de esas largas caminatas que dábamos por las siluetas del pueblo ausente, duraron más los canarios que los habitantes. Mes a mes, semana a semana, día a día, se escuchaba de una familia que decía abandonar el pueblo. Dejaban atrás, como legado de la catástrofe, a su pequeño canario de mina. Se lo dejaban a la madre, al hermano, al amigo: a aquel en cuyo carácter vislumbraban una extraña fidelidad y permanencia. Y así fue como comenzaron a pasar de mano en mano los canarios, hasta que una tarde todos comprendieron, no sin extrañeza, que el único que se quedaría hasta el final sería paradójicamente el fotógrafo extranjero. Comenzaron entonces a llegar a su casa, canario en mano. Gente que nunca le había ni siquiera dirigido la palabra. Gente que a veces apenas había escuchado hablar de él dos o tres veces. Gente que un día encontraba trabajo en una ciudad cercana y, en el bullicio de la mudanza, decidía resolver el asunto del canario con una expresión tan inesperada como contundente: «Tranquilo, se lo dejamos al fotógrafo.» El pueblo se vaciaba y su casa se llenaba de plumas y cantos. Los canarios serían, por así decirlo, su herencia, tal y como la mía sería esta serie de carpetas repletas de fotos y de artículos, de recortes de periódico y de pistas a medio esbozar que terminarían por devolverme, sin querer, la imagen de una joven Giovanna perdida entre las callejuelas vacías de un remoto pueblo minero.

Tal vez por eso, en las tardes, mientras el viejo trabaja en sus maquetas, cuando desde el garaje escucho el crujir de la madera, abro las carpetas y busco, entre el legado de papeles huérfanos, los escritos de Toledano. Entonces me siento, pongo la novela a un lado y leo. Pronuncio alguna frase en voz alta. Leo, por ejemplo, esa frase suya que tanto me gusta y que dice: «Una fotografía, como una nube, no es algo en sí misma, sino un mero indicio de que algo sucederá.» Me repito la frase hasta que esta deja de significar y entonces me siento a mirar el paso de las nubes, el correr del tedio, la forma tan extraña que tienen los canarios de repartir silencios entre sus cantos. Me repito la frase hasta que de golpe comprendo que este hombre lo apostó todo por un futuro vacío. Apostó por no dejar legado. Más abajo, en el mismo artículo, encuentro una definición enciclopédica del fenómeno de combustión. Una definición aburridísima, que pienso que Toledano debió copiar pensando que el futuro era algo que podía consumirse de a poquito, una sustancia inflamable como las tierras que lo rodeaban. Un canario vuelve a cantar y yo me limito a leer:

> *Combustión (del latín* combustio) *de una reacción química de oxidación, en la cual se desprende una gran cantidad de energía en forma de calor y luz, manifestándose visualmente gracias al fuego, y otros. En toda combustión existe un elemento que arde (combustible) y otro que produce la combustión (comburente), generalmente el oxígeno en forma de O_2 gaseoso.*

Más abajo, la ecuación química de la combustión. Me quedo pensando en todo aquello, en esa extraña intersección de lenguaje poético y lenguaje científico. En esta historia, pienso, no está claro cuál fue el combustible y cuál el comburente, qué quemaba y qué ardía. Luego dejo de leer. Me acerco lentamente hasta el garaje y me detengo a contemplar al viejo en la elaboración de sus maquetas, hasta que se da cuenta y detiene su faena. No digo nada. Tampoco miro. Me da miedo pensar que en esas maquetas se encuentra la clave de la historia. Me da miedo ver lo que ya sé. Prefiero escucharlo. Por eso, tan pronto comprendo que el viejo nota mi presencia, vuelvo a la cama y me tiro a continuar leyendo la novela que he traído, a sabiendas de que en unas horas escucharé un nuevo silbido y, al salir, veré las piezas de ajedrez posar sobre los tonos precisos de este atardecer de provincia. El ajedrez es un juego de futuros, pensaré entonces, recordando al viejo.

6

Crecen juntos. Ella como modelo, él como fotógrafo. Esa misma noche, tras escaparse juntos, ella lo fuerza a repetir, tres veces, que demorará su partida. No solo eso: lo convence de que merece un trabajo más digno que el que tiene. Se acabaron los *faits divers*, las historias de tres líneas, los epigramas periodísticos a pie de foto. De ahora en adelante se dedicará solo a sus dos grandes pasiones: a ella y a la fotografía. Virginia McCallister lo dice así, con decisión, con carácter, y el joven Yoav Toledano no puede sino aceptar la potencia devoradora de esa niña que todavía no tiene ni siquiera la mayoría de edad. Esa noche se escapan. Cansados de la champaña y de los brindis, cansados de las anémicas conversaciones de los ricos, deciden tomar un taxi y lanzarse hacia el sur. Media hora más tarde, la noche los descubre sentados en las afueras de una pequeña bodega en el Lower East Side, escuchando el repicar de los tambores de un par de músicos caribeños. No lo pueden saber, pero gozan de un pequeño espectáculo que en menos de una década ganará la densidad de un nombre propio: «salsa». A ellos, sin embargo, poco les puede interesar el futuro. Les interesa, esa noche, la intensidad del presente, la precisión de las voces y de los besos. Les interesa complementarse. De ahora en adelante serán eso: dos mundos contrarios en conversación, ese negativo fotográfico que tanto buscó Toledano. El norte y el sur, la sedentaria y el nómada, la rica y el pobre. En los años que vienen, crecer juntos significará, más que nada, compartir una carretera de doble vía: un mundo que los conducirá, siempre, de las mansiones del Upper East Side a los submundos bohemios del Bowery y del Soho de Warhol al Upper West Side de los padres de la modelo. Crecer juntos significará, más que nada, repetir cada tanto el acto de rebeldía inicial.

Una semana más tarde, Toledano renuncia a su trabajo en el periódico y comienza a trabajar como fotógrafo para la galería de arte de un amigo de los padres de Virginia. Dos meses más tarde, la propia Virginia, cansada de no tenerlo cerca, convence a los editores de una prestigiosa revista de moda para que contraten al joven israelí. Desde entonces, solo se les ve juntos: en el estudio y afuera, en las fiestas de ricos y en las tabernas sureñas. Comparten todo: lecturas, sábanas, obsesiones e incluso las drogas que se empiezan a usar por esos días en las fiestas de la bohemia neoyorquina. Su ascenso es meteórico: en dos años pasan de ser dos nombres más en el negocio a ser los dos niños mimados del mundo de la moda. Empiezan, por esos años, a llegarle nuevos contratos: Virginia filma sus primeras películas, mientras Toledano se hace con un nombre dentro del mundo de la fotografía de moda. Nunca, sin embargo, olvidan la noche inicial. En el glamuroso mundo en el que viven se sabe de sus escapadas al mundo de la bohemia sureña, se sabe de su apego a los ritmos caribeños, se rumorea incluso que comparten una casa en el Bowery con decenas de puertorriqueños. El rumor forma parte de su aura y encanto: una pareja fuera de las reglas de la sociedad. Una pareja mágica, capaz de combinar el lujo con una incendiaria vida privada, de cuyos secretos la prensa queda necesariamente excluida. Tal vez por eso, a nadie, ni siquiera a sus padres, les sorprende cuando escuchan, de bocas de terceros, que la pareja ha comenzado a viajar –a Atlanta, a Florida, a Tennessee, a Haití, a Cuba– a ese sur repleto de intensidades que los seducen.

Los rumores comienzan entonces. Empieza a correr la voz de que andan envueltos en redes rojas: en grupos comunistas. Son los años de la revolución cubana, son los años de McCarthy, y aunque su viaje sureño ocurre justo antes de que se declare el embargo contra los cubanos, la coincidencia solo sirve para aumentar el morbo de la historia. Tampoco ayuda que, tras haber conocido a algunos de los dirigentes cubanos durante la breve visita de estos a Nueva York, Toledano haya permanecido en contacto con ellos. Menos aún que le haya tomado alguna que otra fotografía, algún retrato que con el pasar de los años irá ganando el espesor de lo icónico. Se les empieza a tildar de comunistas, se les comienza a llamar santeros, se les empieza a asociar con creencias esotéricas. Lo extraño es que por vez primera la prensa amarillista no se equivoca. Tendrán las fuentes mal, exagerarán al decir que se les ha visto tomar sangre de cocodrilo, pero la verdad es que los que los conocen saben que sus amigos han cambiado. Parecen, por decirlo de algún modo, actuar bajo el llamado de alguna iluminación extraña. Se les empieza a ver menos en las fiestas de la farándula, se les empieza a ver con grupos de amigos distintos, los que los ven notan en la mirada cierta chispa especial. Y en esa mirada lo que se nota, más que nada, es una búsqueda: Yoav Toledano y Virginia McCallister buscan, con la furia del peor de los fuegos, la salida a ese torbellino que crece en torno a ellos. Primero encuentran la salida en la fama, luego en la religión, luego en los senderos de la política, solo para acabar mezclando todos los caminos en ese coctel de alucinógenos que, a partir de la mitad de la nueva década, comienza a puntuar sus días.

Ahora que recuenta su historia –ese peregrinaje que termina por depositarlo en este pueblo vacío–, no recuerda el momento a la perfección, pero conjetura que fue por esos días drogados cuando una idea alocada empezó a rondarle la mente. No sabe si fueron las drogas, pero recuerda que fue por aquella época cuando empezó a vislumbrar la idea que terminaría por depositarlos en plena selva, buscando una ciudad perdida que pocos habían visto. La idea, fija y absurda como todas las obsesiones, era que tal y como al final de la historia se encontraba el principio –el juicio divino, los ángeles y Dios–, de la misma manera al final del periplo político de la izquierda estaría la derecha: el punto divino en donde la violencia coincidiría consigo misma y los opuestos políticos se mirarían la cara. Una suerte de epopeya angelical. Se pasaba los días pensando en su teoría, buscaba libros para confirmarla, incluso recuerda haber esbozado sus ideas en una pequeña libreta de cuero rojizo en cuya página titular había rayado un título memorable: *Apuntes sobre la belleza y la destrucción*. Un título perfecto para ellos y para esa manada de seres bellos con los que pasaban sus mañanas, entre cámaras de todo tipo. Un título bajo el cual Toledano reúne, al cabo de dos años, una impresionante teoría en torno a lo que llama el final de la historia. Un compendio de ejemplos en los que no tarda en incluir reflexiones en torno a la bomba atómica, en torno al incendio de la Biblioteca de Alejandría, en torno a los años del terror jacobino, en torno a su propia historia familiar. Son notas que esboza a escondidas, convencido de que algún día explicarán el giro que tomará políticamente a partir de esa época. Un día, a mediados de 1966, Toledano se levanta y se dice que no hay nada más bello que la destrucción. Dos días más tarde, su esposa lo despierta con una noticia inesperada: está embarazada. Ese mismo día, Toledano revisa ansioso sus libretas en busca de una respuesta. No encuentra respuesta alguna más que la cara del horror.

Luego de una larguísima conversación que se extiende hasta ya entrada la madrugada, deciden tener el niño, con la condición de que Virginia disminuya su consumo de drogas. Desde entonces Toledano parece otro. Deja las drogas a un lado, se sumerge en el mundo de la santería, intenta alejarse de las teorías que lo han llevado hasta el borde del nazismo. Es Virginia McCallister, en cambio, la que parece retomar el delirio teórico de su marido. Encuentra un día, tirada sobre la cama, la libreta de apuntes de su marido y lo que lee le encanta. Se dice que solo así ha de explicar la fascinación que una anécdota familiar ha tenido desde muy chica sobre ella. Solo así, desde esa teoría sobre la belleza y la destrucción, puede explicar la fascinante aura de misterio con la que desde niña escuchaba la famosa historia de cómo en plena guerra civil su tatarabuelo había marchado con sus hombres hacia el sur, quemando todo a su paso. Solo así, se dice la modelo al leer las anotaciones de su marido, puede explicar la extraña fascinación que siente por la imagen de su tatarabuelo el general William Sherman y su infame Marcha hacia el Mar. Desde ese día, a fuerza de anotaciones propias, decide retomar la tradición perdida del viejo Sherman. Tal vez encuentra allí la euforia necesaria para reemplazar la energía de las noches drogadas. Tal vez. Lo que sí es cierto es que desde entonces la libreta de cuero rojizo pasa a ser suya. Es allí donde anota sus ocurrencias, donde imagina, durante los largos y tediosos nueve meses que dura su embarazo, otra historia posible. Es allí donde, sobre los márgenes, empieza a dibujar pequeños mapas, trayectorias que esbozan historias alternativas, peregrinajes hacia ese sur que precisamente por esos días su esposo intenta olvidar a fuerza de trabajo. Ella, sin embargo, no quiere olvidar: quiere todo lo contrario, recordar de manera distinta. Escribe frenéticamente, sin pausas, aun cuando le dicen que es una niña lo que lleva adentro, aun cuando meses más tarde le aseguran que la niña podría nacer sorda, aun cuando ya sabe que dará a luz pronto. Las primeras contracciones, de hecho, la sorprenden lápiz en mano, esbozando las rutas de la destrucción que siguió su antepasado, intentando olvidar que en unas cuantas horas dará a luz a su primera hija. Incluso veinte horas más tarde, cuando le presentan a un tiernísimo amasijo blanquirrojo llamado Carolyn, Virginia se limita a sonreír brevemente, la acaricia y la besa, pero minutos más tarde regresa a la escritura y a la lectura, como si de esa pulsión dependiera su vida.

Son años engañosos. En la superficie nada parece cambiar el ritmo ascendente de la carrera de ambos. Se multiplican los proyectos, las películas, las secciones fotográficas. Se les ve junto a la pequeña en los estudios de grabación, en alguna que otra gala de cine, aparecen incluso retratados en las revistas de moda. Una familia ejemplar, pensaría el que ve las fotos que de la familia aparecen por doquier. Sin embargo, es precisamente por esas fechas cuando las teorías esotéricas de McCallister retoman su costado más alucinante. Es por esas fechas cuando retoma el postulado de Toledano sobre el final de la historia y lo combina con sus teorías de la destrucción. Desde entonces, detrás de la normalidad que proyecta, una idea la obsesiona: encontrar la salida antes de que sea demasiado tarde. Son años que pasan rapidísimo, envueltos en un torbellino de ideas y de conjeturas que terminan por devolverla al mundo de los alucinógenos del que creía haber salido. Años veloces que desembocan en la noche en que escucha, por primera vez, sobre la comuna.

Ahora que cuenta la historia, Toledano no recuerda exactamente quién fue la primera persona en mencionar su existencia, pero sí recuerda que fue durante una fiesta de farándula cuando por primera vez escucharon de la comuna. Fue allí, entre alucinógenos y ácidos, donde alguien les comentó por primera vez de esa comuna anarquista en plena selva, en la cual un pequeño vidente decía haber visto, como si de un revelación divina se tratase, la imagen de un vasto fuego devorando la selva. Había sido ese mismo muchacho, un chico indígena de apenas siete años, el que había pronosticado la llegada del final de los tiempos y el comienzo de una nueva era. Desde entonces lo rodeaba una gran comunidad de hippies iluminados, miembros de la farándula artística, quienes buscaban construir en torno a él una nueva sociedad, en espera de ese profético final de los tiempos.

Ahora que cuenta la historia, Toledano parece notar cuán ridículo suena el asunto, cuán ridículo debe sonarle todo esto a un cuarentón como yo, que nunca vivió nada parecido a esa euforia histórica. Aun así no se limita. Cuenta la historia como cuenta todo lo demás, con un tono objetivo y frío, como si de jugadas de ajedrez se tratase. Cuenta cómo, desde esa noche, Virginia McCallister no dejaba de hablar de aquella comuna, ni de investigar en torno a aquel pequeño vidente. Para ella, la aparición de aquella comuna y de aquel vidente se convierte desde entonces en un presagio divino que enlaza a la perfección con las teorías que ha ido elaborando y que la devuelven a la mítica figura de su incendiario antepasado William Sherman. Desde entonces, empieza a frecuentar reuniones secretas, reuniones a las cuales Toledano nunca parece estar invitado o a las cuales prefiere no asistir, dedicado como está al crecimiento de esa pequeña niña que crece a pasos agigantados, todavía ignorante de los delirios de grandeza de su madre. Esa niña que crece, pálida, frágil, temerosa, entre los brazos de una madre que por las noches le cuenta historias de una tierra lejana en donde un niñito como ella ha visto el fin del mundo.

Ahora que cuenta la historia, con el sonido de los canarios como ruido de fondo, Toledano no puede sino sentir el patetismo de su confesión. Y sin saber por qué lo cuenta, ni qué gana contándolo, cuenta cómo una tarde su mujer llega con un boleto a cuestas, un boleto que los llevará, finalmente, a esa comuna y a esa selva, a encontrarse finalmente con el vidente. Esa tarde, con el frío del invierno neoyorquino a la vuelta de la esquina, Yoav Toledano se dice que tal vez esa sea la única manera de sacarla de su obsesión: regalarle un viaje y desarticular su fantasía. Mirando los boletos, recuerda su obsesión juvenil de llegar a la infame Tierra del Fuego. Sabe que no llegará a ese sur que tanto anheló, pero se dice que si acepta es precisamente por permanecer fiel al testarudo niño que fue. A su lado, la pequeña Carolyn pregunta dónde queda esa selva de la que tanto hablan.

7

Escucho las anécdotas del viejo y me digo que contar historias, como jugar al ajedrez, es proponer falsos futuros. Como el ajedrecista, el narrador es aquel que produce falsas expectativas. Entonces vuelvo a pensar en Giovanna, en la manera tan extraña que tenía de puntuar el tiempo con silencios, en la manera tan peculiar que tenía de dejar la conversación siempre al borde de una revelación inconclusa. Las revelaciones siempre son un tanto vulgares, dice Tancredo, y tal vez tenga razón. El arte consiste en lo opuesto, en producir sutilezas entrevistas: falsos dioramas en pleno desierto. Mientras el viejo vuelve a tomar la palabra, yo me limito a pensar en la secuencia de eventos que han terminado por depositarme en este pueblo vacío: he pensado en la llamada inicial de Giovanna, en su propuesta siempre opaca de colaboración, en mis caminatas por la metrópoli neoyorquina, en las horas que gasté imaginando historias que terminasen en la imagen de una lectora insomne. He recordado el periodo de alegría, silencio y paz que siguió a aquel extraño proyecto, la desaparición parcial de Giovanna y luego la llegada de ese infame archivo que ha terminado por traerme hasta aquí. El truco, me digo mientras vuelvo a escuchar al viejo, es proponer imágenes y futuros como quien propone vidas.

Hoy, sentado frente al alcalde del pueblo, he sentido un extrañamiento súbito y he comprendido que me molestaba la misma pregunta de siempre. Esa pregunta que me ha traído aquí y hacia cuya respuesta la historia del viejo Toledano parece moverse, pero de la cual solo hoy he comprendido que soy víctima: ¿cómo se termina en un pueblo vacío? La pregunta me ha llegado de golpe, mientras el viejo alcalde, un antiguo minero de casi noventa años, intentaba contarme año por año la historia del pueblo. Para este viejo, he pensado mientras veía cómo el alcalde se debatía con la memoria, no queda más: su vida estaba escrita en esa historia. Su vida terminaría allí porque así vivían y morían los hombres. Entonces le he preguntado por Toledano y he notado que titubeaba. He pensado que le fallaba la memoria, pero al cabo de unos segundos el propio John me ha interrumpido, preguntando de quién hablo. El fotógrafo, he respondido, y el alcalde me ha corregido insistiendo: «Ah, el loco de Roberto Rotelli.» Solo entonces, en plena confusión, he comprendido lo obvio: que el viejo nunca fue, para ellos, Yoav Toledano. He recordado entonces que en uno de sus últimos artículos Toledano comenzaba con una cita atribuida a un tal R. R., una cita que siempre me gustó y que decía: «En 1912 decidí estar solo y avanzar sin destino fijo. El artista debe estar solo consigo mismo, como en un naufragio.» Tal vez, me he dicho, fue a partir de allí cuando el viejo decidió convertirse en Roberto Rotelli. No he dicho nada. Como siempre, me he limitado a escuchar al alcalde contar la historia que ya sé, pero que él sabe puntuar como nadie: esa historia que para él termina el día que la autopista que daba entrada al pueblo se parte en dos. Ese día, repite paciente, supo que moriría en un pueblo fantasma, incapaz de traicionar la memoria de cinco generaciones. Me lo cuenta así, sin sentimentalismos, y yo me pongo a pensar en las múltiples máscaras del viejo Toledano. Aprender a narrar es proponer naufragios, me digo, pensando nuevamente en el epígrafe de su artículo. Nos quedamos entonces para el café y luego, cuando vemos que a media taza el alcalde se queda dormido, partimos. Solo entonces, afuera, pienso en comentarle el juego de nombres a mi amigo, pero de inmediato comprendo que sería traicionar a un hombre que lo ha apostado todo por volverse anónimo.

8

El resto le pertenece a la fantasía. El 23 de noviembre de 1977, con apenas un par de maletas a cuestas, la familia toma un vuelo rumbo a ese sur que desconoce pero sobre el que ha puesto todas sus esperanzas. Dos días más tarde, con la pequeña Carolyn mostrando los primeros síntomas de una enfermedad que la acompañará a través del viaje, el viejo autobús que los lleva se detiene frente a una impresionante y tupida selva. Le sigue una travesía latinoamericana que es una suerte de reverso negativo de aquellas grandes travesías clásicas de los grandes viajeros. Allí donde Humboldt encontró la imagen de una América silvestre y sublime, ellos encuentran la imagen de una naturaleza ruinosa, repleta de basura. Allí donde William Walker encontró la ausencia total de estado, ellos encuentran residuos del poder estatal por todas partes. Allí donde Franz Boas encontró la naturaleza de lo desconocido, ellos parecen encontrar un siniestro espejo de sí mismos.

Por todas partes, Toledano siente que su viaje es, más que nada, una repetición con tintes de farsa. Tal vez por eso, al final de la primera noche, mientras la mujer y la niña duermen, apunta en la libreta de su esposa dos fragmentos del diario de uno de sus filósofos favoritos. Dos sueños que, según él, sugieren que al final de todo viaje no hay más que una risa de desilusión. El primero, que Toledano subraya con tinta roja, se titula «Embajada mexicana» y dice así:

> *He soñado que estaba en México como miembro de una expedición científica. Tras cruzar una selva virgen de altos árboles, llegamos a un sistema de cuevas a flor de tierra en la montaña, donde desde los tiempos de los primeros misioneros continuaba la labor de conversión entre los nativos. En una gruta central inmensa y rematada en punta a la manera gótica se estaba celebrando un servicio divino según el más antiguo rito. Entramos y presenciamos su fase culminante: ante un busto de madera de Dios Padre que se mostraba instalado a gran altura en alguna parte de una pared de la cueva, un sacerdote alzaba un fetiche mexicano. Entonces la cabeza divina se movió tres veces de derecha a izquierda.*

Le produce morbo la idea de que al final de la selva se encuentre un espejo de la propia miseria occidental. Le produce morbo pensar que este viaje hasta el final de la selva no es sino el viaje hasta los malestares de su propia cultura. Le duele, sin embargo, pensar que por buscar esa farsa su esposa ha impulsado a una niña enferma a atravesar una selva que de natural tiene poco. En esos primeros días, cuando se descubre ante tales dudas, vuelve al fragmento que ha escrito y se dice que hay que seguir: hay que llegar hasta el final del sueño y aprender a reír al despertarse. A su lado, la niña vuelve a toser en pleno sueño.

Son días largos, durante los cuales, de la mano de un hombre tatuado que se hace llamar el apóstol, la familia atraviesa una selva repleta de ruidos extraños, de animales y contrabandistas. Días largos en los cuales Toledano comprende que la locura de su esposa no conoce límites. Días en los que Toledano intuye que solo conservando la cordura logrará regresar a casa con la niña viva. Una idea lo mantiene cuerdo: la idea de que al llegar al final del trayecto su esposa comprenderá la futilidad de su proyecto.

Una idea lo tranquiliza: al final del trayecto su esposa comprenderá la inutilidad de su pasión.

A él, por su oficio y prestigio, se le ha encargado fotografiar el trayecto. Servir de testigo. Sin embargo, ahora que recuenta ese viaje que termina por depositarlos frente a una ciudad utópica, no cree recordar tampoco que tomara demasiadas fotos. Recuerda, en cambio, el zumbido de los insectos, el croar de las ranas, el omnipresente sonido de los ríos, la tos de la niña que iba creciendo según crecía el viaje, con una desmesura alucinante. Ahora que camina a paso lento hacia ese momento de decisión que marcará su vida, recuerda el tedio de las noches que pasaban entre mosquiteros, esas noches en las que la niña le preguntaba cuándo podrían regresar a casa. Recuerda los pregones del apóstol, la pasión de su esposa, la desconcertante sensación de haberse internado en un laberinto sin salida. Recuerda un pueblo repleto de contrabandistas, a un hombre gordo y grosero, a un hippie alemán que representaba obras del siglo XVII para los indios y a una joven polaca que pasaba las horas muertas contando historias sobre la pampa. Luego se detiene, como si, vislumbrando finalmente su destino, la memoria se negara a rendir testimonio.

Más tarde yo comprendería que en esos silencios se jugaba la verdadera historia de aquella familia inusual. Mi abuelo solía decirlo: en los silencios se juegan las dudas y los temores de una historia. Sus sentidos también. Más tarde entendería que si Toledano se detenía entonces, para luego seguir la historia, era precisamente porque ahí se jugaba su dirección y sentido. Pero eso sería después. Esa tarde, vaticinando que el final estaba cerca, me limité a escuchar aquella historia que crecía frente a mí, indomable y extraña, con la inquietante sensación de ya haberla escuchado en los silencios que durante un año compartí con Giovanna.

158

En la historia que escucho entonces hay una familia y un viaje. Hay una niña enferma y un hombre que por las noches se dedica a recitar profecías frente a una fogata. Hay peregrinos y hay contrabandistas, hay una niña que de los animales aprende a jugar al escondite. Hay noches larguísimas en las que el padre consuela a la niña trazando constelaciones y cuentos, mientras la madre se dedica a esbozar delirios teóricos. Es una historia de expectativas y desilusiones que culmina el día en que, tras subir una montaña enorme, los peregrinos ven aparecer frente a ellos una ciudad imprevista. Y en esa ciudad hay un niño que dice haber soñado el final de los tiempos, la llegada de los fuegos y la restauración de un tiempo nuevo. Hay una larga espera profética, una suerte de periodo de adviento a la espera del suceso sagrado. Hay un hombre que comprende la farsa pero decide no abandonar a su esposa, creyendo que tras la desilusión llegará la razón. Sin embargo en esa historia mesiánica llega el día señalado y no ocurre nada. Para decepción de Toledano, ni siquiera en ese momento su esposa recupera la cordura. En cambio le pide –en un gesto que recordará el resto de su vida– que le tome una foto a la niña junto al pequeño vidente. En la historia hay una fotografía final y es esa fotografía ausente la que retrata la sinrazón del viaje, la inocencia de la época y la intemperie que vendría. Tras tomarla, Yoav Toledano decide salir de la ciudad. Deja a la niña en un pequeño hospital de provincia, la besa y promete que volverá a verla a más tardar en un mes.

Esa misma tarde, con el recuerdo todavía puesto en la niña enferma, Yoav Toledano se dice que toca partir. Recordando la figura de Nadar que tanto lo tentó en sus primeros años, se dice que solo un oficio sería apropiado para un hombre que ha visto lo que él ha visto: fotógrafo de minas. Recordando la anécdota de Nadar perdido entre las catacumbas parisinas, se dice que solo allí, en el subsuelo, encontrará el lugar adecuado sobre el cual sepultar su secreto. Encuentra, en la biblioteca de la escuela primaria de un pequeño pueblo al borde de la selva, un atlas en el que al cabo de unas horas de inspección localiza un pequeño pueblo minero. Tres días más tarde, la empleada de la oficina de correos del pueblo lo ve entrar cargando un par de maletas y un bolso repleto de lo que parecen ser cámaras viejas. Es hermoso y alto, piensa ella, tiene el aura de un *gentleman* inglés y la mirada perdida de esos forasteros que, habiéndolo visto todo, se contentan un día con enterrarse en su pequeño terruño. Esa misma tarde, tras preguntar por un hotel cercano, se le ve hablar con la viuda del difunto Marlowe. Dos días más tarde, cuando el alcalde lo va a buscar para conocer sus intenciones, solo encuentra en la casa un reguero de cámaras viejas sobre una mesa de madera. Yoav Toledano ya anda pueblo abajo, buscando desesperadamente ese olvido que encontrará dos años más tarde, cuando lea por primera vez, en el periódico local, sobre la aparición de los primeros humos.

9

Entre jugadas, sin cambiar el ritmo ni el tono, con la monotonía del resignado, me lo cuenta todo: me cuenta del autobús que terminó por depositarlos en los límites de la selva, me cuenta sobre la enfermedad de la niña, me describe la temible fascinación de la madre. Me lo cuenta todo como si yo no supiese nada: las noches interminables de insomnio, los días dedicados a atravesar la selva a pie, los ruidos y los sueños, hasta llegar a ese instante luminoso en el que le piden que tome una foto y él, en el instante preciso en que presiona el botón, comprende que nunca volverá a ser el mismo. Me lo cuenta todo y luego canta el jaque mate, como si con la historia se acabara la partida. Luego, sin parecer en lo más mínimo consternado por su aparente confesión, se levanta, dice que falta cerveza y que el supermercado lo cierran pronto. Dice eso, se monta en su viejo jeep verdoso y sale pueblo abajo sin siquiera preguntarme si quiero acompañarlo.

Solo entonces, terminada la historia, a sabiendas de que finalmente mi tiempo acá está llegando a su fin, guardo la novela en la mochila que he traído, la pongo a un lado y me atrevo, por vez primera, a adentrarme en el mundo privado del viejo. A paso lento, con el peso de la mirada de los perros sobre mis espaldas, me adentro en ese garaje oloroso a serrín y a cerveza, consciente de que no perte-

nezco allí. Periódicos viejos, latas de cerveza, viejas herramientas y alguna que otra jaula vacía. Solo entonces, justo cuando dejo atrás el cantar de los canarios, las veo. Más de veinte maquetas: todas idénticas, todas distintas. Maquetas que parecen retratar una pequeña ciudad en forma de quincunce. Maquetas idénticas que el viejo ha intentado borrar de formas distintas, como si de entender el olvido se tratase. Uno de los perros lame mi mano y yo salto del susto. Tal vez por eso no me detengo. Continúo hasta el final del garaje, más por miedo que por otra cosa, hasta que me encuentro frente a una puerta que no tardo en abrir. Entonces las veo. Perfectamente dispuestas sobre un mueble viejo, más de cien cámaras viejas. Una colección de cámaras de todos tipos: desde la Polaroid Pathfinder con la que dice haber salido de Haifa hasta la Nikon F con la que Larry Burrows retrató Vietnam. Un enorme desfile de aparatos sobre el cual la historia de la fotografía se amontona como un vertedero de marcas: las Canon alternan con las Nikon, para luego dar paso a las Olympus y volver al comienzo, a las Polaroid con que Toledano comenzó esa carrera fotográfica que hoy parece terminar en un pueblo vacío. Entre las cámaras, dispersas entre las gavetas a medio cerrar, miles de fotos se muestran a medias. Fotos de todos tipos. Retratos de moda que el viejo debió tomar durante sus años neoyorquinos, fotos de naturalezas muertas que tal vez tomó en sus primerizos intentos, fotos de una selva frondosa que tal vez es aquella de la que me acaba de hablar. La idea me entusiasma. Me intriga pensar que entre esos miles de fotos se halla aquella que retrata el final de la historia según me la acaba de contar Toledano. Yo indago. Busco entre los miles de fotos en busca de aquella que retrate el entonces minúsculo rostro de Giovanna, su confusión y su resentimiento. Aquella que retrata a Giovanna perdida en plena selva, prisionera de la alucinante pasión de sus padres. Aquella que la retrata como la conocí yo —tímida, lejana y frágil—, pero no encuentro más que un reguero de rostros impávidos, una maraña de remotas y frías miradas que se niegan a mirarme de vuelta.

162

APUNTES PÓSTUMOS
(Carta nunca enviada de Giovanna Luxembourg)

Estoy cansada. Cansada de testamentos, doctores y tanto papeleo fúnebre que solo me devuelve la imagen de mi propia muerte. Tal vez por eso, en mis pocos momentos libres, me encierro en mi estudio, donde nadie se atreve a molestarme, y dispongo los papeles que algún día pienso enviarte. No le digo nada a nadie y vengo acá a darles de comer a los peces, a escuchar una música pálida como la noche y a disponer el archivo. Allí está nuestro proyecto tal y como lo imaginamos hace unos años, reflejado en un futuro del que ya no seré parte. Será tu pequeña herencia. Pero dime: ¿qué es una herencia? Yo, que me creí huérfana, que cambié de nombre para perder una familia cuya historia no entendía, hoy regreso inevitablemente a ella. Nunca te conté, pero esa noche en la que llegaste a casa y viste el sobre médico sobre la mesa, un hombre justo me acababa de contar que algo en mí estaba dispuesto a traicionarme. Esa tarde preferí no contarte, incluso cuando pude ver cómo mirabas el sobre y tu rostro delataba tu descubrimiento. Preferí no contarte lo que había escuchado esa misma tarde: la historia de la mutación genética, el mal que de a poco empezaba a corroerme, la larga estela que se avecinaba. Yo, que me creí huérfana, que cambié de nombre para perder una familia cuya historia no entendía, no quise contarte que la herencia volvía en forma de un gen que ahora mutaba, que se convertía

163

en otra cosa, en algo mortal que ahora sí parecía decidido a aniquilarme. Ironías de la vida. La herencia, me dije entonces, era una enfermedad incurable que un día nos dejaría terriblemente cansados, contemplando un montón de papeles en los que se esbozaba un proyecto incompleto. Esa noche, cuando saliste, volví a pensar en mis padres y comencé a organizar ese proyecto póstumo del que ahora eres parte. Nadie escoge su herencia. Más de una vez pensé en contarte todo: dejar las piezas bien colocadas, el puzle completo, la intriga resuelta. Luego comprendí que, de hacerlo así, nunca llegarías a conocerme tal y como soy. Perderías de foco mi historia si no te forzaba a revivirla, tal y como yo había perdido de foco esa herencia cuya resonancia ahora me invadía por dentro, transformando mi cuerpo en otra cosa, en un enorme teatro para la muerte. Tal vez por eso, cansada como estoy, me siento aquí a escribir esta carta que bien comprendo que nunca te enviaré, consciente de que lo mejor siempre es dejar la imagen a medio armar. Como esa última noche en la que llegaste a casa y yo no quise hablarte. Nos limitamos a componer un rompecabezas aburridísimo y a medio camino, de la pena que me daba despedirme, fingí quedarme dormida. Y te vi batallando con las piezas, consciente de que no hallarías allí la imagen que querías, sino meramente el tedio de un lago repleto de flores. Esa noche supe que sabrías cómo transitar tu herencia, tal y como yo había batallado por transitar la mía. Esa herencia que hoy me fuerza a firmar papeles testamentarios con un nombre que ni siquiera es mi verdadero nombre, consciente de que mi cuerpo muta y me traiciona. Consciente de que tampoco esta carta te llegará y que de alguna manera serás tú el que tenga que intuirla. La herencia es algo así: una carta escrita desde el pasado que nunca llega al presente. Y tu tarea es reconstruir esa conversación ausente.

164

Tercera parte
El arte en juicio (2008)

Si el rumor asalta un lugar en el momento preciso de su historia, si logra materializar un miedo o una expectativa, solo entonces logra crecer. Comienza a circular solo si toca un nervio.

FRANCIS ALŸS

1

El recorte de periódico me lo pasó Tancredo en un bar de New Brunswick, una tarde del otoño de 2008, justo cuando la crisis financiera empezaba a volverse tema de conversación. En el cuadro central aparecían dos fotos. La primera, una foto de una mujer ya mayor, de cerca de setenta años, completamente vestida de negro. Jersey oscuro de cuello alto, rostro solemne y pocas arrugas. A pesar de la edad, resaltaba en su rostro cierta elegancia atemporal, una belleza que parecía replicarse en la siguiente fotografía, en la que aparecía una modelo en biquini de pieza completa, según era la moda norteamericana en los años sesenta. Reconocí el rostro de inmediato, pero decidí no mostrar emoción alguna. Me dediqué, en cambio, a trazar las similitudes entre las fotos, la forma en que un rostro mutaba al cabo de los años, atravesaba medio siglo y volvía a surgir, ahora marcado por el paso del tiempo. Más arriba, como titular periodístico, una breve frase completaba la noticia: «*Missing Ex-Model Found Alive, Accused of Multiple Crimes*».

El artículo ocupaba apenas media página. Comenzaba trazando la extraña desaparición, en 1977, de la famosa actriz y modelo americana Virginia McCallister, para luego proponer el golpe periodístico: treinta años más tarde la actriz había sido descubierta por las autoridades, que la acusaban de ser responsable de más de quinientos crímenes relacionados con intrusiones en la bolsa de valores, crímenes que según las autoridades la ex-modelo había perpetrado desde principios de los años ochenta hasta que fuera descubierta a principios de mes. En esos treinta años de supuesta desaparición, mientras las autoridades intentaban seguirle el rastro a ella y a su igualmente desaparecido esposo, el fotógrafo Yoav Toledano, McCallister se había dedicado a producir más de tres mil eventos falsos cuyas repercusiones en los medios de comunicación habían llevado a la bolsa de valores a perder millones de dólares. Tres mil eventos que nunca sucedieron, pero que la actriz, encubierta bajo una serie de falsos seudónimos, había logrado poner en circulación dentro de los medios, logrando en algunos casos desviar las tendencias del mercado.

Lo más interesante, sin embargo, venía a continuación.

Al preguntarle si se declaraba culpable, la acusada había respondido que no se sentía culpable en lo más mínimo, precisamente porque consideraba que todo aquello formaba parte de su obra artística y que el arte, como se sabe desde los griegos, es un régimen soberano, más allá del bien y del mal, más allá de la moral y del juicio legal. Ella, subrayó, no había sacado beneficio monetario alguno de aquellos pequeños desvíos. Para apoyar esa defensa preliminar había decidido citar, como antecedente, una obra en concreto: la obra *Happening para un jabalí difunto* producida en 1966 por los artistas argentinos Raúl Escari, Roberto Jacoby y Eduardo Costa, en la que los artistas habían logrado que los medios populares reprodujeran un acontecimiento que nunca había ocurrido, un falso reportaje de lo que pudo ser pero nunca sucedió. Si eso era arte, había argumentado McCallister, lo suyo también lo era.

Esa tarde me la pasé leyendo sobre las locuras de Escari, Jacoby y Costa. Traté de evitar, a toda costa, pensar en Giovanna, en Virginia McCallister, en la historia que me acababa de contar un viejo en un pueblo minero. En internet encontré un manifiesto en donde los tres artistas hacían un llamado a imaginar un arte nuevo, basado en la forma en que la sociedad de masas producía el sentido a través de la circulación de información. Un acontecimiento, decían ellos, no era ya simplemente el evento mismo sino la imagen que los medios producían del acontecimiento. Tocaba mostrarle al mundo que un evento inexistente podía perfectamente existir si los medios querían. Me gustó la idea. Recordé a la vieja señora que en un bar de Manhattan, llegada la noche, se ponía a leer viejos periódicos y me dije que todo aquello era muy bello: inundar la realidad con pequeñas ficciones, interrumpir el mundo con pequeñas mentiras que días más tarde una señora insomne leería en un bar libanés. Se me ocurrió que tal vez la historia universal era algo así: una gran mentira que los historiadores habían confabulado en contra nuestra, hilando pequeños desvíos. Una gran mentira de la que despertaríamos demasiado tarde.

A los dos días me llamó Tancredo. El artículo inicial que me había pasado, tal vez escrito por el periodista en un entusiasmo descuidado, obviaba un detalle fundamental. El periodista había olvidado mencionar el lugar de los hechos, un dato que, aunque irrelevante para muchos, tomaba un giro especial para mí. Virginia McCallister había sido atrapada por las autoridades en una enorme torre abandonada, a las afueras de San Juan de Puerto Rico. Vivía allí junto a quinientas familias pobres que, desde el abandono de la estructura por los constructores a principios de la década, habían decidido convertir por sus propios medios aquella torre en un lugar de viviendas. Según me contó Tancredo, la historia de la torre era tan loca como la historia de los crímenes de la artista. Mandada a construir por un billonario ruso a principios de la década, la construcción se había visto detenida cuando, expuesta la red de fraudes del billonario, el edificio había acabado en manos de una serie de bancos e inversionistas extranjeros. Ya para ese entonces la torre tenía más de veinticinco pisos. Incapaces de decidir qué hacer con aquella inmensa estructura a medio construir, los inversionistas habían decidido abandonar el proyecto, a la espera de una mejor idea. Al año, cuando les llegó la primera carta quejándose de las primeras invasiones ilegales, era poco lo que podían hacer: hacía ya meses que más de cien familias pobres habían ocupado el lugar, construyendo impresionantes apartamentos, con baños y divisiones, cocinas y salas de estar. A falta de ascensores, habían comenzado incluso a crear un sistema de motocicletas que los trasladaban por los distintos pisos. Prefirieron, entonces, dejar pasar el tiempo. Ya llegaría la hora adecuada. Dos años más tarde, cuando el gobierno intentó mediar en el asunto, no pudieron ni siquiera entrar. Aquello ya era una verdadera ciudad: bodegas, barberías, dentistas, guarderías, tiendas de productos básicos, puntos de droga y hasta un putero. Una pequeña ciudad construida sobre las ruinas de aquella inmensa torre.

Cuando la atraparon, hacía ya casi siete años que Virginia McCallister vivía en la torre, entre cientos de familias que de seguro la miraban con recelo. Según explicaba ese segundo artículo que me pasó Tancredo, publicado en un periódico local tres días después del evento, había sido una de esas vecinas quien la había denunciado. Había tocado a la puerta un día para discutir un asunto comunitario y, al escuchar la casa vacía, se había adentrado hasta encontrarse frente a un tablero de corcho repleto de composiciones periodísticas que le hicieron pensar en las series de detectives que solía ver de niña. Lo primero que pensó fue que se trataba de una infiltrada, de una policía encubierta que el gobierno había enviado para recabar información de los habitantes de la torre. Mirando los recortes, comprendió que se trataba de otra cosa: aquellas no eran notas sobre los habitantes, ni siquiera sobre la noticias locales, sino otra cosa completamente distinta. Decenas de notas periodísticas sobre asuntos de alcance

170

global, que la mujer parecía haber intervenido minuciosamente. Se convenció de que aquella extraña mujer, con sus ínfulas de arrogancia y su vestimenta de tonos oscuros, no podía ser una espía. Demasiado obvio, demasiado claro: los espías no eran gringos ni vestían de lujo. Así que a la semana se presentó frente al cuartel y la denunció. Cuando le preguntaron bajo qué sospechas presentaba su denuncia, se limitó a decir que no sabía, pero que aquella mujer se traía algo extraño entre manos. Al escuchar las risas del policía, lanzó un ultimátum: «Usted se reirá, señor, pero la gringa esa tiene tableros repletos de noticias en su cuarto, cientos de libretas por todas partes. Usted se ríe pero ahí hay gato encerrado...» Dijo eso y así mismo salió. Después, cuando el tedio lo forzó a recordar la escena, el policía pensó que a lo mínimo valdría la pena tomar aquella pista como una excusa para adentrarse en el laberíntico mundo de la torre. Cinco horas más tarde, cuando entró junto a su compañero al edificio, se encontró deslumbrado frente a un mundo que parecía obedecer sus propias reglas, un mundo dibujado a escala como si algún pintor bohemio, drogado y pobre lo hubiese soñado en una tarde magnífica. Como en un sueño futurista, todo cabía allí, hasta la propia pobreza, retratada en el rostro de un vagabundo que encontró cerca de la entrada. Los recibió un pequeño guardián, un hombre de bigote con canas que, al verlos, apagó un televisor viejo en el que pasaban una carrera de caballos y les pidió los documentos necesarios para su visita. Lo apaciguaron mencionando las sospechas de la vecina. «Sí, la vieja esa es una cosa rarísima. Llegó un año nuevo, se asentó con decenas de computadores y desde entonces casi ni se la ve. Yo creo que está más tostada que una cabra», se limitó a decir. Diez minutos más tarde, luego de un viaje en motocicleta que los llevó por los laberínticos recovecos de aquella extraña torre, se encontraron con una puerta pintada completamente de negro. Al tercer toque, Virginia McCallister contestó la puerta sin temor alguno.

La llamaban «la gringa». Había llegado el 15 de enero de 2001, cuando en la torre apenas vivían cien vagabundos, decenas de heroinómanos y quince familias en pobreza extrema. Se había presentado un día junto a dos hombres y al cabo de dos semanas habían logrado construir una vivienda particular, un espacio que los habitantes no llegaron a ver hasta el día en que dos policías tocaron su puerta. Luego los hombres partieron y ella se quedó allí, viviendo en la torre pero recluida sobre una coraza que nadie logró romper hasta el día en que esos dos policías tocaron tres veces su puerta y ella abrió dispuesta a contarlo todo. Bastó que uno de ellos, una vez adentro, preguntara por las noticias que adornaban la pared y ella se dedicó a contarlo todo: contó que era artista y que sus obras giraban en torno a los medios de comunicación. Cuando comprendió que los policías la miraban como a una loca, elaboró. Contó, siempre con la mirada puesta en una pequeña taza de té que se había servido pero que no tomaba, que su arte era un arte político y que partía del arte de Escari, Jacoby y Costa, tres artistas argentinos que habían conjurado un acontecimiento allí donde no había nada. Ella, según dijo, inventaba noticias falsas para luego intercalarlas entre las noticias verdaderas. Mencionó tres acontecimientos periodísticos que ambos policías desconocían y, al notar en la mirada perdida de sus dos interlocutores que todavía no daba en el blanco, prosiguió su monólogo. Volvió a repetir los nombres de Escari, Jacoby y Costa y luego mencionó el único detalle que logró captar la atención de los policías: comentó, muy de pasada, como si no fuese lo importante, que sus intervenciones le habían costado más de cien millones de dólares a la bolsa de valores. Terminó dando un ejemplo: contó una historia extraña, de una montaña en plena selva y de cómo en esa montaña un niño decía haber visto cosas extrañas, imágenes sagradas. Mencionó algunos nombres, entre ellos el del niño, y explicó cómo en esa montañas cientos de extranjeros se rendían a homenajear a ese niño. Contó cómo en su falsa nota bastaba relacionar esa historia antigua con un evento contemporáneo para confundir a los mercados. Bastaba decir, por ejemplo, que entre los peregrinos que estuvieron presentes en aquella montaña, en el último mes de 1977 se encontraba el actual vicepresidente de una compañía poderosa para lograr un desvío. Lo contó todo con una elegancia total, con una gracia que le venía de lejos, y los dos policías no pudieron sino pensar que se trataba de una vieja muy sofisticada pero loca, loca hasta más no poder. Lo contó todo muy rápido, sin pausas, como si cada palabra la aliviara de un peso muy antiguo, como si hubiese esperado muchísimo tiempo que alguien llegara a preguntarle de qué iba lo que ella hacía. Y luego, al terminar, los despidió con la excusa de que tocaba volver al trabajo. Serían cerca de las dos de la tarde cuando los policías salieron de la torre riéndose de las locuras que acababan de escuchar.

Tancredo se encargó de completar los detalles de su captura. Llamó al periodista de aquel segundo artículo y así se enteró del resto de la historia. Supo cómo aquella misma noche uno de los policías, incapaz de dormir, se había quedado pensando en la extraña escena que había vivido durante la tarde y muy en particular en la imagen de un libro que había visto mientras salía: un libro voluminoso, sobre cuya portada aparecía una fotografía muy vieja de una modelo con el mismo rostro afinado y puntiagudo de la vieja que justo hacía unos minutos acababa de contarle un montón de locuras. Recordó el título: *Virginia McCallister, 1955-1975*. Extrañado, pensó en el nombre que ella misma les había dado al despedirse: Viviana Luxembourg. Algo no encajaba. Más por aburrimiento e insomnio que por interés, se levantó de la cama y, una vez frente a la computadora, buscó el nombre: Virginia McCallister. Entonces lo vio: decenas de fotografías de la que era indudablemente la misma persona con la que habían hablado horas antes, fotografías en todas las poses, en trajes de baño y en vestidos de gala, junto a celebridades y junto a figuras políticas. Una mujer hermosa, de piernas largas y rostro perfilado, el mismo rostro, sin lugar a duda, que acababa de ver ese mismo día envuelto en un discurso alucinante.

Buscó entonces datos sobre Viviana Luxembourg. Encontró muy poco. Casi nada, a decir verdad. Apenas unos datos de personas que claramente no eran la señora con la que habían hablado horas antes. Volvió a su búsqueda anterior, a las imágenes de Virginia McCallister. Luego, pasó a las noticias. Fue allí cuando se encontró con el detalle que lo dejaría despierto hasta bien entrada la mañana: una serie de artículos que documentaban la desaparición, en 1977, de Virginia McCallister junto a su esposo, el fotógrafo israelí Yoav Toledano.

De las dos a las cinco de la madrugada, poseído por una curiosidad que solo empeoró su insomnio, el sargento Alexis Burgos se dedicó a leer todas las noticias que pudo encontrar sobre la desaparición, ocurrida durante el invierno de 1977, de Virginia McCallister. Según leyó, el 23 de noviembre de 1977, la familia –compuesta por su esposo el fotógrafo israelí Yoav Toledano y Carolyn, la pequeña hija de ambos– tomó un vuelo desde el aeropuerto John F. Kennedy, en Nueva York, con destino a San José de Costa Rica. El tiquete pautaba el regreso para el 2 de diciembre. Cuando diez días más tarde el agente de Virginia llamó a la casa, le extrañó no recibir respuesta. Intentó nuevamente al día siguiente y tampoco. Decidió visitarlos. Encontró la puerta abierta, la casa vacía, al perro arisco y hambriento. Pensó entonces que la familia había alargado su estadía pero que de seguro volverían pronto. Volvió todos los días de esa semana. Cada día lo mismo: tocar la puerta, esperar la respuesta que nunca llegaba y luego entrar. Cada día de esa semana se limitó a constatar que no había regresado nadie. Al décimo día, como ya era costumbre, le dio de comer al perro. Luego, cansado de esperar, levantó el teléfono y llamó a la policía. Dos días más tarde, sin respuestas aún de la policía ni de los familiares, la prensa sacó el primer artículo: «*Virginia McCallister and Family, Missing*». Lo acompañaba una fotografía familiar en donde aparecían los tres –la madre, el padre y la niña– en alguna gala neoyorquina. Envuelto en el espesor de la madrugada, al ver la foto, el sargento pensó que aquella era sin duda una familia modelo: hermosa, cálida, exitosa. Él, sin embargo, no tenía a nadie. Distrajo el pensamiento buscando más datos. Los que encontró lo ayudaron a completar la historia. Luego de ese artículo inicial, publicado por un periódico neoyorquino, la prensa saltó sobre el asunto. En los meses que siguieron se publicaron decenas de artículos en todos los principales medios. Se habló de la cercanía de la pareja con los grupos de la izquierda latinoamericana, se habló de las tendencias esotéricas que habían empezado a marcar la vida de la modelo en los últimos años, salieron a relucir las fotos de la pareja junto a personalidades políticas. Se habló, incluso, de cosas horribles, de un posible suicidio, de la drogadicción de Toledano, de la posibilidad de que la pareja hubiese sido, durante todo ese tiempo, espías del gobierno de Castro. Esa última posibilidad le parecía a la prensa particularmente atractiva, dado que Virginia McCallister, aunque descendiente por la rama paterna de los McCallister escoceses, llevaba en sus venas ilustre sangre yanqui. Su madre, Catherine Sherman, decía ser la tataranieta del infame general William Tecumseh Sherman, el famoso general de la Unión cuya famosa e inmisericorde Marcha hacia el Mar le regaló la victoria a Abraham Lincoln. Que una descendiente del viejo Sherman fuese una espía cubana les sonaba tan exótico que un viejo senador republicano, todavía rencoroso por la debacle de Bahía de Cochinos, llegó a recriminarle la desaparición al gobierno cubano. Ante la querella, un viceministro cubano vestido de impecable guayabera se limitó a decir que lamentaban la desaparición pero que el alegato era totalmente falso. Luego, con el tiempo, la cosa se fue diluyendo, como se diluye todo en el mundo de la noticia. Apenas esporádicas menciones de falsos hallazgos, gente que decía haberlos visto en el

Perú, en Brasil, en cualquier parte. Alexis Burgos leyó todo aquello y la imagen que se le quedó en la mente no fue la de la mujer que había visto aquella misma tarde, sino la imagen quebradiza de la niña que había visto en la primera foto: una niña frágil, pálida y tímida, que parecía esconderse detrás de las largas piernas de su madre. Una niña como cualquier otra, que una mañana de invierno había salido de viaje sin saber lo que le esperaba. Se quedó horas pensando en esa niña, hasta que la imagen de la madre le salió al paso tal y como la había visto esa misma mañana: altanera, decidida, hermosa a pesar de los años. Sintió una extraña sensación de orgullo al pensar que de todos los lugares posibles, Virginia McCallister hubiese decidido esconderse en su pequeña isla. Llegadas las seis de la mañana, cayó dormido.

Al día siguiente, envuelto en el confuso torbellino de emociones que tanta información le producía, se sintió invadido por una extraña inmovilidad. No sabía cómo proceder. Por primera vez en años, sintió que el caso que tenía frente a sí era algo distinto, no tanto un caso policial sino algo más. Pensó en regresar a la torre y confrontar a la vieja, pero se dijo que no sería posible. La vieja escaparía sin decir nada. Derrotado, incapaz de precisar qué era lo que lo confundía tanto, se limitó a tomar el teléfono y a llamar al único nombre que le pareció adecuado: Danny Limes, un gringo que trabajaba para el FBI, al que había conocido jugando billar en una pequeña barra santurcina de mala muerte. Cinco días más tarde, cinco agentes se internaban en la torre, dispuestos a atrapar a la mujer que decía ser Viviana Luxembourg. La encontraron sentada frente a la pizarra de corcho, con el rostro sosegado y ameno, como si llevase años esperándolos.

Lo primero que les sorprendió fue el orden total que regía la pieza. Todo en aquella habitación parecía diseñado para ser registrado y archivado, todo allí parecía haber sido predispuesto para la mirada exacta de la policía. El tablero de corcho sobre el cual colgaban en perfecto desorden decenas de artículos de prensa, la cama hecha a la perfección y luego, sobre una docena de estanterías perfectamente cuidadas, los cuadernos. Más de doscientos cuadernos, doscientos cuarenta y siete para ser exactos –todos idénticos, todos numerados–, repletos de anotaciones que los agentes revisaron sin comprender mucho, pero que al cabo de dos días una especialista identificaría como dos proyectos distintos.

El primero, compuesto por ciento setenta y cuatro cuadernos, se titulaba *El arte en juicio* y exploraba una serie de casos en los que el arte había sido llevado ante los ojos de la justicia. Con una caligrafía frágil pero altiva, se detallaban allí más de quinientos casos en los que distintos artistas habían sido llevados a corte. Se pasaba del juicio renacentista contra Paolo Veronese al juicio contra Constantin Brancusi, del juicio contra Benjamin Vandergucht al famoso juicio Whistler vs. Ruskin. No se trataba, sin embargo, de un libro propiamente dicho. Parecía aquello más bien un gran archivo de casos, sobre los cuales la autora se había limitado a esbozar, en los márgenes, algunas anotaciones teóricas. El segundo proyecto, bosquejado en tinta roja sobre los restantes setenta y tres cuadernos, se titulaba *El gran Sur* y trazaba una teoría escatológica en torno a la historia del anarquismo milenarista. Se trataba nuevamente, según la especialista, de una serie de casos puntuales sobre los cuales la autora construía una conclusión feroz y arbitraria: el apocalipsis vendría del sur y su signo sería una gran ola de fuegos. Junto a los cuadernos, los policías incautaron cientos de recortes de prensa, dos diarios vacíos y media docena de computadoras. Poco encontraron allí. Horas antes alguien parecía haber borrado irremediablemente los discos duros. Tampoco encontraron el catálogo de modas que había mencionado el sargento Burgos, ni ninguna otra mención a Virginia McCallister. Cada uno de los doscientos cuarenta y siete cuadernos, marca Profile, estaba firmado en la primera página con el nombre de Viviana Luxembourg.

2

Esa misma tarde, vestida de un impecable traje negro, la acusada fue llevada a un centro correccional a las afueras de San Juan. Allí, una policía le pasó un mameluco color crema y le pidió que se cambiara. Al salir del baño ya no vestía de negro. Por primera vez en años, los tonos oscuros habían dado paso a una vestimenta todavía más sencilla, más cercana a ese anonimato que parecía haber buscado durante años. Entre el rumor de las recepcionistas y algunas reclusas, se le tomaron los datos correspondientes, las huellas dactilares, las fotos policiales, las primeras declaraciones. Ella se limitó a responder con las palabras justas, con el tono monótono de una indiferencia calculada, alegando su inocencia tal y como lo había hecho en primera instancia, apoyándose en el argumento de que todo era parte de un gran proyecto artístico cuya lógica expondría de ser necesario.

Luego pidió hablar a solas con su abogado. Poco se sabe de esa extraña reunión. Lo que sí se sabe es que hablaron durante horas, al cabo de las cuales el abogado, un muchacho jovencísimo y nervioso con gafas de pasta, pidió acceso a los doscientos cuarenta y siete cuadernos que la policía había encontrado en su apartamento. Esa tarde la pasó allí, inmerso en los cuadernos, buscando la clave secreta que la acusada decía haber escrito, tratando de comprender por qué tenía la mala suerte de que en apenas su tercer caso judicial le tocara una gringa loca. Entre los cuadernos, encontró una anotación marginal que lo dejó convencido de su locura. El fragmento, escrito en tinta roja y fechado dos semanas antes, decía:

Todo arte lleva al juicio. No hay arte sin juicio, tal y como no hay deporte sin público. El artista se presenta ante el jurado e intenta demostrar que las categorías lógicas bajo las cuales este funciona no son suficientes. Todo arte lleva al juicio, todo verdadero arte intenta demostrar que la ley es anticuada, insuficiente, limitada.

Sin lugar a duda, pensó el muchacho, aquella mujer parecía convencida de que para ella la única salida era afrontar la justicia. Inmerso en las locuras teóricas de los cuadernos, entre pequeños dibujitos de ciudades circulares y ecuaciones matemáticas, se convenció de que aquella mujer había dispuesto los motivos para su captura, tal y como ahora disponía las condiciones de su defensa. Salió a las cinco, convencido de que lo lógico era alegar trastornos mentales.

Cuando tres días más tarde el sargento Alexis Burgos reconoció el rostro de la acusada en el periódico, pensó que era extraño verla así, vestida de reclusa. Recordó la forma tan particular, alocada pero elegante, con que la acusada había explicado su arte hacía apenas una semana y sintió tal vez haberse equivocado. Aquella señora no pertenecía allí. No lograría sobrevivir en una cárcel. Tampoco, pensó extrañado, pertenecía a un asilo de ancianos. Esa tarde, abrumado por una extraña sensación de culpa, convencido de que aquella mujer no se merecía la cárcel, visitó la torre. Vestido de civil, volvió a la estructura y se dedicó a caminar por ella, intentando entender qué había llevado a esa mujer a escoger aquella extraña residencia. Caminó por los pisos de la torre, arropado en un anonimato que le produjo una inesperada alegría. Vio familias enteras viviendo allí, vio a niños jugando baloncesto, vio televisores, restaurantes y barberías, y al borde de todo aquello vio a dos señoras mayores meciéndose. Decidió que ellas eran los mejores testigos de lo que allí pasaba. Se les acercó y, aprovechando un comentario arbitrario, entabló conversación. Minutos más tarde, una vez establecida la confianza, decidió plantear la pregunta que llevaba adentro:

«Oye, ¿y la gringa esa que atraparon?»

Las viejas lo miraron con cara de desconfianza. Le preguntaron si era periodista. Según ellas, desde el incidente, los periodistas amenazaban con tomar control de la torre. Cuando él dijo que no lo era, retomaron la conversación. Contaron que a la gringa todos la dejaban ir a su aire, casi como si no existiera o como si se tratara de un fantasma. Acuerdo tácito: ella no les hablaba y ellos no le hablaban. Nadie excepto una persona, Miguel Rivera, un muchacho retraído y medio autista quien, según ellas, la ayudaba con las compras y a veces pasaba horas metido en su apartamento. Luego rieron con una de esas risas caprichosas que dejan saber que detrás de la anécdota hay chisme. El sargento se limitó a tomar nota.

Miguel Rivera vivía solo en un apartamento en el piso veintisiete, el último de la torre. Lo llamaban el Tarta, porque tartamudeaba al hablar. Decían que se había mudado a la torre luego de la muerte de sus padres y que, furioso con el mundo, deseoso de apartarse de todo, había decidido asentarse donde nadie lo pudiera encontrar. Casi lo había logrado. Las motocicletas que los habitantes usaban de ascensor solo llegaban hasta el piso quince. De ahí en adelante tocaba caminar. Pocos se daban a la tarea de caminar hasta el piso veintisiete. Como bien lo comprobó el sargento Burgos esa tarde, no se trataba de una tarea fácil. Cuando al cabo de veinticinco minutos llegó al piso del muchacho, sudaba como un cerdo y sentía haber visto el infierno: decenas de heroinómanos ocupaban los pisos superiores, y entre ellos correteaba una multitud de niños. Le extrañó encontrar, en esos pisos, inaccesibles afiches políticos y pancartas, pero se dijo que algo así era la política isleña: un afiche perdido entre escombros y jeringas. Tocó cinco veces, y cuando nadie contestó, se sintió como un idiota. Haber subido doce pisos a pie para nada. Se disponía a irse cuando escuchó la puerta abrirse a sus espaldas y al volverse encontró la figura raquítica de un muchacho que lo llamaba con una voz tenue y cortada. Un muchacho flaco y pálido, en cuyo rostro no se encontraban, sin embargo, huellas de adicción ni de demencia, sino las marcas de un prolongado insomnio. Tenía la piel tatuada hasta más no poder, con pequeños signos cuyas sinuosas formas no supo descifrar, pero que parecían crecer sobre su pequeño cuerpo como una enorme enredadera caligráfica hasta invadir su rostro. Al verlo de frente, Burgos pensó que el muchacho no debía tener más de veinte años pero que parecía haber vivido ya sesenta.

Muchas veces, en su trabajo policial, el sargento había sido testigo de la forma en que la droga y el alcohol devoraban los cuerpos jóvenes. Muchas veces, en la escena de un homicidio atroz, se había encontrado con la voz flaca, quebrada e inconexa con que un adicto confesaba el crimen. No era este el caso que ahora tenía frente a sí. La voz del muchacho brotaba a ratos, esporádica y temblorosa, más violenta que las medradas voces de los alcohólicos. Cuestionado por esa misma voz, el sargento se limitó a decir: «Vengo en busca de Virginia McCallister.» Solo consiguió que el muchacho, nervioso, intentase cerrarle la puerta. Lo detuvo a medio camino, con una frase espontánea y terrible: «Tengo noticias de su hija.» Lo dijo así, sin más, con una voluntad proveniente de un lugar desconocido. «Tengo noticias de su hija», repitió, cuando notó que la frase daba resultados y que el muchacho detenía la puerta a medias. Cuando el muchacho dio un paso al frente y cerró la puerta a sus espaldas, comprendió que había pulsado la tecla correcta y que era demasiado tarde para dar marcha atrás. Con la memoria puesta en la imagen de la niña frágil y pálida que había visto en fotos noches atrás, imaginó futuros posibles que la incluyesen y los contó así, una mentira tras otra, un futuro tras otro, hasta que creyó que el muchacho notaba sus mentiras. Cuando este le abrió la puerta y lo invitó a pasar, sintió el escalofrío implacable de aquel que cree, accidentalmente, cometer un crimen. Al entrar sintió que, sin darse cuenta, finalmente accedía al mundo de la torre. Pensó retroceder, pero ya era demasiado tarde.

Lo que vio entonces lo arropó en una sábana de miedo y frío. Vio un cuarto que parecía una caverna oscura, sobre cuyas paredes se extendía un enorme mural cuyas figuras no logró descifrar inmediatamente pero que en algo le hicieron pensar en una larga noche en medio de un bosque oscuro. Un mural enorme que abrigaba el lugar como envuelven los abrazos de las madres abusivas, a la vez con amor y desprecio, sobre el cual creyó distinguir, en una segunda mirada, una suerte de épica animal, un reino submarino que parecía comenzar con los pequeños organismos y que evolucionaba de a poquito hasta convertirse en un mundo anárquico y violento sobre el cual los humanos, reducidos a pequeñas células serpentinas, parecían batallar en una orgía sagrada. Lo vio todo de golpe y no supo qué hacer. Creyó haber visto la imagen antes, pero no supo dónde. Envuelto en esa manta extraña logró localizar la imagen de tres computadoras prendidas sobre las cuales se mostraban media docena de rostros. Llegó a reconocer que se trataba de niños, de jóvenes, de adolescentes, de sujetos que le hicieron pensar en las palabras que acababa de pronunciar y que ahora lo forzaban a hablar. «Entonces, ¿tienes noticias de la hija?», escuchó que volvía a repetir esforzadamente el tartamudo a la vez que apagaba una por una las computadoras y con ellas los rostros. Instintivamente, palpó en busca de su pistola pero comprendió que no la llevaba. Tocaba volver a hablar. Miró entonces al muchacho y contó una historia larga y flaca, una mentira que se extendía décadas y que culminaba en un balnea-

182

rio sueco donde los hombres pasaban las horas esperando a que el sol saliera. Contó la historia, tragó profundo y esperó que el muchacho volviera a hablar.

Tal vez en un intento de desenmascarar las mentiras del sargento, comprendiendo que allí se jugaba una farsa bajo la forma de relatos y ficciones posibles, o tal vez solo en un intento de proponer una última historia que ahuyentase al visitante, el muchacho contó entonces una historia todavía más extraña. Una historia precisa y aguda. Era la historia de un reino circular, repleto de templos mirando hacia el sur, en el que los niños reinaban soberanos. Contó la historia con un tono pausado, como si de un documental se tratase, y Burgos no pudo sino pensar que aquel muchacho venía de allí, de ese reino de infantes iluminados, de ese reino magnífico en medio del cual se hallaba un niño vidente. Contó esa historia sin pausas, con un ritmo perfecto que incluía las interrupciones de su tartamudeo, y entonces, cuando vio asomarse en los ojos del sargento los primeros indicios del miedo, terminó la historia y se echó a reír. Soltó una risa larga y entrecortada como su propia voz, que hizo al sargento sentirse como un idiota y que lo forzó a comprender que sus mentiras de seguro eran igual de inverosímiles y risibles. Sin pensarlo dos veces, Burgos se paró y salió —confundido y humillado— de ese alucinado apartamento que ahora le parecía una falsa madriguera de farsantes. Bajó los numerosos pisos de la torre, uno por uno, envuelto en una aguda ansiedad que no había experimentado en años, convencido de que el tartamudo y la vieja lo habían planificado todo como una broma de mal gusto. Cuando finalmente llegó a la planta baja sintió un leve alivio al confirmar que allí, tendido sobre un sofá de cuero, el viejo de bigote saltarín miraba carreras de caballos. Exaltado, pensó que la constancia era algo bello.

Esa noche tampoco pudo dormir. Pasó la noche insomne, pensando en la historia que había escuchado, atormentado por las risas del tartamudo, visualizando la imagen imposible de una ciudad silvestre repleta de niños. Durante su carrera policial había visto crímenes atroces, homicidios relacionados con el narcotráfico, había participado en decenas de operativos que lo habían acercado al mundo del horror y de la violencia. Esa noche, sin embargo, sintió que el mundo que ahora empezaba a rodearlo albergaba un horror distinto, intangible e irracional, un horror en algo parecido a esa torre que crecía con la voluntad implacable de los desposeídos. Tomó dos pastillas e intentó conciliar el sueño. No lo logró. Las pastillas lo dejaron envuelto en una extraña duermevela dentro de la cual despuntaban brevemente imágenes dolorosas: la media docena de rostros infantiles que había visto sobre las pantallas esa misma tarde, el rostro tatuado del propio muchacho, la voz impostada y precisa con la que el tartamudo había contado aquella farsa como si se tratara de una historia verídica. Recordó todo aquello y, envuelto como estaba en una gran neblina drogada, pensó que tal vez la historia no era del todo falsa y que el muchacho lo que intentaba era sepultar sus propios miedos. Deseó no haber tomado las pastillas. Deseó no haber entrado nunca en la torre ni haber conocido a la vieja, pero se dijo que todo pasaría, que pronto llegarían las cinco de la mañana y el calor de la madrugada le haría sudar los miedos. Cansado de flotar en la indecisa nube del insomnio, se convenció de que lo mejor sería prender el televisor. Solo encontró programas religiosos. Pastores evangélicos, bautistas, pentecostales, todos envueltos en larguísimos sermones, todos en batalla contra el tedio y la desesperación. Frente a ellos, decenas de parroquianos miraban extáticos. Rostros repletos de deseo y esperanza, rostros capaces de reconciliar gestos vacíos con iluminaciones tardías. Se preguntó por qué era que la madrugada se les daba tan bien a los pastores y sus sermones. No encontró más respuesta que el rostro aburrido de un niño en plena misa, un rostro redondo y oscuro como un higo maduro que le hizo pensar en los niños que había visto esbozados sobre pantallas digitales esa misma tarde. Recordó brevemente la forma en que, sutilmente, Virginia McCallister había construido una anécdota similar hacía dos semanas. Recordó cómo, al explicar su extraño arte, había traído a colación la extraña imagen de una montaña sagrada repleta de niños congregados en torno a un pequeño vidente. Se preguntó si todo aquello llevaba a una solución final o a otra risa infame. Cansado, incapaz de encontrar la solución al acertijo, se entregó a cambiar de canales compulsivamente, brincado de imagen en imagen, hasta que horas más tarde, con los primeros rayos de sol marcando un pequeño recuadro sobre la pared, comprendió que todo era una pérdida de tiempo. Esa noche no dormiría. Sintiendo los primeros tentáculos de la parálisis y de la inmovilidad, se dijo que tocaba pasar al acto. Se preparó el mismo café negro que había tomado consecutivamente por los pasados veinte años, tomó un baño como siempre hacía y salió a caminar. Al cabo de una hora volvió a la casa. Se vistió con su indumentaria policial y, sin decirle nada a nadie, ni tampoco reportarse, se dirigió a la torre.

Tal vez por la hora, esa mañana la torre le pareció un mundo muerto: más tranquilo de lo usual, más cansado, más pueblo fantasma que otra cosa. Al ver que el televisor de la entrada estaba apagado, echó de menos las carreras de caballos y pensó que la constancia comenzaba a desmoronarse. La imagen de las dos viejitas en sus mecedoras le devolvió la esperanza. Algunas cosas no cambiaban. Lo vieron pasar y se limitaron a saludarlo con un beso, como si ya formase parte de su mundo crepuscular. Al no encontrar motoristas que lo ayudasen a subir, se dijo que no quedaba otra que subir a pie. A pesar del cansancio luego de la larga noche de insomnio, no estaba dispuesto a dar marcha atrás. Media hora más tarde, luego de atravesar escenas dolorosas y memorables, llegó al piso veintisiete. Distinguió la puerta azul del tartamudo y se disponía a tocar cuando súbitamente lo invadió un temor que no sentía desde hacía años, desde sus primeros años como cadete, para ser preciso. Palpó en busca de su pistola

185

y se tranquilizó al comprobar que esta vez sí estaba allí. Entonces sí toco. Tocó una, dos, tres veces, hasta que la falta de respuesta le hizo pronunciar algunas palabras. El silencio solo se volvió más evidente. Solo entonces notó que la puerta estaba abierta. Entró despacio, como si esperase una emboscada. Su temor se incrementó al ver el espacio vacío. En las pasadas doce horas alguien se había encargado de removerlo todo: la cama, los anaqueles, las bocinas de música, la ropa que la tarde anterior había visto desordenada a través del cuarto. Pensó que enloquecía. Demasiado trabajo, poco sueño. Tal vez, pensó con temor, ni siquiera había estado allí antes, tal vez todo se trataba de un sonambulismo como aquel que sufría su padre. El mural, imponente sobre las paredes oscuras, terrible como un insomnio eterno, le confirmó lo contrario. Ese era, sin dudas, el mismo cuarto.

Al notar que el tartamudo había desaparecido sin dejar rastro, Burgos aprovechó para observar con cautela ese mural que crecía sobre las paredes del cuarto ahora vacío. La ausencia de muebles le hacía ganar todavía más relevancia. Algo en la forma en que este se extendía sobre las cuatro paredes le hizo pensar que el mural contaba una historia. Una historia cerrada y opresiva cuya temática desconocía pero cuya fuerza lo atrapaba y lo forzaba a mirar con más cautela. Miles de figuritas poblaban el mural. Figuras que en un principio le habían parecido renacuajos, células marinas deformes que ahora, en una segunda mirada más tranquila, se volvían reconocibles: cientos de figuritas humanas que se repartían entre las primeras tres paredes, envueltas en lo que al sargento le pareció una orgía divina. Siluetas envueltas en un tumulto desaforado que al sargento le hizo pensar en los huracanes de su infancia. Esto es un verdadero nido de termitas, pensó. Le pareció sorprendente el nivel de detalle: la forma en la que los cuerpos se mezclaban entre sí sin perder por eso la forma ni la postura, cada cual congelado en una pose distinta. Algunas imágenes le llamaron la atención: una oreja enorme desde la cual un pequeño diablo oscuro parecía jalar de las orejas a un hombrecito desnudo, el dibujo de un naufragio sobre el cual hombres y animales parecían patinar plácidamente, un gran huevo roto dentro del cual un conjunto de hombres animalizados jugaban a las cartas. En la parte superior de esa pared Burgos descubrió, dibujado, un cielo apocalíptico sumido entre tinieblas catastróficas: volcanes, fuegos y guerras que le hicieron recordar los tatuajes que marcaban la piel del tartamudo. Tampoco se detuvo en ese recuerdo. Prosiguió a la segunda pared del mural, adornada por una pintura igualmente abigarrada pero más clara, una suerte de versión lúcida de la pintura anterior, sobre la cual aparecían las mismas figuritas humanas, esta vez dotadas de una ingravidez extraña. Sin saber por qué, sintió que le molestaba esa discrepancia, la forma en que de la oscuridad y el catastrofismo total se pasaba a una suerte de delirio ingrávido. Detuvo su mirada sobre el único hombre negro que se escondía entre la multitud de figuritas humanas que puntuaban la escena. Un hombre altísimo, elegante, rodeado por mujeres blancas, pálidas, que lo miraban como se mira un prodigio. Se dijo que tal vez el pintor habría querido ser ese hombre, el único espécimen singular dentro de un paisaje abigarrado y múltiple, repleto de copias como el peor de los sueños. Incapaz de soportar ese cuento de hadas, pasó a la tercera pared, sobre la cual el pintor había logrado una sustracción extraña: apenas aparecían dos figuras humanas, un hombre y una mujer, junto a una figura que parecía claramente representar lo sagrado. Creyó comprender entonces que allí se narraba la triple historia del ascenso divino, pero no por eso sintió realmente entender lo que allí quedaba trazado. Pensó en el muchacho con el que había hablado hacía apenas un día, en su voz tartamuda y en su rostro tatuado, y se dijo que aquello no era una historia sino las ruinas de una historia, el reflejo quebrado de lo que pudo haber sido un mundo.

Se aprestaba a salir cuando vio lo que a primera vista parecía ser una carta. Alguien, probablemente el muchacho al salir, la había dejado sobre el único mueble que quedaba en el cuarto: un pequeño escritorio de madera ubicado en la esquina más remota del mural. Algo en él se dijo que eso era lo que estaba realmente esperando: una carta que le hiciera sentir que todo estaba bien, que la detención de la artista no había sido su culpa. No encontró ni carta ni explicación. Solo unos diez papeles sueltos, sobre los cuales alguien había escrito a mano lo que parecía ser un cuento. Un cuento raro como son raras las obsesiones, un cuento que se adentraba, con la fuerza de cien hormigas bravas, en una lógica sencilla hasta verla reducida a su más pura sinrazón. Hasta verla convertida en una pesadilla que terminaba por construir el más preciso, ordenado y temible de los infiernos. Burgos, que nunca leía, que desde su más remota infancia siempre había pensado que los libros eran un asunto para mujercitas y maricas, leyó entonces, sin pausas y sin bostezos, aquella historia que no parecía ser una historia sino algo más.

El cuento se titulaba «Breve relación de la ciega construcción», y narraba las vicisitudes de un pueblo cuya ambición arquitectónica conducía a sus habitantes hasta los límites de la locura. La construcción, pensó mientras leía, del infierno tan temido. Burgos se limitó a leer aquella extraña historia hasta llegar a un párrafo que le pareció bellísimo. Un párrafo que él, que hacía más de diez años que no había leído un libro, leyó tres veces, en un intento de comprender qué se escondía detrás de aquellas líneas:

Aunque hace ya tiempo que partí del pueblo, han vuelto a hostigarme las pesadillas. Cosas simples y contradictorias, mis pesadillas. Algunas veces sueño con un desierto, un largo y silencioso desierto que extiende sus brazos de arena cubriéndolo todo. Otras veces sueño con una extensión indeterminada y verde, un innombrado prado donde nace, ante mis ojos, la rosa más roja que jamás he visto. Luego, igual de roja e intensa, nace otra, y otra, hasta que todo el terreno queda habitado de rosas que cubren todo el verdor, como si el terreno mismo se convirtiera en una inmensa rosa carmesí. Cuando despierto, grito a flor de piel, no me explico por qué un sueño que hasta podría describirse como hermoso me causa tanto horror.

No encontró respuesta alguna a su fascinación, pero algo en él se dijo que la verdadera belleza era algo así: una flor que crecía sobre un desierto inmenso hasta convertirse en pesadilla. Volvió entonces a releer el texto y, sin saber explicar exactamente qué historia era aquella, sintió que era una historia de violencia: una historia alarmante e imposible como la testaruda fuerza de las hormigas. Una historia inútil y utópica, pensó. Sobre la esquina inferior derecha de la página, con la misma caligrafía ovalada, alguien había escrito los datos bibliográficos: Bruno Soreno, *Breviario*, 2002. Burgos repitió el nombre como se repiten las cosas extrañas, con cierto desasosiego y confusión. *Soreno:* el apellido no era común en la isla. *Bruno:* el nombre le sonaba a perro gringo, a duque austriaco, pero no a nombre boricua. Bajo el nombre, un pequeño dibujito parecía retratar una muralla muy larga, una muralla que a Burgos le recordó las fábulas sobre la muralla china que en su infancia su padre le contaba. Se dijo que todo era así: que la vida era un proyecto que los hombres tomaban para gastar el tiempo, para esconder el hecho de que los trabajos de los hombres son inútiles, magníficos pero inútiles como las bellas plumas de un faisán. Sin pensarlo dos veces, tomó el encendedor y les prendió fuego a los papeles. Una leve alegría lo asaltó en el momento de ver reducida a cenizas aquella extraña historia. Luego, sin hacer mucho ruido, cerró la puerta a sus espaldas, bajó a pie los veintisiete pisos y al salir a la calle finalmente se dijo que nunca volvería allí. Aquella torre era una madriguera de bestias incomprensibles.

3

Tan pronto los medios captaron de quién se trataba, no tardaron en lanzarse sobre el caso. Más allá de la glamurosa carrera de la acusada, lo que parecía interesarles era la conjunción de ese pasado con su ilustre linaje político. Tan pronto se enteraron de que se trataba de una descendiente del viejo general Sherman, cada medio envió a su reportero a cubrir la noticia. Bastó que las autoridades comprobaran que muchas de las «noticias intrusas» –como empezaron a llamarlas– trataban sobre política estadounidense para que el morbo de la historia se disparara. Traición fue la palabra más pronunciada por la prensa en esos días. Poco ayudó que justo por aquellos meses, luego de dos semanas de caída libre, los comentaristas declararan, mortuoriamente, la crisis de los mercados. Que una famosa actriz y modelo, heredera de la locura de Sherman, fuera acusada de distorsionar no solo los mercados sino la propia historia americana era inaudito. Al cabo de unas pocas semanas, Virginia McCallister se convirtió en el foco de atención de un país que no sabía cómo ubicarla dentro del tablero de ajedrez que apenas comenzaba a colapsar.

Durante todo ese tiempo la acusada se negó a aceptar su identidad: defendió ser Viviana Luxembourg hasta lo último, aun cuando las pruebas dactilares demostraban irrevocablemente su identidad con la desaparecida Virginia McCallister. Su actitud no obedecía a lógica alguna: más que en negar los cargos en su contra parecía empeñada en defenderse, más que en declararse inocente parecía empeñada en demostrar que no había realmente crimen alguno. El hecho de que la acusada estuviera detenida en un centro correccional puertorriqueño no hizo sino incrementar el interés mediático. La historia se volvía extraña, exótica, caribeña. Los estadounidenses pedían que fuera juzgada en uno de los estados oficiales. Virginia, Nueva York, Nueva Jersey: cualquiera de los estados en los que había residido antes de su súbita desaparición. Las autoridades isleñas, sin embargo, se negaban al traslado, argumentando que, más allá de los cargos estatales, la acusada había cometido una infracción local en el momento de invadir la torre. Como los demás okupas, su residencia en la torre era ilegal y debía ser juzgada localmente. La decisión tomó tres semanas pero cuando llegó fue fulminante: el juicio se llevaría a cabo en la isla, abierto al público y a la prensa. Dos días más tarde, luego de una larga conversación entre el fiscal y la defensa, se añadió una última cláusula para apaciguar a los medios: el juicio sería televisado. Luego de cuarenta años de anonimato y desaparición, la llamada rubia mágica, Virginia McCallister, regresaba a los escenarios, vestida de rea y hablando en castellano.

Cualquiera diría que Virginia McCallister había preparado el retorno perfecto: había desaparecido en el pico de su fama y regresaba ahora, envuelta en una nube de exotismo y vaguedad que incrementaba su aura de mujer incomprendida. Cualquiera diría que había organizado todo aquello para darse un show final, un último teatro antes del último adiós. Se negaba, sin embargo, a hablar en inglés. Hablaba poco, y cuando lo hacía, su voz proyectaba un castellano perfecto, envuelto en un acento neutro imposible de localizar. Su último show, si de eso se trataba, sería en un idioma impostado. Hablaba poco y escribía mucho, cartas que enviaba a profesores, artistas y escritores. Cartas repletas de teorías políticas a medio formar, con elaboraciones teóricas en torno a los casos que había archivado durante décadas. Cartas que trataban sobre una teoría de la relación entre el arte y la ley, escritas todas a mano sobre páginas que recortaba de cuadernos marca Profile que le hacía pedir por internet a su abogado. Cualquiera diría que se había entregado a la ley en busca de esa soledad necesaria para el pensamiento y la reflexión. Al menos eso parecían indicar las cartas que enviaba compulsivamente a una legión de colaboradores que de la noche a la mañana se veían envueltos en una locura con método. Carta a carta, Viviana Luxembourg preparaba su verdadera defensa. Organizaba pensamientos, esbozaba teorías, buscaba posibles testigos. Preparaba su guerra privada.

4

Cuando Gregory Agins, profesor retirado de estética de la
Universidad de California en Santa Cruz, recibió la primera
carta, pensó que se trataba de la burla cruel de uno de sus antiguos
alumnos. La carta comenzaba citando un artículo que el propio
Agins había publicado hacía décadas sobre el caso Brancusi contra los Estados Unidos, un artículo en el que Agins comenzaba
esbozando el caso, explicando cómo en 1926 el escultor rumano
Constantin Brancusi había enviado desde París su pieza *Bird in
Space* para una exposición dedicada a su obra que debía tener
lugar en la galería Brummer de Nueva York. A medio camino, la
aduana neoyorquina había detenido la pieza, argumentando que
al no parecerse al pájaro que su título sugería, esta no calificaba
como arte y por ende caía bajo la sección de objetos útiles, sobre
los cuales había un impuesto de importación de un cuarenta por
ciento. Brancusi, furioso e incapaz de comprender cómo su pieza había terminado en la sección de artículos de cocina, decidió
llevar la situación a corte. Ahí empezaba el artículo de Agins, que
luego pasaba a explorar la figura del crítico de arte como testigo
de la defensa: analizaba cómo, a través del juicio, críticos de gran
renombre habían sido llamados por la defensa en un intento de
demostrar que aquello era, sin duda, arte. Se paseaban por su
argumento y por aquella sala neoyorquina Edward Steichen, quien

llegaría a ser el director de la sección de fotografía del MoMA, Jacob Epstein, escultor británico de gran renombre, e incluso William Henry Fox, director del Museo de Brooklyn. Pero no había duda de que, para Agins, el crítico central de la defensa había sido Frank Crowninshield, quien al ser cuestionado en qué sentido aquello que el jurado tenía frente a sí se asemejaba a un pájaro se había atrevido a decir: «Lleva en sí la sugerencia del vuelo, de la gracia, de la aspiración, del vigor, junto con la sensación de velocidad, poder, potencia y belleza que lleva el pájaro. Pero el nombre, es decir, el título de este trabajo, significa poco.» Según Agins, con esa declaración relajada, Crowninshield se había sacudido de encima miles de años de historia del arte y había establecido una nueva relación del arte frente a la ley. Cuando escribió el artículo, Gregory Agins nunca pensó que sus argumentos lo llevarían precisamente a pararse un día en la silla del testigo. Tampoco supo qué pensar la tarde que le llegó la carta con las teorías de la acusada, teorías que le parecían en cierto sentido disparatadas pero ante las cuales sentía una extraña sensación de responsabilidad: luego de décadas de pensar que su trabajo era pura paja mental, una acusada probablemente demente le daba la oportunidad de llevarlas a la práctica. No tardó en contestar: con un breve «confirmo» dejó sellada su alianza.

El segundo en recibir carta fue el investigador venezolano Marcelo Collado. Se levantó un día de su prematuro retiro frente a una carta que comenzaba diciendo: «Le escribo porque nadie como usted conoce a Macedonio Fernández en su perfil legal, como fiscal en Posadas.» Collado, un muchacho de apenas veintiséis años, gran amante del cannabis, acababa de terminar una tesis doctoral sobre la fase judicial del escritor argentino Macedonio Fernández titulada *Macedonio Fernández: la legalidad del arte (1891-1920)*, una tesis que se dedicaba a explorar los distintos argumentos y acusaciones que había dictado el escritor durante su estancia como juez de paz en Misiones. Una tesis valiente que terminaba con un diálogo ficticio entre Fernández y otro escritor con el que Fernández había compartido su estancia legal en Misiones: el también juez de paz Horacio Quiroga. La tesis le había valido a Collado el doctorado pero no mucho más. Desde entonces brincaba de trabajo en trabajo, enseñaba en múltiples universidades a la vez; compartía –como muchos en su generación– la sensación inoportuna de vivir en un mundo precario que todos los días parecía estar al borde del colapso. A Collado, contrario a Agins, no le pareció extraño recibir la carta. Todavía temerario, pensaba que el conocimiento académico estaba indudablemente ligado al día a día. Así, al menos, debería ser. Le extrañó, eso sí, la referencia que la acusada hacía de su diálogo ficticio entre Quiroga y Fernández. Le extrañó muchísimo que la acusada lo corrigiera diciendo: «Sobre su nota final, sobre el diálogo entre los dos escritores, habría que apuntar que sí se conocieron, pero que en esa ocasión el diálogo trató sobre José Enrique Rodó, escritor al que despedazaron en cuestión de minutos.» Abrumado, dejó la carta a un lado y solo la volvió a retomar cinco porros más tarde, envuelto en una levedad distinta. Entonces el asunto le pareció aterrador pero grandioso, una suerte de épica posmoderna a la cual había sido invitado sin pedirlo. Se sentó entonces frente a la computadora y redactó una carta muy larga, larguísima, de casi veinte páginas, en donde las coincidencias se multiplicaban hasta dibujar una red paranoica, para luego cerrar con un noble, inocente y alucinado: «Cuente conmigo.»

La tercera carta sorprendió al tico Guillermo Porras, cerveza en mano, sentado en las caballerizas de su abuelo donde iban todos los domingos a pasar la tarde en familia. La traía, con aire de confusión y desasosiego, su madre: «Mirá vos a ver qué querrá decirte esa gringa rara que te escribe...» Porras, licenciado en arte de la Escuela de Diseño de Rhode Island, miró el nombre que firmaba la carta y se quedó igual de perplejo. No recordaba conocer a ninguna Viviana Luxembourg. Hacía mucho que no le llegaban cartas del extranjero. Poco importó. Entre relinches de caballo, se demoró apenas diez minutos en leer la carta. Tan pronto la terminó, no se detuvo. Volvió a leerla otra vez como buscando entender cómo aquella carta había llegado hasta allí. Más que nada, le sorprendió saber que alguien se hubiese enterado de su trabajo estudiantil. Hasta ese momento juraba que ni siquiera su mentora había leído aquella monografía sobre John Reid, un personaje ficcional que había encontrado leyendo un libro del antropólogo Michael Taussig. Según se comentaba allí, de pasada, el artista australiano John Reid, luego de vender por una millonada la granja familiar, había imaginado un proyecto singular. Tal vez envuelto en un impresionante tedio, había imaginado un enorme collage sobre los desaparecidos latinoamericanos, un collage que habría sido otro mural más de no ser por el material con el que Reid había pensado construirlo. Inmerso en su megalomanía tardía, el australiano había decidido que su entrada en el mundo del arte sería grandiosa: el collage lo construiría con recortes de dinero. Meses más tarde, cuando el escuadrón de fraude de la policía federal australiana llegó a su casa, Reid no pudo sino argumentar que aquella enorme mutilación monetaria era su gran obra maestra. La monografía de Porras, imaginada como una obra de arte en sí, consistía en construir, en torno al collage de John Reid, un gran catálogo de la historia del arte de la mutilación monetaria. Como epígrafe, tomaba precisamente el Acta de Crímenes contra la Moneda, firmada por la corte australiana en 1981. Luego, en torno a ella, hacía desfilar a un centenar de alquimistas y vagabundos, falsificadores y artistas, en sus distintos atentados contra el dinero. En el mundo del arte moderno, argumentaba el costarricense, el verdadero artista es aquel que construye la tradición histórica bajo la cual una locura se vuelve legible como arte. Con esa convicción terminó el proyecto, que le valdría un simple diploma. Nunca pensó que, tres años más tarde, también le ganaría la elogiosa carta de una

196

acusada en juicio, de una tal Viviana Luxembourg que se atrevía a resaltar su proyecto como «una de las intervenciones más interesantes dentro del arte conceptual en las pasadas décadas». La carta mencionaba la obra de un tal Sergio Rojas, filósofo chileno del que Porras no había oído hablar, para luego terminar elucidando una teoría de lo que la acusada, siguiendo a Rojas, llamaba el agotamiento de la historia del arte. Leyendo la carta, el joven intentó esconder, detrás de su pudor de hombre tímido, el orgullo que sentía al recibir semejantes elogios. No pudo. Una energía alegre lo invadió y le hizo pararse al instante, tomar las riendas y cabalgar finca adentro. Horas más tarde, cuando luego de consumir la alegría se sentó nuevamente a leer la carta, le pareció que el proyecto era realmente genial: aquella acusada pretendía poner en escena los mecanismos mediante los cuales el arte moderno entraba o no en la esfera pública. La idea de que su pequeño proyecto de licenciatura jugara un papel en aquel evento mediático le hizo pensar que no había sido en vano haber dejado a un lado la carrera científica para apostarlo todo por el arte. No contestó, sin embargo, de inmediato la carta.

Esa semana prosiguió con sus planes. Viajó a la costa, a Puerto Viejo, donde trabajaba como guía turístico, se acostó con una israelí de trenzas rubias, gastó el tedio fotografiando naturalezas muertas. Intentó no pensar en la carta que tanto le había entusiasmado. Llegado el viernes, cuando le tocaba volver, finalmente volvió a la carta e intentó mostrarse objetivo. Se trataba, a fin de cuentas, de un juicio criminal. Intentó convencerse de que involucrarse en todo aquello era mala idea, pero el entusiasmo juvenil de ver renovada su carrera artística terminó por ganarle la partida. Esa misma mañana, sudoroso y cansado, la pasó en el hostal escribiendo una carta que comenzaba así: «Querida Virginia: Tiene usted toda la razón. El arte moderno no es sino la historia del arte. La obra moderna no es sino la construcción del marco desde el cual un objeto se vuelve comprensible para el público como arte. No conozco a Sergio Rojas, pero desde ya

aprecio su trabajo. Dicho esto, su trabajo me parece genial...»
Una carta que seguía con una gran exposición intelectual, impúdica y ambiciosa, para luego cerrar con una humilde: «A su disposición para cualquier cosa...» Esa tarde, intentó olvidar la carta que se jugaba. Volvió a tener sexo con la chica israelí, volvió a caminar por la playa y luego, llegado el mediodía, regresó a San José. Cinco horas más tarde pudo confirmar que en la capital todavía llovía.

La cuarta carta fue tal vez la primera que envió la acusada. Cuando Sofia Baggio la recibió, la misma había dado ya tres vueltas completas al Distrito Federal. A la italiana no le sorprendió la tardanza: si algo había aprendido en los cinco meses desde que se había mudado al país, era que las demoras postales eran la única constante en México. Enviar una carta era atreverse a jugar con los laberintos del tiempo. Viendo el sello postal, pensó que se trataba de su amiga puertorriqueña Luisa Burgos, que justo acababa de regresar a la isla. Muy pronto comprendió que se equivocaba. La firmaba una tal Viviana Luxembourg, cuyo nombre le hizo pensar, muy brevemente, en una diseñadora de modas fallecida hacía pocos años. La carta, sin embargo, iba por otra parte. Luego de explicar su situación judicial y de sentar las bases de su defensa, Luxembourg pasaba a felicitar a Baggio por el trabajo que había completado como estudiante doctoral en la Universidad de Birkbeck, en el Reino Unido. Según resumía la carta, la monografía, titulada *Francis Alÿs: hacia una poética del rumor,* trataba sobre las ramificaciones conceptuales del trabajo del artista belga-mexicano Francis Alÿs, prestando particular atención a la forma en que sus trabajos efectuaban intervenciones ficcionales sobre la realidad. A Baggio el elogio le pareció tan excesivo y extraño que llegó a preguntarse si no era el propio Alÿs el que le jugaba una broma pesada. Bastó una búsqueda en Google para demostrar que al menos la acusada existía. Le extrañó la imagen de esa mujer, mayor pero elegante, convertida en prisionera. Se le hizo difícil emparentar esa imagen con la voz que encontraba en la carta, esa voz severa y escolástica que decía cosas como: «Alguien como usted, capaz de ver las resonancias conceptuales del trabajo de Jacoby, Escari y Costa sobre el trabajo del belga Francis Alÿs, será capaz de comprender la tradición dentro de la cual se inscribe mi proyecto, un proyecto que ahora mismo me tiene encarcelada, a punto de sobrellevar un terrible juicio...» Luego, la carta volvía a discutir algunas de las obras principales del belga, obras como *El coleccionista*, *El rumor* o *Doppelgänger*; obras que, según la acusada, «ponían a circular falsas ficciones dentro del circuito de las ficciones oficiales». Baggio la terminó de leer de un tirón e inmediatamente, sin pensarlo mucho, redactó una carta de contestación que decía:

> Estimada Viviana:
> Muchísimas gracias por el interés en mi trabajo y en sus ramificaciones, pero, a raíz de un pequeño accidente laboral ocurrido el pasado año, he decidido terminar (prematuramente) mi carrera académica y dedicarme, en cambio, a un pequeño hostal que he construido en las afuera del Distrito Federal junto a mi esposo. Espero comprenda. Le deseo todo lo mejor en el juicio.
> Un abrazo,
>   Sofia Baggio

Cerró así mismo la carta, caminó hasta la oficina postal y la envío, segura de que daría diez vueltas al DF antes de volver al Caribe. Esa tarde se la pasó tirada en el colchón de la casa, mirando dibujos animados, contemplando el tedio como se contempla una mosca, intentando convencerse de que era mejor así, mejor quedarse a orillas de los viejos vicios. Pensó en la carrera que había dejado atrás, en las horas que le había dedicado a aquel proyecto académico, horas que ahora quedaban rezagadas, sin consecuencias ni resultados. Se dijo que lo mejor era eso, no pensar en la acusada ni en el crimen. No entrometerse en asuntos ajenos, aun cuando nos llamasen. A las tres de la tarde, cansada de buscar sin éxito algún programa en la televisión, se sirvió una copa de vino. Una hora más tarde, cuando su marido regresó del trabajo, la encontró roncando con el televisor prendido.

Lo extraño, pensó el abogado por esos días, es que los nombres que congregaba la acusada para su defensa no parecían ser nombres de críticos reconocidos, ni siquiera de profesores establecidos, sino una suerte de batallón de seres cansados, una gran vanguardia desubicada e invisible. Lo extraño, pensó el abogado al ver finalmente las cartas, es que su cliente tuvo que haber buscado aquellos nombres con antelación, a modo premonitorio, esperando la llegada del ominoso día en que la policía entrara en la torre. Lo extraño, se dijo a solas, es llamar a la guerra cuando se sabe que lo que se tiene es un ejército de tuertos. Le atrajo la idea: ir a la guerra con un ejército cuyo valor estaba en duda. Llevar a la guerra a un contingente que todos los demás coroneles habrían descartado. Solo le quedó una duda: se preguntó si él también pertenecía a esa extraña vanguardia que, desde la invisibilidad de la torre, la artista había preparado para una guerra futura.

La quinta en recibir carta fue la artista peruana María José Pinillos, a quien las ínfulas del malditismo habían llevado hasta el borde de la catástrofe. Tan borracha andaba en esos días que tardó casi dos semanas en comprender que había recibido una carta. Al cabo de dos semanas, tropezó con una pequeña torrecita de correo cuando entró a su casa, y al tomar la primera carta en la mano comprendió, en medio del estupor alcohólico, que el tema era precisamente el que ya comenzaba a cansarla: el arte y la destrucción. A principios de los noventa, Pinillos había irrumpido en el circuito del arte local con un breve texto titulado *Tesis sobre la iconoclasia en el arte*, una suerte de manifiesto que abogaba a favor del carácter iconoclasta, destructor y violento de todo arte. Los corolarios de aquel texto aparentemente teórico no se habían hecho esperar. Dos semanas después de lanzar el manifiesto, cuando todo el mundo comenzaba a comentar que se trataba meramente de una postura teórica, la artista se había encargado de quemar, de doce maneras distintas, una docena de banderas guatemaltecas. Le habían seguido otros actos iconoclastas: quemas de libros, exhumaciones de cadáveres, recortes de registros civiles. Sin embargo, la infamia, o la fama –dependiendo de cómo se quiera ver–, solo le había llegado al final de la década, cuando junto a un grupo de colaboradores había organizado la quema, simultánea y en plena iglesia, de una docena de santos. El incidente terminó por depositarla en la cárcel unas semanas, pero no mucho más. La fama internacional que había generado el atentado terminaría por salvarla: el que cientos de reconocidos artistas abogaran por su liberación bastó para que el gobierno decidiera liberarla al cabo de quince días. Pasar por una cárcel guatemalteca a finales de los noventa no era, sin embargo, un asunto fácil. Cuando salió ya no era la misma. Lejos quedaba la pasión intelectual que antes la había distinguido, ese entusiasmo teórico que, en más de una ocasión, había terminado por llevarla hacia los límites del arte y de la locura. La cárcel había hecho su trabajo.

Una década más tarde, el último icono que la artista parecía dispuesta a quebrar era su propio cuerpo. Se había entregado al alcohol con la fuerza furiosa de quien lo considera una poética. Se la veía por las calles de la ciudad universitaria, vestida de *clown* o de novia, botella en mano, tartamudeando poesías que rayaban en el sinsentido. Allí pasaba las tardes, rodeada usualmente por perros realengos que recogía de las calles. Luego, llegada la noche, una vez recaudaba suficiente plata para alimentar el vicio, desaparecía entre bares. Decir que aquella había sido una de las grandes artistas nacionales podía parecer, a veces, una broma de mal gusto. Una broma de la que hasta la propia Pinillos se habría reído. Una broma que terminaría por estallar el día que la pobre abrió, por pura casualidad, un sobre postal y se encontró envuelta en un juicio cuyas pautas, sin embargo, le parecían extrañamente bellas. Para batallar la resaca, abrió una nueva botella de ron y se sentó a leer. Minutos más tarde, miró alrededor y se dijo: «Bueno, tal vez así me salgo finalmente de esta pocilga mugrienta.» Entonces, por primera vez en casi una década, sacó los viejos papeles, los manifiestos que esa Virginia McCallister citaba con tanta erudición, y no pudo esconder, detrás de la furia resacosa, cierto orgullo. Le llevó tres semanas contestar, precisamente porque le llevó tres semanas salir del laberinto alcohólico en el que había pasado los últimos diez años, pero cuando lo hizo la respuesta llegó con la precisión intelectual que siempre la caracterizó. Citó a Bataille y a Nietzsche, citó a Cioran, citó a todos los filósofos furiosos que recordó y cerró la carta con una cita de Hegel que siempre le pareció memorable:

La vida del espíritu no debe temerle a la muerte ni a la destrucción, sino que ha de ser una vida que asume la muerte y vive con ella. El espíritu llega a su verdad solo en el momento en que se encuentra en su desmembramiento. [...] El espíritu es el poder que mira cara a cara a lo negativo y lo sobrelleva...

Una breve sonrisa, pícara y saltarina, se le dibujó en el rostro tan pronto terminó de escribir la cita. Una sonrisa gozosa y placentera que le hizo recordar los buenos tiempos, cuando podía pasar un día entero leyendo bajo el sol un libro incomprensible. Bajo la firma, añadió una última nota: «Asegúrense de que el pasaje sea solo de ida: Ciudad de Guatemala – San Juan.» Tan pronto envío la carta, llamó a sus colegas y les contó lo sucedido. Nadie le creyó, pero tampoco fue que a ella le importara mucho. Se vistió de *clown,* salió a dar un paseo, y al encontrarse frente a una niña muy chica que la miraba con extrañeza, le recitó el poema más bello que conocía: un poema que hablaba de una rana y de un charco, de un rana que pasaba las noches en un charco oscuro y que un día decidía quedarse allí a descubrir los placeres de la noche. Supo que estaba en el trayecto correcto cuando vio que la niña reía.

Por cada carta que enviaba, la acusada remitía un expediente al abogado, con el nombre del posible colaborador, copia de la carta enviada y una extensa discusión teórica de su relevancia dentro del juicio. Cada semana, cuando le era dada la oportunidad de visitarla, el abogado recogía el expediente y, luego de discutir los pormenores del caso, se dirigía a la biblioteca de la Facultad de Derecho de la universidad, donde pasaba largas horas intentando descifrar las digresiones teóricas de su cliente. La primera semana pensó que se trataba de pura locura, la segunda pensó que se trataba de una enorme farsa, a la tercera pensó que se trataba de una mera obsesión. A la cuarta comprendió que el proyecto que tenía en sus manos obedecía a una extraña lógica cuyo destino parecía, sin embargo, evadirlo. Fue durante esa cuarta semana, revisando el expediente de la guatemalteca María José Pinillos, cuando encontró, perdida entre miles de otras palabras, una que le ayudaría a comprender los modelos bajo los cuales parecía moverse la acusada. Escrita sobre los márgenes del expediente, al borde de un párrafo sobre la iconoclasia en el arte medieval, encontró una frase solitaria: «Esta cárcel es mi Ustica privada...» Desde pequeño había sido incapaz de saltar aquellas palabras que no conocía. Aquella noche no fue la excepción. «Ustica»: la palabra, desconocida y extraña, lo detuvo y lo forzó a abrir una pestaña en Google. Bastó una simple búsqueda para dar con un artículo de Wikipedia en el que se explicaba, en inglés, que Ustica era una pequeña isla italiana en el mar Tirreno. Sintiendo que la información no saciaba su curiosidad, se dedicó a buscar más datos. Fue así como llegó a un dato interesante: una pequeña subdivisión en la que se describía, muy brevemente, la forma en que la isla había servido de cárcel durante los años del gobierno fascista de Benito Mussolini. Miles de prisioneros políticos habían terminado allí. Dos de ellos parecían merecer, para Wikipedia, una mención particular: Amadeo Bordiga y Antonio Gramsci. Creyendo reconocer el nombre, decidió explorar primero a Bordiga. Al no encontrar mucho que lo ligase a Virginia McCallister, decidió explorar el otro hipervínculo, el de Gramsci. La foto del personaje, con sus gafas redondas y el pelo un poco desarreglado, le hizo pensar en un viejo profesor que había tenido en la secundaria. Más abajo encontró una pestaña que, bajo el título de *Cuadernos de la cárcel*, explicaba que durante sus años de prisión, a pesar de sus problemas de salud, Gramsci había logrado escribir treinta y dos cuadernos en cuyas 2.848 páginas se esbozaba una de las teorías políticas más relevantes desde Marx. Aquejado por los problemas de salud que lo perseguían desde niño, había muerto el 27 de abril de 1937, apenas seis días luego de ser liberado. Tras su muerte, su cuñada había logrado sustraer los cuadernos del poder de la policía y, luego de numerarlos aleatoriamente, se los había entregado al banquero Raffaele Mattioli, mecenas secreto de Gramsci, quien luego de un largo viaje en tren hasta Moscú había terminado por confiarle los escritos al líder del Partido Comunista Italiano, Palmiro Togliatti. Once años más tarde, entre 1948 y 1951, los cuadernos aparecerían publicados por una pequeña editorial turinesa, Einaudi, en seis tomos. Más por manía que por otra cosa, tal vez pensando comprarlos luego, el abogado se limitó a apuntar los títulos de publicación:

- *El materialismo histórico y la filosofía de Benedetto Croce* (1948)
- *Los intelectuales y la organización de la cultura* (1949)
- *Il Risorgimento* (1949)
- *Notas sobre Maquiavelo, sobre la política y sobre el Estado moderno* (1949)
- *Literatura y vida nacional* (1950)
- *Pasado y presente* (1951)

Sintió una extraña sensación de alivio al comprender que finalmente comenzaba a adentrarse en el laberinto que la acusada parecía empeñada en tejer. Sintió, igualmente, una suerte de vértigo inverso al vislumbrar que los modelos bajo los cuales parecía operar su cliente eran aquellos trazados por un fracaso glorioso. Esa noche no volvió a leer sobre iconoclasia ni sobre la artista guatemalteca. Gastó las horas buscando más información sobre aquel extraño intelectual italiano, imaginándolo inmerso en la soledad de aquella cárcel isleña, esbozando desde el encierro las teorías que años más tarde describirían los mecanismos sociales de los que había sido apartado. «Extraño», pensó, «que un hombre logre imaginar desde la cárcel las leyes de lo que ocurre afuera.» Cuando la bibliotecaria apagó las luces, lo encontró a media frase, leyendo una carta que desde la cárcel Gramsci le enviaba a su hijo. Se preguntó entonces qué sería de la hija de la acusada, esa pequeña niña de diez años que un día había tomado un vuelo hacia los trópicos y nunca había vuelto. La bibliotecaria se encargó de interrumpir su pensamiento: «Esquilín, ya toca.» Cansado, se limitó a aceptar. Solo entonces comprendió que era viernes.

Se llamaba Luis Gerardo Esquilín pero desde muy pronto los compañeros de escuela lo habían bautizado Esquilín, sin más, y eso a él le gustaba. Cuando le preguntaban qué lo había empujado a estudiar derecho contestaba un poco en broma, un poco en serio: el lustre de mi apellido. La contestación escondía, sin embargo, una carencia: Luis Gerardo Esquilín no sabía por qué había estudiado derecho o, al menos, temía no saberlo. Como muchos, había entrado a la Facultad de Derecho un poco a regañadientes, impulsado por las quejas de sus padres. Sentía que a cierta edad tocaba bajarse de la nube idealista y entregarse al mundo real. Estudiar derecho era apenas el corolario de una de esas realidades: una forma de decir que se aceptaba entrar en la adultez, que se pretendía ser un ciudadano modelo. Sus tres años de carrera como estudiante estuvieron un poco dirigidos a eso: a olvidar su pasado como humanista, a olvidar lo que pudo haber sido y a convertirse, a fuerza de estudio, en un adulto ejemplar. Lo había logrado. El pelo largo había sido reemplazado por un recorte preciso, la ropa hippie había sido reemplazada por trajes de marca inglesa, la dicción juguetona y caribeña había dado paso a una corrección verbal un tanto impostada. Para sentirse a gusto consigo mismo, para sentir que no se trataba de una traición a su pasado sino de un mero cambio, había terminado por comprarse unos espejuelos negros de pasta que, según él mismo aclaraba, le daban un *twist* posmoderno a su *look*. El derecho, para él, era pues el camino hacia la respetabilidad y la adultez. Nunca imaginó que el tercer caso que le asignarían lo forzaría a adentrarse, nuevamente, en un terreno de ambigüedades y confusiones. Había imaginado el ejercicio de la ley como un asunto maniqueo pero un solo caso había bastado para demostrarle que el rumor del arte era capaz de destrozar las respetables certezas de la ley.

Al principio había intentado decirse que todo aquello era una locura, el crimen ingenuo de una mujer trastornada, pero rápidamente la lógica del proyecto le salió al paso. Todo, hasta el detalle más sencillo, parecía haber sido premeditado milimétricamente. Todo, incluso su propia captura, parecía haber sido imaginado por la acusada como parte de un gran teatro artístico. Entonces había dejado caer un poco las defensas y se había entregado a lo que allí se empezaba a dibujar. Al cabo de un mes, sus amigos comprendieron que lo estaban perdiendo. Se pasaba las noches enteras en la biblioteca, leyendo los casos que su cliente le proponía, buscando antecedentes, escarbando entre monumentales libros de historia del arte en busca de los detalles que la acusada había olvidado explicar. Más de una vez, durante esos primeros meses, temió que las ficciones de Luxembourg empezaran a inundar su vida tal y como habían inundado, durante años, los medios. En esos momentos, intentaba regresar a lo básico: intentaba convencerse de que a fin de cuentas aquella mujer no era Viviana Luxembourg sino Virginia McCallister. A plena noche, se sentaba a ver las viejas fotos de la modelo en los años cincuenta, las películas en las que aparecía McCallister junto a los galanes de la época, las fotos que la ubicaban junto a la familia ahora desaparecida. Una foto en particular le llamaba la atención: una foto que la prensa había distribuido luego de su supuesta desaparición, que los retrataba a los tres frente a un enorme árbol de Navidad. La niña tendría cerca de diez años y los padres cerca de cuarenta, aunque parecieran más jóvenes, más bellos, más perfectos. Aquella foto, terriblemente común, familiar y cotidiana, lo hacía sentirse extraño. Lo forzaba a pensar que detrás de todo aquel proyecto se escondía otra historia, una historia que parecía estarle vedada. Muchas veces, durante las reuniones con la acusada, había intentado sacar a flote aquella otra historia, la historia ya no de Viviana Luxembourg sino la historia de Virginia McCallister, heredera del viejo William Sherman, esposa del fotógrafo israelí Yoav Toledano, madre de la pequeña Carolyn Toledano. Muchas veces había intentado conocer el paradero del esposo y de la hija, las circunstancias que habían llevado a su desaparición. La acusada se limitaba a guardar silencio. Sin mostrar emoción alguna, se limitaba a decir que todo aquello pertenecía a la vida de Virginia McCallister y no a la suya. Cambiar de vida, decía, es un derecho. Sin intentar llevarle la contraria, Esquilín trataba de convencerla de que todo sería crucial para el juicio, que sería acusada de encubrimiento de la justicia, pero nada cambiaba, la acusada procedía con su monólogo y él se volvía a enganchar con las posibilidades que este abría. Sin embargo, la noche que encontró la extraña frase –«Esta cárcel es mi Ustica privada...»– pensó que aquella mujer, como Gramsci antes que ella, de seguro pasaba las noches pensando en la niña que había dejado atrás. Esa noche, incapaz de dormir, decidió salir a caminar por las calles de Santurce. No supo qué pensar al darse cuenta de que su extraña obsesión no tenía mucho que ver con lo que allí pasaba. Las obsesiones son siempre privadas, pensó, mientras se adentraba en la noche.

La sexta y última carta estaba dirigida al matrimonio de artistas compuesto por la chilena Constanza Saavedra y el británico Arthur Chamberlain, residentes de Londres, ciudad en la que décadas antes habían sido el centro de atención de uno de los juicios artísticos más comentados. Según comprendió Esquilín al leer el expediente, la pareja había sido acusada de reproducir –con una notable perfección visual– billetes de libras esterlinas. Un día a principios de la década, mientras desayunaba un dónut y un café en un *diner* neoyorquino, Chamberlain, distraído, había comenzado a dibujar un dólar. Al descubrir el nivel de perfección con que el inglés copiaba el billete, la camarera había entablado conversación con él, intentando persuadirlo de que le vendiera el dibujo. Chamberlain decidió que lo justo sería entonces pagar el desayuno con aquella falsa moneda. Al darle el dibujo, la mesera –notando que el desayuno costaba realmente no más de noventa centavos– le pidió que por favor recibiese diez centavos de vuelta. De regreso a Londres, Arthur le contó, riendo, la historia a Constanza, a quien el evento le pareció fascinante: una solución conceptual no solo a los problemas del realismo que tanto le interesaban por ese entonces, sino también una solución a los problemas financieros que los aquejaban por esos días. Se establecía allí una nueva relación entre arte y moneda, entre arte y mercado. Desde entonces fue ella la que, junto a la prodigiosa mano de su pareja, estableció el ritmo de las pequeñas performances: llegaban a un bar, hablaban un poco y luego, actuando aburridos, Arthur se ponía a dibujar billetes de libras esterlinas en una pequeña servilleta o en un papel cualquiera. Tan pronto el mesero notaba su destreza la chilena intervenía, a modo de negociación. Desde entonces la vida era más fácil. El arte se había convertido en un modo de intercambio que saltaba la temible lógica mercantil.

No eran, sin embargo, solamente los meseros los que observaban con admiración la destreza de Chamberlain. También dentro del mundo del arte comenzaron a esparcirse rumores y al cabo de dos años una prestigiosa galería parisina los contactó interesada en hacer un show privado. El show fue un éxito y con el éxito vino la visibilidad: artículos en los principales periódicos, menciones en las revistas de arte, hasta un reportaje televisivo. Como era de esperar, la noticia no tardó en llegar al Banco de Londres. Dos meses más tarde, durante la noche de apertura londinense de la exposición, dos miembros fornidos de Scotland Yard interrumpieron la fiesta, acusando a la pareja de violar la ley británica de falsificación y reproducción de la moneda. Tres meses más tarde, Old Bailey, una de las cortes más famosas de Londres, se convertía en una galería de arte para escuchar la defensa de los acusados. Frente a un jurado probablemente estupefacto, decenas de curadores y críticos intentaron convencer a la audiencia de que aquello era, sin duda, arte. Desfilaron por aquella sala los nombres de Duchamp y de los dadaístas, teorías sobre los *ready-made* y el arte conceptual, el arte pop y las mil y una teorías de la representación. Al cabo de seis meses, la pareja fue declarada inocente por un jurado que estaba ya cansado de que un hombre con peluca le dictase qué debía pensar.

Paradójicamente, la carta sorprendió a la pareja en plena crisis económica. Hacía meses que a Arthur lo aquejaban dolores extraños cuyo diagnóstico, sin embargo, parecía imposible. Brincaban de examen médico en examen médico, mientras veían cómo los pequeños ahorros que tenían se esfumaban detrás de una enfermedad indescifrable. La carta llegó como un alegre recuerdo de aquellos días en los que habían logrado ganarle la batalla al Banco de Londres. La primera en pronunciarse fue, como siempre, Constanza. Sus palabras fueron contundentes: «Viste, con esto ya queda claro que entramos en la historia del arte.» Arthur, más realista y humilde, aquejado por dolores, se limitó a afirmar:

«Si lo dices te creo, pero asegúrate de que la vieja no sea una farsante.» Esa misma noche, ya un poco borracho, se rió de sí mismo diciendo: «Como si nosotros no fuéramos también unos viejos farsantes.» Su picardía no estaba lejos de la realidad. Hacía años que la pareja había perdido la presencia mediática que había ganado a raíz del juicio. Hacía más de tres años, de hecho, que no presentaban algo decente. La carta llegaba, entonces, como una suerte de milagro tardío, cuando nadie la esperaba y cuando ya lo único que se veía en el horizonte era el retiro y la muerte. Una copa más tarde, el inglés cerró la discusión hablando, como siempre, del clima: «Unas pequeñas vacaciones en el Caribe no nos vendrían mal, sobre todo con este jodido clima que se trae Londres.» Constanza ni lo escuchó, metida como estaba en pensar las formas en las que aquel juicio los instauraría, indiscutiblemente, dentro de la historia del arte. Esa noche volvieron a reír como hacía tiempo no lo hacían: a carcajadas.

Dos días más tarde, Luis Gerardo Esquilín encontró, tirados sobre su cama, los documentos y las libretas relacionadas con el juicio. Habría temido lo peor si no hubiese sido porque en ese mismo instante vio salir del baño a su novia, una hermosa mulata de rizos rojizos. Confundida por la extraña lejanía con la que su novio la había tratado durante los pasados meses, la muchacha había decidido revisar los papeles. Como una novia celosa, se había pasado la tarde indagando entre papeles en busca de la razón de su distanciamiento. Lo que encontró solo sirvió para incrementar su desasosiego. Aquello, se dijo, no parecía un juicio sino un debate entre pedantes. Esa noche, al verlo, remató su observación con una frase sencilla: «Y lo peor, Luisito, es que tú te lo crees, te crees la gran mentira de esta vieja pretenciosa.» Esquilín no supo qué decir, tal vez porque él mismo no había sido capaz de descifrar si todo aquello era o no una gran farsa. Se limitó a esbozar argumentos legales que ni siquiera él comprendía bien. No logró sino aburrir más a su novia.

210

Una hora más tarde, ya abrazados, la muchacha le comentó que para ella todo eso del arte moderno era pura tontería. Hacía dos semanas, prosiguió, un amigo la había invitado a un evento en una galería en Santurce. Más por socializar que por otra cosa, había decidido ir sin saber qué esperar. Lo que había visto le había parecido la cosa más incomprensible y estúpida: una docena de perros caminaban por una galería vacía. Esa era la pieza. Lo raro, pasó a decir, es que la gente daba por sentado el valor de todo aquello. «La gente se come la mierda», terminó por decir furiosa. Luego remató: «Pero tú, Luisito, tú no te puedes comer la mierda, porque la corte es la corte y el derecho no es una galería. Y de eso te darás cuenta bien rápido.» Esquilín dejó caer el comentario como una bomba callada. Se limitó a los besos cortos, a las conversaciones tiernas, a la rutina sentimental. Esa noche, por primera vez en dos meses, tuvieron sexo, al cabo del cual la muchacha cayó dormida. Él, sin embargo, no logró dormir, pensando como estaba en las palabras de su novia, en lo que en ellas se hacía patente. Durante muchísimo tiempo él mismo había pensado, al igual que ella, que el arte moderno era una broma malísima, un juego para iniciados pretenciosos. Ahora ya no lo tenía muy claro. Temió que el abismo que comenzaba a separarlo de su entorno se volviera tan patente como lo era en el caso de la acusada. Temió levantarse un día convencido de unos ideales incomprensibles y esotéricos. Temió, en fin, ser un día parte de esa vanguardia de extraños obsesivos que su cliente parecía empeñada en reclutar uno por uno. Temió, sobre todo, volverse un hombre honesto pero incomprensible, encerrado en la cárcel de un lenguaje privado que no entendiera nadie. Fue entonces cuando la imagen de ese intelectual de espejuelos redondos del que había leído hacía una semana le salió al paso. Vio a ese hombre llamado Gramsci perdido en una cárcel italiana, escribiendo cuadernos con teorías que nadie leería hasta mucho después, envuelto en una serie de obsesiones que, sin embargo, terminarían por devolverlo a ese monstruo social del que había sido expulsado. Vio a ese hombre y pensó que los lenguajes privados siempre tienen algo gozoso, una forma de imponer sus mundos obsesivos. La verdadera locura, pensó, era que hubiera dos locos con la misma obsesión. En plena noche, la idea le pareció disparata pero certera. Quince minutos más tarde, roncaba profundo.

5

Fue por esos días cuando recibí una inusitada noticia. Luego de muchos días de esfuerzo y molestias, Tancredo había logrado que el periódico en el cual trabajaba lo escogiera como corresponsal al juicio. La noticia me extrañó, pero, conociendo a Tancredo, nada estaba fuera de su alcance. Yo mismo había pensado en algún momento ir, volver a mi isla y adentrarme en los recovecos de aquella historia que comenzaba a crecer como crecen los laberintos, guiados por fuerzas serpentinas y oscuras. Yo mismo había pensado participar en aquel extraño juicio del que creía tener la clave secreta. El pudor, la timidez o la mera indiferencia me habían dictado lo contrario. Así que al saber que Tancredo estaría presente, no me quedó otra que alegrarme de que mi amigo me relevara de mis cargos. Mientras yo cenaba en Manhattan con una muchacha italiana que acababa de conocer por esos días, podía estar seguro de que mi amigo estaría allí, en pleno juicio, representándome de una manera u otra. Así que cuando el día antes de su partida nos juntamos en el bar usual a tomar cervezas y él me preguntó qué pensaba de todo aquello, yo me limité a hablar de las extrañas esculturas que el viejo Toledano configuraba desde un pueblo vacío y lo único que me salió fue una frase totalmente nihilista: «Cada cual hace lo que quiere.» Como si reescribiera allí mismo lo dicho, añadí: «Cada cual hace lo que puede.» Entonces Tancredo se puso a hablar de la torre, del sargento Burgos, a quien pensaba conocer próximamente, de las diversas teorías que empezaba a producir. Mientras, yo escuchaba poco. Sentía, en cambio, crecer en mí la imagen de Giovanna sentada en su sala, hablándome de animales que en plena selva tropical jugaban al camuflaje.

Dos días más tarde me llegó el primer mensaje. Allí Tancredo esbozaba una teoría sobre el barroquismo tropical. Decía que el arte y la cultura caribeña se podían entender muy fácilmente si se entendía un factor fundamental: el calor. Los trópicos eran, por definición, entrópicos: el calor llevaba al movimiento, al exceso, al sudor, a la picardía barroca. Luego pasaba a hablar del rol de los mosquitos dentro de esta cosmogonía tropical: los mosquitos, invisibles pero endiablados, eran la verdadera musa caribeña. Allí donde los griegos habían imaginado al ángel, allí donde Lorca había visto la presencia del duende, Tancredo ubicaba el invisible desasosiego que provocaba el mosquito. Basta ver, apuntaba en el email Tancredo, a un hombre en batalla con un mosquito: sus gestos, disparatados y excesivos, lo asemejaban a un hombre en trance. Me reí leyendo todo aquello, imaginando al pobre gordo perdido entre las callejuelas coloniales, sudando la gota gorda, vestido como todo un turista, con su sombrerito de ala y la guayabera blanca bien planchada. No pude, sin embargo, sino darle la razón a sus disparatadas teorías: el calor tropical, ahora que lo pensaba, era el motor de mis alegres trópicos.

Tres días más tarde me llegó, escrito en un tono más solemne y menos juguetón, el segundo mensaje. Allí Tancredo hablaba de su encuentro con el sargento Burgos. Describía a un hombre terriblemente cansado, destruido por la idea, obsesiva y recurrente, de que su información hubiese ayudado a encarcelar a una mujer digna. El mensaje luego pasaba a contar la historia de la torre, del piso veintisiete y del tartamudo. Según contaba Tan-

214

credo, Burgos se había obsesionado con la súbita desaparición del muchacho. Temeroso de que volviera en venganza, no dormía por las noches, comía poco, hablaba menos. Se había convertido en una sombra del hombre valiente que había sido. Cuando dormía, lo atormentaba un sueño recurrente: veía, en un torbellino de imágenes, el mural oscuro y mesiánico que había contemplado en aquel cuarto y creía escuchar las voces ahogadas de los niños que había visto en las pantallas de las computadoras del tartamudo. Se levantaba sudoroso y con el corazón a cien, seguro de que el tartamudo le seguía los pasos. En noches como esas no le quedaba duda: ese muchacho era el verdadero culpable de las desgracias que lo aquejaban. Convencido de que la única manera de expurgar aquel demonio era confrontándolo, pasaba los días deambulando por la torre, a la espera de que algún día su enemigo se dignara a dar cara. Luego, cuando nada ocurría, se iba a un bar y entre viejos boleros de vellonera se entregaba al ron. Gastaba así las horas, intentando escapar de las pesadillas que lo acechaban. Yo leía todo aquello y no podía dejar de pensar que Tancredo no pertenecía allí. Pero, rápido, la respuesta me salía al paso: tampoco pertenecían allí la acusada ni el tartamudo. Si había historia acá, era una historia desplazada e incómoda, de seres desubicados.

Poco a poco, durante aquellos meses, los mensajes de Tancredo comenzaron a amontonarse a paso propio, produciendo una historia paralela a la que yo veía por las noticias. Si por las noticias aparecía la imagen del fiscal, un hombre arrogante de pelo plateado y falsa sonrisa, en su mensaje Tancredo se encargaba de describir, minuciosamente, las rutinas de las cincuenta y seis familias que convivían en la torre. Si por las noticias se encargaban de desmenuzar la última noticia falsa que había fabricado la acusada, Tancredo pasaba a describir los rituales de los heroinómanos que vivían en los pisos superiores de la torre. Había llegado a obsesionarse con aquel mundo crepuscular que

215

obedecía, sin embargo, las leyes de la cotidianidad más básica. Allí la gente dormía, comía, leía, compartía como en cualquier otro lugar. Sin yo poder imaginar cómo, Tancredo había logrado que los habitantes de la torre lo aceptaran, al punto de incluirlo en sus vidas privadas. Había logrado, incluso, que llegaran a contarle los chismes. Según me contaba en el tercer y el cuarto mensaje, se había hecho amigo de un barbero de nombre Gaspar, un viejo coqueto que usaba camisas de flores y cuya barbería era uno de los puntos de encuentro de la torre. Había una razón muy sencilla para eso: en la peluquería de Gaspar había un televisor. Así que todos los días, llegadas las dos de la tarde, un montón de viejos retirados y algún que otro muchacho joven se apiñaban en el pequeño espacio de la barbería a ver las carreras de caballos. Con la gracia del mejor timador, Gaspar decía tener información confidencial que le pasaba un contacto desde el hipódromo. Cada mañana, al mediodía, repetía la misma llamada y, una vez enganchaba, intentaba venderles la información a los demás viejos. Dos horas más tarde, viendo cómo sus caballos quedaban rezagados, le recriminaban al barbero y salían abruptamente, dispuestos a proseguir con sus vidas, jurando nunca volver a creer en las mentiras del viejo. A los dos días, sin embargo, volvían a repetir la rutina del desencanto.

Tancredo comprendió que en pocos sitios encontraría tanta información de la acusada como en aquella peluquería. Entre tragos, logró hacerse amigo de unos cuantos jockeys retirados y así mismo jugó esas amistades como su carta de entrada al perezoso grupo que se juntaba cada dos días, puntualmente, en la peluquería. Al principio lo trataban meramente como a un gringo con información. Lo aceptaban, por así decirlo, solo por los datos que traía directamente del hipódromo. Gaspar, en particular, lo miraba con recelo y con cierta desconfianza, a sabiendas de que el gringo gordo podía, de la noche a la mañana, quitarle la mitad del negocio. Si lo aceptaba, más que nada, era por pura curiosidad. Le intrigaba su historia, su interés por la torre, su sombrerito de ala. Luego, sin darse cuenta, comenzó a agarrarle cariño. Empezó a llamarlo el Cano, empezó a regalarle café, le presentaba a sus amigos. Le dio un espacio, por así decirlo, en el singular mundo de la torre. Fue así como Tancredo comenzó a enterarse de los chismes sobre la acusada: callado, se limitaba a escuchar los rumores sobre su posible romance con el tartamudo, sobre su inesperada llegada a la torre a principios de la década, sobre las cartas que enviaba de vez en cuando al extranjero. Nada fuera de lo común: historias comunes que ya había escuchado en sus conversaciones con el sargento. Una tarde, sin embargo, escuchó un dato que le llamó la atención: escuchó a uno de los viejos mencionar la extraña manía que tenía la gringa –como la llamaban– de acudir todas las tardes a trabajar desde un pequeño cafetín. Durante casi una década, prosiguió el viejo, habían visto a la acusada bajar las escaleras libreta en mano, camino al cafetín La Esperanza. Cuando Tancredo preguntó qué hacía allí, nadie supo contestarle. Las mismas locuras que hacía allá arriba, contestó Gaspar, como si la pregunta no mereciera ser pensada.

Esa tarde Tancredo rehusó tres veces el café que le ofrecía el viejo y se despidió de Gaspar más temprano de lo usual. Bajó a pie los tres pisos que separaban la barbería de la calle y se disponía a salir cuando vio, deambulando por el primer piso, con cara de desesperanza e insomnio, a Burgos. Vaciló en saludarlo pero decidió que ya habría tiempo luego. A los insomnes, pensó, siempre les pertenece el mañana. Saludó al señor de la entrada y al cruzar la calle preguntó en una pequeña funeraria dónde quedaba el cafetín La Esperanza. Una señora mayor, de pelo blanco, se encargó de dirigirlo, no sin antes advertirle: «Yo usted, con esa pinta de gringo, no entro allí. Eso es peligroso.» Tancredo sonrió complacido. Salió de la funeraria, cruzó dos calles de escombros y al cabo de diez minutos vio aparecer, al final de una calle repleta de perros realengos, un establecimiento pequeño en cuyo letrero se leía: L Esp ranza. Comprendió, a pesar de las letras ausentes, que había llegado al lugar indicado. Custodiando la entrada, un viejo negro, flaco como una jirafa, le sonrió con el medio ojo que le quedaba. Tancredo apretó los dientes y entró.

La Esperanza era un cafetín de mala muerte. Tancredo lo comprendió inmediatamente, tan pronto vio a los dos jóvenes que le pitaban desde la esquina. Uno tenía la cabeza cubierta por una bandana oscura y al otro, sentado sobre una pequeña silla de madera, parecía no importarle que de su cinturón saliera, completamente visible, medio revólver plateado. No debían de tener más de dieciséis años. «Yo usted, con esa pinta de gringo, no entro allí. Eso es peligroso.» Comprendió inmediatamente la advertencia que le habían dado en la funeraria, pero tampoco se intimidó. Durante su estancia en Nueva Orleans, a mediados de los años noventa, había estado en bares similares, incluso en situaciones peores. Sabría manejarse. Así que cuando volvió a escuchar el pito, alzó los brazos en gesto de paz y se limitó a aclarar lo que imaginó preocupaba a los dos muchachos: no era policía, apenas un tonto reportero que trabajaba para un periódico muy chico. Los muchachos hicieron alguna broma breve, le mostraron la pistola que él ya había visto –más con ánimo de molestar que por otra cosa– y, cuando vieron que el tipo parecía no inmutarse, le preguntaron por su nombre: «Me llamo Tancredo, pero los de la torre me llaman el Cano», se limitó a contestar. ¿El Cano? ¿Como ese de ahí?, dijo el de la bandana con cierta gracia. Tancredo miró hacia donde apuntaba el muchacho y vio media decena de fotografías en las que aparecía un hombre gordo, albino, de gafas oscuras que lo hacían parecer en parte un ciego. Comprendió entonces que el origen de su apodo se remontaba a un músico local, pálido y gordo como él, probablemente sudoroso también. «Un salsero», dijeron los muchachos al unísono, y a él no le quedó otra que echarse a reír. Para su sorpresa, los muchachos también le encontraron la gracia al asunto. Ya más relajados, le preguntaron si quería comprar algo. Gaspar se limitó a explicarles el caso: les contó de su amistad con Gaspar y con los de la torre, les contó de su trabajo como periodista en un periódico gringo, el rumor que había escuchado de que la acusada pasaba las tardes en aquel cafetín. «¿Así que lo que te interesa es la historia de la loca? Hay que joderse...», se limitó a decir el de la pistola. Entonces lanzó un grito al aire, un sonido que a Tancredo le pareció indistinguible pero que debe haber sido un nombre pues al cabo de unos segundos un hombre fornido, vestido con delantal y gorro blanco, abrió la puerta de lo que parecía ser la cocina. «A este gringo le interesa hablar sobre la loca...» Sin aspavientos, un poco molesto por la interrupción, el hombre preguntó si alguien quería café. Tres minutos más tarde, sentado frente a Tancredo con dos cortados, comenzó subrayando la coincidencia: a Viviana Luxembourg también le gustaba el cortado. Lo había pedido, casi sin interrupciones, todas las tardes durante los pasados ocho años, hasta el día de su detención.

Esa tarde hablaron de muchísimas cosas, mientras a sus espaldas Tancredo podía ver cómo los clientes entraban, pagaban y salían con pequeños paquetes. Hablaron de tantas cosas que a Tancredo, dentro del entusiasmo, no le quedó claro qué fue exactamente lo que le hizo sentir al borde de la revelación. Más tarde, rememorando la conversación, solo logró recomponer una rutina tediosa: según el hombre, la gringa había llegado una tarde al cafetín y desde entonces no había dejado de acudir. Todas las tardes lo mismo: pedía un café cortado y se entregaba a la lectura. Luego, al terminar el primer café, pedía el set de dominó y pasaba una buena media hora jugando con él, configurando pequeñas torres y figuras, composiciones que a fin de cuentas no llevaban a nada. Luego, con un segundo café de frente, se sentaba a escribir anotaciones en los mismos cuadernos de siempre, incomprensiblemente escritas en una letra microscópica y frágil que parecía un idioma privado. Luego, llegadas las cuatro, se sentaba a leer. «Vaya a saber qué libros leía. Nosotros no le dábamos importancia. Ella no molestaba, nosotros no molestábamos. La tomábamos por loca», había dicho el cocinero. Luego, más tentado por la curiosidad que por cualquier otra cosa, Tancredo había preguntado si la acusada había comprado alguna vez alguna droga. Al hombre no pareció gustarle la pregunta, pero igual contestó: «Nunca, pero a veces, por las cosas que contaba, parecía como si se hubiera metido algo.» Luego había pasado a contar una historia que la gringa le había contado a modo de chiste pero que a él no le había hecho ninguna gracia, aunque igual se le había quedado grabada en la mente como un enigma incomprensible. El chiste, tal y como se lo contó a Tancredo, trataba sobre un escritor de novelas policiales clásicas que pasaba toda su vida envuelto en una diatriba contra los novelistas experimentales, pero que dejaba como legado póstumo una pieza indescifrable que volvía a los críticos locos, una pieza que todos trataban de leer bajo los registros clásicos pero que terminaba por derrotarlos en cada ocasión. Una obra experimental, comprendió Tancredo, que tomaba la vida entera como excusa para hacer una sencilla broma póstuma. La idea, atroz pero genial, de que la vida podía ser la excusa para un chiste fue tal vez lo que le hizo sentir, esa tarde, que se acercaba al momento de la revelación.

¿Me puedes explicar por dónde va el chiste?, preguntó el hombre al terminar de contarlo. Tancredo, tal vez por solidaridad, tal vez simplemente por condescendencia, le comentó que para él tampoco tenía sentido alguno, que de seguro se trataba de una mera locura. Luego pasó a hacerle una última pregunta al cocinero, quien ahora parecía flanqueado por los dos muchachos. Le preguntó si alguna vez, durante esos años, le habían preguntado a la acusada por qué había decidido asentarse en Puerto Rico. Durante esos meses la prensa había especulado muchísimo: desde la hipótesis más obvia, sobre el clima local, hasta teorías conspiratorias que veían el país como un centro de operaciones de una red criminal más amplia. El hombre le contestó que la verdad es que no tenía idea. Las pocas veces que habían hablado sobre la isla, esta parecía importarle muy poco. Eso sí, añadió, hablaba un español perfecto, un español muy neutro, como si no viniera de ninguna parte o como si intentase borrar su procedencia. Luego pareció recordar un detalle. Comentó que durante el primer año después de su llegada a la torre la gringa parecía estar obsesionada con un evento en específico: la muerte, ocurrida el 22 de marzo de 1978, del famoso funambulista Karl Wallenda. El insigne patriarca de la familia de trapecistas más famosa del mundo había caído a su muerte esa tarde, víctima de un vendaval inesperado mientras caminaba por la cuerda floja entre dos edificios en El Condado, la zona turística más conocida de la isla. La gringa, continuó el hombre mientras parecía hacer memoria, no hacía otra cosa por aquellos días más que hablar de ese evento: le interesaba saber los detalles específicos, la reacción del público local, hasta la voz del comentarista que había narrado los hechos. Se pasaba largos ratos de la tarde esbozando dibujos idénticos, retratos del momento en el que comenzaban a fallarle los pies, esbozos de la inestabilidad inicial. A Tancredo la anécdota le resultó familiar, conocía la historia de la caída de Wallenda, pero ignoraba que hubiese sucedido precisamente en aquella isla. Escuchando la historia pensó, por un breve segundo, que tal vez Gaspar y los viejos de la peluquería tenían razón: tal vez los caprichos de la acusada realmente procedían de la inagotable fuente de la locura. La expresión de uno de los muchachos interrumpió su instante de duda. «Oye, tío, ¿no tenemos uno de los dibujos por ahí guardados?» Entonces Tancredo vio cómo el hombre se levantaba de su silla, se internaba nuevamente en lo que parecía ser la cocina y, luego de unos minutos en los que solo se escuchaba el abrir y cerrar de gavetas, volvía a aparecer con un dibujo en la mano. Lo que vio entonces, la serie de dibujos que el viejo puso frente a él, le hicieron sentir una sensación extraña. Sintió en el estómago una punzada aguda e inesperada, como si todo aquello se tratase del chiste cruel de un niño. Vio decenas de esbozos en miniatura. Contempló los primeros pasos, seguros y livianos, esos pasos que luego daban pie a los primeros titubeos, luego a una figura encorvada y más tarde aún –en una secuencia realmente dolorosa– a la caída libre del funambulista. Vio entonces que dentro de aquella extraña secuencia de caricaturas que la acusada había esbozado en una tarde cualquiera, el proceso no era lineal sino cíclico y que en los últimos recuadros el muñequito que representaba a Wallenda volvía a pararse sobre la cuerda floja y a recomenzar su eterno suplicio. Una imagen le llegó a la mente: recordó los pequeños libritos que le fascinaban de niño, cuyas páginas, al ser flipeadas con un golpe de dedos, daban paso a una pequeña escena animada: un muñeco que lanzaba una bola de baloncesto, un Mickey Mouse que brincaba en el trampolín, el ataque frustrado de un rinoceronte. Recordó, incluso, un pequeño libro que esbozaba la escena de un beso. La memoria de infancia no le proporcionó ninguna alegría ni ninguna nostalgia, solo sirvió para resaltar la extraña crueldad del dibujo de la acusada. Vieja más loca, repitió uno de los muchachos, y él se limitó a asentir con un gesto breve. Cinco minutos más tarde estaba fuera del cafetín y de vuelta al pequeño hostal en el que había decidido alojarse durante esas semanas.

El hostal se llamaba El Balcón del Mar, pero de vista al mar tenía muy poco. Localizado en Río Piedras, la zona universitaria, su realidad era más urbana que otra cosa. Lo rodeaba una extraña mezcla de bohemia estudiantil y ambiente local que Tancredo, en su tercera carta, se atrevió a llamar «un enjambre delicioso». No se equivocaba. Esa noche lo vivió todo en carne y hueso pero desde una perspectiva distinta. Incapaz de conciliar el sueño, pensando en la terrible historieta que había visto esa misma tarde, brincó de bar en bar hasta que escuchó, entre las discusiones de los muchachos, una frase que le pareció macabramente precisa, adecuada para lo que acababa de ver esa misma tarde: «El infierno es un sarcasmo en el que nadie comprende nada.» La frase, terriblemente aguda, lo calmó. Un mundo en el que todavía existían frases para los malestares era un mundo viable. Cayó dormido a la hora, con los ritmos de la vellonera todavía resonando sobre su cansancio etílico, convencido de que comprendía a la acusada.

En la séptima carta Tancredo me contaba la imagen que lo había molestado toda esa noche. A medio camino entre el sueño y la ebriedad, flotando sobre el ambiente como un sueño esbozado a medias, una fecha se imponía. No quedaba claro cuál era, pero en aquel pantano en el que la conciencia y la inconsciencia se debatían, la fecha era claramente la que marcaba la caída de Wallenda. «Aunque ahora no recuerdo», escribía Tancredo, «tuvo que haber sido el 22 de marzo de 1978, pues desde entonces no puedo pensar en esa fecha sin sentir una sensación extraña de cercanía y de rechazo.» Luego pasaba a describir la forma en la que aquella noche su mente –siempre hiperactiva y a veces disparatada– había llegado a asociar la fecha con el instante de desaparición de la familia Toledano. Incapaz de tomar lo que él sentía como una evidencia clara, yo me limité a pensar en las extrañas maquetas que el viejo Toledano construía en un pueblo lejano, batallando internamente entre si contarle o no a Tancredo la historia que acababa de escuchar, convencido de que por primera vez las locuras de mi amigo llegarían a puerto. La voluntad de silencio me ganaba siempre la partida. Me limitaba a sacar el archivo de Giovanna, a husmear en sus apuntes como un detective retirado, a recordar el breve gesto con el que fumaba, a jugar con ese elefante de jade que de una manera y otra me acercaba a ella. Entrada la noche, la sentencia me llegaba precisa: hasta las farsas tienen consecuencias.

6

Diez días antes de comenzar el juicio, mientras leía una de las libretas, Luis Gerardo Esquilín se topó con una página suelta, arrugada entre las demás páginas y con la tinta casi ilegible. Le extrañó ver que estuviese escrita en otro color y en otro tipo de papel. Reconoció, eso sí, la caligrafía minúscula y altiva de la acusada. Sin pensarlo mucho, más por método que por otra cosa, se limitó a copiar en su computadora la ristra de nombres y apuntes que allí aparecía:

Baudelaire, Flaubert, Wilde, Joyce, Pound, Brecht, Burroughs, Nabokov, Brodsky, Onetti, Pasolini, Bernhard. En cada uno de los casos, la literatura ante el juez. También allí, en la literatura, hay una disputa entre el oficio y la ley. Recordar siempre al joven Kafka, que a los veintisiete años escribe en su diario: «Estamos fuera de la ley, nadie lo sabe y sin embargo todo el mundo nos trata conforme a ello.» Siempre recordar a Kafka, el gran soltero de las parábolas imposibles.

Bajo la entrada reconoció una serie de dibujos. En más de una ocasión se los había topado entre los escritos, a modo de *doodles* improvisados, pero todavía no sabía exactamente qué buscaban retratar. Manejaba, eso sí, algunas hipótesis: pensaba que podía ser un caminante sigiloso, un detective privado o un gimnasta ruso. Cuando una tarde se lo mostró a su novia la respuesta fue inmediata: para ella se trataba de un hombrecito que bailaba de puntitas. Esta vez, sin embargo, Esquilín encontró, bajo la serie de dibujos, una fecha: 22 de marzo de 1978. La fecha lo atrajo, tal vez porque le recordó que el cumpleaños de su hermano menor era precisamente un día después: el 23 de marzo. No se detuvo allí. Abrió su computadora y buscó los eventos más importantes de esa fecha. Encontró poco: la fecha de nacimiento de un maratonista reconocido, el cese de una guerra asiática, algunos eventos que involucraban al entonces presidente de Estados Unidos Jimmy Carter. Cuando ya estaba por darse por vencido encontró una noticia que le pareció más relevante: la muerte de Karl Wallenda, ocurrida en la isla precisamente el miércoles 22 de marzo de 1978. Se pasó la hora siguiente, más por curiosidad que por otra cosa, recolectando información sobre la familia Wallenda, sobre la muerte del patriarca y sobre la testaruda pero vagamente poética decisión de su familia de continuar arriesgándolo todo en la cuerda floja. Recordó haber escuchado la historia antes, de boca de su madre, pero aun así la anécdota le pareció singular. Le pareció extraño que alguien como Wallenda, tan experimentado como decía ser, un hombre que había incluso atravesado, en la cuerda floja, las cataratas del Niágara, hubiese muerto cruzando dos edificios cercanos. Se dijo que de ser esta una novela policial, la historia empezaría ahí: tejiendo una conspiración trasatlántica en torno a la muerte de Wallenda. Luego, se dijo, sería cuestión de tejer los hilos de esa historia, verla atravesar las siguientes cuatro décadas hasta su llegada: él, el abogado Esquilín, se encargaría de encontrar la solución al crimen secreto. Pensó que si algún día se animaba a escribir esa historia, ya tenía incluso el título preciso: *La conspiración Wallenda*. La ocurrencia, disparatada y absurda, de que todo eso daba para una novela policial terminó por producirle una sonora carcajada.

Estas ocurrencias no le venían a Esquilín de la nada. Tomaban como base un rumor que por esos días empezaba a extenderse por los medios: la idea de que la acusada era meramente la cara visible de una red mucho más amplia. Virginia McCallister, repetían los diarios sensacionalistas, era apenas la punta del iceberg de un colectivo de activistas mucho más amplio, la cara visible de una red anónima que apenas comenzaba a mostrarse. No era, había pensado Esquilín en un primer instante, una idea disparatada: justo comenzaban, por esas fechas, a volverse más comunes las redes anónimas de *hackers,* los activistas invisibles, los colectivos cibernéticos. La más conservadora prensa americana incluso llegó a hablar de todo un ejército de traidores liderados por la exmodelo. Cuando finalmente se atrevió a discutir el tema con la acusada, Esquilín no encontró más que una gran carcajada, seguida por una sentencia irónica: «Pobres, se ve que no entienden nada. Todo arte es ya de por sí un acto colectivo.» Sintiéndose nuevamente derrotado, humillado en su débil comprensión teórica, pasó los siguientes días planificando una respuesta. Tres días más tarde, cuando descubrió los doodles de Wallenda en la libreta de la acusada, sintió la tentación de regalarle a la prensa la idea de aquella conspiración disparatada. Se rió al pensar que de hacerlo replicaría el gesto de la acusada: llevaría a los reporteros a esa frontera de erizos en donde la realidad y la ficción se confunden.

Tres días más tarde visitó la torre por primera vez. Le sorprendió la imagen de aquel microcosmos social en donde hasta el mal parecía estar bien colocado. Atravesó, en traje y corbata, los pasillos repletos de niños mugrientos y alegres, hasta llegar al viejo apartamento donde se había alojado la acusada. En varias ocasiones había intentado descubrir por qué la acusada había decidido alojarse precisamente allí, en aquel inframundo dentro del cual ni siquiera la policía se atrevía a entrar. No encontró respuesta ni en los cuadernos de la acusada ni en sus conversaciones con aquella mujer que decía ser Viviana Luxembourg.

Tampoco encontró respuesta alguna esa tarde en el momento de entrar en aquel apartamento ahora perfectamente vacío. Una vez adentro, constató que aquel mundo era mucho más normal de lo que había imaginado: niños normales, apartamentos típicos, viejos que gastaban las horas como lo harían en otra parte. Un mundo perfectamente normal que obedecía, sin embargo, a una lógica privada. Con la camisa sudada, sintió una extraña calma al pasearse por el espacio que había ocupado la acusada durante una década entera. El espacio desde donde había tramado su estrategia. Le pareció más amplio de lo que había imaginado, más iluminado, ventilado y acogedor. Agotado, derrotado por el sudor, deshizo su corbata y se acercó a la ventana. Lo que vio entonces, el paisaje urbano de techos y calles, ese laberinto de concreto que se abrió frente a él, le hizo comprender que su relación frente al caso era algo parecido a un paisaje abierto: uno de esos paisajes coloridos y amplios en los que alguien jura haber escondido una imagen, pero ante los cuales podemos pasar horas perdidos sin toparnos con la más mínima intuición de esa figura secreta. El truco de la acusada, pensó, había sido ubicarse en ese punto exacto desde el cual la silueta del crimen se volvía algo amplio y omnipresente como la ciudad misma. Ubicarse en el punto preciso desde el cual la imagen del crimen comenzaba a confundirse con el paisaje mismo de la ley, con su más gentil corazón.

Regresó a su apartamento sin hacer preguntas ni cuestionar testigos, incapaz de admitirse a sí mismo que algo comenzaba a corroerle la conciencia: la sensación de hallarse frente a una extraña imagen cuyo sentido, obvio y omnipresente, se le escapaba a la misma velocidad con la que él pretendía atraparla. Esa tarde la pasó tirado en cama, envuelto en el más profundo ocio, mirando el techo con la mirada pícara de los niños, buscando pequeñas figuras entre el mar de irregularidades que el concreto tejía. Recordó entonces el juego que solía jugar de niño para derrotar al tedio: la forma en la que todas las noches, incapaz de rendirse al cansancio, jugaba a esbozar pequeños mapas en medio de ese techo que mucho tenía de falso cielo. Encontraba islas, archipiélagos blancos perdidos en grandes océanos, pequeños continentes en algo parecidos a Australia, mundos inundados en un tedio juguetón que sin embargo le hacían sentirse albergado por una red de sentidos secretos. Esa tarde, derrotado por el calor y la humedad, intuyó que su confusión provenía de un error de perspectiva: por más de tres meses había buscado la imagen secreta en la psicología de su cliente, cuando la imagen se hallaba en otra parte. Recordó entonces la frase, furiosa y confusa, que la acusada le había lanzado el día que había pretendido involucrarla en una red colectiva: «Pobres, se ve que no entienden nada. Todo arte es ya de por sí un acto colectivo.» Rememoró la frase y sintió que algo profundo se escondía tras ella: la imagen de una historia mucho más amplia dentro de la cual el juicio que lo ocupaba era apenas la punta del iceberg, una historia amplia y extensa como las cartografías que de niño dibujaba sobre el techo de su casa. Una historia impersonal e inhumana como los viejos catálogos de historia natural. Pensó que dentro de esa historia la ley era algo extraño y anacrónico, apenas un recuerdo de una modernidad individualista que había perdido la perspectiva y la escala de los antiguos dioses. No llegó a sacar más conclusiones de esa súbita intuición. Derrotado por el calor y la humedad, cayó profundamente dormido antes de saber adónde lo llevaba todo aquello. Despertó cinco horas más tarde, con su perro corriendo ansioso por el departamento vacío, incapaz de distinguir si era de día o de noche, si todavía era hoy o si ya era mañana.

7

Esa misma tarde, mientras Esquilín dormía, Tancredo se acercó a la torre en busca del sargento Burgos. Pensaba hacerle algunas preguntas en relación con su encuentro con Miguel Rivera. Quería corroborar la hipótesis que le había surgido en pleno sueño: la idea de que Miguel Rivera era, a fin de cuentas, el verdadero autor intelectual de todo aquel alocado proyecto. Le extrañó no encontrarlo rondando, como solía, por los primeros pisos. Tampoco lo encontró por los pisos superiores. En la barbería, Gaspar confirmó sus temores: se le había visto borracho, deambulando por los pisos superiores, perdido entre heroinómanos. Luego había desaparecido. Preocupado por aquel amigo al que apenas conocía, se dirigió a la comisaría y, al preguntar por Burgos, recibió una respuesta inesperada: luego de un mes de extraña conducta, el sargento había renunciado a su trabajo. Estaba a punto de salir cuando una secretaria, incapaz de quedarse callada, le llamó la atención con un silbido. Luego pasó a contarle, con un sigilo que a Tancredo le pareció extraño, lo que solo ella decía saber. Según ella, dos días después de su renuncia, Burgos había tomado un avión rumbo a Nueva York. Tancredo intentó preguntar si sabía qué buscaba allá, si tenía familia o amigos. La mujer se limitó a decir que todos en la isla tenían alguien allá. Luego se despidió y volvió a su oficina. Esa tarde

Tancredo no pudo sino pensar en la desaparición de Burgos. Imaginó primero la desaparición del tartamudo y, tras ella, la de Burgos. La imagen no tardó en llegarle clara: imaginó que todo aquello escondía una serie mayor, una gran cadena de desapariciones súbitas detrás de la cual se escondía, sin duda, la verdadera historia del crimen. Sentado en un café cercano, imaginó un gran éxodo encaminado hacia el norte, una gran cadena de sonámbulos que emprendía el camino contrario al que mencionaba la acusada en sus cuadernos. Un gran peregrinaje en el cual el Caribe buscaba perderse en un norte difuso. Buscó aliviar el peso de la imagen dibujando una tontería. Diez minutos más tarde, cuando la mesera fue a recoger la taza vacía, encontró, esbozado sobre la servilleta, un dibujo de impresionante detalle dentro del cual creyó distinguir una gran marcha de pingüinos hacia el mar. Pensando que el dibujo sin duda le haría gracia a su hijo menor, guardó la servilleta.

Esa misma noche, horas más tarde, recibía yo un mensaje de Tancredo. Un mensaje que comenzaba relatando los últimos sucesos, la desaparición de Burgos y la progresiva mediatización del juicio, pero que luego tomaba un tono extraño, extraño para Tancredo al menos. Siempre había pensado que para él la teoría y la ironía servían como perfectos escudos de defensa ante la hostilidad de un mundo caníbal. Siempre había pensado que, una vez hechas las cuentas, el sistema le funcionaba bastante bien. El tono sombrío y desencajado que tomaba su último mensaje me hacía sentir que no era así: parecía que la realidad finalmente comenzaba a infiltrarse entre sus teorías. Me contaba que pasaba las noches pensando en Burgos, en Giovanna, en mí, en esa secta de seres cansados que según él había caído presa de la locura de Virginia McCallister. Hablaba de una gran conspiración cuyo origen no era precisamente una mente humana sino otra cosa: una figura cósmica que crecía sin pausas. Leyendo todo aquello, recordé mis primeros meses junto a Giovanna y comprendí que mi amigo comenzaba a desvariar. Demasiado ron, demasiado calor, demasiadas teorías. Recordé entonces la escena que tanto me había obsesionado de niño, aquella escena que había recuperado años antes precisamente en un intento de comprender el fantasmático proyecto de Giovanna. Volví a recordar las tardes en las que mi padre me llevaba al vivario, esas tardes en las que, parado frente a un cristal, intentaba avivar, con un golpe de dedos, un animal que parecía inexistente. Volví a recordar aquella tarde magnífica en la que, parado frente a un animal que se negaba a aparecer, de repente comprendí que el animal era precisamente el paisaje en el que yo lo buscaba. Aquel animal enorme, pensé, devoraba el paisaje con la misma fuerza con la que Virginia Mc-Callister parecía devorar toda historia que intentara neutralizarla. Pensé en Giovanna, pensé en el viejo Toledano, pensé en Tancredo, pensé en las horas que había perdido tratando de encontrar el patrón detrás del proyecto de Giovanna y me dije que Tancredo tenía razón: no estaba claro qué era lo que crecía frente a nuestros ojos, qué historia se volvía visible y cuál parecía esconderse, dónde estaba el patrón legible detrás de aquella enorme telaraña que una vieja modelo parecía tejer desde una cárcel caribeña. ¿Tragedia o farsa? Sentí un súbito escalofrío al pensar que para algunas historias las viejas categorías no bastan.

8

En los días que antecedieron al comienzo del juicio, la especulación mediática se disparó. Aumentaron las teorías conspiratorias de la prensa amarillista, con sus redes invisibles y sus colectivos anónimos. Dos autores de prestigio, uno chileno y uno californiano, mostraron interés en la doble figura de la modelo vuelta artista e incluso se llegó a rumorear que una productora cinematográfica estadounidense preparaba un filme sobre su enigmática vida. Por esos mismos días, tal vez pensando que todo aquello era una puesta en escena de la eterna división entre arte y vida, entre arte y sociedad, un conjunto de artistas noruegos, agrupados bajo el nombre de Konsept, comenzó una campaña en las redes sociales para defender a esa artista que, según ellos, recuperaba el vitalismo vanguardista del inigualable Marcel Duchamp.

Todos querían un pedazo de su historia.

No hicieron falta, tampoco, las especulaciones en torno a su estado mental: se habló de bipolaridad, de un trastorno de identidad disociativo, de alzhéimer y de demencia. Un periódico del sur de la Florida llegó incluso a hablar de una enfermedad menos conocida: una enfermedad extrañísima llamada demencia incontinua dentro de la cual el paciente, aun plenamente consciente de su estado, era incapaz de comprender su vida como un presente continuo. Los pacientes que sufrían la extraña enfermedad sabían que eran *una* persona aun cuando sentían que las experiencias les ocurrían a gente distinta. Siempre a ellos, pero siempre a alguien distinto al que fueron. Para Luis Gerardo Esquilín, el asunto de la identidad de la acusada había llegado a convertirse en una obsesión. Le extrañaba la convicción con que esta se negaba a hablar de su pasado, de su familia, de ese fatídico viaje que habían tomado en 1977. Muchas veces, durante las largas conversaciones que mantenía con ella, había intentado convencerla de que solo se salvaría de la cárcel si le explicaba qué había pasado. Solo se salvaría de la soledad absoluta si le explicaba cómo Virginia McCallister había terminado por convertirse en Viviana Luxembourg. La acusada se negaba a responder, y Esquilín volvía a convencerse de que su estrategia era inadecuada: poco podía importarle la soledad y la cárcel a una mujer que parecía empeñada en dedicarse al pensamiento y al arte. En esas largas tardes, frente a esa mujer que negaba ser ella misma, Esquilín pensaba en las anotaciones que había encontrado en las libretas de la acusada, en la isla mediterránea de Ustica, en aquella soledad desde la cual Antonio Gramsci había esbozado sus teorías políticas. Acababa por convencerse entonces de que no había salida: Viviana Luxembourg parecía buscar la soledad y el tedio del pensamiento con la más alegre de las pasiones. A él, desconocido actor de reparto, no le quedaba otra que aceptar, con dignidad y orgullo, su posición auxiliar, como el peón que acepta participar en una guerra cuya finalidad apenas intuye.

A veces, en las calurosas tardes del verano tropical, perdido entre papeles, Esquilín sentía que el aburrimiento lo cercaba por todas partes. Poco a poco creía adentrarse en el mundo conjurado por aquella frase que había encontrado escrita sobre los márgenes de una de las libretas de la acusada y cuya oscura resonancia poética lo había cautivado desde un principio: «Así como el sueño es el punto álgido de la relajación corporal, el aburrimiento lo es de la relajación espiritual. El aburrimiento es el pájaro de sueño que incuba el huevo de la experiencia. Basta el susurro de las hojas del bosque para ahuyentarlo.» Escrita así, sin firma ni procedencia, sin mucha relación con las frases cercanas, la sentencia le había parecido inicialmente un tanto arbitraria. Sin embargo, algo le había forzado a copiarla en su pequeña libreta de apuntes. Una leve intuición le había indicado que aquella frase aparentemente absurda escondía verdades. No se había equivocado: al cabo de los meses, tal vez imitando el proceso de incubación que sugería, la frase había terminado por convertirse en una suerte de talismán que el abogado llevaba consigo a todas partes, convencido de que detrás de aquel extraño acertijo se cifraba el sentido del enigma que afrontaba. Bastaba esperar, rendirse al aburrimiento como quien se rinde a la soledad. Un día el huevo de la experiencia incubaría y la verdad del caso se revelaría exacta, liviana e ingrávida como uno de esos sueños frente a los cuales nos levantamos alegres, repletos de olvido. Un día caería dormido y al despertarse aquel caso sería apenas una remota pesadilla olvidada a medias, un rumor de lo que pudo haber sido su gran gloria. Todos los días, llegadas las seis de la mañana, el despertador volvía a sonar y Luis Gerardo Esquilín volvía a afrontar la irrefutable evidencia de que la noche apenas olvida los pecados leves. No quedaba otra que lavarse los dientes, tomar las libretas y seguir adelante.

Obsesivo, aburrido, insomne, Tancredo creía sentirse, por el contrario, perdido entre una multitud de talismanes y pistas. Dedicaba sus tardes a recolectar todo el material que de la acusada se publicaba: los recortes locales al igual que los extranjeros, las breves notas televisivas, los rumores e incluso las especulaciones. Nada quedaba fuera de ese gran archivo. Tancredo lo veía todo, lo organizaba todo, lo teorizaba todo: las fotos que documentaban el ascenso de la joven modelo a principios de los cincuenta, sus primeras apariciones cinematográficas, las breves menciones de su progresiva radicalización política, su carrera entera, hasta llegar a las últimas fotografías, esas que la retrataban vestida en un mameluco color crema carcelario, envejecida pero igualmente elegante y bella. Pasaba horas viendo películas en blanco y negro protagonizadas por la acusada, pensando en cuánto había cambiado el mundo y la gente, convencido de que detrás de esas películas, entre gestos y risas, se escondía la solución al extraño enigma que los ocuparía años más tarde. No encontraba más que la imagen misma de la fama y del glamur mirándose al espejo: los coqueteos típicos del cine de la época, los diálogos fáciles y los encuadres precisos. Todo caía en sitio, todo parecía estar en sintonía con la mera moda. En esos momentos le parecía imposible pensar que aquella mujer llegaría un día a vivir en la torre, entre cientos de cuadernos que cuidaba con una ética monástica.

No se daba, sin embargo, por vencido. Sin saber la historia que yo sabía, intentaba atar las piezas, las políticas y las personales, como si se tratara de un enorme rompecabezas que solo acababa por devolverle la imagen de su propia confusión. Mientras, entregaba columnas ingrávidas al periódico que lo empleaba, más por compromiso que por otra cosa, notas que se limitaban a recoger el sentimiento general del público local ante el caso: el sentir de los viejos que visitaban la barbería de Gaspar, alguna que otra conversación que había tenido con Burgos antes de su inexplicable fuga, pequeñas anécdotas que le contaban estudiantes universitarios en los bares cercanos a su hotel. Cada nota, sin embargo, terminaba —muy en la onda Tancredo— con una teoría disparatada, especulaciones que lograba inmiscuir entre datos triviales: teorías sobre la naturaleza del arte, sobre su eterna batalla con la ley y con la belleza, teorías borrachas en torno al rol de la isla en una gran conspiración continental. Especulaciones teóricas que parecían escritas en un idioma privado cuya lengua solo él comprendía. Publicaba esas notas y al día siguiente, llegadas las once de la mañana, luego de un breve trayecto por las librerías de la zona, se dirigía a la parada y tomaba el bus que una hora más tarde terminaba por depositarlo a tres cuadras de la torre. Una vez allí, daba tres vueltas por las plantas bajas, buscando las huellas del desaparecido sargento Burgos y con ellas las del enigmático tartamudo, Miguel Rivera, a sabiendas de que terminaría en la barbería de Gaspar, degustando el tedio con media decena de viejos retirados. Horas más tarde, cuando se cansaba de sus conversaciones, se despedía tímidamente y volvía a cruzar, caminando, las cinco cuadras de escombros y perros que separaban la torre del cafetín La Esperanza. Una vez allí, ya bajo el padrinazgo de los locales, procedía a repetir, con total fidelidad, el ritual que había escuchado que trazaba la rutina de la acusada: pedía un cortado y se entregaba a la lectura. De esas lecturas de libros dispares –libros de historia, de literatura y de teorías del arte, pero también libros de mecánica cuántica, topología e incluso cómics– sacaba algunas citas que incluía en los mensajes que me enviaba llegada la tarde. Luego, una vez aminoraba el efecto de la cafeína, pedía el set de dominó y pasaba la siguiente hora jugando a crear figuras, pequeñas torres y laberintos, siluetas del quincunce y de otras formas marinas que copiaba de un viejo catálogo de historia natural que me había robado antes de partir hacia la isla. Jurándose a sí mismo que cumpliría el ritual tal y como lo había escuchado, jugaba hasta que el aburrimiento le ganaba la partida. Entonces, finalmente listo para el pensamiento y la reflexión, volvía a pedir un café cortado y se sentaba a escribir: anotaciones mínimas, pensamientos sueltos, el tipo de aforismos disparatados que produce una mente ágil que no le teme al absurdo. Intentaba imitar esa caligrafía minúscula con la que, decían, escribía la acusada. Intentaba encontrar, a través de la imitación vulgar de lo práctico, ese instante preciso en que dos almas comulgan. Buscaba, por así decirlo, convertirse en Viviana Luxembourg. Comprender sus motivos, sus acciones, sus tics y sus manías. La idea no era suya: la había leído en un libro de arte que hablaba de un uruguayo, un inusual artista de la no-creatividad, que había pasado los últimos veinte años de su vida perfeccionando sus copias de un cuadro de Van Gogh, en un intento de comprender exactamente qué sintió

236

el neerlandés en el momento de retratar aquellas flores. Cada tarde, incapaz de comprender a la acusada, Tancredo recordaba el fracasado proyecto del uruguayo. Una punzada fría y profunda le hincaba el pecho entonces, forzándolo a partir.

Mientras más mensajes recibía de Tancredo, más crecía en mí la convicción de que los papeles se invertían y que ahora era él el que se acercaba peligrosamente a la figura de aquel gringo del que tanto me había hablado años antes. Era él el que poco a poco se adentraba en la locura de aquel William Howard, el gringo borracho que Tancredo decía haber conocido en el Caribe, aquel que pasaba las noches a la intemperie, convencido de que las islas eran algo que se coleccionaba como se coleccionan las estampas o las monedas. Poco a poco, temí, los roles se confundían y Tancredo se adentraba en un mundo sin fronteras, donde los límites del humor amenazaban con confundirse con aquellos del terror. ¿Tragedia o farsa? La pregunta volvía a repetirse con la insistencia de la peor pesadilla, mientras el inicio del juicio se acercaba a paso seguro. Yo pensaba en Giovanna y volvía a repetirme que el truco era la paciencia: algún día el chiste rompería la cáscara y mostraría su cara burlona.

Por esos días, mientras estudiaba las libretas en preparación para el caso, Esquilín encontró, sobre los márgenes de una tediosa discusión del caso de *Constantin Brancusi vs. The United States*, una cita que le llamó la atención y le hizo pensar que el tema del aburrimiento escondía alguna trama mayor. La cita decía: «No hacer absolutamente nada es la cosa más difícil del mundo, la más difícil y la más intelectual.» Esta vez la cita sí venía firmada. La firmaba un tal Oscar Wilde, nombre que recordó vagamente de sus clases de inglés en la escuela secundaria, pero cuya trayectoria realmente desconocía. En la secundaria leía poco y trabajaba menos, por lo cual lo más probable era que ni siquiera hubiera leído el libro en cuestión. Una segunda memoria, resacosa, volvió a sacar el nombre a flote: recordó haberlo visto mencionado en las lista de juicios literarios que la acusada había mencionado en una página anterior. Pasó la siguiente media hora tanteando entre las decenas de documentos abiertos en su computadora, en busca de aquel que guardaba aquella extraña sentencia. Finalmente encontró la cita en un documento que había titulado «Pensamientos sueltos». Allí estaba el nombre, perdido entre tantos otros nombres que igualmente le sonaban vagamente familiares pero cuyas obras, para vergüenza suya, nunca había leído: «Baudelaire, Flaubert, Wilde, Joyce, Pound, Brecht, Burroughs, Nabokov, Brodsky, Onetti, Pasolini, Bernhard. En cada uno de los casos, la literatura ante el juez.» Leyendo nuevamente la frase de Wilde, Esquilín se dijo que tal vez eso era lo que buscaba la acusada: una morada final donde asentarse a hacer nada, un monasterio privado desde el cual esculpir el aburrimiento hasta convertirlo en intelecto. Pensó en Wilde, pensó en Gramsci, y la única imagen que le llegó a la mente fue una anécdota que había escuchado años atrás por televisión: la anécdota de un monje budista que había pasado los últimos quince años de su vida meditando a la espera de ese instante final en el que su espíritu se expresaría en un gesto perfecto. Un gesto mínimo, una suerte de brazada de nadador, sobre la cual se concentraba toda una vida. Tal vez, se dijo Esquilín, Viviana Luxembourg había imaginado su vida como un esfuerzo puro que desembocaba en un gesto final, un juicio que la redimiría no solo ante los ojos del público sino también ante sus propios ojos. No hacer nada y luego hacerlo todo. O, mejor aún, pensó Esquilín, hacerlo todo, darlo todo, para luego desembocar en una maravillosa nada. Llegar, al final de la vida, a un maravilloso oasis de aburrimiento sobre el cual sentarse a pronunciar una última palabra. Una verdad irrefutable detuvo sus especulaciones: la fecha del comienzo del juicio se acercaba y él todavía no tenía claro ni siquiera su nombre. Tocaba trabajar.

9

El comienzo del juicio había sido fijado para el 15 de julio.
Tres días antes, los periodistas extranjeros, tal vez imaginando
que el juicio sería largo y que tocaba hacer amigos, decidieron
juntarse para compartir entre tragos. Tal vez simplemente buscaban compartir información. A la hora de escoger el lugar de
encuentro, alguien comentó que entre ellos nadie conocía mejor
la isla que Tancredo. Tancredo no se achicó: escogió un bar de
bohemia estudiantil, un bar al aire libre ubicado en una esquina
de la ciudad universitaria donde, al ritmo de música y ron, se
juntaba la inteligencia local. A los demás periodistas, acostum-
brados a la zona turística, la sugerencia les pareció arriesgada y
exótica, una buena porción de aventura antes de los arduos días
de trabajo que les esperaban.

Esa noche vieron una realidad muy distinta a la que hasta
entonces habían experimentado en sus hoteles. Poco había allí del
esplendor chillón de los lobbys repletos de mujeres de tacón alto
y orquestas de salsa para turistas. Por primera vez, sentían que se
abría ante ellos un panorama distinto; una autenticidad que poco
tenía que ver con los trajes folclóricos de las camareras que los
atendían en los restaurantes típicos de la vieja ciudad colonial, ni
con la multitud de restaurantes que decían haber inventado la

piña colada. Acá la autenticidad iba por otra parte. Era otra cosa: un rumor atmosférico, una entropía distinta a cualquier otro caos. Era, como decía Tancredo, un enjambre delicioso sobre el cual se amontonaban una multiplicidad de voces, ruidos y risas que sin embargo acababan tejiendo una gran filigrana repleta de vida. En una esquina del bar, rodeados por latas vacías de cerveza, un grupo de locales bailaban al ritmo de una vieja vellonera. Canciones de Ismael Rivera, de Héctor Lavoe, ritmos salseros que muy pocos de los reporteros conocían pero que igual les producían una extraño escozor y una breve alegría. Extasiados, miraban a los bailarines dar vueltas. Lo comentaban todo, lo describían todo.

Al observar la escena, Tancredo pensó que, independientemente del color de sus pieles, de sus vestimentas demasiado floridas y sus acentos inconfundibles, era la mirada lo que terminaba delatando su irrefutable extranjería: el turismo era, ante todo, una forma de mirar. La descripción, pensó, era la peor trampa de los costumbrismos. Si querían adentrarse en ese mundo del que él ya sentía formar parte tenían que derribar la barrera antropológica. Desapareció por una pequeña puerta que separaba dos murales y cuando lo volvieron a ver traía consigo una generosa ronda de cubalibres. Luego vino una segunda y luego una tercera. A la cuarta, Tancredo pudo ver cómo las lenguas se soltaban y comenzaban a surgir los chismes. Fue así como se enteró de los rumores que circulaban entre los periodistas. Rumores sobre un posible noviazgo entre la acusada y un joven local, sobre las verdaderas razones detrás de su viaje a América Latina a mediados de los sesenta, sobre su posible afiliación a ciertos grupos peruanos de izquierda radical. Entre trago y trago corrían también las burlas en torno a Esquilín, sus gafas de pasta y su aspecto de pequeño novillo indefenso. No era solo su aspecto el que parecía ganarse las burlas de los periodistas. Corrían también los rumores en torno a los testigos que la defensa preparaba: una periodista italiana decía tener información de que la defensa usaría como testigo a la mismísima Yoko Ono, a quien, según ella, la acusada había conocido en un viaje espiritual a la Amazonia oriental. Aquello, según comentaban, sería más un circo de celebridades que otra cosa. Un desfile de payasos orquestado por una vieja demente. Con cada cubalibre, las risas y las especulaciones se multiplicaban. Un reportero francés incluso llegó a comentar que tenía fuentes que le decían que Yoav Toledano todavía vivía. Los demás reporteros negaron la posibilidad: según ellos, Toledano y la niña habían muerto hacía mucho, en ese fatídico viaje del que se conocía tan poco.

Tancredo los dejaba hablar, media oreja puesta en sus especulaciones etílicas y el resto de su atención puesta en las decenas de chicas jóvenes que entraban y salían del bar. Esa noche, sin embargo, no había sido la belleza la que había capturado su interés sino la silueta de un borracho flaquísimo al que había visto rondar los bares de la zona. Siempre jovial, siempre borracho, parecía estar eternamente abierto a entablar conversación con los más jóvenes. Hasta entonces, tal vez confundido por su delgadez, tal vez por la mochila que siempre parecía cargar, Tancredo había pensado que se trataba meramente de un estudiante excéntrico. Esa noche, cuando al pasar frente a la mesa de los periodistas el hombre les sonrió, supo que no se trataba de un joven sino de un hombre ya mayor. Lo delataban las canas, los dientes ausentes, la sonrisa arrugada: las huellas de una vida apasionada. Lo vio desaparecer bar adentro y se dijo que algún día hablaría con aquel misterioso hombre. La ocasión no se hizo esperar. Cuando volvió al bar en busca de un nuevo trago, se lo encontró acodado en la barra, levemente borracho, intentando explicarle al barman la trama de su nueva novela. *«So the guy is a writer»*, se dijo Tancredo. *«You got to be kidding me.»* Ni siquiera tuvo tiempo para procesar el dato. Antes de decidir si aquello le sorprendía o no, sintió un espaldarazo acompañado por unas palabras: «Mi pana, yo como que te he visto antes. Tú me tienes cara de que quieres escuchar sobre mi novela.» Tancredo ni siquiera tuvo tiempo para contestar. Antes de que pudiera pronunciar palabra alguna, vio cómo el hombre pasaba a narrarle, con un impresionante nivel de detalle, el proyecto que lo ocupaba desde hacía años. Convencido de que su discurso sería más interesante que la conversación de sus colegas, le compró un trago al hombre, quien, luego de brindar por las mulatas, prosiguió con su diatriba. A lo lejos sus colegas pasaban del chisme al trago, en una secuencia que pronto los llevaría a la pista de baile.

El escritor se hacía llamar Juan Denis y según él la novela, tal y como la habíamos imaginado desde Cervantes, era un artefacto anacrónico. A nadie le importaban ya las aventuras de un viejo senil. Se bebió de un tiro su trago, pidió otro y continuó: a nadie le importaban ya las experiencias de un hombre. De *ningún* hombre. O mujer, toro o travesti, lo que tú quieras, subrayó, en un gesto que le hizo entender que se burlaba de las políticas de género tan en boga recientemente. Según pasó a explicar, la novela estaba a punto de entrar en una nueva etapa: una etapa inhumana, como le gustaba llamarla, en la que poco importaba la experiencia humana. «Imagínate», subrayó, «el ser humano ha existido apenas doscientos mil años, mientras que el universo ha existido más de catorce billones de años. Y la novela achica todavía más su ambición al narrar desde la perspectiva de una vida. Treinta, cuarenta años, a veces hasta un día: la novela ha reducido su escala hasta desaparecer.» La idea de Denis era devolver la novela a la escala de los astros: trazar novelas de múltiples capas, novelas que el lector pudiera leer como se lee el paso del tiempo sobre la superficie de las piedras. «Hermano, ¿tú has estado alguna vez en el Gran Cañón?», preguntó. Tancredo se limitó a asentir con un leve gesto. «Pues ya sabes de lo que te hablo: la idea es hacer una novela tan cabrona como ese monumental panorama. Una novela vacía, repleta de polvo y aire, una novela geológica, que retrate en un instante absoluto el monumental paso del tiempo. Una novela archivo, eso es», escupió finalmente con alegría, sin parecer importarle que su interlocutor entendiese o no lo que decía.

Tancredo sintió que una extraña complicidad marcaba la escena. Estar borracho, pensó, era precisamente eso: sentir que la energía recorre el mundo como si se tratase de un gran abrazo. Le gustaba la teoría, la forma en la que con un simple golpe de dedos desechaba siglos de tradición y de empirismo, apostando en cambio por una épica mayor, fría pero extrañamente emotiva. Estaba a punto de emitir comentario cuando Denis, con un nuevo trago en la mano, con la voz cada vez más temblorosa y tartamuda, lo interrumpió nuevamente. Quería contarle sobre su nuevo proyecto. Un proyecto «cabrón», repitió dos veces, con esa forma tan suya de intercalar vulgaridades entre tanta jerga conceptual. Según dijo, hacía años que planificaba una novela sobre la historia del fuego: una novela donde el fuego fuese el verdadero protagonista, una novela que comenzara con la ecuación química de la combustión para luego dispararse hacia todos los continentes y hacia todas las épocas, una novela que atravesara la historia como si de un pastizal encendido se tratase. Había pasado años entusiasmado con la idea pero incapaz de ejecutarla. Le faltaba la forma. «La forma»: repitió la frase tres veces, en cada una de ellas mostrando su dentadura amarillenta, olorosa a ron y luego terminó explicando cómo hacía dos semanas, luego de una semana de borrachera continua, había hallado la solución. Hablando con un profesor retirado del departamento de física, se había enterado de un fenómeno que le parecía absolutamente fascinante. El físico le había explicado que en distintas partes del mundo se producían a menudo incendios subterráneos ante cuya voracidad los humanos podían hacer muy poco. Algunos, le comentó el viejo, llevaban hasta más de mil años encendidos. Denis repetía aquello con una emoción única, con una alegría que rayaba en la euforia y ante la cual muchos dirían que se trataba de los desvaríos de un típico alcohólico. Escuchando sus teorías, Tancredo comprendía que cualquier otra persona mostraría menos paciencia. Lo había visto con sus propios ojos: la forma en que noche tras noche los estudiantes acababan aburriéndose o asustándose ante las locuras de aquel hombre genial. Sabía también que, a fin de cuentas, lo que realmente buscaba aquel alegre borracho era un mecenas que le siguiera pagando los tragos. Poco importaba: siempre valían más las teorías que los tragos y esa épica pírica le había hecho pensar en el pequeño pueblo en el que se escondía Yoav Toledano. Una extraña punzada, fría como el peor *déjà vu*, le atravesó inmediatamente la espalda. La mera idea de que aquel hombre conociese los detalles del caso, incluso aquel secreto que solo decíamos saber Tancredo, Giovanna y yo, le produjo un terrible terror. Intentó entablar conversación, preguntarle al escritor si sabía del pequeño pueblo de Toledano, pero cuando finalmente alzó la voz, se encontró con una respuesta tajante: «Basta ya de teorías, a buscar culitos, que están lindas las nenas acá, o no; ¿qué tú dices, gringo?» Denis le dio una palmada que algo tenía de abrazo y con una nueva cerveza en la mano desapareció entre las decenas de estudiantes que ahora llenaban el lugar. Tancredo no supo qué hacer. Sentía que poco a poco una extraña paranoia le ganaba la partida, forzándolo a encontrar conexiones por todas partes, tejiendo puentes entre signos que nadie más decía ver. Pidió otro cubalibre y se dijo que eso, a fin de cuentas, era la verdadera alegría del pensamiento: la implosión del universo en una teoría tan disparatada como bella.

Cuando regresó a la mesa donde había dejado a sus colegas no vio a nadie. Los localizó minutos más tarde, bailando alegres cerca de la vellonera. Entre ellos, provocando risas y alegría, Juan Denis contorsionaba su delgado cuerpo como si de una marioneta se tratase. Más allá, en una esquina un tanto alejada del grupo, el francés bailaba con una hermosa joven local. Buscó con la mirada a la periodista judeoneoyorquina que le gustaba pero se llevó una triste sorpresa al sorprenderla besando a un reportero local. El amor no era lo suyo. Media hora había bastado para convertir una discusión civilizada en una alegre bacanal alcohólica. Intrigado todavía por lo que había escuchado, por esa historia geológica y química, pensó en acercarse nuevamente a Denis. De solo verlo comprendió que poco quedaba del escritor y mucho del borracho. Tomó entonces una última cerveza, escuchó a unos muchachos declamar poesía al ritmo de tambores y luego regresó caminando a su hotel.

Una vez allí se sentó frente a la computadora y buscó en internet a ver si encontraba información sobre Juan Denis. Encontró poco, lo cual le hizo pensar que todo había sido orquestado por el borracho en busca de un par de tragos. Ningún escritor puertorriqueño firmaba bajo ese nombre. La idea, sin embargo, le gustó: la literatura más innovadora, la más vanguardista, era aquella que un autor desconocido inventaba como una simple solución a la falta de alcohol. Tal vez, se dijo, las ideas no eran, sin embargo, de Denis. Tal vez las había copiado de algún otro escritor que había encontrado en internet, para luego repetirlas a modo de sermón propio entre la comunidad estudiantil de bohemia. No encontró, sin embargo, mención alguna a la novela sobre los incendios subterráneos ni a las novelas geológicas. Apenas una mención al concepto de larga duración tal y como aparecía en los escritos del historiador francés Fernand Braudel. En su deriva por internet Tancredo acabó en una entrada que hablaba de una extraña vanguardia que abogaba por la no-creatividad y el plagio. Leyó sobre un hombre que abogaba por la desaparición del genio como figura arquetípica del escritor y que buscaba en cambio reemplazarla por una figura más moderna: la del programador. Según él, el mundo, desde la invención de internet, se había llenado de textos. El gesto artístico contemporáneo no era entonces escribir más textos sino aprender a negociar con la monumental cantidad de textos existentes. El artículo mencionaba una serie de textos producidos bajo estas nuevas propuestas: una réplica mecanografiada de *On the Road,* la clásica novela de Kerouac, una abogada que había presentado sus informes legales como poemas, un escritor que se pasaba los días en la British Library copiando los primeros versos de cada una de las traducciones inglesas de la

Divina Comedia de Dante, una versión impresa –en forma de un libro de novecientas páginas– de una copia del *New York Times*. Un poeta incluso había llegado a transcribir los reportes forenses de algunos muertos ilustres tales como John F. Kennedy y Marilyn Monroe. El vanguardismo, sin embargo, no iba sin riesgos. Según terminaba comentando el artículo, más de uno de estos escritores habían llegado a tener problemas con la ley. Muy recientemente un escritor español había sido llevado a juicio por la viuda de un reconocido autor al intentar reescribir, en clave cómica, uno de los libros menos conocidos de su marido.

A Tancredo todo aquello le pareció fascinante. Había, se dijo, maneras de llegar a entender a la acusada. Formas de acercarse a ella, de entender lo que estaba en juego en aquel juicio. Luego decidió olvidar el caso. Ya daría suficiente de que hablar. Volvió entonces a pensar en Juan Denis, ese magnífico alcohólico de las novelas imposibles. Se preguntó si ese día tendría dónde dormir, si tendría algún amigo fiel que lo ayudase a llegar a casa. Se quedó dormido minutos más tarde. A la mañana siguiente, mientras en la corte todos se preparaban para el comienzo del juicio, Tancredo se levantó temprano, caminó unas cuadras hasta la librería que solía frecuentar y le preguntó al librero si conocía a un autor local llamado Juan Denis. El librero, confundido, se limitó a decir que no lo conocía.

10

La noche antes del comienzo del juicio, Luis Gerardo Esquilín no pudo dormir. Más que la ansiedad, le molestaba una idea recurrente. Temía que en su afán por cumplir al pie de la letra los deseos de la acusada, en su esfuerzo por defenderla según sus presupuestos teóricos, hubiese olvidado la otra historia: aquella que trazaba –más allá del perfil de una artista– el perfil de una persona de carne y hueso. Le dolía haber olvidado, por tanto tiempo, las fotos familiares y las especificidades de ese viaje del que la acusada decía no recordar absolutamente nada, convencida como estaba de que ella *no* era Virginia McCallister. En más de una ocasión, en el relato que había ofrecido frente al juez de instrucción, la acusada había logrado obviar ese fragmento de su vida, algunas veces argumentando amnesia y en otras simplemente negándose a admitir haber vivido esa época. Con el juicio a horas de comenzar, Esquilín sentía haberse convertido en la marioneta de su cliente, en el primer peón que la acusada sacrificaría en un teatro que tomaría años.

Un correo electrónico recibido esa misma tarde había terminado por ahondar sus temores. Lo firmaba nada más y nada menos que Alexis Burgos, nombre que reconoció como uno de los policías cuya declaración había llevado a la captura de quien luego sería su cliente. Recordaba vagamente los detalles, pero

247

sabía que había sido Burgos el que había entrevisto la portada del libro con la retrospectiva fotográfica de McCallister y quien, confundido por la discrepancia entre los nombres, había comenzado a desentramar el enigma. En más de una ocasión, en sus primeras semanas como abogado de la defensa, había intentado comunicarse con él para conversar sobre los detalles de aquella reunión inicial. Cada vez la respuesta había sido negativa: Burgos está fuera, Burgos está enfermo, Burgos ya no está. Tal vez por eso, no se extrañó al leer que el sargento se encontraba en el norte, que le escribía desde Nueva York, adonde había decidido mudarse para batallar contra el insomnio y la depresión. A Esquilín la lógica le pareció extraña: podía pensar en pocos lugares menos relajantes que aquella enorme metrópoli. No se detuvo, sin embargo, allí. Las líneas que leyó a continuación parecían estar escritas precisamente para confirmar la ansiedad que le corroía desde las tempranas horas de la mañana.

La primera sensación que tuvo Esquilín al leer aquella carta fue la de haberse internando, sin querer, en un torbellino ciclónico en cuyo centro se encontraba un hombre profundamente confundido y cansado. Añoró entonces los viejos tiempos, cuando apenas bastaba encontrar el destinatario en el dorso de la carta para tener una vaga imagen de la ubicación física del interlocutor. Los correos electrónicos, pensó, disipan la voz del remitente sobre zonas ambiguas. Tuvo entonces la extraña sensación de que la voz que le hablaba era la voz misma de la ciudad, de esa laberíntica Nueva York sobre la cual el sargento había desaparecido en un intento de esconder sus penas. Una voz fría y cansada que confundía la cronología y le hablaba de golpe de muchísimas cosas que él desconocía: de un muchacho tartamudo llamado Miguel Rivera, de un mural inmenso sobre el cual la historia humana quedaba esbozada como una enorme pesadilla divina, de una pantalla repleta de rostros jóvenes que Burgos decía haber entrevisto brevemente. En el mensaje Burgos se negaba a pasar juicio. Se limitaba a enumerar, a base de puras comas, una serie de eventos que sin embargo parecían guardar extrañas relaciones entre sí. Luego de mencionar los rostros, pasaba a comentar brevemente la montaña de niños iluminados de la que había hablado la acusada en aquella primera visita, la forma en la que en aquella ocasión la acusada parecía empeñada en subrayar que todo aquello se trataba de una épica sobre el final de los tiempos. Por último, la carta mencionaba el extraño texto que Burgos decía haber encontrado en el cuarto vacío del tartamudo: aquel cuento cuyo final parecía siempre extenderse, mediante laboriosos giros retóricos que no llevaban sino a otros falsos finales, en una infinita cadena de desvíos imposibles que a Esquilín le recordó las famosas máquinas de Rube Goldberg que tanto le fascinaban de chico. El recuerdo de aquellas máquinas abismales le hizo pensar que tal vez todo el enigma se trataba de algo muy sencillo, como decían los viejos de la torre: una cadena de seres cansados intentando dar sentido a las teorías de una vieja endemoniada. Burgos cerraba la carta admitiendo que durante esos días bebía más de lo usual y que la carta había sido escrita desde el más profundo cansancio. Mirando la caligrafía enflaquecida con la que el sargento firmaba la carta, Esquilín comprendió que el juicio comenzaría en un día y él ni siquiera podía decir que sabía quién era, exactamente, su cliente.

Esa noche, incapaz de reconciliar el sueño, convencido de que había olvidado algo fundamental, salió de puntillas de la cama, intentando no despertar a su novia, se sentó sobre su escritorio y pasó la siguiente media hora vagando por internet en busca de las últimas notas periodísticas sobre el caso. Vio las fotos de la acusada, las clásicas fotos de antes y después, las fotos contrapuestas de la actriz y de la acusada, de Virginia McCallister y de Viviana Luxembourg. Sintió cierta extrañeza al encontrar su nombre mencionado en más de un artículo, pero intentó distraerse diciéndose que no había tiempo que perder: tocaba trabajar. Buscó los papeles que tenía preparados para sus ponencias y luego de una primera lectura se dijo que había cumplido su labor a cabalidad: había llevado la lógica de su cliente hasta los límites del sentido. Regresó a la cama diciéndose que el show estaba listo, pero el recuerdo de la carta de Burgos volvió a enturbiar su conciencia. Estaba claro que conocía como nadie, casi a la perfección, la serie de libretas hacia la cual la acusada lo había guiado. Podía citar, casi de memoria, los casos y las anotaciones que poblaban los ciento setenta y cuatro cuadernos que componían *El arte en juicio*. De los restantes setenta y tres cuadernos, comprendió entonces, sabía muy poco.

Desesperado, buscó las fotocopias que había hecho de los cuadernos. No tardó en encontrar la libreta inaugural que abría ese segundo proyecto. Leyó, sobre la portada, escrito en letras mayúsculas, el título: *EL GRAN SUR*. Título poético, título inesperado, buen título, pensó. Se adentró entonces en esos cuadernos que había revisado ya en varias ocasiones, pero de los que se sentía extrañamente lejano. La primera vez que los había revisado había pensado que se trataba de un proyecto anterior, perteneciente a la etapa esotérica de la acusada. Cuadernos para archivar, había pensado. A horas de comenzar el juicio, sin embargo, todo parecía ganar relevancia. Entre las múltiples citas notables, encontró una que parecía esbozar una brevísima comunidad de desaparecidos, una historia que le hizo pensar en la nublada voz con la que, desde un norte difuso, el sargento Burgos le hablaba de un texto infinito e inútil que desaparecía dentro de sí mismo:

B. Traven, Hart Crane, Ambrose Bierce, Arthur Cravan: desaparecer en el temible Sur. Convertir la desaparición en la propia obra. Antonin Artaud, Malcolm Lowry, William Burroughs, Jack Kerouac: desaparecer entre los infiernos y regresar, como Dante, para contar la historia. La única verdadera obra es la desaparición misma.

Esquilín, quien conocía como nadie las estrategias retóricas de su cliente, reconoció de inmediato la estructura del argumento. Nuevamente, pensó, volvía a repetirse la lista de nombres. Como si detrás de cualquier serie arbitraria se escondiese una teoría del cosmos. Pensó en volver a la cama, pero la curiosidad, como siempre, terminó por ganarle la partida. Buscó en internet datos relevantes sobre la vida de B. Traven, primer nombre en la lista. Lo primero que le sorprendió fue la foto que encabezaba el perfil de Wikipedia, un montaje doble donde aparecía el escritor de perfil y de frente, con una pose y cara que le hicieron pensar más en un *mugshot* que en cualquier otra cosa. Un bigote saltarín y cierta mueca de seriedad, acompañadas por una boina de cuadros, le hicieron pensar que el hombre que allí aparecía retratado se reía de la cámara. Aquel hombre, pensó, tenía cara de perro, de uno de esos perros buena gente y leales que sin embargo terminan por burlarse de nosotros. Todo, pensó, parecía un chiste, el marco de entrada para una de esas irónicas películas posmodernas que de vez en cuando le gustaba ver junto a su novia. La historia que leyó entonces no lo defraudó. Era aquella una compleja historia de desapariciones y anonimatos, una picaresca trasatlántica que a él le pareció extrañamente similar a la de su cliente. Un carnavalesco juego de máscaras que le hizo pensar que la historia era una gran farsa animada por una secta de artistas locos.

Todo aquello parecía una conspiración urdida por un genio empeñado en jugarle una broma a la historia del pasado siglo. De 1925 a 1960 habían aparecido casi veinte libros firmados por un tal B. Traven, enigmático autor que decía vivir en México, pero del que se conocían pocos datos. Libros de aventuras mezclados con ideas anarquistas, libros sobre el México profundo de los indígenas y de la explotación capitalista, libros extraños que se publicaban directamente en Alemania con críticas favorables.

251

Libros escritos por un autor que había construido su vida como un enorme laberinto de identidades anudadas.

Desde la austera paz de su pequeña casa en las afueras de Acapulco, B. Traven logró, durante años, mantener su anonimato intacto, hasta que su propia celebridad acabó por atraer la atención de la prensa y el público. Una tarde, leyendo uno de esos libros, un periodista y escritor de nombre Erich Mühsam creyó distinguir en el estilo de Traven los giros prosaicos de Ret Marut, viejo colega de sus años como líder anarquista de la efímera República Soviética de Baviera, bajo la cual, del 7 de abril al 3 de mayo de 1919, los socialistas alemanes depositaron sus más nobles esperanzas. Aquel era indudablemente el estilo de su amigo, de aquel amigo del que se rumoreaba que había pasado los años anteriores a la Revolución actuando en los más remotos escenarios de las pequeñas ciudades alemanas. Aquel actor de nombre extraño que había debutado en los escenarios de la remota Idar, para luego pasar a los de Ansbach, a los de Suhl, a los de Danzig, hasta finalmente aterrizar en Berlín. Lo extraño era que, según Mühsam, Ret Marut había sido arrestado y ejecutado tras la caída de la República Soviética de Baviera, el primero de mayo de 1919.

Una posible explicación surgiría años más tarde, cuando Will Wyatt y Robert Robinson, dos documentalistas de la BBC interesados en descubrir la verdad detrás del enigma Traven, se dieron a la tarea de consultar los registros del Departamento de Estado de los Estados Unidos y del Ministerio de Relaciones Exteriores de Gran Bretaña. Encontraron allí un dato interesantísimo: luego de escapar y evitar ser ejecutado, Marut había logrado llegar hasta Canadá, solo para luego ser deportado a Gran Bretaña, donde fue apresado, el 30 de noviembre de 1923, en la cárcel de Brixton, como residente ilegal. Al ser interrogado por la policía británica, Marut confesó ser Hermann Otto Albert Maximilian Feige, nacido en la ciudad de Świebodzin el 23 de febrero de 1882. Según los archivos nacionales, luego de su breve servicio militar, Otto Feige había desaparecido sin dejar rastro. Los documentalistas lograron ubicar sus pasos: confirmaron que durante el verano de 1906 un tal Otto Feige actuó brevemente como jefe del sindicato de herreros de Gelsenkirchen. Impulsado por su vena artística, partiría camino a Berlín durante el otoño de 1907, esta vez bajo el nombre artístico de Ret Marut.

En plena noche, totalmente enredado en la historia que allí se contaba, Esquilín pensó que todo aquello –el anarquismo, las múltiples identidades, los desplazamientos engañosos– encajaba perfectamente con el perfil de Viviana Luxembourg. Toda pista parecía esconder una historia, incluso los nombres. Al leer que Marut era el anagrama de «*traum*», la palabra alemana para sueño, al igual que el anagrama de «*turma*» (la palabra rumana para rebaño, la palabra accidente en finlandés y la palabra tropel en latín) pensó que tal vez Luxembourg escondía algo más, algún giro lingüístico que la acercase a la palabra noruega para tropa, o a la palabra danesa para plaga. Cuando intentó buscar más datos se topó con una verdad irrefutable: si un país lleva tu nombre, el nombre desaparece detrás de la historia del país. No encontró mucho. Se limitó entonces a explorar el otro dato que le había llamado la atención: el hecho de que muchas de las novelas de B. Traven, y en especial aquellas del según leyó famoso Ciclo de la Selva, exploraban las condiciones inhumanas de explotación que sufrían los indígenas en el estado de Chiapas, forzados a trabajar, en condiciones adversas, la caoba en campos de concentración llamados monterías. A Esquilín el dato le pareció interesante. Reconocía el nombre de Chiapas, principalmente a través del zapatismo y muy en especial del rostro enmascarado de ese gran vaquero anónimo que durante su infancia le había hecho pensar que México era una versión latinoamericana del gran Oeste: el Subcomandante Marcos. Recordó que durante su infancia la imagen enmascarada del subcomandante había sido el rescate de la figura del superhéroe: un hombre enmascarado, sin nombre, que desde la selva planificaba un mundo nuevo. Recordó que una tarde, cuando tenía nueve o diez años, frente a una mesa repleta de invitados, sorprendió a todos al contestar que cuando fuera grande sería como ese Robin Hood enmascarado que vivía en Chiapas. Recordó que esa noche todos rieron y que luego, a la hora de dormir, su madre fue a su cuarto y le contó que aquel no era Robin Hood y que Chiapas no era un lugar para niños decentes como él. Lo recordó todo y de repente la imagen le llegó clara: imaginó a Viviana Luxembourg perdida entre los árboles de la selva de Chiapas, dialogando con el subcomandante sobre arte, revolución, política y anonimato. Comprendió entonces que detrás de las listas de su cliente se encontraba un intento desesperado por hacerse de una historia. Detrás de aquellas listas y series se hallaba la voluntad de una mujer empeñada en ganar un espacio dentro de una gran historia anónima.

La historia de Traven, sin embargo, no terminaba en una cárcel de Brixton. La historia de su llegada a México, su subrepticia transformación en B. Traven y su consolidación como uno de los novelistas más aclamados y traducidos del momento requería todavía una explicación. Como siempre ocurre, esa explicación la encontraron los que no fueron a buscarla. Luego del éxito comercial del libro de Traven *The Treasure of the Sierra Madre*, publicado en inglés por Knopf en 1935, la productora norteamericana Warner Bros decidió rodar una adaptación de la novela y consideró que el director indicado para la tarea era John Huston. En planificación para el rodaje, Huston comenzó una comunicación epistolar con Traven, con quien acordó verse en el Hotel Bamer de la Ciudad de México. Como era de esperar, Traven nunca llegó. Envió en cambio a un traductor llamado Hal Croves, quien se presentó junto a un acta notarial que lo autorizaba como representante del escritor. El mismo Hal Croves volvería a presentarse meses más tarde en una reunión en Acapulco y luego permanecería presente durante todo el rodaje de la película, imponiendo su opinión en varias ocasiones, lo que llevó a muchos de los colaboradores de Huston a pensar que aquel hombre enjuto y taciturno era, en efecto, el mismísimo B. Traven. Bastaron los tres premios Oscar que la película ganó durante la gala de 1948 para que el rumor sobre el extraño anonimato del escritor se convirtiera en tema de discusión pública. La productora, al comprender el potencial comercial del aura que empezaba a ganar su figura, incluso llegó a extender el rumor de que existía una recompensa de cinco mil dólares para aquel que encontrase al verdadero B. Traven.

Es entonces cuando ocurre la segunda parte de la historia. Un periodista mexicano de nombre Luis Spota, siguiendo la pistas provistas por el Banco de México, dio con una antigua posada en las afueras de Acapulco donde vivía un hombre que se hacía llamar Traven Torsvan. Los vecinos lo llamaban «el gringo» y decían que el hombre había nacido en Chicago. No se equivocaban. Según sus papeles, Torsvan había nacido el 5 de marzo de 1890 en Chicago, había cruzado la frontera hacia Ciudad Juárez en 1914 y había obtenido su cédula mexicana en 1930. Spota comprendió que todo aquello era una gran mentira. Luego de sobornar al cartero, confirmó sus sospechas: mes tras mes, Torsvan recibía cheques escritos a nombre de B. Traven. Seguro de que tenía suficientes datos para incriminarlo, se presentó un día en la posada y, cara a cara con aquel hombre que decía ser Traven Torsvan, expuso sus descubrimientos. El hombre negó enfáticamente ser Hal Croves o B. Traven. Tres días más tarde, el 7 de agosto de 1948, en el semanario *Mañana*, Spota publicaba su gran descubrimiento. Dos días más tarde, Torsvan desaparecía.

«Lo llamaban "el gringo".» Como a mi gringa, pensó Esquilín mientras se servía una nueva taza de café. Intentó imaginar entonces aquella posada a las afueras de Acapulco, donde aquel hombre que había sido tantos –aquel hombre que primero había sido Otto Feige para luego ser Ret Marut, para luego desaparecer entre los nombres de Hal Croves, B. Traven y Traven Torsvan–

había decidido finalmente ser él mismo. La imaginó placentera pero repleta de moscas, calurosa y bien dispuesta para el aburrimiento. La imaginó en algo parecida a la torre en la que su cliente se había escondido, sin esconderse, durante casi diez años. Lugares para desaparecer detrás de nombres falsos, se dijo. Volvió a tomar un poco de café y releyó la cita que había dado paso a la historia de Traven:

B. Traven, Hart Crane, Ambrose Bierce, Arthur Cravan: desaparecer en el temible Sur. Convertir la desaparición en la propia obra. Antonin Artaud, Malcolm Lowry, William Burroughs, Jack Kerouac: desaparecer entre los infiernos y regresar, como Dante, para contar la historia. La única verdadera obra es la desaparición misma.

Convencido de que su cliente se imaginaba dentro de esa larga tradición del anonimato y la invisibilidad, Esquilín tomó un bolígrafo y se disponía a inscribir el nombre de Viviana Luxembourg frente al de Traven cuando una duda lo asaltó: ¿a qué lugar pertenecía: al de los desaparecidos o al de aquellos que habían regresado para narrar la desaparición? Sintió entonces que la acusada había planificado todo en un intento de saltar de una lista a otra. Planificar la desaparición y luego el regreso. Se rió al pensar que todo eso sonaba a pura religión. A muerte y resurrección de una Marilyn Monroe mesiánica.

Como todas, la historia de B. Traven terminaba con una muerte. El 26 de marzo de 1969, en la Ciudad de México, moría Hal Croves. En una improvisada conferencia de prensa, su entonces esposa, Rosa Elena Luján, confirmó su muerte y desveló que su nombre real era Traven Torsvan Croves, una extraña mezcla de todas las identidades previamente asumidas por el escritor. Según ella, había nacido el 3 de mayo de 1890, hijo de un padre noruego de nombre Burtoon Torsvan y de una madre anglosajona llamada Dorothy Croves. Dos días más tarde, según pedía su testamento, sus cenizas fueron dispersadas desde un avión que sobrevolaba la selva de Chiapas.

Al terminar de leer la historia y atar las piezas, Esquilín sintió que todo aquello formaba un rompecabezas sin sentido: un puzle en donde todas las piezas encajaban pero donde acababa vislumbrándose un paisaje disparatado, a medio camino entre la campiña y la playa. Con la ayuda de su mujer, pensó el abogado, Traven acababa jugándoles una broma a los expertos y al Estado mexicano. Había llevado, no podía olvidarse, a la esposa de un futuro jefe de Estado hasta el suicidio. Había llevado a la razón estatal hasta la demencia. Culminaba sus días tan múltiple como antes, naciendo tanto en Świebodzin como en Chicago, rodeado de una docena de nombres y personalidades distintas. Traven, pensó Esquilín, había sido tantos para finalmente poder ser ninguno. Una cita del escritor le había gustado especialmente. Una cita que decía: *«The creative person should have no other biography than his works.»* Sobre un pequeño papel transcribió una traducción de la cita: «El artista es aquel que no ostenta más biografía que sus obras.» Buena cita, pensó. El artista como ser anónimo, como ser múltiple. El artista como aquel que renuncia a ser uno y se convierte en muchos. Pensó entonces en el juicio que afrontaría mañana. Lo que se jugaba allí también tenía mucho de broma póstuma.

Al mirar el reloj de la computadora constató que ya casi eran las cuatro. Cinco horas lo separaban del comienzo del juicio. Afuera, dos jóvenes borrachos celebraban a gritos que los domingos eran los nuevos viernes. Esquilín no pudo sino decirse que eso era realmente lo que se suponía que fuese un juicio: una puesta en escena de la discrepancia entre la ley y el mundo. O por lo menos una puesta en escena de la discrepancia entre las piezas que componen el mundo.

11

En el rostro de la mujer que los policías introdujeron en la sala no parecía haber huella alguna que diera testimonio de su temporada en la cárcel. Vestida de traje negro, camisa blanca y corbata oscura, elegantemente intacta frente a los años, parecía totalmente inmune a su circunstancia. Lejos quedaba la imagen de la frágil princesa que había enamorado a los televidentes americanos hacía ya medio siglo. Lejos quedaba la imagen de la niña linda, quebradiza, preciosa. Un aura de madura lejanía parecía rodearla ahora, como si durante años, como buena actriz que fue, hubiese planificado hasta el más mínimo detalle aquella caminata que parecía regalarle ahora una última función. Acompañada por los gendarmes, caminó hasta su banco y se sentó, sin en ningún momento desviar la mirada hacia el público, ni tampoco hacer gesto alguno de arrepentimiento ni nerviosismo. Ni siquiera pareció notar la presencia de las cámaras televisivas y los parpadeos fotográficos que documentaban cada uno de sus pasos. Una vez allí, sentada junto a su abogado, mantuvo los ojos fijos en el juez, como si de un diálogo entre ella y la ley se tratase. A sus espaldas, una ola de rumores breves crecía de izquierda a derecha, de acuerdo con la lógica geométrica con que habían dispuesto la sala: el público general estaba sentado a su izquierda mientras a su derecha los periodistas la miraban con la mirada confusa con la que se ojea una esfinge. «La belleza del arte frente a los inmisericordes ojos de la ley»: así titularía horas más tarde uno de los principales periódicos el evento.

Sentado cinco filas detrás de la acusada, entre un periodista francés y un neoyorquino resacoso, Tancredo sintió que lo que allí acontecía era exactamente lo opuesto: finalmente la ley se veía forzada a posarse frente a los inclementes ojos del arte. Pensó entonces en los ojos de la acusada tal y como los había visto en su breve caminata hasta el bando de la defensa: no había allí locura alguna, sino al revés, una temible lucidez que forzaría a más de uno de sus colegas a afirmar luego que aquella mujer parecía hechizada. A su izquierda, perdido entre el numeroso público, reconoció la silueta de Gaspar. Junto a él, algunos residentes de la torre parecían felices de estar presentes en aquel espectáculo televisivo. Creyó ver entonces, perdido entre el público, el rostro de Burgos. Una segunda mirada le bastó para comprender que la semejanza era pura ilusión suya. Burgos, o lo que quedaba de Burgos, estaba más lejos de lo que cualquier hombre pudiese imaginar. Frente a ellos la acusada parecía esperar sosegada las primeras palabras del juez. La esfinge, pensó Tancredo, siempre espera que sea el otro el primero en hablar.

A su lado, vestido también de traje negro, camisa blanca y corbata oscura, Luis Gerardo Esquilín parecía la tierna copia infantil de la acusada. Al verlo, Tancredo pensó que nunca antes había visto un abogado tan joven, tan indefenso, tan niño. Parecía inquieto y nervioso: movía las manos frecuentemente y sobre su rostro parecía reflejarse un cansancio eterno. A su derecha, la silueta maciza y gris del fiscal mostraba exactamente lo opuesto: la pose arrogante que gana la ley conforme pasan los años, los rizos grises y decadentes de la mediocridad, los gestos pausados y complacientes de los que han llegado a confundir la verdad con el poder. Frente a ellos, el juez, un mulato de pelo blanco y amplia sonrisa, parecía aburrirse mientras escuchaba la lectura de las veinte páginas del informe del fiscal, una verdadera indigestión incomprensible de la jerga legal detrás de la cual, de vez en cuando, el público creía poder descifrar alguno de los alegatos ya conocidos: las transgresiones de la acusada y sus noticias falsas, los efectos sobre la bolsa de valores y uno que otro dato de vida que los periodistas desconocían. Escuchando todo aquello, Tancredo pensó que la ley no era otra cosa más que una jerga privada que los letrados habían inventado para burlarse del resto de los civiles. Un idioma incomprensible y vacío detrás del cual se escondía la temible verdad de que la ley es, al fin y al cabo, un asunto totalmente arbitrario. Mirando la cara de aburrimiento del juez, Tancredo pensó que, luego de años de participar en el juego, aquel hombre parecía haber decidido retirarse del juego. A su derecha, rodeado por un aura de falsa atención, el jurado parecía sacado de un verdadero juicio televisivo: cierta incomodidad y nerviosismo parecía forzarlos a exagerar los gestos, a tomar la extraña pose de actores de reparto. Contemplando aquella escena, Tancredo se preguntó si todo aquello no le daría gracia a la acusada, acostumbrada como estaba a verdaderos actores y a verdaderos teatros.

Tres horas más tarde, luego de declararse inocente de cada uno de los doce crímenes que se le imputaban, Virginia McCallister salía de la sala rodeada por la misma aura de medida distancia que había acompañado su entrada. Junto a ella, el joven abogado parecía feliz de haber sobrevivido a aquel primer encuentro. Sobre ellos, sobrevolando una enorme cadena de flashes fotográficos, un rumor parecía extenderse por el público: aquel juicio sería breve y simple. Detrás de la jerga legal, del aburrimiento del juez y del cansancio de Esquilín, parecía palpitar una verdad indiscutible: la acusada parecía empeñada en cavar su propia tumba. Se negaba a negociar con la fiscalía, se negaba a tomar como recurso la locura, se negaba a dialogar. Una verdadera locura, comentó a media risa un periodista francés. Tancredo, sin embargo, pensó que aquello era magnífico: un diálogo entre dos idiotas que se negaban a hablar el mismo idioma. Un diálogo entre sordos que era en sí una metáfora perfecta para un mundo en el que ya nadie se entendía. La acusada, pensó, quería poner en evidencia no solo su inocencia sino su absoluta ilegibilidad. Sus leyes eran otras, sus tradiciones también. Aquel juicio sería su última obra: una puesta en escena del mundo como una orquesta de papagayos sordos.

12

Las siguientes semanas pasaron como un torbellino, envueltas en una nube de noticias de última hora que se empeñaban en proponer novedades allí donde solo parecía existir el aburrimiento de un proceso tedioso y absurdo. La fiscalía parecía enfocada en dos puntos: demostrar que la acusada estaba en pleno dominio mental en el momento de cometer los actos y demostrar la ilegalidad de los mismos mediante una presentación exhaustiva de tres casos puntuales. Con respecto al primer objetivo, el único reparo que paradójicamente parecían confrontar era la tenacidad con la que la misma acusada se jactaba frente a los psiquiatras de su salud mental. Una persona que, encontrándose en aquella situación, no duda ni por un segundo de su estado mental, debe estar loca, pensó más de uno de los psiquiatras que la vieron. El resto de los apuntes venía a confirmar lo que ya algunos preveían: Virginia McCallister sufría de un trastorno mental que la obligaba a disociarse de su identidad pasada, forzándola en cambio a adoptar aquella nueva identidad bajo la cual decía haber llevado a cabo los actos en torno a los cuales se le juzgaba. Según tres psiquiatras que la vieron, la acusada definía su cambio de identidad como una decisión: había *decidido* ser Viviana Luxembourg. Según había relatado al juez de instrucción y según volvería a relatar en la corte, recordaba a la perfección su infancia americana, los primeros años en Carolina del Norte, los años de su ascenso mediático primero como modelo y luego como actriz. Recordaba incluso los primeros años junto a Yoav, los primeros viajes a Cuba, alguna que otra memoria de la época. Una fecha marcaba el quiebre: sus memorias llegaban hasta el 15 de abril de 1967. El resto, la larga temporada que se extendía desde ese 15 de abril de 1967 hasta el 15 de abril de 1987, pertenecía a un olvido absoluto del que decía no poder rescatar nada. Decía haberse levantado un día sin memoria alguna de los pasados veinte años, convencida de que un nuevo proyecto de vida se escondía detrás de un nuevo nombre: Viviana Luxembourg.

Luego la historia volvía a salir a flote. Ya bajo el nuevo nombre de Viviana Luxembourg recordaba haber pasado casi diez años de mochilera por América Latina. Un par de años en Buenos Aires y en las provincias, como parte de una banda de circo experimental que partía de las premisas del teatro del oprimido de Augusto Boal. Era allí donde decía haber escuchado, por primera vez, del trabajo de Jacoby, Costa y Escari y de sus antihappenings. Luego recordaba una larga estadía en Montevideo, ciudad de la que recordaba sobre todo los gatos de la vecina, los atardeceres metálicos y el triste llanto de los hombres ariscos. Le seguía una temporada solitaria en el desierto de Atacama. Un tiempo magnífico del que decía recordar haber leído solo un libro: un libro extraño de casi mil páginas que relataba el proceso mediante el cual los indios tehuelches cazaban ñandúes en la Patagonia. Un libro extrañísimo —había añadido sin que nadie se lo pidiera— detrás del cual el sentido del desierto se volvía algo nítido y exacto como el más terrible de los espejismos. Recordaba, también, la irónica distancia de las lamas, la aristocrática pose de los flamencos sobre un lago y el cielo constelado de un salar en el que decía haber terminado de leer aquel libro magnífico. Luego recordaba un viaje hacia el norte. Años en camionetas repletas de hombres de voces toscas y violentas, largas conversaciones sobre temas que luego olvidaría, sueños concebidos a la intemperie.

Años de lecturas en los que atraviesa tierras bolivianas, peruanas, ecuatorianas, siempre con un libro a mano. Según narraría, fue por esos años cuando comienza a imaginar su proyecto artístico. Años de euforia teórica y lecturas intensas, años repletos de proyectos y esbozos que luego borraba, convencida de que todo artista debe tener una sola obsesión y un solo proyecto. Años en los que la idea misma del arte se reformulaba constantemente hasta quedar sepultada detrás de una terrible intuición. Recordaba nítidamente la metálica tarde en la que, sentada frente a una fortaleza colonial en Cartagena de Indias, comprendió que el arte no era sino la historia del arte. Esa tarde de verano, en medio de una humedad insoportable, la idea le había llegado clara: el arte no era sino su propia historia, aquella que llevaba al momento presente y que pedía, a gritos, la irrupción de lo nuevo. A esa iluminación le seguirían años de labor intensa, años de apuntes y lecturas, que terminarían la tarde en la que, flotando sobre las ventosas aguas del lago de Atitlán, la imagen del volcán Panajachel terminó por regalarle la pieza que le faltaba: todo arte implica un juicio. El arte era la historia del juicio sobre el arte, se dijo entonces, como si de un trabalenguas se tratara. Dos días más tarde, al escuchar las noticias sobre la torre abandonada, supo que desde allí llevaría a cabo su proyecto. Al día siguiente, cargando una maleta muy chica, salió rumbo a Puerto Rico con la alegre convicción de que sus años de errancia finalmente tocaban fondo. Tocaba sentarse y trabajar.

Vital, salvaje, épico, el picaresco relato de vida de la acusada era capaz de despertar el entusiasmo del más aburrido lector. La prensa –siempre enfocada en lo obvio– no tardó en explotar aquella travesía, más que nada intentando devolverle el color a un juicio que desde un principio había parecido un monólogo entre expertos. La acusada se empeñaba en hablar según la jerga artística y el fiscal parecía empeñado en citar aburridos documentos legales. Habían pasado apenas tres semanas del juicio, con los testigos todavía ausentes y el público en la sala parecía ya diez-mado, mientras los ratings televisivos iban en picada. *«Sorry, this is not People of the State of California v. Orenthal James Simpson»*, decía una de las columnas de prensa. Y era verdad: cada uno de los datos que habían hecho de aquel juicio un fenómeno de masas estaban ausentes acá. No había acá asesinatos, sino un crimen que la acusada se limitaba a pensar como arte. No había habido acá fuga ni persecución sino la entrega pasiva de una se-ñora de casi setenta años. Y, para colmar el vaso, los que tenían la edad necesaria para recordar las películas de la acusada estaban la mayoría seis metros bajo tierra. Y los pocos que quedaban, en asilos u hospitales, no sabían hablar español y el pequeño texto subtitulado que acompañaba las imágenes televisivas del crimen era totalmente ilegible a sus ojos cansados. ¿Qué quedaba enton-ces? La historia de aquel viaje y el abismo abierto entre dos fechas: el 15 de abril de 1967 y el 15 de abril de 1987. Enfocada en incrementar el interés público y los ratings televisivos, la prensa parecía empeñada en sacar todas las conclusiones posibles de ese viaje que en muchos sentidos recordaba al mítico viaje del Che Guevara por tierras sureñas.

A Esquilín muchas cosas del viaje no le cuadraban. Le pare-cía imposible que durante tanto tiempo la acusada hubiese pasa-do desapercibida. Le sonaba extraño que hubiese llegado a la isla sin un pasaporte que la identificase como Virginia McCallister. Le parecía improbable que durante todos esos años nadie hubie-se logrado cuestionar lo más obvio: la fecha de ruptura. ¿Qué había pasado ese 15 de abril de 1967? A Esquilín le había basta-do una lectura del expediente de la acusada para encontrar lo obvio: precisamente ese día, el 15 de abril de 1967, había nacido, en un pequeño hospital neoyorquino, Carolyn Toledano, hija de la acusada. Le parecía extraño que ni la fecha ni el dato pareciera llamar la atención de la prensa y de la fiscalía. Imaginó que la estrategia sería otra y que tal vez, con los años, aprendería que a la ley poco le importa la vida privada. No pudo, sin embargo, dejar ir la intuición de que algo se escondía detrás de aquel monumental relato de vida. Desde la noche del mensaje de Burgos, una idea había llegado a obsesionarlo: la intuición de que escondida entre las páginas del segundo cuaderno, escrita en clave privada, se encontraba una segunda historia secreta cuyo peso y dolor la acusada intentaba enterrar bajo el escenario de un juicio absurdo. Todas las tardes, según avanzaba el juicio, dedicaba varias horas a esos cuadernos que la propia acusada desdeñaba como garabatos sin sentido alguno. Buscaba la clave secreta, analizaba fechas, comparaba trayectorias. No se desaparece sin razón, volvía a decirse, mientras a su mente llegaba la imagen de B. Traven y su anárquico peregrinaje hacia el anonimato. No se desaparece sin razón, volvía a repetirse, mientras la fecha –15 de abril de 1967– parpadeaba en su computador como el origen de otra historia que tal vez era mejor olvidar.

Fue en una de esas noches cuando, mientras hojeaba uno de los cuadernos de *El gran Sur*, encontró una anotación que le llamó la atención. En la tercera página del cuaderno número cuarenta, bajo el título subrayado de «*Colonias*», se topó con un listado de lugares cuyo nombres desconocía: Topolobampo, Colônia Cecília, Canudos, Nueva Australia, Nueva Germania. Inicialmente pensó que aquellos nombres caricaturescos tenían que ser la invención de la acusada. Luego de darles una segunda ojeada pensó que tal vez se trataba de un listado de pequeños pueblos que la acusada habría visitado durante su largo peregrinaje por América Latina. Pequeños pueblos en los que tal vez había amado a algún borracho buena gente o a algún poeta local. Lo que encontró en las siguientes páginas desmintió tales teorías. Trazadas sobre el papel con la diligencia y disciplina del mejor copista, organizadas como si de entradas enciclopédicas se tratase, pequeñas descripciones históricas, geográficas y políticas de las colonias adornaban la página. Comprendió entonces que aquellos pueblos no eran pueblos actuales, ni siquiera pueblos sesenteros, sino pequeñas colonias anarquistas que una manada de locos había construido hacía casi dos siglos, durante la fiebre del socialismo utópico. Adornando el comienzo y el final de la página, un pequeño doodle de cinco puntas parecía haber sido trazado en un instante de distracción.

Topolobampo (1886-1894). Primera colonia mexicana fundada por los socialistas utópicos norteamericanos, bajo el liderazgo de Albert Kimsey Owen, el afamado ingeniero civil que, entre otras cosas, intentaría llevar a cabo la construcción del Ferrocarril Chihuahua al Pacífico, al igual que el fracasado proyecto llamado The Great Southern bajo el cual Owen había imaginado un ferrocarril interoceánico que, partiendo de Northfolk, Virginia, atravesaría todos los estados del Sur, para luego adentrarse en la sierra Tarahuamara de Chihuahua, hasta llegar a la bahía de Topolobampo. Topolobampo es hoy día, luego de su fracaso como colonia utópica, un puerto del Golfo de California, ubicado en el municipio de Ahome, en el estado de Sinaloa, México. En su vieja estación de ferrocarriles se puede observar hoy día una placa de acero con la ruta original: Ojinaga-Topolobampo.

Colônia Cecília (1890-1893). Colonia experimental fundada en 1890 bajo premisas anarquistas. Situada en el municipio de Palmeira, en el estado de Paraná, bajo el liderazgo del periodista y agrónomo italiano Giovanni Rossi. Rossi, impulsado por el músico brasilero Carlos Gomes, fue incitado a discutir con don Pedro II sobre la posibilidad de fundar una comunidad basada en los ideales anarquistas. Luego de recibir la promesa del propio monarca se instaura la República y a Rossi no le queda otra que comprar las tierras que le habían sido prometidas. Un año más tarde la colonia contaba con casi doscientas cincuenta personas, practicantes del amor libre. La pobreza y la incapacidad de distribuir de modo eficiente el trabajo terminaría sin embargo forzando a muchos colonos a partir hacia nuevas tierras. Dos años más tarde, en 1892, apenas quedaban veinte colonos.

Canudos (1893-1897). Colonia de carácter político-religiosa fundada en 1893 en el estado brasileño de Bahía, bajo el mandato mesiánico del predicador Antônio Vicente Mendes Maciel, quien luego llegaría a ser mejor conocido bajo el nombre de Antônio Conselheiro. Bajo su comando ideológico, un variado grupo de parias sociales –entre los que se encontraban esclavos libres, indígenas, *cangaçeiros* y agricultores desprovistos de tierras– logró construir una comunidad de cerca de treinta mil habitantes capaz incluso de declararle la guerra a la recién formada República de Brasil. Su carácter independiente y comunista, junto a la filiación monárquica de algunos de sus habitantes, forzó a la República a declararle la guerra a Antônio Conselheiro y a sus seguidores. Las primeras tres invasiones del ejército nacional fueron valientemente derrotadas por los aldeanos, para luego caer derrotados en una cuarta invasión que supuso la destrucción y quema del asentamiento. Hoy día la región permanece inundada, como producto de la construcción de la presa de Cocorobó mediante la cual el Estado pretendía llevar agua a una región azotada por las sequías. En los momentos de marea baja, despuntan sobre las aguas las ruinas de la vieja catedral.

Nueva Australia (1893-1894). Colonia paraguaya fundada bajo los pretextos del socialismo utópico y bajo la dirección de William Lane, prominente figura dentro del movimiento obrero australiano. Según las ideas de Lane, la colonia se regía bajo ciertos ideales básicos: la mezcla de ideales comunistas mezclada con la división de razas y una política de abstención alcohólica que llevaría a la colonia al borde de la disolución. La colonia finalmente colapsaría cuando, luego de los conflictos ocurridos a raíz de la llegada de doscientos nuevos colonos en 1894, cincuenta y ocho colonos decidieron escapar con la intención de formar una nueva colonia, la Colonia Cosme, setenta y dos kilómetros al sur de Nueva Australia. William Lane moriría más de veinte años después, convertido paradójicamente en un gran defensor de la ultraderecha, escribiendo –bajo falsos seudónimos– conservadoras columnas periodísticas.

Al leer las entradas, Esquilín creyó ver un pueblo fantasma atravesado a paso lento por decenas de hombres blancos cantando canciones tristes. Pensó en William Lane convertido al final de sus días en un derechista recalcitrante. Pensó que un nombre con tanto lustre como Giovanni Rossi no pertenecía a la selva brasileña. Pensó en las sumergidas ruinas de Canudos y súbitamente la imagen de la vieja iglesia despuntando sobre las aguas le pareció la imagen perfecta para esa gran catástrofe que había sido la historia moderna. A esta vieja, pensó, le gustan los templos en ruinas. Recordó entonces la extraña acústica de las iglesias de su infancia, la voz vuelta eco de los predicadores y la sensación de tedio que lo albergaba cada vez que el cura comenzaba su homilía. El timbre del teléfono lo distrajo, pero se dijo que igual no había necesidad de contestarlo: tocaba seguir trabajando. Releyó entonces el pasaje que su cliente había subrayado con bolígrafo azul: la parte sobre The Great Southern, ese gran ferrocarril que Owen había imaginado en un delirio de modernidad, ese tren que cruzaba todos los estados sureños para luego adentrarse en tierras mexicanas. Imprimió un mapa del continente americano y, más por distracción que por otra cosa, intentó trazar la ruta imaginaria de aquel tren por las tierras sureñas. De este a oeste, como si de una batalla contra el sol se tratase, como si el tren buscase de a poco en las tinieblas. Pensó en aquellas colonias, pensó en el Lejano Oeste y en todos los jóvenes pioneros que un día salían de casa a sabiendas de que nunca volverían. Nuevamente, el agudo timbre del teléfono lo distrajo, pero se prometió que no contestaría hasta que llamaran tres veces. Siguió entonces leyendo, convencido de que detrás de todo aquello, detrás de aquellos datos irrelevantes y arbitrarios, alguien había escondido un secreto vital que recién él ahora comenzaba a desenterrar.

Media hora más tarde, justo cuando comenzaba a comprender que allí no había más historia que aquella que parecía proyectar su propia neurosis, se encontró dibujando, sobre los márgenes de su libreta de apuntes, una figura de cinco puntos que reconoció haber visto esbozada en muchísimas de las libretas de la acusada. Parece un cinco de dominó, se dijo, pero una mirada le hizo redefinir su impresión. Parece la silueta en puntos de una mariposa, corrigió. Intentó buscar en las libretas la repetición de aquella figura que ahora comenzaba a trazar distraídamente, pero el timbre del teléfono volvió a sonar. Esta vez sí contestó. Del otro lado de la línea, la desafiante voz de un barman le informaba que María José Pinillos había entrado completamente borracha, pegando gritos y agresiva, a su bar. Minutos más tarde, cuando un muchacho había ido a usar el baño, la había encontrado tirada sobre su propio vómito. Cuando le preguntaron a quién conocía en la isla, se había limitado a dar un papelito con el nombre del abogado y su número de teléfono. Luis Gerardo Esquilín confirmó conocerla, se puso una camisa y salió. Media hora más tarde, al llegar al bar, se encontró con la lamentable imagen de una mujer completamente borracha que se empeñaba en proclamar la destrucción de la historia y el final de los tiempos.

13

En el momento de entrar en el bar 413 y pedir el primer trago de ron, María José Pinillos llevaba dos meses sin tomar alcohol y tres días de haber llegado a la isla. Junto a ella, en el mismo avión proveniente de Miami, viajaban dos testigos más: Marcelo Collado y Guillermo Porras. Ninguno tenía forma de saber que los demás también estaban involucrados en ese juego de cartas y teorías que la acusada había tejido durante los pasados seis meses. A su llegada, los tres compartieron turno en la fila de taxis, pero no llegaron a hablarse. Pinillos, la primera en la fila, se limitó a pedirle al taxista que la dejara en la dirección que el abogado le había dado: 205 calle Luna. No le sorprendieron ni los adoquines ni los turistas, ni las casas de color pastel que adornaban las calles coloniales del Viejo San Juan. La ciudad vieja, colonial y turística, le hizo recordar los años que pasó viviendo, de joven, en Antigua Guatemala. Justo allí, frente a la bella iglesia de San Francisco, había llevado a cabo la quema de la docena de estatuillas sagradas que había terminado por llevarla a la cárcel. Terminar con la belleza, se dijo, no es cosa fácil. Tres minutos más tarde, ya dentro de su habitación, abrió su maleta, sacó el único libro que había traído —una vieja copia de un libro de poemas de César Vallejo— y prosiguió a cumplir con el ritual que se había impuesto como parte de su rehabilitación alcohólica: leyó dos páginas del libro, apuntó –sin pensarlo mucho– las ideas que le llegaban, sacó un lápiz y se lo clavó con fuerza sobre la pierna izquierda. Luego, volvió a escribir sobre su cuaderno de apuntes la locura teórica que la impulsaba a aquel disparate: «Todo alcoholismo es deseo de autodestrucción. Clavarse la punta de un lápiz sobre el muslo es una cura homeopática de este deseo que terminará por aniquilarme.» Esa misma noche, luego de limpiar el punto de sangre que la punzada le había sacado, salió a caminar por las calles adoquinadas de esa ciudad vieja que en algo le recordaba a su ya remota juventud. Vio jóvenes borrachos y gringos perdidos, vio calles oscuras y locales repletos de música, vio callejones chicos con pequeños bares que dos meses atrás la hubieran tentado hasta la perdición. Siguió caminando, hasta lograr evadir la tentación. Luego se perdió en el rumor citadino de aquella ciudad que no pedía mucho. Al cabo de un rato, cansada, se sentó en una plaza. Rebuscó entonces en su bolsa de cuero, sacó el libro de Vallejo y se puso a leer un poema cuyo título, «Epístola a los transeúntes», le pareció apropiado para la situación:

Reanudo mi día de conejo
mi noche de elefante en descanso.

Y, entre mí, digo:
esta es mi inmensidad en bruto, a cántaros,
este es mi grato peso,
que me buscará abajo para pájaro,
este es mi brazo
que por su cuenta rehusó ser ala,
estas son mis sagradas escrituras,
estos mis alarmados compañones.

Lúgubre isla me alumbrará continental,
mientras el capitolio se apoye en mi íntimo derrumbe
y la asamblea en lanzas clausure mi desfile.

Releyó el poema tres veces, hasta sentir las siluetas de una imagen clara: creyó ver, en una calle italiana, a un pequeño hombre de imponentes bigotes abrazar a un caballo que acababa de ser castigado. Volvió entonces a los versos: «Esta es mi inmensidad en bruto, a cántaros, este es mi grato peso...» Recordó la levedad de los caminantes de Giacometti, la elegante fragilidad de los caballos, los contornos de los fuegos que tanto le atraían. Temiendo ser tomada por una loca, volvió a mirar a su alrededor. No mucho: una familia cruzando la plaza, dos muchachos corriendo patinetas por los alrededores, un tótem enorme que le pareció excesivo. «Lúgubre isla me alumbrará continental», volvió a leer, mientras vislumbraba cuán raro podía llegar a parecer el mundo sobrio, con la embriaguez siempre a la vuelta de la esquina. Cuán raras podían llegar a ser las islas, siempre escondidas dentro de sí mismas. Solo entonces pensó –por primera vez desde su llegada– en la acusada. Recordó la imagen de aquella mujer cuya carta había significado para ella una breve salvación y se dijo que todo cobraba sentido. Las dos, sin saberlo, trataban de reivindicar un pasado repleto de cenizas. Las dos trataban de lidiar con una herencia maldita. Cuando volvió a mirar a su alrededor, tanto los muchachos de las patinetas como la familia habían desaparecido. Pensó en darse un trago, pero Vallejo volvió a salvarla.

Dos días más tarde, cuando Esquilín finalmente logró hacerse paso entre la muchedumbre de jóvenes punk que abarrotaban el 413, se encontró frente a una escena lamentable. Tirada sobre las losetas del baño, cubierta de vómito, la infame artista guatemalteca María José Pinillos parecía envuelta en una diatriba contra los dioses. «El muy puto de Vallejo me falló», balbuceó tan pronto lo vio entrar. Ignorando exactamente de qué Vallejo hablaba, Esquilín pensó que sería un viejo amante, alguna pena antigua y dolorosa. Algún amante abusivo, pensó al ver la decena de puntos rojos y sangrientos que parecían puntuar el muslo izquierdo de la borracha. No supo qué contestar. Mientras ella seguía en su diatriba, él se limitó a acercarle un vaso de agua, a limpiar el vómito, a disculparse con el barman. Una vez limpia, le acarició el pelo y le dijo: «Tranquila, ya nos vamos a casa.» Solo entonces, al levantarla, logró vislumbrar bajo su silueta el libro de poemas y comprendió que Vallejo no era un antiguo amante, sino un simple poeta. Le pidió al barman que pusiera el libro en la bolsa de la artista y se dispuso a caminar hasta el carro. Media hora más tarde, luego de un breve baño improvisado, María José Pinillos caía profundamente dormida en el sofá de su casa. Fue solo entonces que Luis Gerardo Esquilín, oloroso a ron y vómito, dejó que la curiosidad le ganara la partida. Abrió el bolso de la artista, sacó el libro de poemas y se disponía a leer cuando del libro recién abierto cayeron una decena de páginas sueltas. Abrumado por el pudor, cobarde pero metiche, el joven abogado cerró la puerta de su cuarto y se sentó a leer.

En un principio pensó que no se trataba más que de una serie de fotografías de paisajes montañosos. Recuadros fotográficos que mostraban espacios verdes pero vacíos, repletos de yerbas y alguna que otra planta. Puntuando cada fotografía, una serie de nombres que le hicieron pensar en pueblos indígenas: Pexlá, Cocop, Ilom, Vicalamá, Cajixay, Amajchel, Jakbentab, Xix, Chemal, Xexocom. Más abajo, llegando al final, encontró un título y un nombre: *Tierra arrasada,* Óscar Farfán. Notó entonces que, detrás de la última página, copiada a lápiz, una cita escrita en un idioma incomprensible cerraba el documento:

Tuyab'e 1982 kat uluq'a Chaxi'chalanaje' tukukoome' anikitza katchanaj tuvidestacamentoe' tu xemak, Perla tetz tx'avul. Katulitz'esachanaj uq'aku kab'ale' tulkatq'ab'i vatulchanaj katojveto' jaq'tze'. Kat tze'kajayil, kuchikoje' katitz'ok chanaj, katiyatz'chanaj talaku txokob'e, askat itz'esajchanaj q'oksam. Kat atinchanaj tukukoome' oxval okajval ch'ich', katchit itxakchanaj kajayil uq'aq'etze'. Unb'ie' Kul tetzik akunb'ale' ukab'ale' vekat tze'i (Nicolás Cobo Raymundo).

No intentó traducir nada. Volvió a las fotografías, a cierta ausencia que en ellas se hacía patente. Contempló la forma en que la maleza crecía sobre aquella ausencia con la misma lentitud pesada con la que crecen las yerbas sobre los cementerios abandonados. Recordó entonces haber leído algo sobre las tierras arrasadas en los cuadernos de *El gran Sur* pero no recordó exactamente qué había sido. Se limitó entonces a la típica búsqueda en Google. Lo que encontró iluminó brevemente el documento. En una entrada enciclopédica dedicada al tema, leyó:

> La política de tierra quemada o de tierra arrasada es una táctica militar consistente en destruir absolutamente todo lo que pudiera ser de utilidad al enemigo cuando una fuerza avanza a través de un territorio o se retira del mismo. El origen histórico del término tierra quemada proviene seguramente de la práctica de quemar los campos de cereales durante las guerras y conflictos en la antigüedad. Sin embargo, no se limita en absoluto a cosechas o víveres, sino que incluye cualquier tipo de refugio, transporte o suministro al enemigo.

Más abajo encontró una serie de instancias históricas en donde se creía que la táctica había sido utilizada. Dos menciones en concreto le llamaron la atención. La primera asociaba la táctica de la tierra arrasada con las estrategias militares del general William Sherman y su famosa Marcha hacia el Mar. Reconoció el nombre del general como aquel famoso antepasado de su cliente. La segunda mención, más breve pero igual de potente, aclaraba totalmente la relación entre ambas: se mencionaba que la táctica de la tierra arrasada había sido utilizada despiadadamente por las fuerzas militares durante la guerra civil guatemalteca. Sin sacar conclusiones de la extraña conexión que acababa de

275

vislumbrar, Esquilín se limitó a ojear las fotografías nuevamente. Fotografías vacías, fotografías de malezas montañosas, fotografías en donde la historia terminaba convertida en un gran mausoleo listo para ser devorado por la naturaleza y el olvido. No buscó más. Abrió la puerta, regresó el libro y los papeles al bolso de donde los había sacado, apagó las luces y se echó a dormir.

Al día siguiente, al despertarse, encontró a la artista leyendo junto a la ventana. Se limitó entonces a hacerle una pregunta simple detrás de la cual se escondía, sin embargo, una preocupación: ¿por qué tú? ¿Por qué crees que te seleccionó, entre todos los iconoclastas, precisamente a ti? María José Pinillos se limitó a tomar un sorbo de café antes de contestar, sin piedad alguna: porque en la historia de mi familia también hay fuegos.

Esa misma tarde, luego de presentarse en la corte, Esquilín volvió a hacerles la misma pregunta a los demás testigos. ¿Por qué crees que, entre todos, te seleccionó a ti? Marcelo Collado, resacoso luego de una noche de parranda, apestoso a marihuana y a alcohol, no supo qué responder. Pensó que aquel hombre sabía algo que él no sabía, alguna razón secreta que impulsaba a la acusada a cartearse con él y solo él. Cuando comprendió que el abogado no soltaría secreto alguno, se limitó a contestar: «¡Qué voy a saber yo! Tal vez porque nadie más ha escrito sobre la legalidad del arte en Macedonio Fernández. ¡Qué sé yo! Tal vez porque un día se levantó, vio mi cara en algún portal académico y pensó que solo un tipo con un rostro como el mío la seguiría en su juego absurdo.» El silencio de Esquilín solo intensificó sus miedos. Envuelto en una paranoia sin centro, convencido de que aquel abogado sabía algo que él no sabía, Collado comenzó entonces una diatriba contra la ley y contra el sistema, contra los gobernantes y contra el capital. Una diatriba que solo terminó en el momento en que Esquilín lo tranquilizó diciendo: «Tranquilo, Collado, la verdad es que yo creo que la vieja está más loca que una cabra.» Solo entonces el venezolano suspiró finalmente. «Igual», replicó entonces, «lo que el mundo necesita son más locos como Macedonio.» Se sirvió un jugo de pera, subió el volumen de la radio y volvió a perderse en la lectura.

Guillermo Porras, en cambio, tímido e inseguro, pensó que la pregunta intentaba cuestionar sus credenciales. Más de una vez, durante los meses en los que se había carteado con la acusada, había llegado a preguntarse exactamente lo mismo: ¿por qué, entre todos, había decidido ella escogerlo precisamente a él, de quien tan poco se esperaba? ¿Por qué ese extraño halago a alguien que, como él, había jurado retirarse del arte incluso antes de haber empezado? Incapaz de hallar respuesta, se había sumergido en las dos artes que no le pedían contestación alguna: la fotografía y el sexo. Tal vez por eso, tan pronto el abogado le hizo la pregunta, Porras pensó en la belleza israelí que había dejado atrás, perdida en las aguas del Pacífico. Luego, intentó tímidamente validar sus cualificaciones. Mencionó sus estudios en la Escuela de Diseño de Rhode Island, los cursos sobre la historia del arte conceptual, los nombres de sus profesores más distinguidos. No encontró en los ojos del abogado la confirmación que buscaba. Pidió permiso para prender un cigarrillo y solo entonces, con las volutas de humo sobrevolando su frágil figura, se permitió finalmente hablar de su tesis sobre la mutilación monetaria y la historia del arte, sobre aquel artista imaginario llamado John Reid y su enorme mural compuesto de pequeños recortes ruinosos de dólares americanos. Un enorme mural sobre los desaparecidos, sobre la historia de América Latina. Se disponía a recitar su promedio académico y su currículo cuando Esquilín lo detuvo: «Todo lo que me dices ya lo sé. Me refiero a si piensas que hay alguna razón personal por la cual mi cliente pensó en reclutarte a ti y no a otros...» Porras suspendió el cigarrillo, suspiró un segundo y se quedó pensando. Desde un principio había afrontado el juicio con ojos de profesional, como algo objetivo y frío, tal y como objetivas y frías eran las cartas de la acusada. La idea de que detrás de todo aquello pudiese esconderse una historia personal le pareció remota y arriesgada. «La verdad, mae, es que ni se me había ocurrido pensarlo desde ese costado», repitió mientras volvía a darle una calada al cigarrillo. Rebuscó rápidamente entre su historia familiar y entre la historia nacional en busca de conexiones, pero se encontró frente a la extraña intuición de que en aquella historia había pasado realmente muy poco. Volvió entonces a pensar en la chica israelí y en la tranquilidad de las naturalezas muertas, antes de admitir que no se le ocurría nada. Tampoco supo qué decir cuando Esquilín le mostró la parte del archivo donde se mencionaba que la última noticia que se tenía de la acusada antes de su denuncia era el boleto que la ubicaba el 23 de noviembre de 1977, saliendo del aeropuerto John F. Kennedy, rumbo a San José, Costa Rica. Sorprendido, Guillermo Porras se limitó a afirmar que nunca, durante su correspondencia, Viviana Luxembourg había mencionado tal viaje a tierras ticas.

Luego se sentaron los tres a organizar la estrategia que tomarían frente a las preguntas de la fiscalía, a planificar los argumentos de la defensa. A afinar detalles y respuestas. A media reunión, Esquilín notó la ausencia de Arthur Chamberlain, quien, según tenía entendido, debía quedarse en el mismo apartamento que Collado y Porras. Collado recordó entonces la carta que habían encontrado a su llegada al apartamento. Una carta que estaba dirigida al abogado y que la firmaba una tal Constanza Saavedra. Esquilín, reconociendo el nombre de la esposa de Chamberlain, se apresuró a abrir la carta y a leerla. Lo que encontró le produjo una tristeza singular. En la carta, Saavedra contaba cómo, luego de varios estudios médicos, Chamberlain había sido diagnosticado con un problema neuromuscular. El diagnóstico, sin embargo, había llegado demasiado tarde. Luego de pronunciar un discurso en una gala en honor a un grupo de artistas jóvenes, Chamberlain había sufrido una fuerte convulsión que lo había dejado paralizado de la cabeza para abajo. De eso hacía dos meses. Desde entonces Chamberlain recibía terapia física que empezaba a mostrar efectos positivos. Podía mover un poco las manos, podía caminar algunos pasos. Podía, en fin, soñar en algún día volver a pintar con la temible exactitud con la que solía hacerlo. Saavedra cerraba la carta expresando la tristeza que les producía no participar en aquel gran juicio y deseándoles todo lo mejor en lo que se avecinaba. Luego, esbozado sobre un papel aparte, añadía uno de los dibujos de Chamberlain. Apenado, Esquilín miró la página y se dijo que era cierto: el nivel de detalle que se lograba en aquel dibujo era realmente impresionante. Parecía un mismísimo dólar.

Cerca de las siete de la noche terminaron de ajustar los detalles: las referencias, la secuencia de preguntas, los datos y las posibles respuestas antes las preguntas de la fiscalía. Porras, quejándose de cuán liviana era la cerveza local, sacó tres frías y los tres brindaron por la locura de Viviana Luxembourg. Luego, cuando Collado comenzó a enrollar el primer porro, Esquilín se excusó alegando que ahora le tocaba reunirse con el último testigo: Gregory Agins. Porras juró haber leído algo de él, algún artículo o libro, aunque no recordó exactamente el título. Collado, todavía enrollando, juró nunca haber escuchado de aquel viejo profesor retirado. Temeroso de ser visto fumando junto a un testigo, Esquilín guardó sus cosas y salió justo cuando el venezolano daba el primer toque. Cinco minutos más tarde, luego de cruzar dos calles repletas de gatos, llegó a la esquina donde se encontraba el apartamento en el que supuestamente se alojaba Gregory Agins. No tuvo ni que tocar la puerta. Desde el balcón del segundo piso, un hombre de aspecto desaliñado y gafas transparentes le saludaba como si llevase años esperándolo. Unos segundos después, cuando finalmente lo tuvo de frente, Esquilín pensó que aquel hombre bien podría ser el amante de la acusada: cargaba sus años con esa ajada perfección que solo traen consigo el riesgo y la vida, con esa perfecta mezcla de experiencia y cuidado que solo se les da a los que no temen perderlo todo. Por un breve segundo creyó ver en él la imagen del desaparecido Yoav Toledano, pero se dijo que era imposible. Intentó recordar la edad de aquel hombre pero no pudo llegar a un número exacto. Más de sesenta pero menos de setenta, se dijo, al tiempo que Agins, con un perfecto castellano de toques mexicanos, le invitaba a entrar y, sin preguntarle, le servía un té verde.

Las siguientes dos horas las pasaron discutiendo sobre el caso, hilando referencias y construyendo teorías, intentando atravesar el imposible puente que separaba la teoría de la ley, mientras entre ellos –serpenteante e inquieto– un gato dorado parecía mantener vigilia. Inicialmente, Esquilín pensó que se trataba de un gato callejero que se había colado en la pieza, pero tan pronto lo vio subirse a la mesa, sin provocar el más mínimo desosiego por parte de Agins, comprendió que aquel gato venía directamente desde California. Le extrañó todavía más el nombre con el que Gregory Agins se refería a él: Wittgenstein. La respuesta que recibió cuando intentó indagar en su origen tampoco despejó dudas: se llamaba Wittgenstein como el filósofo. Todo gato, continuó el viejo, tiene mucho de filósofo escéptico y mudo, de pensador arisco y distante. Esquilín se limitó a afirmar, mientras pensaba para sí que tal vez por eso prefería a esos animales tontos, leales y zánganos: los perros. Una duda inesperada lo inquietó de repente. En su relación con la acusada, ¿era él un perro o un gato? Nunca antes, en los meses que antecedieron al crimen, había vislumbrado la pregunta que ahora le parecía clave: ¿qué apodos usaría ella para referirse a él en las cartas que les escribía a sus colaboradores? Deseó, por un breve instante, ser un gato. Caminar drogado por el mundo como si el tiempo no existiera.

Dos horas más tarde, derrotado por la intensidad intelectual del viejo, comprendió que su mente no daba para más. Habían discutido cuanto juicio histórico existía en torno al tema. Hablaron del caso de Miguel Ángel frente al Concilio de Trento, forzado a confesar que los desnudos presentes en su reproducción del Juicio Final no eran dignos de la Capilla Sixtina. Hablaron de la Inquisición y del arte religioso, de Paolo Veronese frente a la inquisidores venecianos, intentando explicar por qué en su representación de la Última Cena Jesucristo aparecía rodeado por una serie de personajes extraños: dos turcos con turbante, un hombre con un hemorragia nasal y un enano con un papagayo. Hablaron de Goya y de sus pinturas negras, del caso de Whistler contra Ruskin, de títulos y abstracciones, de peleas de críticos y artistas. Entre tazas de té verde, rodeados por el serpentino andar del gato, discutieron también en torno al famoso artículo sobre Brancusi contra los Estados Unidos que había terminado por consagrar la carrera intelectual de Agins. De ahí brincaron a la destrucción, en 1955, de *Portrait of Winston Spencer Churchill*, a manos de su esposa Clementine. Esquilín no pudo sino pensar en María José Pinillos en el momento de imaginar la destrucción de aquel retrato histórico. ¿Qué haría ahora mismo la testigo? ¿Estaría leyendo a algún poeta o caminando borracha por las calles de Santurce? ¿Qué significaba realmente ser un iconoclasta sino estar dispuesto a inmolarse uno mismo? La prisa intelectual de Agins no le dejó espacio para especular. Cuando volvió en sí, el californiano ya había pasado a un nuevo caso. Un caso muy reciente del que el propio Esquilín había escuchado hablar en la prensa: el caso de la fotógrafa de modas Andrea Blanch contra el artista Jeff Koons, en el que la fotógrafa acusaba a Koons de haberse apropiado ilegalmente de sus fotografías como parte de la composición de su collage *Niagara*. Fue entonces cuando, por primera vez durante la discusión, Agins puso a prueba a Esquilín, al preguntarle qué le parecía la decisión del juez. El abogado buscó formas de evadir el tema sin dejar expuestas sus limitaciones. No se le ocurrió más salida que interrumpir la discusión proponiéndole al viejo la misma pregunta que le había planteado horas antes a Pinillos, Collado y Porras: ¿por qué crees que, entre todos, Viviana Luxembourg te escogió precisamente a ti? Vio entonces cómo Gregory Agins se tiró sobre su silla, pensativo, antes de limitarse a la misma contestación que había escuchado tanto de Collado como de Porras: un tímido no sé. Cuando empezaba a pensar que tal vez su pregunta era estúpida, Agins pareció repensar su respuesta. Fue entonces cuando añadió una historia entera a su tímida contestación inicial.

Lo que Esquilín escuchó entonces lo devolvió a las páginas que recién acababa de leer hacía una semana. Escuchó del interés que la acusada había mostrado por las aventuras políticas de Gregory Agins durante los años setenta —muy en especial su participación en la construcción de la comuna socialista Los Muchis a las afueras del desierto de Arizona— y la imagen del largo listado de comunidades anarquistas que había leído recién hacía una semana logró levantarlo finalmente de su letargo mental. *Los Muchis:* Esquilín creyó haber escuchado el nombre, pero no supo dónde. Lo más probable, se dijo, en los cuadernos de la acusada. «Tal vez nos juntaba un compromiso político, cierto interés por las sociedades alternativas, por las historias alternativas», comentó Agins con la levedad especulativa de quien sabe que sus palabras apenas esbozan opciones. Luego contó una historia larga: la historia de aquella comuna a las orillas del desierto, una historia que al joven abogado le pareció sublime, heroica y grandiosa, aun cuando detrás de su épica juvenil se narrara el desplome de un proyecto que nunca había sido más que el plagio de una utopía ingenua.

La historia comenzaba en el campus montañoso de la Universidad de California en Santa Cruz, durante la primavera de 1972, y terminaba en las afueras del desierto de Arizona en el verano de 1975. Comenzaba con una pelirroja que una tarde cualquiera, entre porros de marihuana, se proponía interrumpir la tediosa conversación de sus amigos proponiendo un espontáneo viaje a México. Pero no un viaje a cualquier México, sino al México de Jack Kerouac, de Neil Cassidy, al México de los beatniks y del incomparable heroinómano William Burroughs. Al México, en fin, de ese grupito de poetas gringos que sus amigos leían en los tiempos libres y del que ella –aun sin haberlos leído– se sabía una por una las historias. Terminaba tres años más tarde, cuando el penúltimo de los miembros del grupo, metido en peyote hasta más no poder, le pedía al joven Gregory Agins que lo atara a un caballo, para así mejor cumplir el ritual que según él había comenzado otro poeta maldito entre las llanuras de otro desierto y ante la mirada de otros indios.

Entre la sugerencia inocente de aquella joven pelirroja y la propuesta alocada del penúltimo valiente se aglutinaba una impresionante cadena de sucesos y experiencias que le hicieron pensar a Esquilín que no había vivido suficiente. Nunca había salido de la isla. Ni siquiera para visitar a la familia de su padre en la República Dominicana. Tampoco había estado en ese México furioso del que hablaba Agins entre risas. Un México en el que un borracho llamado Burroughs asesinaba a su esposa en un juego de pistolas, solo para luego afirmar que sin ese gesto nunca se hubiese convertido en escritor. Un México en el que un loco francés se drogaba para finalmente desaparecer entre los indios y el peyote. Un México al que Gregory Agins y sus amigos regresarían veinte años después para ver qué quedaba de toda aquella historia épica, solo para encontrarse con una esquina vacía sobre la cual colgaba un pequeño letrero: Monterrey 122. Un México desde el cual la misma chica pelirroja y valiente, al leer sobre las colonias socialistas de Albert Owen, se había propuesto fundar una colonia propia, repleta de sexo y alcohol. Una colonia anarquista, ya no a las afueras de Sinaloa, como la quería Owen, sino en el mismísimo desierto, como homenaje a ese francés demente del que sus amigos hablaban tanto.

La idea de aquella pelirroja magnífica era sencilla pero no por eso menos genial: toda vanguardia, según ella, era la copia estratégica de una vanguardia anterior, olvidada y ruinosa. No existía originalidad alguna, sino el placer de la repetición. Ellos, conscientes de aquella paradójica condición, serían la primera vanguardia en enaltecerse de sus plagios. Y así, según contó Agins, partieron en la preparación de aquella colonia utópica que mezclaba los ideales de todos sus antiguos ídolos: los de Alberto K. Owen con los de Antonin Artaud, los de los beatniks con los de Hermann Hesse, la píldora anticonceptiva con el Che Guevara. Una vanguardia –resumía la pelirroja cuando le preguntaban– construida como si de un collage se tratase. Esa misma tarde, mientras caminaban por la plaza Garibaldi, imaginaron esa comuna anarquista y se prometieron no regresar a Santa Cruz en un buen tiempo. Les faltaba el nombre. Gregory Agins, quien había pasado la tarde leyendo sobre los proyectos utópicos de Owen, sugirió una variación cómica del nombre de la famosa colonia sinaloense. Si Owen había bautizado aquella vieja colonia como Los Mochis, ellos llamarían a la suya Los Muchis. Una vez decidido el nombre, pasaron a discutir, frente a la música de mariachis que inundaba la tarde, la arquitectura de aquella colonia que comenzaba a crecer como crecen los caprichos drogados, con arbitrariedad y gracia. Otro amigo, estudiante de arquitectura en Santa Bárbara, sugirió copiar las ideas de un italiano llamado Paolo Soleri, quien llevaba años planificando la construcción de una comuna ecológica a las afueras del desierto de Arizona. Ellos llegarían antes, como si de una mala broma se tratase. Un día Soleri se despertaría con la noticia de que en un pueblo cercano un grupo de hippies había construido su ciudad soñada.

En las siguientes semanas, entre alcohol y alucinógenos, se entregaron a completar las maquetas de aquella colonia imposible. Una tarde, mientras caminaban drogados por el Hotel Casino de la Selva, entre murales de Meza y Siqueiros, comprendieron que si algo necesitaba aquella colonia era una forma precisa, una geometría que les dijera a los astros que ellos estaban allí para quedarse. Agins propuso la famosa Rosa Polar, descubierta por Luigi Guido Grandi en 1725. Expandiendo la idea de Agins, la pelirroja imaginó una ciudad trazada sobre la silueta de la Semilla de la Vida, una figura que según ella simbolizaba los siete días de la creación. Estaban a punto de aceptar esta última propuesta, cuando una chica rubia, de voz tímida y perfil frágil, comentó que recordaba haber escuchado en alguna parte que una sociedad secreta de hippies de Hollywood había pretendido construir una comuna en la jungla latinoamericana siguiendo la forma de una figura de cinco puntos. Según ella, la figura se llamaba quincunce y era en algo parecida a un cinco de dominó.

A Esquilín la descripción de aquella extraña figura le hizo pensar inmediatamente en el pequeño doodle de cinco puntas que justo por esos días había empezado a trazar sobre sus libretas en los momentos de distracción. Siempre educado, esperó a que el viejo terminara su relato y solo entonces, con la imagen drogada y un tanto patética del último miembro de la colonia en mente, le pidió a Agins si podía dibujar el mapa de Los Muchis. Tan pronto confirmó que tenía la misma forma de sus doodles, tomó sus cosas, se excusó y salió.

En cuanto llegó a su casa, buscó sus libretas y confirmó lo que ya sabía: esbozado sobre los bordes de las páginas, como si de un garabato se tratase, halló el símbolo de cinco puntos que hacía media hora Gregory Agins le había mostrado. Recordó haberlo copiado de las libretas de la acusada, pero no supo exactamente por cuál de los setenta y tres cuadernos de *El gran Sur* comenzar la búsqueda. Se limitó en cambio a buscar información en torno a ese símbolo de extraño nombre. Encontró, en internet, muchas entradas sobre el llamado *quincunx,* cuyo nombre en castellano le pareció todavía más raro: quincunce. Páginas en las que la astrología se mezclaba con la matemática hasta quedar reducida a un puñado de anécdotas interesantes. Fue allí donde leyó, por vez primera, que aquella figura de cinco puntos sacaba su nombre de una moneda romana. En esas mismas páginas leyó la historia de un escritor inglés de nombre Thomas Browne, que en pleno siglo XVII había propuesto una teoría de la naturaleza donde todo culminaba en el patrón trazado por los cinco puntos del quincunce. Intrigado por la elegancia sintética de la idea, Esquilín quiso ver quién era el tal Thomas Browne. Solo logró toparse con la mirada melancólica y triste de un hombre irremediablemente joven, dueño de un par de ojos enormes que le hicieron preguntarse qué figura trazaba él, día tras días, frente al jurado. Intentó distraerse pensando en la exultada vida del viejo Agins, en las tierras arrasadas de Pinillos, en el peregrinaje latinoamericano de la acusada. Aquello, se dijo en voz baja, sí era vida. Él, en cambio, siempre encadenado al prestigio, nunca había tenido la valentía suficiente como para dejarlo todo atrás y lanzarse a la aventura.

O tal vez sí, pensó, mientras veía desfilar por la pantalla una decena de figuritas de cinco puntos. Tal vez este juicio era precisamente el momento de jugarse las cartas. Salir de la profesión, romper los esquemas, abogar por otro tipo de ley. La imagen de la torre le salió al paso. Pensó en los mundos que se escondían dentro del mundo. Esos mundos alternativos que el joven Agins y sus amigos habían buscado replicar sin mucha suerte. Fue entonces cuando recordó la página que había copiado hacía apenas unos días. Aquella página en la que la acusada había enumerado, como si de una enciclopedia se tratase, un listado de colonias utópicas. Cotejó en sus apuntes el número del cuaderno y la página y una vez los halló, se alegró al reconocer, sobre el principio y sobre el final de la página, el mismísimo quincunce. Contempló brevemente la posibilidad de que todo fuera una gran estafa, una gran broma que la acusada y sus testigos estuvieran jugándole a él y a la ley, pero la idea le pareció exagerada. Buscó entonces los datos que su cliente le había pasado de su conversación con Agins. No encontró mención alguna de su discusión en torno a las colonias anarquistas ni mucho menos referencia alguna a aquella figura de cinco puntos. Cansado, confundido por el exceso de conexiones, se tiró a jugar con su perro por unos minutos, mientras contemplaba las mil y una posibilidades que se abrían frente a él. Volvió a recordar la imagen del enigmático B. Traven y junto a ella, la frase que había leído en las libretas de su cliente: «La única obra verdadera es la desaparición...» Pensó en Burgos y su único mensaje, repleto de enigmas quebradizos, y se dijo que en la historia que vivía todo conspiraba en contra suya. Poco importaba. Se sintió imparable y poderoso en el momento de sentarse en la mesa de trabajo y esbozar, como quien esboza una clave secreta, la figura de cinco puntos. Luego se quedó dormido plácidamente, pensando en un dato curioso que el viejo Gregory Agins había resaltado hacía unas pocas horas: un indio Tarahumara podía correr dos días seguidos sin probar ni un sorbo de agua.

14

Por esos días recibí un mensaje de Tancredo. Un email en el que me hablaba de un hombre al que había conocido caminando en la playa. Un hombre que recorría el balneario cargando un pequeño detector de metales, convencido de que algún día aquel aparatito le ayudaría a encontrar la inesperada joya que finalmente lo sacaría de su pobreza: un Rolex reluciente, una esmeralda perdida, algún anillo de bodas que alguien había decidido, un día, dejar atrás. Solo encontraba, en cambio, basura: restos de pequeñas latas, algún que otro sacacorchos, monedas y demás tonterías. Tancredo veía en esa imagen una metáfora perfecta para la historia del juicio: una historia repleta de escombros, de ruinas y de basura, bajo la cual todos decían sospechar un argumento secreto. Luego, el mensaje seguía su deriva y Tancredo volvía a hablar de William Howard, de los grandes maestros de la paciencia, de la condición de las islas, de los cuadros de Hopper, de lo que pasa allí donde no parece pasar nada. Luego volvía a hablar de Burgos, del Tarta, de la extraña lucidez de la acusada y de las temblorosas manos de Esquilín. Mientras, yo volvía a rebobinar las escenas del juicio. Veía el rostro de la acusada y no podía sino ver la cara de Giovanna. Veía su pelo blanco y no podía sino recordar el extraño color del pelo de Giovanna: la forma en que en su pelo se intuía ya la nada y el anonimato. Si hay historia acá, si hay novela acá, volvía a decirme, es aquella que comienza esbozando el falso color del pelo de Giovanna. Si hay historia acá, me decía, era aquella que se escondía detrás de ese falso reclamo de anonimato. Luego, volvía a leer el mensaje de Tancredo, jugaba con el elefante de jade, recordaba las historias que me contaba la diseñadora y terminaba por decirme que todas las historias son historias de ruinas.

15

Dos días más tarde, con la memoria todavía puesta en los aparentes secretos de la acusada, Luis Gerardo Esquilín vio cómo la fiscalía presentaba el primero de los tres ejemplos que se proponía enmarcar como pruebas centrales contra Virginia McCallister. Se trataba de una noticia que, según ellos, la acusada había logrado infiltrar estratégicamente en un pequeño diario sevillano, con la intención de diseminarla, poco a poco, a través de los medios masivos. Según ellos, la estrategia parecía ser siempre esa: encontrar algún pequeño periódico de provincia, preferiblemente de colaboración externa, donde infiltrar la noticia falsa y ver cómo desde allí la noticia luego se diseminaba con la fuerza de un rumor callado. Lograr que la noticia pasara desapercibida, por así decirlo, hasta que su fantasmagórica presencia se hiciese sentir en los medios masivos.

Según la fiscalía, en este primer caso, ocurrido a principios de los noventa, Virginia McCallister –encubierta bajo el nombre de Maribel Martínez– había logrado infiltrar una noticia que asociaba una nueva medicina que justo aparecía por esos días con un producto farmacéutico que había sido utilizado como parte de la detención y tortura de cientos de prisioneros durante la Guerra de Vietnam. La nota citaba a una larguísima serie de académicos reconocidos para luego desaparecer detrás de una aseveración contundente: aquella medicina era partícipe de una historia de tortura. La estrategia de la acusada, según explicó la fiscalía, era evitar que su noticia se hiciera demasiado vistosa. Ubicarla en una red de posibles verdades que la hicieran circular sin atraer demasiada atención. Luego, cuando la noticia ganaba ímpetu, la acusada se aseguraba, a través de su falso alias, de enviar una breve nota al periódico inicial, pidiendo disculpas por una serie de pequeños errores que la invalidaban. El periódico se limitaba a publicar la nota y a pedir disculpas, sin notar que ya era demasiado tarde y que la noticia comenzaba a circular independientemente. McCallister lograba así su encomienda: causar confusión en los mercados, enturbiar la transparencia informativa tan necesaria para su funcionamiento.

Durante la siguiente media hora, el público allí presente, al igual que el público televisivo, pudo ver –en una larga secuencia de imágenes y gráficas– el peregrinaje absurdo de aquella falsa noticia por la prensa internacional. Vieron cómo la noticia publicada inicialmente por el pequeño periódico sevillano era reproducida, no sin la exageración típica de la prensa hispana, dos días más tarde por un diario amarillista de Madrid, para luego brincar a Barcelona, a Valencia, a Olot y a Bilbao. Desde la zona vasca la noticia finalmente daba el brinco hasta América y aparecía publicada, nueve días después de su publicación inicial, en un pequeño diario mexicano. Allí explotaba: en menos de tres días, veinte medios, incluidos tres periódicos de difusión masiva, registraban la noticia, la cual era también reproducida, durante esas fechas, en Costa Rica, en Uruguay, en Colombia. Solo entonces, con la noticia circulando ampliamente, aparecía una breve nota en el diario sevillano, aclarando que se trataba de una confusión de fuentes y de nombres; y que efectivamente el medicamento no tenía relación alguna con las torturas militares. La nota la firmaba, esta vez, un tal Jaime Melendi, quien aseguraba que su empleada Maribel Martínez había sido despedida a raíz de tal descuido.

Según explicaba la fiscalía, el gesto era totalmente premeditado. Con la reproducción de esa nota, la acusada finalmente liberaba a la noticia de las leyes de la veracidad y evitaba que subsiguientes investigaciones descubrieran la farsa que se escondía detrás de todo. Lo que la acusada entendía muy bien era que para ese entonces el «efecto verdad» ya había empezado a funcionar. Independientemente de si era cierta o no, la noticia había ganado una fuerza interna que forzaba a los lectores a mirar la industria farmacéutica con distintos ojos. Liberada finalmente del criterio de verdad, la noticia entonces cruzaba las fronteras hacia el norte y era reproducida irresponsablemente por una serie de periódicos estadounidenses a los que poco parecía importarles el que en Sevilla el mismo diario inicial sacara una segunda nota disculpándose por su error. Una vez infiltrada en la prensa estadounidense, la noticia parecía volverse omnipresente. Aparecía registrada en publicaciones croatas, en publicaciones rumanas, en revistas asiáticas e incluso en un pequeño panfleto informativo producido por una asociación médica de Mozambique. El daño estaba hecho.

Confrontado con la evidencia, Tancredo volvió a pensar en el viejo del balneario, en su detector de metales, en su alucinada búsqueda. Recordó las piezas ruinosas que solía encontrar, la chatarra que el mar traía de costas lejanas, y se dijo que muy pronto la historia sería eso: un gran vertedero de basura informativa, un enorme basurero de información inútil. Dos días más tarde, en la peluquería de Gaspar, intentó resumir la paradoja diciendo: algún día habrá más chatarra informativa que mundo, más basura que basureros. Gaspar se limitó a reírse y a decirle que el juicio lo volvería loco. Luego se levantó, sacó una escoba del clóset y se la dio a Tancredo diciendo: si tanto te importa la basura, pues barre.

Esa semana, todos vimos cómo uno a uno los testigos eran llamados al estrado y cómo desde allí cada uno procedía a enmarcar aquellos ejemplos dentro de historias más amplias que intentaban hacerlos legibles como obras de arte. Todos vimos cómo el costarricense Guillermo Porras, tembloroso y tímido, invocó frente al jurado los trabajos del belga Francis Alÿs en un intento de revindicar aquello que llamaba la poética sociológica del rumor. Todos lo vimos invocar la obra *The Rumour,* la cual Alÿs había llevado a cabo en 1997 y en la cual el artista había logrado concretar, con la ayuda de tres colaborares locales, la falsa historia de un hombre que un día salía de su hotel a caminar y no regresaba. Con la ayuda de tres miembros de la comunidad de Tlayacapan, Alÿs había logrado diseminar la historia de tal manera que la imaginación local se había encargado de hacer el resto: imaginar una fisionomía para ese personaje ficticio, una edad, un perfil. Tres días más tarde, con las posibles explicaciones sobre su misteriosa desaparición circulando por doquier, la policía había llegado incluso a emitir un afiche con un esbozo tentativo del perfil del individuo. Tal y como explicaba Porras, el asunto era explorar los modos de circulación mediante los cuales se construían las verdades públicas.

Todos escuchamos eso y no pudimos sino pensar en el juego que solíamos jugar de niños: aquel juego llamado el teléfono descompuesto en el que de niños solíamos ponernos en fila y uno le contaba al oído un secreto al otro, ese al siguiente y así hasta llegar al último miembro, quien tenía la responsabilidad de proclamar en voz alta el secreto según lo había escuchado. Recordamos aquel juego de niños y entonces comprendimos que la lógica de todo aquello era algo que conocíamos muy bien, una lógica que habíamos descubierto de niños cuando ante el disparate distorsionado que pronunciaba el último niño en la cadena, todos estallábamos en risas. Con la memoria de ese juego todavía en mente, todos vimos cómo el joven abogado mostraba, abierto, uno de los doscientos cuarenta y siete cuadernos que se decía que había recopilado la acusada, y leía un breve fragmento que la acusada había citado del propio Alÿs: «*In the beginning, there is a*

293

situation where many people cross paths. If somebody were to say
something to someone, and that someone were to repeat it to someone
else, and that someone were to repeat it to someone else... then, at the
end of the day, something is being talked about, but the source will
have been lost forever.» Al leer la cita, se escuchó más de una risa
de un público que reconocía, en aquella definición preliminar,
un esbozo perfecto del juego del teléfono descompuesto. Si eso
era arte, pensaron entonces muchos, entonces aquel juego de
niños también lo era. El absurdo del juicio quedó esbozado entonces: aquella mujer parecía estar acusada por intentar repetir,
a la edad de setenta y cuatro años, una sutil broma de infancia.
Creo que fue en ese instante cuando, por primera vez, muchos
empezaron a ver a la acusada con ojos compasivos.

Ella, sin embargo, no parecía buscar compasión alguna.
Impecablemente vestida de negro, se limitaba a observar los in-
terrogatorios con una serenidad absoluta y el rostro de la mejor
actriz. Parecía empeñada en no mostrar sentimiento alguno. Solo
de vez en cuando, mientras uno de sus testigos era interrogado,
se le veía tomar apuntes en una pequeña libreta. Entonces todos
comprendimos que para ella el estudio era un proceso continuo
y que la verdadera obra no había terminado el día de su detención,
sino que continuaba en este larguísimo prólogo del cual todos
éramos partícipes ingenuos. Yo volvía a mirarla y me decía que
bastaba una llamada mía para cerrar de una vez por todas aquel
teatro absurdo, pero algo me decía que aquello sería traicionar la
memoria de Giovanna. Apagaba el televisor, me ponía a leer una
novela cualquiera y buscaba el sueño, seguro de que a la mañana
siguiente un correo de Tancredo imaginaría finales posibles.

Esa misma semana, todos en el público vieron cómo el fiscal
le planteaba la misma pregunta a cada uno de los testigos de la
defensa. La pregunta, retórica en extremo, comenzaba proponiendo una circunstancia histórica. El 23 de octubre de 2002,

un grupo de terroristas chechenos secuestró el Teatro Dubrovka, tomando como rehenes a los más de ochocientos cincuenta espectadores que habían llenado el local esa noche como parte de la presentación de la comedia musical *Nord-Ost*. A cambio de su liberación, los terroristas pedían la retirada rusa de Chechenia y el cese de guerra. Tres días más tarde, el 26 de octubre, cuando las fuerzas militares rusas entraron en aquel teatro que ellos mismos habían infestado con gases tóxicos, encontraron ciento treinta y ocho cadáveres: treinta y nueve de ellos de terroristas y el resto de civiles. Todos escuchamos cómo la fiscalía detallaba esa temible escena y nadie, ni siquiera el juez, supo por dónde venía el asunto, hasta que vimos cómo el fiscal pasaba a hablar de una breve y poco conocida novela rusa escrita casi un siglo antes, a finales de 1905, por un bolchevique llamado Borís Stolypin. La novela en cuestión, titulada *El teatro*, escrita por Stolypin luego del fracaso de la revolución rusa de 1905, trazaba un escenario ficticio a todas luces idéntico al que el pueblo ruso viviría un siglo después: una noche, en medio de una representación de *Otelo* por la compañía dirigida por Konstantín Stanislavski, cientos de soldados bolcheviques tomaban el teatro. Según leyó el fiscal, la novela estaba repleta de reflexiones en torno a un evento que, para Stolypin, era una clara alegoría de un «despertar a lo real» o un «despertar histórico» que debía ser imaginado y alegorizado bajo los lentes del marxismo histórico y la teoría del final de los tiempos.

«¿Quién», terminó por esbozar el fiscal, «nos asegura que los horribles eventos del 23 de octubre de 2002 no estuvieron inspirados por la lectura de aquella extraña novela por parte de un terrorista checheno? Y, asumiendo que ese haya sido el caso, ¿se convierte por ende esta tragedia –tal y como parecería sugerir el dudoso argumento de la defensa– en una pieza artística a raíz de sus antecedentes?» Tan pronto el fiscal terminó de esbozar aquella hipotética y espinosa pregunta, la sala entera cayó en silencio, a la espera de que el testigo de la defensa contestara la envenenada pregunta. Todos vimos entonces cómo Marcelo Collado intentaba desesperadamente buscar salidas posibles. Todos lo vimos titubear indeciso, antes de citar a tres filósofos franceses en torno al tema de la intención. Según Collado, aun en el caso de que alguno de los terroristas hubiera leído aquel extraño libro, lo cual era improbable dado que el libro no había sido reeditado desde 1915, el atentado no podía ser considerado en términos artísticos ya que carecía de lo que el venezolano, siguiendo a uno de sus filósofos, llamó «intención artística»: el deseo de enmarcar algo como arte. ¿Quién, pasó entonces a alegar el fiscal, nos asegura que la supuesta intención artística de la acusada es real y no una máscara detrás de la cual esconder sus intenciones criminales? Incapaz de encontrar una nueva salida, todos vimos cómo Collado, respirando nervioso, volvía a balbucear algunas teorías incomprensibles que no hacían más que desenmascarar, frente al jurado, su propia confusión.

Esa misma tarde, vimos cómo Guillermo Porras y Gregory Agins tropezaban una y otra vez ante la misma pregunta. Porras, sudoroso en extremo, buscó trazar distinciones dudosas entre los dos casos, alegando que el caso propuesto por el fiscal traspasaba el límite absoluto del arte: la violencia contra el prójimo. Minutos más tarde, luego de escuchar la cristiana y noble respuesta del costarricense, el jurado pudo ver cómo Agins intentaba retomar la intuición de Collado, al sugerir que los más de doscientos cuadernos que la acusada había escrito a lo largo del proyecto eran testimonio irrefutable de que, en su caso, el proyecto había sido pensado desde un principio como arte. Cerraba entonces su alegato diciendo que para el arte conceptual, categoría bajo la cual decía funcionaba el proyecto de la acusada, el documento era la evidencia fundamental para demostrar intención artística. Allí estaban, a modo de ejemplos, los manifiestos de Costa, Escari y Jacoby, por dar un ejemplo, al igual que los escritos de Hélio Oiticica, de Sol LeWitt, de Mel Bochner, de Adrian Piper, de Yvonne Rainer, de Michael Baldwin, de Lee Lozano, de Kynaston McShine, de Cildo Meireles, de Sigmund Bode, de Lucy Lippard, de Rolf Wedewer, de Victor Burgin, de Robert Smithson. Mencionó todos esos nombres y la verdad fue que la lista, larga y pedante, nos confundió más de lo que ya estábamos. Luego, con su voz ronca y sonora, dijo haber hojeado las fotocopias de los cuadernos y afirmó estar convencido de que el trabajo que allí se llevaba a cabo pertenecía a la tradición conceptual que acababa de evocar. Por último, afirmó estar así mismo convencido de que en el caso checheno no había tal concepción artística del proyecto. El arte, terminó por declarar, es un asunto de historia y documentación.

Esa misma tarde, al ver que María José Pinillos no llegaba a tiempo a su testimonio, desesperado e inquieto, Luis Gerardo Esquilín decidió que no le quedaba otra opción que adelantar la presentación de una de sus armas secretas. Durante la siguiente hora, vimos cómo dos empleados judiciales instalaban una larga mesa plegable frente al público y colocaban sobre ella una veintena de cajas numeradas. Luego vimos cómo los mismos empleados, solemnes y silenciosos, empezaban a sacar de aquellas cajas decenas y decenas de libretas que reconocimos como los famosos cuadernos de la acusada. «Doscientos cuarenta y siete cuadernos», vociferó Esquilín tan pronto el último cuaderno fue colocado sobre la mesa. Doscientas cuarenta y siete razones, repitió, para pensar que su cliente –tal y como había sugerido Gregory Agins– había pensado de rabo a cabo la lógica artística de aquel proyecto. Acto seguido, con una convicción que solo parecía ganar entonces, invitó al jurado a hojear los cuadernos, mientras discreto volvía a sentarse junto a la acusada.

La escena que el público vio entonces estaba marcada por cierto encanto anacrónico: los siete miembros del jurado caminando parsimoniosamente en torno a la mesa, inspeccionando con guantes blancos aquellos cuadernos que la acusada se había encargado de acumular a lo largo de dos décadas, tal vez vislumbrando desde entonces que algún día este momento llegaría y que a todos nosotros la escena nos impresionaría en su textura forense. Tal vez vislumbrando desde entonces la inevitable llegada de la era digital, la recién bautizada Viviana Luxembourg había comprendido que pronto el archivo manuscrito se convertiría en una escena dramática en sí misma, capaz de encapsular una experiencia y una autoridad que poco a poco iba desapareciendo. Lo cierto es que, al ver la acumulación de los cuadernos sobre la mesa, todos quedamos impresionados más que nada por la acumulación de material. Bien podrían haber estado vacíos los cuadernos. Lo que importaba era que estuvieran allí, que ocuparan espacio, que tuvieran presencia.

Confrontado con aquella escena, Tancredo recordó la intuición que había tenido hacía algunos días: el mundo se llenaba de chatarra informativa y algún día no habría espacio para tanta basura. El futuro era un mundo basura, un mundo información, pensó, mientras escuchaba al abogado tomar nuevamente la palabra y preguntar, retóricamente, si a alguien de los allí presentes le parecía posible que tantos años de labor teórica fueran gastados en vano por la acusada. Tantos años de pensar en los marcos desde los cuales comprender su proyecto no podían sino corresponder a una imaginación artística, remarcó, nunca a la vulgaridad de una imaginación criminal. Terminó de enunciar su sentencia y se acercó sin timidez alguna a la mesa, tomó un cuaderno en la mano, hojeó sus páginas hasta encontrar una que parecía haber marcado de antemano y se dispuso a leer en voz alta un pasaje de la acusada. Un pasaje en el que la acusada sugería que todo arte llevaba al juicio, que todo arte era, a fin de cuentas, la puesta en escena de la discrepancia entre la ley del presente y la ley del futuro, entre el lenguaje legal y el lenguaje artístico. Luego, Esquilín pasó a hablar de conceptualismos y de teorías, de cómo todo el proyecto de su cliente llevaba al juicio en el que nos encontrábamos. A Tancredo, la cita le pareció arbitraria e innecesaria. Tuvo, sin embargo, la extraña sensación de que finalmente la acusada empezaba a habitar el habla y la lógica de aquel joven nervioso. Pensó entonces en Burgos, en Miguel Rivera, en los pequeños dibujos sobre Karl Wallenda que la acusada dibujaba sobre las servilletas del cafetín La Esperanza. La intención de aquella mujer, pensó, era esa: convertir a todos en pequeñas marionetas suyas, llegar al final de la historia escuchando solo los ecos de su propia voz.

Esa misma tarde, al salir de la corte, el abogado encontró a María José Pinillos al borde de la entrada de su casa. Borracha y llorosa, la guatemalteca pidió disculpas por no haber llegado a tiempo. Luego, dejó claro que la respuesta de cada uno de los testigos ante el escenario propuesto por el fiscal había sido equivocada: la verdadera valentía era llegar hasta el límite y admitir que también aquel ataque terrorista era arte. La ética poco importaba. Luis Gerardo Esquilín se limitó a mirarla con una mezcla de compasión y desdén, como se mira a ese monstruo alcohólico en el que todos tememos convertirnos algún día.

16

Confundida por las largas noches laborales de su novio, temerosa de que aquel proceso terminara por distanciarlos, la novia de Esquilín dedicaba sus mañanas libres a husmear entre los papeles que el abogado dejaba atrás. Fue así como descubrió sobre su interés por aquella extraña figura de cinco puntos, sobre las colonias anarquistas de las que le había hablado el viejo Agins, sobre las reflexiones que parecía esconder la acusada en las libretas dedicadas a *El gran Sur*. Leyó historias que involucraban a nombres extraños que a veces le daban risa y otras miedo, leyó sobre teorías imposibles y sobre proyectos alocados, siempre con la idea de que simplemente se trataba de los esbozos de una loca, hasta que una tarde encontró –al borde de una página cualquiera– lo que parecía ser un esbozo en miniatura de un mapa. Asombrada por el nivel de detalle, buscó entre las gavetas de su escritorio una vieja lupa que le había regalado su abuela y cuando finalmente la encontró se sorprendió al reconocer que la miniatura parecía esbozar el esquema de una pequeña ciudad organizada en torno a la geometría del hermético quincunce. Inscritos en torno al mapa como una nube de ideas, una veintena de nombres rodeaban a aquella miniatura arquitectónica. Sintió que aquello era algo importante, pero no logró descifrar exactamente cómo encajaba esta nueva pieza en el rompecabezas que intentaba reconstruir su enajenado novio. Confundida, se limitó a marcar la página con un post-it amarillo, con la esperanza puesta en que Luis Gerardo Esquilín lo encontrara días más tarde.

No tuvo que esperar mucho. Esa misma noche, luego de dejar a María José Pinillos junto a Porras y Collado, Esquilín regresó a casa y, al consultar brevemente sus documentos de trabajo, se sorprendió al encontrar, entre las fotocopias de un cuaderno que no revisaba hacía mucho, uno de los post-its de su novia Mariana. Abrió el cuaderno a la página selecta y, acostumbrado como estaba a las listas de nombres y a los doodles de la acusada, no advirtió inicialmente su relevancia, hasta que un par de minutos más tarde volvió a ojear por curiosidad la página y comprendió que aquel pequeño dibujo no era un doodle cualquiera, sino un mapa en miniatura esbozado con una envidiable precisión. Comprendió entonces la razón por la cual Mariana había dejado, sobre la mesa de trabajo, la vieja lupa de la abuela. Hacía años, pensó, que no usaba una lupa. La tomó en la mano y, al ponerla sobre el dibujo, se sorprendió al encontrar el perfecto esbozo a escala de una ciudad compuesta, geométricamente, por figuras de pequeños quincunces. Asustado, cerró la página, tiró el café restante al fregadero y decidió que lo mejor era descansar un poco. Al entrar en la habitación, encontró a su novia dormida junto al perro.

Se levantó seis horas más tarde, al borde de la madrugada, con la convicción de haber escuchado un disparo. No encontró más que la ansiosa figura de su perro arañando el borde de la cama. Incapaz de volver a conciliar el sueño, se vistió, recalentó el café que había quedado de la noche anterior, le puso la correa al perro y se lo llevó a dar un paseo. Media hora más tarde, con el perro calmado, regresó al apartamento, se sirvió una nueva taza de café y solo entonces, reanimado por la cafeína, tomó la lupa nuevamente y se encargó de examinar detenidamente el mapa.

Allí estaba, la noche no había cambiado nada.

Contempló la misma estructura fractal de quincunces, la arquitectura de lo que parecían ser pequeños templos, la elegancia de una ciudad que le recordó de inmediato la colonia experimental de la que le acababa de hablar, hacía apenas unos cuantos días, el viejo Gregory Agins. Dejó la lupa a un lado y estaba a punto de llamar a Agins cuando, entre la nube de nombres que rodeaban al mapa, reconoció el nombre de Maribel Martínez, el hipotético seudónimo bajo el cual la acusada había firmado su primera noticia falsa. Uno por uno, se dedicó entonces a registrar los nombres que aparecían en aquella página. Creyó reconocer vagamente algunos de ellos, creyó haberlos visto en otra parte, pero no supo exactamente dónde. Luego llamó a Agins para comentarle su último descubrimiento, seguro de que el viejo tendría más pistas, pero se sorprendió al escuchar que durante toda su correspondencia la acusada nunca parecía haber mencionado la figura del quincunce. Enganchó sin dar explicaciones y se dirigió al archivo policial, donde se guardaba el registro de la evidencia. Una vez allí, inmerso en un mohoso y frío sótano repleto de cajas, indagó en la evidencia hasta confirmar lo que presentía desde hacía horas. Cada uno de los nombres inscritos en el pequeño mapa correspondía a una de las identidades ficticias que la acusada había utilizado para diseminar sus falsos rumores.

Esa tarde todo corrió con normalidad. La fiscalía presentó como evidencia una segunda noticia falsa, esta vez relacionada con una compañía petrolera americana en Oriente Medio y su relación con ciertos grupos de ultraderecha en Oceanía. Firmada por un tal Jeremy James, la noticia aparecía inicialmente en un diario guatemalteco y de ahí comenzaba su peregrinaje por las tierras sureñas antes de dar el salto a Estados Unidos. Una vez instalada en los medios norteamericanos, se veía reproducida por los medios internacionales. La misma lógica, la misma cartografía, el mismo crimen. Luis Gerardo Esquilín se limitó a sentarse junto a su cliente, callado y sin dar muestra alguna de sus sospechas. Todos lo vieron llamar a sus testigos, cuestionarlos, proceder con la elegancia de quien parece tener un plan. Nadie podía imaginar que por dentro lo corroía una imagen fija: aquella que retrataba la colonia en miniatura y, junto a ella, el listado de nombres dentro del cual se hallaba, sin duda, el de Jeremy James. Nadie pudo detectar nada, ni siquiera el más mínimo desasosiego, tal vez precisamente porque ni él mismo tenía claro lo que sentía.

Al terminar la sesión, Luis Gerardo Esquilín pidió reunirse a solas con su cliente. Encontró a Viviana Luxembourg tan tranquila como siempre, satisfecha con la marcha del juicio, con las ponencias de los testigos, con los alegatos del abogado. Discutieron las estrategias finales, las posibles resoluciones, las posibilidades que le quedaban abiertas dadas las tímidas tentativas de la fiscalía. Volvió a sentir que a la acusada le importaba muy poco el resultado factual del juicio, los años que podría pasar en la cárcel, la imagen de una lenta muerte entre rejas. Parecía jugarse otra cosa, una meta opaca y vaga que le era vedada. Inquieto y sudoroso, abrió su maletín, rebuscó entre sus papeles hasta encontrar el que buscaba y lo puso sobre la mesa. Allí estaba la verdadera evidencia: la fotocopia del pequeño mapa junto al listado de nombres. Inmediatamente seguido, en un papel aparte, esbozó un pequeño quincunce y preguntó:

«¿Qué significa esta figura?»

Creyó inicialmente reconocer cierto temblor en los ojos de la acusada, pero su voz, terriblemente templada y serena, le salió al paso:

«Nada.»

Ninguna vacilación, ningún temblor, ninguna duda. Esquilín pensó en contar la historia completa, en hablarle de las tierras arrasadas de Pinillos y de las colonias anarquistas de Agins, de toda esa historia subterránea que la acusada parecía esconder, pero la tentativa le pareció estúpida. Aquella vieja, se dijo furioso, podía pudrirse en la cárcel. Guardó el papel, balbuceó en inglés alguna increpación incomprensible y salió de la sala sin decir adiós.

17

Desde su llegada a la isla, María José Pinillos no se cansaba de repetir que la única razón por la cual había aceptado ser testigo en aquel juicio absurdo era la esperanza de algún día conocer la infame torre donde se había alojado, casi una década, la acusada. A sabiendas de que el final del juicio parecía acercarse a pasos agigantados, la guatemalteca había multiplicado sus quejas, añadiendo a estas una promesa imposible: si la llevaban a la torre, prometía no volver a beber una gota más de alcohol. Abrumado de trabajo, cansado de escuchar las inmaduras quejas de Pinillos, Esquilín había logrado postergar, durante semanas, la extraña petición. Pero la tarde en que regresó de enfrentarse con la acusada, tiró los papeles de trabajo a un lado, mientras le comentaba a gritos a su novia que el juicio lo tenía hasta las pelotas. Tomó entonces el teléfono en un impulso extraño, marcó el número del celular que Porras le había comprado a Pinillos y le prometió que al día siguiente la llevaría finalmente a la torre. Veinte horas más tarde, cuando pasó a recogerla, la encontró sentada en una plaza repleta de palomas, leyendo a Vallejo y fumando un cigarrillo eléctrico. Viéndola así, se dijo, cualquier pensaría que era un alma en paz.

La primera impresión que tuvo Pinillos al ver la torre fue que se trataba de la alegoría perfecta para una modernidad incompleta. Aquello, sin duda, era un edificio moderno, el tipo de vivienda que cualquier ciudadano en su natal Guatemala desearía para sí mismo. Un lujo, sin embargo, cortado a medias. Le gustó la atmósfera de precaria modernidad que envolvía la torre, el rumor musical de sus ruinosos pasillos, la sensación laberíntica de estar en un mundo que obedecía leyes propias. Se disponían a comenzar el ascenso hasta el viejo apartamento de la acusada, cuando un silbido los distrajo. Se trataba de un hombre de bigote saltarín, al que Esquilín no tardó en saludar efusivamente y quien los convidó a su pequeña oficina a tomar café. Allí, rodeados por el ruido de fondo de las carreras de caballos, Pinillos –un tanto aburrida y cansada– vio cómo Esquilín y el hombre hablaban sobre el juicio, sobre la acusada y sobre la torre. Según aquel hombre, la acusada tenía todas las de ganar. ¿Cómo se podía acusar a alguien por una tontería semejante? ¿Cómo alguien podía concebir como crimen un juego tan sencillo como el del teléfono descompuesto? Pinillos, sin importarle mucho el tema, vio cómo Esquilín intentaba sacarse de encima el tema, arguyendo que la suerte estaba echada y que ya mismo terminaría todo. El hombre volvió, sin embargo, al tema, mencionando esta vez la extraña rutina de la acusada: su hermetismo completo, sus visitas al café La Esperanza, los dibujos que solía esbozar sobre servilletas cualesquiera. Luego, cuando finalmente se aburrió del asunto, se acercó a la radio, subió el volumen y se despidió con una frase que dejó perplejo al abogado: «Por ahí anda tu ayudante, el gringo.»

Esquilín se quedó estupefacto. No sabía de qué gringo hablaba. Que supiera, no tenía ningún ayudante. Y así mismo, mientras observaba cómo Pinillos se perdía por los pasillos de la torre, se dedicó a preguntar entre los locales si habían visto a un gringo. No encontró inicialmente respuesta, hasta que un viejo de camisa de flores le indicó que el gringo había salido hacía media hora, camino del cafetín La Esperanza. El abogado preguntó entonces dónde quedaba aquel lugar y, sin importarle mucho el paradero de Pinillos, se dirigió allí en busca del impostor. Diez minutos más tarde, asqueado por la cantidad de perros sarnosos que encontró en el camino, vio aparecer finalmente el rótulo del cafetín y, con más miedo que otra cosa, dio un paso adelante. Frente a dos muchachos que lo miraban desafiantes ubicó a un gordo de pelo rubio que parecía jugar con un set de dominó. Tenía que ser él. «Gringo», se limitó a decir, mientras veía cómo los dos muchachos se levantaban inquietos de sus asientos dispuestos a increparle. Un breve gesto del gordo pareció salvarlo, un gesto que al abogado le pareció particularmente latino.

Arrinconado por aquel abogado que parecía haber madurado diez años en un par de meses, Tancredo lo explicó todo: su labor como periodista y sus intentos de copiar la extraña rutina de la acusada. Incrédulo, seguro de que Tancredo era parte de esa conspiración que hasta entonces parecía crecer a sus espaldas, Esquilín pidió ver los pequeños dibujos que, según el viejo del bigote, la acusada esbozaba sobre las servilletas del local. Ninguno de los dos pudo contener la risa al ver las viejas servilletas, sobre las cuales la acusada, cada tarde, había esbozado la misma historieta de Wallenda caminando por la cuerda floja.

Una vez desinflada la épica, se sentaron a hablar. Tancredo le explicó al abogado que desde hacía ya un tiempo repetía diariamente la rutina de la acusada, en un intento de llegar a entenderla algún día. Según él, al cabo de tres meses de imitación solo había logrado confirmar lo que ya sabía: que la vida no era algo que se pudiera copiar. Luego hablaron de la torre, del viejo Gaspar y de la peluquería, de los pisos superiores y del sargento Burgos. Tancredo se extrañó al escuchar que Esquilín había recibido un mensaje de su antiguo amigo, un mensaje en el que según contó el joven abogado el policía mencionaba a un tartamudo de nombre Miguel Rivera, al igual que un tormentoso mural y una extraña montaña donde los niños reinaban soberanos. Esquilín, cansado de guardar secretos, confió en el recién conocido los detalles de sus últimos descubrimientos: las colonias anarquistas en forma de quincunces, el interés de la acusada por las tierras arrasadas, el esbozo de aquel mapa en miniatura que acababa de descubrir esbozado sobre los bordes de una página cualquiera. Como si de un *déjà vu* se tratase, Tancredo recordó entonces una conversación que había tenido con Burgos dos semanas antes de su desaparición, en la que Burgos le había comentado sobre una imagen que no dejaba de perseguirlo mentalmente. Se trataba precisamente de una extraña coincidencia que vinculaba los relatos de la acusada con los del tartamudo. Según Burgos, la tarde en que habían descubierto a la acusada, ella había mencionado, a modo de ejemplo, una noticia falsa que incluía una extraña montaña repleta de niños iluminados, la misma montaña que dos días más tarde Miguel Rivera mencionaría buscando burlarse de él. La extraña coincidencia seguía persiguiéndolo mucho tiempo después, cada vez que recordaba la serie de rostros jóvenes que había visto en las computadoras del tartamudo el día de su inesperada visita. Tancredo decía haber intentado seguir aquella pista, pero juraba no haber llegado a mucho. Luego, cansados de especulaciones, hablaron de la torre y de los heroinómanos, del juicio y del fiscal. Tancredo pidió dos cervezas y dedicaron la siguiente hora a distraerse en un simple juego de dominó, al término del cual los dos juraron seguir aquella pista hasta dar con el blanco.

18

«Si algo queda claro en esta historia», me escribiría Tancredo una semana más tarde, «es que el sentido siempre llega demasiado temprano o demasiado tarde, nunca a tiempo.» No se equivocaba. Dos días después de juntarse con el abogado en el cafetín La Esperanza, el propio Tancredo pudo ver cómo la fiscalía presentaba como última evidencia una tercera noticia falsa. No tardó en reconocer la noticia como aquella que la acusada, en un intento de ejemplificar su arte, le había mencionado a Burgos aquella primera tarde. Reconoció la mención a una colonia anarquista en tierras latinoamericanas, reconoció la supuesta participación del que luego sería un alto ejecutivo de una empresa norteamericana, reconoció la mención que hizo el fiscal sobre el extraño rol que los niños jugaban en aquella colonia. Llegó incluso a sospechar, muy brevemente, que tal vez el propio Esquilín le había pasado el dato a la fiscalía a modo de venganza secreta, pero lo que escuchó a continuación le hizo pensar que se trataba de un último truco de la acusada. Según contó la fiscalía, aquella tercera noticia había sido publicada, según era su costumbre, en un pequeño periódico costarricense dos semanas antes de la detención de la acusada. Desde allí había comenzado su típico peregrinaje por los medios: de Costa Rica había brincado a Nicaragua, para luego ser reproducida en México y de ahí llegar, en menos de dos días, a Estados Unidos, y luego ser descalificada como errónea por la prensa costarricense. Hasta ahí la noticia parecía cumplir con el perfil típico de las noticias que la acusada había infiltrado hasta entonces en la prensa: el mismo proceso de circulación, la misma estrategia de inserción, el mismo peregrinaje absurdo. Lo que todos escuchamos a continuación, sin embargo, la convertía en una noticia especial, en lo que a Tancredo le pareció una suerte de culminación absoluta e iconoclasta del proyecto de la acusada.

Según explicó el fiscal, la noticia aparecía firmada por una tal Marie Sherman, nombre que habría pasado desapercibido de no ser porque, tal y como comprobaba el archivo estatal, se trataba de un claro alias de Virginia Marie McCallister Sherman, nombre completo de la acusada. Lejos de detenerse allí, el fiscal pasó a explicar cómo, al igual que la acusada había inscrito un índice de realidad al dejar huellas de su antiguo nombre sobre la noticia, la noticia misma no era del todo falsa. Era, incluso –en cierto sentido–, verdadera. Se tenía registro de tal colonia anarquista, se sabía de la participación de aquel futuro empresario en ella, se rumoreaba incluso en torno al extraño rol que tenían los niños en la colonia. Incapaces de procesar tanta información, todos vimos cómo la fiscalía llamaba a la acusada a testificar. La vimos subir al estrado con su elegancia usual, contestar pregunta tras pregunta con la misma aura distanciada de siempre, hasta que, sin poder creerlo, fuimos testigos de cómo, poco a poco, el fiscal lograba remover las capas de indiferencia y frialdad que hasta entonces la habían rodeado. De a poco el barniz se desgastaba y finalmente aparecía el rostro palpitante y nervioso de la madre que todos habíamos visto en las fotografías familiares, el rostro humano de aquella mujer que había intentado buscar, durante casi treinta años, el anonimato. Comprendiendo que la escena estaba saturada de emoción, el fiscal hizo entrar su última evidencia. Dos hombres vestidos de negro entraron cargando una pancarta que ubicaron frente a la acusada y frente al jurado. En un principio, situada como estaba de espaldas a nosotros, nadie –ni el público allí presente ni los televidentes– pudo ver de qué se trataba. Solo vimos cómo el fiscal se limitaba a preguntar si la acusada reconocía la imagen y cómo ella, finalmente desprovista de sus teorías, comenzaba a temblar ansiosa segundos antes de estallar en llanto. Creo que ninguno de los allí presentes podrá olvidar aquellas lágrimas. Nadie olvidará la voz quebrada y llorosa con la que la acusada confirmó reconocer la imagen y la testaruda frialdad con la que el fiscal, vislumbrando su triunfo, se limitó a tomar la pancarta en la mano, mostrándola al jurado y a su vez al público.

Fue entonces cuando todos vimos la imagen.

Una postal familiar como cualquier otra, una foto que no habría parecido particularmente llamativa, si no hubiese sido porque, entre la niña y la madre, se ubicaba un niño indígena, sobre cuyo rostro Tancredo pudo reconocer, tatuada, la figura de un quincunce. Una fotografía que, según terminó por afirmar el fiscal, había sido tomada durante los primeros meses de 1978 por Yoav Toledano, marido desaparecido de la acusada, durante la estancia de ambos en la infame colonia anarquista. Luego, una vez recompuesta la acusada, el fiscal prosiguió con su interrogatorio, pero poco importó. De ahí en adelante, nadie lograría olvidar la terrible superposición de su llanto sobre aquella imagen que finalmente la forzaba a confrontar el pasado del que tan arduamente había intentado escapar.

Todos, pensé yo esa misma tarde, mientras volvía a ver el zoom televisivo sobre la fotografía, recordarían la imagen como lo que fue para ellos: un esbozo doloroso pero abstracto de una familia llevada al límite por una pasión. Yo, en cambio, estaba condenado a recordarla como una historia privada, como un pasado que me llevaba directo a ese rostro reconocible que veía ahora aparecer incesantemente sobre la foto. Giovanna. Volvía a ver la fotografía y la imaginaba en su sala, contando historias de

310

insectos y selvas, narrando la historia de esa travesía tropical que terminaría por llenarla de silencios opacos. Recordaba entonces las fotos que había visto en el taller del viejo Toledano y volvía a preguntarme dónde estaba el final de esta historia. Esa misma tarde volví a recibir un mensaje de Tancredo, un mensaje que consistía de una sola línea: «¿Tragedia o farsa?»

19

Tres días más tarde, en el momento de comenzar el acto de inculpación, el fiscal retomó lo sucedido aquella tarde, alegando que se trataba, a fin de cuentas, de una mujer en plena conciencia de sus actos, que había encontrado en el arte la excusa perfecta para evadir su responsabilidad. Según él, a sabiendas de que la atraparían pronto, Virginia McCallister había preparado aquellas libretas como última escapatoria, esperando recibir del jurado una compasión que no merecía. Las lágrimas habían dejado en evidencia que detrás de tanta mentira se escondía una historia real cuyas consecuencias la acusada se negaba a aceptar. El arte, como la vida, agregó, tiene repercusiones. Regular esas consecuencias era el rol de la ley. Se podía hacer circular una mentira, pero no podía vivirse una vida bajo una mentira, terminó por decir. Quedaba abierto al jurado si querían imaginar para sus hijos un lugar donde el arte era más importante que la familia. Luego, arrogante y complaciente como siempre, concluyó su acto, se sentó y dio paso al alegato de la defensa.

Convencido de que su trabajo allí había concluido, Luis Gerardo Esquilín se limitó a resumir alguno de los argumentos que había esbozado a través del juicio. Luego, con una voz que lo delataba como un hombre finalmente maduro, cínico y descreído, citó aquella frase de B. Traven que tanto le había gustado: «*The creative person should have no other biography than his works.*» Luego repitió la frase en su particular traducción castellana: «El artista es aquel que no ostenta más biografía que sus obras.» No dijo mucho más. Si alguien debía hablar, terminó por afirmar en el momento en que le daba la palabra, debía ser la acusada.

En el rostro de la mujer que subió al estrado aquella tarde no se encontraba huella alguna de la catástrofe emocional que había sufrido públicamente frente a aquella fotografía familiar. Recuperado el temple, todos la vimos tomar la palabra con la misma elegancia de siempre, con una fuerza emocional que nos hizo pensar que tal vez la sesión anterior había sido una simple pesadilla. Allí estaba: la dicción castellana neutra y precisa, la voz modulada armoniosamente, el discurso pensado hasta sus límites. De no ser porque todos habíamos visto, hacía apenas dos días, la devastadora imagen de su colapso moral, nadie habría imaginado que aquella mujer de ojos claros y pelo rubio guardaba un secreto. Sin embargo, el daño estaba hecho: la habíamos visto llorar y la memoria de su colapso nos ayudaba a intuir las grietas, profundas y temblorosas, de un discurso que a todas luces parecía tan perfecto e infalible como las viejas catedrales medievales.

Comenzó su discurso hablando de la discrepancia temporal entre el arte y la ley. ¿Cómo podía ser que el discurso artístico estuviera más adelantado que el discurso legal? ¿Cómo podíamos aceptar que aquello que dentro del mundo del arte era visto como absolutamente válido fuese visto por la ley como un gesto criminal? ¿Cómo pensar esta discrepancia entre los discursos que conformaban el mundo? Luego la escuchamos hablar sobre las velocidades del mundo, sobre la lentitud del mundo de la ley por alcanzar al arte, sobre la separación del mundo en miles de idiomas privados. Según ella, la sociedad actual corría el peligro de repetir catastróficamente el antiguo mito de Babel, la diseminación del idioma divino en miles de idiomas privados, especializados e incomprensibles. El arte era el nombre de un posible regreso al idioma unitario y a una comunidad política real.

Dijo todo aquello ante la mirada estupefacta del público, del jurado y del juez y luego prosiguió a leer una lista de casi cuatrocientos nombres. Una lista que incluía a muchísimos de los artistas que, en algún momento u otro, habían tenido que confrontar el dictado de la ley. Leyó aquella lista con una voz monótona en extremo, como intentando subrayar que no había escapatoria de aquella historia cuya memoria ahora volvía a rescatar a modo de homenaje. Luego, sin decir mucho más, sin pedir compasión ni comprensión alguna, tan indescifrable y elegante como siempre, Virginia McCallister caminó hasta el banco de la defensa y se sentó junto a su abogado. Luis Gerardo Esquilín escuchó todo aquello, pero no pudo sino pensar en la imagen familiar que había visto hacía apenas dos días.

20

En esta historia, pensó Tancredo en el momento de entrar en la torre, quedan demasiados hilos sueltos, demasiados relatos huérfanos: el peregrinaje norteño de Burgos, la desaparición enigmática del tartamudo, la arbitraria serie de doodles sobre Wallenda, el relato incompleto de los descubrimientos de Esquilín. Luego se corrigió: todo relato era necesariamente incompleto, toda historia quedaba finalmente cubierta por un secreto. Luego dejó de pensar. Había llegado hasta allí para despedirse y eso fue lo que hizo. No cambió, sin embargo, su rutina. Pasó las horas de la temprana tarde en la peluquería de Gaspar hasta que, llegada la hora de su partida, anunció que no volvería. Una vez cumplida esa misión, caminó hasta el cafetín La Esperanza y una vez allí repitió la rutina de siempre: pidió un café cortado y luego se entregó a la lectura. Pasó media hora leyendo un libro sobre algas marinas y luego, cuando el cansancio empezó a sugerirse, pidió el set de dominó. Jugó durante media hora y solo entonces, cuando vio que nada nuevo pasaba, que ninguna revelación se asomaba, les contó a los dos muchachos sobre su partida. Diez minutos más tarde, cargando una fotografía del viejo salsero al que decían que se parecía, vio por última vez la torre y pensó en entrar por una última vez, pero una imagen inesperada lo detuvo. Reconoció, sobre los escalones que daban entrada a la torre, el rostro de María José Pinillos. Iba vestida de payasa y parecía abatida por el alcohol. Se acercó a ella, le dio diez dólares y volvió a pensar en aquel hombre que, con la ayuda de un detector de metales, gastaba sus días en el balneario buscando joyas perdidas.

Esa misma tarde Esquilín encontró, en uno de los cuadernos de la acusada, un párrafo que le pareció adecuado a la situación. Allí, entre reflexiones escatológicas sobre el final de los tiempos, la acusada mencionaba una anécdota que al abogado le pareció extrañamente iluminadora, aun cuando precisamente lo que le interesaba de ella era la ausencia de una conclusión. Se trataba de una mención que la acusada hacía de un evento ocurrido durante el año 1646, cuando un judío de nombre Sabbatai Zevi, nacido en la ciudad de Esmirna, se proclamó como el Mesías y profetizó que el final de los tiempos llegaría dos años más tarde, en 1648. Pasó el año y el final no llegó. Lo extraño de aquella historia, pensó Esquilín, era que, en vez de descartarlo como un mero impostor, era precisamente su fallo lo que disparaba su fama. Desde entonces, se le veía en las plazas públicas, bañado en honores, proclamándose como el Mesías. Incapaz, sin embargo, de profetizar el verdadero final. Un hombre, pensó el abogado, viviendo después del final de los tiempos.

¿Cómo, entonces, terminar? Tal vez, pensó Tancredo, lo mejor era limitarse al placer del dato objetivo y breve: el 17 de septiembre, luego de cuatro horas de deliberación, Virginia McCallister, también conocida como Viviana Luxembourg, fue condenada a veinte años de prisión, a la espera de que nuevos cargos fueran abiertos en su contra. La acusada no lloró al escuchar la sentencia.

CARTA AL LICENCIADO LUIS GERARDO ESQUILÍN
(Viviana Luxembourg – Virginia McCallister, 24 de enero de 2012)

Hoy, desde mi pequeña ventana, he visto a una banda de pájaros dividir el pulcro azul del cielo y en su inapresable silueta he creído ver una imagen de mi propia libertad. Eran tantos, todos idénticos en su azabache anónimo, y yo por un instante creí ver en sus juegos aéreos el esbozo de una posible fuga. Recordé entonces aquellos años que pasé frente a las cámaras, frente al lente fotográfico, esas tardes en las que todos me miraban y uno era esa imagen que todos menos uno podían ver. Volví, por ese breve instante, a sentir esa extraña sensación de ser pura imagen. No puedo mentir. Tengo que admitir que a veces me gustaba esa libertad de ser imagen sin más, superficie sin esencia. Pero entonces, en las brechas de silencio que se abrían entre esos momentos de filmación, comprendía que ellos –los hombres, las cámaras, la pantalla–, todos, creían poseerme. Creían que con sus rectángulos me encarcelaban. Una tristeza me invadía entonces. Pero hoy he visto la banda de pájaros romper el tedio de la tarde azul y me he reído al pensar que ellos no sabían que nunca me sentía tan libre como en esos momentos en los que, aunque solo fuese por un breve instante, llegaba a convertirme en pura imagen, en máscara sin más, en un ser capaz de mutar constantemente, cambiando de personalidades como quien cambia nombres. Y entonces, al escuchar el sonido de los pájaros ya distantes, al es-

317

cuchar ese trinar de los pájaros que ahora me llegaba de otra parte, de un lugar que estaba fuera de mi campo de visión y por ende en un espacio que le pertenecía a la fantasía y al deseo, me puse a pensar en Yoav. Recordé las fotografías que me tomaba en mi adolescencia Yoav –él, que de alguna forma había sido el único en realmente *verme*, el único en verme más allá del marco de las fotos impresas en las revistas–, y no pude sino recordar la fotografía que me tomó aquella tarde en plena selva. Volví a verlo apretar la cámara y volví a reconocer lo que sentí aquella tarde: la triste sensación de que también en su mirada había algo de cárcel y de castigo. Lo imaginé meses más tarde, revelando esas fotografías en las que me vería finalmente como todos me habían visto hasta entonces, entre el rectángulo del marco fotográfico. Y me dije que no importaba, que había que ser valiente. Había que regresar a aquella intuición original que había tenido de joven, cuando frente a las cámaras que intentaban encarcelarme había comprendido que toda fotografía era mera copia, copia de una copia, y que yo, como esa imagen, era libre para correr y reproducirme sin sentido alguno de culpa. Libre para reproducirme como se reproducen los renacuajos sobre los pozos de aguas, todos idénticos y sin embargo todos distintos. Libre para ser a la misma vez aquella mujer cuyo rostro Yoav retrataba y ser sin embargo desde ya eternamente otra, la mujer que siempre había querido ser, la misma que ahora retomaba su ambición y comprendía que, aunque todos lo creyeran insensato, mi responsabilidad era perseguir hasta el final las consecuencias de esa intuición que me había llevado hasta esa selva. Pensé en cosas así, hasta que el sonido de los pájaros se perdió en el silencio de la tarde y no me quedó otra que sentarme a escribirte esta carta.

Cuarta parte
La marcha hacia el sur (1977)

Dios no existe y nosotros somos sus profetas.

CORMAC MCCARTHY

1

Por momentos, dentro de la calma poblada del paisaje, lo único que se logra escuchar es el flash de la cámara fotográfica. Por ese breve instante, solo existe él, la cámara y el marco que quedará retratado para un futuro que todavía desconoce pero sobre el cual ha apostado todas sus cartas. Solo por ese breve instante, no existe más que él y su creencia. Él y su futuro. Luego, sutilmente, lo interrumpe esa breve sonata que lo vuelve a ubicar en plena selva: el ruido de fondo de los trópicos en plena ebullición, la cacofonía de pájaros, el revolotear de las gallinas sueltas, el ronquido de un indígena cansado, el hipo alcoholizado de algún inglés borracho. Más lejos aún, en un espacio terriblemente singular y doloroso, los sollozos de la hija cuyos quejidos solo ahora vuelve a escuchar.

Solo entonces separa el ojo de la cámara y la mira.

Tiene apenas diez años, la mirada pesada de los insomnes y una palidez atroz que le hace pensar en esas latitudes nórdicas que nunca ha visitado. Junto a la niña, una mujer contundentemente bella consuela, con esa mano izquierda cuyas siluetas conoce demasiado bien, los sollozos de la niña. Con la otra mano, su esposa se empeña en esbozar apuntes sobre una pequeña libreta de cuero rojizo. La misma libreta sobre la cual ha escrito, hace diez días: «Día 1, comienzo del viaje.» Diez días han pasado desde ese encuentro inaugural y ya el viaje comienza a volverse largo, pesado, rutinario. Diez días desde que un autobús herrumbroso los dejara a ellos en el umbral de eso que ahora se atreven a llamar selva, pero que a veces no parecería ser más que un vertedero enorme soñado por un dios ausente.

El rumor gruñoso de un cerdo que ahora retoma su rebuscar entre la basura lo vuelve a distraer. Solo entonces vuelve a ver el panorama en su totalidad: la pareja de británicos alcoholizados que en una esquina termina por rematar la botella de ron dorado, la atmósfera de letargo y siesta sobre la cual la naturaleza parece retomar su cotidiana tiranía, el alemán drogado que ahora vuelve a poner en escena su monólogo teatral para un grupo de indígenas que, entre risas, parece disfrutar del espectáculo. Esporádicamente ubicados entre esa breve comedia, el resto de los peregrinos puntúa la escena, descansando bajo pequeños techos de zinc, sobre los cuales las últimas gotas de agua tamborilean monótonas. Más allá, en un segundo plano que llega precedido por un leve ruido de fondo, un hombre de mirada cansada y fuerza descomunal retoma su plegaria indescifrable. Han pasado diez días desde que ese mismo hombre, con voz áspera y acento indistinguible, les prometiera que al cabo de un mes llegarían a ver al pequeño vidente.

2

Le llaman el apóstol. Tiene los brazos tatuados con alegorías de guerra y sobre su cuello cuelgan más de una docena de rosarios de plástico. Su voz es ronca pero introvertida. Su habla tiene algo de monólogo alucinado, de esa plegaria privada e infinita con la que se encarga de rellenar las horas vacías. De solo verlo se sabe que no es de acá. Gringo maldito, le llaman los nativos a sus espaldas, mientras él se niega a dirigirles la palabra. Aun así, adondequiera que va, cinco de ellos lo acompañan. Se rumora que llegó en busca de drogas y se quedó al descubrir que el viaje de vuelta se le hacía imposible. Se rumora que proviene de familia adinerada y que de joven mostró promesas en el teatro. Se rumora que la iluminación le llegó hace décadas en plena selva, frente a ese árbol inmenso hacia el cual dice guiarlos. Le llaman el apóstol porque así se denomina, como si no fuera más que un medio, como si no fuera más que un guía. Le llaman apóstol, pero a veces, al contemplarlo, los peregrinos tienen la sensación de que no es más que un guía turístico, un Virgilio drogado en medio de un peregrinaje absurdo. Un Virgilio posmoderno para gringos crédulos. Sin embargo, basta volver a mirarlo, o apenas escucharlo, inmerso como está en su eterna plegaria, para saber que al menos él se cree todo lo que les ha prometido. A su alrededor, tres cerdos hediondos deambulan entre el fango, mientras más allá los nativos juegan a las cartas para ganarle la partida al aburrimiento. Todos con camisas de marcas gringas y la mirada irónica de los descreídos. Le llaman el apóstol porque promete cosas. Hace diez días les ha prometido, por ejemplo, que al cabo de un mes llegarán a un enorme archipiélago de islas en plena selva y que allí, a los pies de un enorme árbol caído, el vidente se encargará de marcar la ruta. En su mirada, a medio camino entre la creencia y la locura, una época entera se juega las cartas.

Diez días han pasado desde que emprendieron el trayecto a pie. Cinco desde que la niña comenzó a enfermarse. Desde entonces, la selva no ha hecho sino contradecir sus expectativas. Allí donde esperaban encontrar a los nativos desnudos, han encontrado a hombres vestidos con camisetas de bandas de rock. Allí donde esperaban encontrar la exuberancia natural, han encontrado vertederos de basura. Allí donde esperaban encontrar la ausencia del poder, han encontrado la omnipresencia del Estado. Adondequiera que van encuentran policías, solemnes agentes fronterizos que para batallar el aburrimiento se empeñan en revisar sus documentos de viaje. Lejos de ser el jardín soñado, la selva se empeña en mostrar su cara más moderna: su cara ruinosa de ciudad fronteriza.

Y, sin embargo, lo saben bien: la naturaleza está allí, latente como alacrán dormido. La presienten en las noches, en la oscuridad total que los envuelve. La escuchan antes de verla: en el rumor de los animales nocturnos, en el revolotear de las aves, en el croar de esas ranas que parecen pájaros nocturnos. La sienten antes de verla: las insoportables picadas de los mosquitos puntuando la piel con ronchas rosadas, el rumor de los insectos siempre a punto de plantarle batalla al mosquitero. A él, sin embargo, lo han traído específicamente para hacerla visible: le han pedido que, como fotógrafo, documente el viaje. Su lugar es ese: a medio paso entre la participación y la contemplación, a medio paso entre la creencia y la ironía. Hace apenas cinco años se ganaba la vida tomando fotografías a las modelos más codiciadas de Broadway. Hoy persigue a un hombre que les ha prometido algo imposible. Hace dos años se ganaba la vida retratando las figuras más visibles de la farándula, hoy le sigue los pasos al sueño invisible de un hombre drogado.

3

En las tardes, cuando el calor parece ganar la batalla, ellos duermen. A la tercera noche, la madre sueña. Se sueña en una casa, abrigada y tranquila. Afuera, un rumor de hojas. Sueña que ha regresado a casa y que allí la tempestad es algo remoto. Tamborilean las gotas de lluvia sobre el tejado. Sueña que la tempestad es algo externo que crece lentamente hasta volverse omnipresente. Solo entonces siente miedo. En el sueño la familia es un rumor lejano que le hace pensar que hay que salir, que la historia es algo que se encuentra allá fuera, en ese patio que imagina ya no como una selva tropical, sino como un bosque oscuro, repleto de osos y de búhos. Adentro, en una esquina, un hombre que algo tiene del apóstol gasta las horas cortando pequeñas notas de periódico que luego va a pegar sobre un tablero de corcho. Un sonido, sin embargo, la distrae. Un rumor de llanto le hace sentir que su hija está allá afuera, en plena tormenta. Solo entonces gana valentía y sale. En el sueño la imagen es nítida: deja atrás la comodidad de la casa y se aventura hacia esa puerta que marca el umbral de una frontera entre el adentro y el afuera. Sin embargo, no hay afuera. Sueña que afuera no hay naturaleza, que la naturaleza es un vacío enorme, un vértigo en donde la historia pierde la razón. Y en el sueño todo es plácido y terrible a la vez.

Se levanta llorando.

A su lado, la niña enferma duerme mientras a lo lejos el esposo vuelve a preguntar qué le pasa. Ella se limita a contestar objetivamente, con las únicas palabras que le parecen adecuadas: «Soñé que la naturaleza no existía.»

4

Durante el día atraviesan pueblos repletos de nativos dormidos y mujeres que gastan las horas en conversaciones infinitas. Pueblos perdidos en plena selva, envueltos en las enredaderas del tedio. Pueblos insomnes donde los hombres se limitan a verlos pasar, con una indiferencia total, como si ya hiciera mucho que los peregrinos se hubiesen vuelto invisibles. La indiferencia, su forma privada del desprecio. Atraviesan pueblos enteros en los que solo encuentran ruinas de esa paz que todos han creído encontrar. Al tercer día, comprenden que en esas ciudades olvidadas el tedio es ley. La paz, en ellas, radica en la imagen de una madre que afanosamente consume sus horas removiendo los piojos de las cabelleras de una decena de soñolientos niños. Atraviesan escenas de tedio, con el paso distintivo de quienes todavía buscan algo. Los nativos los reconocen y con una mirada burlona los dejan pasar. Atraviesan el día así, de pueblo en pueblo, hasta que llegada la tarde se topan finalmente con un pueblo en donde los borrachos son más alegres y el tedio decae tan pronto llega la tarde. En esos pueblos los dejan pasar con ojos de avaricia, pues saben que al final del día eso es lo que traen estos hombres extraños: dinero. Entonces comienza el trajín, algún policía que se levanta de su estupor alcohólico, cruza la escena y le pide los papeles de entrada. Algún policía nativo que se levanta de su cansancio crónico con la sola idea de interrumpir la marcha de estos hombres extraños. Al apóstol, sin embargo, ni lo toca. Y ahí está lo raro. La forma en que también en estos pueblos el apóstol parece irradiar un aura que lo vuelve intocable. Todos presentan sus papeles y luego él, intocable e inmemorial, cruza la escena como si del propio líder nativo se tratase. Cruza la escena y desaparece pueblo abajo, mientras el resto de los peregrinos vuelven a sus quehaceres más vulgares, al alcohol o a las drogas, al yoga o a la oración, al sueño o al sexo.

Y así pasan el día, hasta que llegado el atardecer, el apóstol emerge de su penitencia y se le ve finalmente alzar la voz en plegaria. Usualmente lo acompaña una mujer indígena, mucho más joven que él, que se encarga de alimentar los arabescos del fuego. Y allí, en torno al fuego nocturno, se reúnen todos, en espera de que el apóstol pronuncie sus primeras palabras. A veces pueden pasar horas. Largos minutos en los cuales el hombre se niega a decir palabra alguna y en los cuales apenas se escucha el revolotear de las polillas sobre el fuego. A veces pueden pasar horas sin que él diga palabra alguna, pero allí están ellos, unidos por una creencia opaca, reunidos en torno al fuego de una pasión que desconocen. Extraño grupo el que forman. Europeos drogados, estadounidenses de pelo rapado, mujeres centroeuropeas de largas trenzas que sonríen alegremente al ver pasar a los nativos, chicas jóvenes cuyos rostros retratan las huellas de una ilusión cansada. Camisetas deshiladas, algún que otro rostro pintoreteado, rosarios de plástico y velas de santos. Una gran secta de hombres cansados, de hippies crédulos, que al caer la tarde se congregan en un país insomne a imaginar un mundo distinto. Y allí, entre los cerdos hediondos y la basura tercermundista, están ellos: una familia común perdida en el laberinto de la creencia. Una familia común –un padre, una madre, una hija– perdidos en una selva inmensa que a veces no parece ni selva, esperando las plegarias de un hombre sobre cuyos brazos queda tatuada una historia inconclusa, de cataclismos y fuegos, de un árbol enorme en medio de un paisaje falso. Ellos, sin embargo, creen. Y esa creencia los impulsa a esperar un poco más, a buscar las claves de ese monólogo alucinado que el apóstol retoma día tras día, tan pronto el atardecer da paso a la noche.

Allí están ellos, una familia de postal, de lujo, de magazín, inscrita en plena selva. Ellos, los mismos que hace cinco años aparecían en todas las revistas de moda, los mismos que decidieron un día sacarse de encima la fama para adentrarse en los laberintos de las creencias paganas. Han logrado sacarse de encima la fama, envolverse en el anonimato que confiere la selva, pero no han logrado despojarse de esa otra capa mucho más primitiva que es la belleza. Por eso, mientras congregados frente al fuego los peregrinos esperan las palabras del apóstol como quien hace silencio para escuchar al oráculo, ellos brillan como astros en una constelación opaca. Una familia bella, una familia modelo, envuelta en un mundo crepuscular.

Tal vez por eso cuando el apóstol empieza a hablar comienza por mirarlos. Suelta una palabra leve que deja balancear en el aire y vuelve a posar su mirada sobre esa niña de pelo castaño y ojos oscuros que ahora vuelve a toser mientras se inclina, con una timidez que le viene de lejos, sobre la espalda de la madre. Tiene la niña la frágil elegancia de la madre y la convicción callada del padre. Y así, mirando a esa niña que busca esconderse a espaldas de su madre, mirándola como si sus palabras fueran dirigidas hacia ella, el apóstol comienza su sermón. Con el torso desnudo hacia las llamas, con el fuego iluminando su impresionante torso tatuado, habla de una tormenta final en plena selva, de un torbellino final que lo reducirá todo a un punto. Habla de finales y cita, con una fluidez lejana a su silencio habitual, las sagradas escrituras. Aparta finalmente su vista de la niña y con la mirada fija en el fuego habla de islas y de confines, de mundos subterráneos y de catástrofes milenarias. Luego vuelve a su oración, mientras a su alrededor los peregrinos lo escuchan con paciencia, inmersos como están en una creencia que parece devorarlo todo a su paso. Habla en su plegaria de un gran árbol caído y de un pequeño vidente y su rostro gana una expresividad inusual, una alegría terrible que algo tiene de locura. Luego la indígena que ha pasado la tarde junto a él trae un pequeño frasco de donde el apóstol toma algo. Al cabo de unos minutos sus ojos se vuelven flexibles y su mirada se pierde más allá del fuego. Solo entonces comienza su risa, una carcajada enorme que resuena entre la noche. Ríen entonces los peregrinos al verlo reír. Ríen como pocas veces ríen los hombres, sin razón ni dirección alguna, mientras la noche crece, temerosa, fría, lejana, alrededor de esa niña de diez años que ahora vuelve a toser como quien interrumpe una fiesta.

5

Su padre, mientras tanto, se limita a mirar el fuego. Mientras el apóstol retoma su monólogo, el padre observa las furiosas volutas que brincan de la fogata y rememora su propia infancia. Se recuerda en el patio trasero de su casa, entre dos olivos, con una lupa en la mano. Recuerda las tardes en las que, acuclillado en aquel patio, gastaba las horas concentrando la energía solar sobre la superficie de un periódico viejo. Al principio solo era la luz, un círculo que se reducía hasta dar la impresión de ser un punto sencillo sobre el cual comenzaban a saltar, alegres y breves, las primeras llamas. Luego el papel se marchitaba y muy pronto no había nada: solo cenizas y la satisfacción pírica de un niño travieso.

Mientras el apóstol habla de fuegos finales el padre se limita a recordar la remota tarde en la que jugó a crear una fogata junto a sus amigos y terminó accidentalmente quemando la cocina de su madre. Lo recuerda todo así, en su aspecto más sencillo y elemental, hasta que de repente lo invade esa extraña intuición que lo ha traído hasta aquí: en el fuego está el origen mismo de la fotografía. Saca entonces su cámara y toma una foto. Piensa entonces en la luz y en el flash, pero también en esa extraña equivalencia que nos lleva de una simple ecuación al fenómeno que tiene ahora de frente y se dice que el mundo está repleto de traducciones imposibles, de idiomas falsos y de malentendidos. Recuerda entonces la tarde de verano en la que juró, ya hace años, llegar algún día a ese rincón final llamado Tierra del Fuego. Rememora aquella tarde no sin cierta nostalgia. Recuerda cómo en ella todo parecía posible, lejano, épico. Lejos queda su porvenir abierto, lejos los atardeceres de Haifa, lejos la áspera voz de su madre. Más lejos aún queda la voluntad irrefrenable de aquel niño que desde su rincón provinciano imaginaba el mundo como un horizonte abierto, dado a su sed de aventura. Más de veinte años han pasado desde que se prometió llegar al fin del mundo y todavía no lo ha logrado. Mirando al apóstol, escuchando su alucinado sermón, intuye que tampoco lo logrará ahora. Por más que este hombre hable de finales y de fuegos, de tierras mirando siempre hacia el sur, no llegarán al verdadero sur que en su adolescencia imaginó y deseó. Lo rodean, ahora comprende, una manada de locos en busca de ese falso e imposible idioma universal. Lo rodea una tribu de obsesivos que se tirarían al fuego por las teorías de ese hombre que ahora retoma, con convicción y furia, la palabra. Mira el fuego, mira a su mujer y piensa que si está acá es por ella: ella cree porque en su linaje hay fuego.

Si está acá es por ella, esa lejana heredera del viejo Sherman, que busca expiar una culpa repitiendo un viaje.

6

A medio viaje una de las peregrinas cree reconocerla. Se le queda mirando un rato y luego de una pausa le pregunta:

«¿No eres tú esa actriz?»

Entonces ella, asumiendo la primera de las múltiples máscaras que la acompañarán a través de las siguientes décadas, se limita a fruncir el ceño y a repetir una respuesta muchas veces ensayada:

«No sé a quién te refieres.»

Y la peregrina acepta, no tanto porque crea en su respuesta, sino porque comprende que acá todos están para olvidar, para dejar de lado los pasados indeseables y comenzar una vida nueva. A través de los años la escena se repetirá y en cada ocasión la respuesta será la misma.

7

Su viaje, claro está, no es único ni mucho menos inaugural, sino la repetición de un viaje olvidado. Por todas partes sienten encontrar restos de viajes anteriores. En cada nuevo pueblo logran entrever que su peregrinaje no es único. Antes que ellos hubieron otros. Hombres ingratos que dejaron todo atrás para aventurarse selva adentro. Individuos cansados que un día se levantaron livianos y decidieron dejarlo todo atrás para seguir los pasos de una historia en la que tal vez ni creían. Por todas partes, creen reconocer las huellas de esos antecesores milenarios cuya ceguera ellos ahora repiten como si de una farsa se tratase.

En cada rincón, las huellas: en las camisas con las que los nativos adornan sus pechos, en los desperdicios de plástico que encuentran entre los pueblos, en la atmósfera de falsa expectativa que acompaña su travesía. Huellas de esa presencia invisible que les hace pensar que llegan tarde, que el peregrinaje pudo ser sincero, si tan solo hubiese sido hace diez años, cuando la creencia todavía latía intacta sobre el fuego de la historia. En cada uno de sus gestos presienten la latencia de una repetición olvidada, un *déjà vu* de la verdadera historia. Se tranquilizan diciéndose que es meramente eso: un *déjà vu* producto del cansancio, una ilusión cansada que en nada mancha la autenticidad de su viaje.

Una tarde de lluvia, luego de cinco horas de arduo camino, encuentran una choza pequeña en plena jungla. Techo de zinc, estructura de madera y paja a un paso del colapso. La puerta abierta deja al descubierto el interior. Allí, entre papeles de periódicos viejísimos, un hombre blanco, precariamente envejecido, yace tirado en trapos, leyendo un libro que la madre reconoce, un libro que le recuerda las lecturas de su padre durante sus años de infancia. En plena jungla encuentran a un hombre viejísimo que lápiz en mano lee las obras completas de Heinrich von Kleist en su versión alemana. El lápiz es muy chico y el libro también, lo que hace que aquel hombre parezca enorme, un guerrero visigodo perdido en plena selva. A su alrededor, vacías, algunas botellas de alcohol rodean al hombre. Y desde allí el viejo los ve pasar y sin detener su lectura, como si los esperase desde hace siglos, se limita a hacerles saber, con un gesto medido, que pueden pasar.

Algo en la escena, tal vez la lentitud melancólica con que se detiene frente a aquella choza, tal vez la forma en que parece salir de su perpetua plegaria, les hace pensar que el apóstol reconoce a aquel hombre. El saludo, sin embargo, no llega. Apenas cierta cordialidad, la forma en que el apóstol parece delegar su autoridad, aunque sea brevemente, sobre aquel viejo de barba extensa. Cualquiera diría que el verdadero objetivo del viaje bien podría ser llegar hasta aquí, hasta la choza ruinosa donde un viejo alemán se limita a una silenciosa lectura. Hasta la casa de ese mismo viejo que ahora comienza a hablar, muy despacio y con palabras confusas, como si hiciera años que no tuviese trato humano. Habla en un alemán correctísimo, como si a alguien se le hubiese olvidado mencionar que Múnich anda ya lejos y el pobre hombre alucinase en pleno invierno bávaro.

Nadie, sin embargo, se atreve a detenerlo. Lo dejan hablar, soltar la lengua como si se tratase de un ejercicio terapéutico. Nadie cree que sus palabras tengan sentido, nadie confía en su poder narrativo. Todos, sin embargo, lo observan en su monólogo alucinado, pensando para sí mismos que en algo así podrían convertirse ellos: en unos viejos marchitos perdidos en plena selva. Lo dejan hablar, ya no solo por pena, sino por un miedo mucho más profundo y patente: el miedo de que al fin y al cabo esos sean ellos, ahora, en el presente. Lo escuchan atentamente como si se escuchasen en sueños y creen encontrar allí una intuición valiosa: tal vez en el final de la historia solo queda un viejo marchito narrando una historia que nadie entiende, una historia larga y flaca como un caballo viejo. Lo dejan hablar por eso. Para saber cómo termina esta historia que ahora viven sin comprender.

Horas más tarde sabrán, por medio del único alemán del grupo, que entre tanta palabra balbuceada se contaba una historia. Florian, un joven actor que se pasa sus días representando viejas tragedias para el goce de los nativos, reconstruirá para ellos la historia tal y como la ha contado el viejo marchito. Escucharán así la historia de un duque francés del siglo XVII que un día se levanta con una idea alocada: la idea de gastar toda su fortuna en un proyecto trasatlántico. Apostarlo todo a un gesto único, singular y magnífico. Gastarse la vida en un gesto grandioso pero sencillo: aquel que consiste en construir una magnífica mansión en plena selva solo para luego sentarse a observar, desde una choza humilde, su paulatina destrucción. Gastarse todo en una construcción monumental para luego contemplar su decadencia, su lenta caminata hasta las ruinas.

Y así lo hace: acompañado por un grupo de los mejores arquitectos cortesanos, dedica sus mejores días a elaborar el diseño perfecto para ese monumento magnífico construido para ser una ruina futura. Mientras a su alrededor el dinero fluye en barcos cargados de oro y esclavos, mientras a su alrededor el continente tiembla temeroso ante nuevas guerras, la imagen de ese palacio ruinoso inmerso en la más exótica selva tropical le regala al duque una satisfacción y una alegría. Tanto es el entusiasmo que pronto comprende que no se trata de un mero proyecto: la imagen de esa construcción imposible se convierte para él, al cabo de los años, en una alegoría de toda arquitectura posible. Toda arquitectura, llega a pensar el duque, se convierte, al cabo de un tiempo, en la imagen de un futuro que no fue, arruinado por un presente que se afana en imaginar nuevos futuros. La idea, magnífica y absurda, lo consume. Pasará sus días pensando en sus variaciones mientras el ideal del proyecto se consuma al mismo paso febril con el que se consume su propia fortuna. Morirá pobre, terriblemente solo, asediado por las incontables maquetas de un proyecto imposible que nunca llevará a cabo.

Escuchan la historia del duque y a sus mentes vuelve la imagen del viejo que acaban de ver. Los papeles de periódicos anacrónicos, la cara marchita, la soledad de su eterna lectura. Escuchando la historia, piensan, en un silencio de pájaros cobardes, que algo así es todo esto: un peregrinaje vacío que se consume de a poquito sobre su propia sinrazón. Una caminata larga y pausada hacia un enorme vacío, liderada por otro loco perdido que no comprende que su tiempo ya pasó.

8

Por las tardes, cuando la fiebre baja y vuelve a ser ella misma, la niña molesta a la madre con ideas locas.

«Mamá, mamá», le dice mientras la madre escribe. «Si cierro los ojos soy invisible.»

Entonces vuelve a cerrar los ojos en un intento de comprobar que sus teorías son ciertas.

«¿Me ves?»

Dice eso y otras cosas, pero poco importa. En silencio, la madre prosigue con la escritura, diligente y obsesiva, de sus cuadernos.

9

En las horas libres, la madre se sienta a leer. Mientras su esposo le enseña a jugar ajedrez a algún nativo aburrido, mientras su hija tose enferma en su regazo, la madre saca un libro y prosigue su esbozo de esa tradición que la ha llevado hasta este rincón del mundo: la tradición anarquista. Llegará, se dice, hasta el fin del mundo cargando los libros de esa ilusión que se niega a ceder, aunque todo alrededor de ella le indique lo contrario.

En su cuaderno ha esbozado tres historias: la de los lazaretistas del sur de Toscana, la de los anarquistas andaluces y la de los campesinos sicilianos. Más abajo aún ha esbozado la historia de sus precursores: los taboritas y los anabaptistas. Luego, con esa caligrafía inequívocamente suya, frágil pero altiva, ha terminado por escribir esa hipótesis que la ha traído hasta acá, la conjetura que el apóstol repite una y otra vez como si repitiéndola se convirtiera en verdad:

El fin le pertenece al sur. No hay duda: allá está Davide Lazzaretti, el mesías de Monte Amiata, allá están los braceros andaluces, allá está Piana dei Greci. Aunque los gringos nos los nieguen, no hay otra: la esperanza está en el sur. Se equivocaban los muchachos, sin embargo, al buscar el Sur en Europa. Lo supo bien Aguirre, lo supo mi viejo pariente el loco de Sherman, el verdadero Sur está en América.

Más abajo aún ha escrito un listado de fechas, como quien impone, mediante el mero alegato, una ley secreta dentro de una serie arbitraria: 1820, 1837, 1860, 1866. Solo para culminar con esa fecha que alucina, la fecha en la que el apóstol ha prometido llegar al vidente: «17 de julio de 1978.» Por las noches, cuando ella duerme, su marido revisa las páginas que ha escrito y se pregunta si muy en el fondo ella cree, o si detrás de la ficción ella tiembla en secreto.

10

Cinco días más tarde, cuando el camino empieza a volverse liviano, largo, repetitivo como un sueño, encuentran, al borde de un enorme desfiladero, a otro gringo perdido. Lo encuentran allí, entre una roca enorme y el vacío más puro, drogado y al borde del trance. Vestigio perdido de otro peregrinaje ya olvidado. En este nuevo hombre no hay, sin embargo, la calma total del viejo alemán. El papel que allá jugaban el silencio y la lectura acá lo juega un frenético monólogo dentro del cual el gringo se imagina una genealogía americana. Y dentro de ese torbellino alucinado, dentro de esa disparatada historia, hay espacio para todos: pasan por sus tormentosas frases Cristóbal Colón y el barón Alexander von Humboldt, Hernán Cortés y Moctezuma, los indios de Cipango y el temible Aguirre. La historia americana va a parar allí, revuelta por el aliento alcohólico de un gringo drogado que se alucina descendiente de Jefferson pero también del primer Inca, descendiente de Washington pero también de La Malinche, descendiente de Juana de Arco pero también de Evita. La historia americana narrada por un gringo drogado en plena selva, sin compasión ni tristeza, sino con una furia temible que le viene de lejos, de un lugar que ellos todavía no comprenden pero frente al cual sienten miedo.

El apóstol manda a dos de los peregrinos a que aten al hombre. Ya inmovilizado, el apóstol detiene su monólogo con una pregunta sencilla. Le pregunta su nombre y su origen:

«Mi nombre es Maximiliano Cienfuegos y mi origen es la puta que te parió.»

Lo dice así, con desprecio y arrogancia, mientras acompaña su sentencia con un gran gargajo que cae a los pies del apóstol. Inmóvil, con la voluntad volcada sobre sus ojos claros, tiene algo de esos caimanes enormes que han visto a orillas del río, algo de reptil cansado pero al acecho. Comienza entonces nuevamente su diatriba, esta vez contra el sistema entero, contra el capitalismo y contra un norte omnipresente y terrible, contra el capital y los mercados, contra sí mismo. Sin piedad alguna, el apóstol da el mandato de proseguir el viaje. Y así prosiguen, una secta de individuos dispuestos a negarlo todo con tal de llegar a ese fin que anhelan, mientras a sus espaldas la voz del gringo se vuelve cada vez más lejana y temible, huella latente de ese miedo que empieza a crecer como si se tratase de una gran pesadilla que los incluye a todos. Temerosa, la niña de apenas diez años, enferma y débil, gira el cuello para ver una vez más esa imagen que no olvidará jamás.

11

Esa misma noche la madre vuelve a soñar. Sueña con el hombre que acaban de ver, pero lo ve flaco y pálido, enfermizo como la hija que duerme junto a ella. Lo ve perdido en una llanura enorme, obsesionado con la construcción de una máquina imposible. Sueña que temblorosa se le acerca y le habla de ese otro sueño en donde él les ha contado la historia de América como si se tratase de un vertedero de nombres. Y en el sueño el hombre es otro, una versión pacífica y sobria de sí mismo, una suerte de gaucho que detiene su faena para contarle otra historia: la historia de un archipiélago de islas que se extienden hacia el sur. Y la madre sueña que mira entonces a su alrededor y solo entonces comprende que la llanura no es llanura, sino una constelación de islas separadas por pequeños ríos que fluyen todos hacia un sur luminoso y cálido. Y en el centro ve a ese hombre enclenque, a ese gringo perdido entre islas, que ahora vuelve a mencionar esa palabra que tanto le gusta y tanto le intriga: archipiélago. Un archipiélago de islas como otro archipiélago de nombres, una historia que crece con el croar de las ranas sobre el estupor del verano en plena selva, mientras los hombres cansados duermen.

Se levanta con el sonido de una gotera que cae en plena choza. A su lado, su esposo duerme placenteramente, abrazado a esa niña que cada día parece más enferma. «Faltan unos cuantos días», se dice. A su alrededor ve dormir a los demás peregrinos y a tres nativos que les han servido de guías. Afuera, encuadrado por la puerta de esta choza minúscula, distingue la silueta insomne del apóstol que frente al fuego parece rememorar historias. Vuelve a mirar a su hija y repite: «Faltan solo unos días, no hay por qué preocuparse.» Entonces ve surgir su sueño con una claridad total: ve una multitud de islas sin centro ni fin, perdidas en la mirada de un hombre que no duerme, un hombre que se niega a dormir.

12

Dos días más tarde el padre se levanta y ve a su hija leyendo el cuaderno de su madre. Se queda pensando en qué pensará la niña al encontrar las extrañas anotaciones de la madre. Qué pensará al encontrar esos esbozos de su megalomanía milenaria, su afán totalizador. No la molesta, no la interrumpe. La deja leer, pensando que tal vez es mejor así: que la niña lea y descifre por sí sola si las teorías de su madre tienen sentido. A todos, se dice, nos toca crecer con una locura familiar, con las locuras privadas de nuestros padres. A todos nos toca afrontar, en algún momento, el legado de una generación que apenas tanteaba en la oscuridad.

13

Hay una historia bajo la historia, dice el apóstol. Una historia universal que procede a paso geológico y no humano. Lo dice todo a modo de sermón, pero con un toque científico que desconcierta tanto como reconforta a los peregrinos. Dice: está el tiempo del hombre y el tiempo de los dioses. Luego está el tiempo de la tierra. Una historia escrita a otra escala: a escala natural en vez de a escala humana, escrita con el ritmo de las corrientes subterráneas, escrita sobre las rocas y sobre la corteza de los árboles. Una historia atroz de destrucciones paulatinas que toman siglos pero que terminan un día por salir a la superficie. Un día un hombre se levanta y ve que la tierra humea: allí está la otra historia.

Dice todo eso y luego, como si la historia personal le saliera al paso, se detiene ahí. Lo ven entonces arrugar el rostro y, con la mirada puesta en otra parte, contar la historia de los fuegos.

En la historia hay un niño y un pueblo. Un niño que un día, jugando pelota junto a su primo, descubre humaredas que salen del propio jardín. Un niño común, de pelo rojizo y pálida piel, tímido pero valiente, que ve con sus propios ojos cómo su primo es devorado por la tierra. Ve cómo frente a sí la tierra parece comerse a su primo, pero aun así no tiembla: corre hasta la grieta que acaba de abrirse sobre el suelo y encuentra a su primo allí, agarrado a unas raíces, a decenas de metros de profundidad. En la historia el primo se salva y el niño crece repleto de una furia interna que no comprende del todo. En la historia el niño crece entre las humaredas que empiezan a puntuar el pueblo, entre discos de canciones oscuras y gritos punzantes, con la misma furia contenida con la que bajo la tierra crece el fuego. Ve cómo los padres de su primera novia deciden abandonar el pueblo y se la llevan con ellos, ve cómo su propio primo decide mudarse, ve cómo poco a poco el pueblo se vacía de gente y se llena de humos. Y así mismo ve cómo su padre, aún desempleado, se niega a salir del pueblo que lo vio crecer a él. Crece furioso, sin saber de dónde proviene su furia, hasta que un día se sueña en medio de una selva inmensa y cree escuchar, entre la neblina de un gran incendio, la voz de un niño que parece indicarle el camino. Ese día se dice que solo abandonará el pueblo el día que encuentre a ese niño y esa selva.

En la historia hay un pueblo que deja un día de ser pueblo para convertirse en otra cosa: una ruina, un vacío, una nostalgia. Un pueblo que un día se despierta con la noticia de que su historia ya fue y que lo que queda es seguir, sobrevivir a modo de fantasma. Un pueblo que se vacía de a poquito, pero al que le queda lo que importa: una testaruda voluntad de supervivencia. En la historia el pueblo va cubriéndose lentamente de pastizales, hasta que lo que queda es un cementerio en medio de la pradera y las humaredas alrededor. Turistas perdidos y algún que otro periodista que se acerca a cuestionar a los últimos necios que se niegan a salir. Un pueblo como un cigarro, que se esfuma lentamente, hasta que un día sus habitantes se despiertan y lo que queda son cenizas. Un pueblo minero que había sido próspero en el siglo XIX y que al cabo de un siglo se despierta en su propio sepelio y se reconoce en cada uno de los gestos de los dolientes.

Y en ese pueblo, entre los dolientes hay un niño y ese niño se niega a pensar que todo es una mera coincidencia. Rehúsa pensar que el fuego es una mera casualidad. Un niño que un día, a los dieciséis años, se tatúa una llama en el pecho y jura, por el pueblo que ya no es, que no saldrá de allí hasta descubrir la razón secreta por la cual no podrá morir en el lugar que lo vio nacer.

En la historia los años pasan de manera muy extraña, puntuados por una lógica inhumana, por un tempo geológico al que poco le importan las fechas. El tiempo pasa envuelto en una gran humareda, arropado por el gran tedio de una catástrofe sin antecedentes. Un pueblo oruga, que un día se levanta y se descubre leve e ingrávido como una mariposa. En la historia que cuenta el apóstol el tiempo prosigue, pero poco importa, pues a espaldas del tiempo humano crece la sombra atroz de ese otro tiempo ante el cual la cronología humana se ovilla hasta desaparecer. Todo pasa hasta que un día el niño descubre una noticia que lo saca de su terrible soledad: en otros pueblos también hay fuegos, incendios subterráneos que llevan años, décadas, siglos ardiendo en discreto silencio.

Un día el muchacho descubre que su pueblo no está solo. Leyendo el reportaje que sobre el pueblo ha escrito un periodista neoyorquino, descubre que la lista es extensa: desde la famosa Burning Mountain australiana hasta el Brennender Berg alemán, desde las estepas de Xinjian hasta las Smoking Hills canadienses, la lista se le presenta como un gesto de solidaridad. Descubre así mismo un dato que le parece aterrador: algunos de estos incendios llevan más de mil años activos. Lee el dato y de repente la imagen le llega clara: imagina que allí, bajo la falsa solidez del suelo, se esconde otra historia, una historia subterránea, con conflictos y resoluciones, con pasiones y tristezas, con tempos y rutinas. Una historia geológica que le hace pensar en el inframundo de los mitos griegos, en el antiguo Hades y en el diligente Caronte. Algo, sin embargo, no encaja. No se trata acá de una historia mítica. Se trata de algo real, duro, terriblemente fugaz pero concreto como lo es el fuego. Se trata de una historia dura como ninguna otra, inhumana, pero puntual. Esa tarde corre, corre pueblo abajo como corría de niño. Corre con una ansiedad desconocida mientras siente crecer a sus pies la potencia de una historia desconocida y temerosa que sin embargo lo alivia del peso de creerse único. Corre hasta que llegando al cementerio ve surgir las primeras humaredas y se dice que la historia no termina allí.

Desde ese día, empieza a crecer en él la convicción de que existe otra historia, una historia universal subterránea, escrita a otra escala y con otro fin. Una historia dictada por resonancias a distancia como lo es la aparición de los incendios. Desde ese día alterna las lecturas con la vida, la marihuana con la filosofía medieval, la cocaína con los tratados renacentistas de historia natural. En una tienda de un pueblo cercano, compra un gran tablero de corcho sobre el que cuelga un mapamundi. Sobre ese mapamundi se dedica a localizar los fuegos y sus fechas, convencido como está de que podrá encontrar la lógica detrás de esas apariciones esporádicas. En las tardes vacías de ese pueblo ruinoso, el niño se convierte en un hombre que pasa las horas tirado entre libros y marihuana, observando cómo sobre la pared de su casa empieza a crecer una constelación inaudita. Es por esos días cuando decide comprarse tres pastores alemanes, perros enormes que lo acompañan a todas partes, dándole cierta aura de hombre de montaña. Se deja el pelo largo, se pinta las uñas de negro, empieza a frecuentar los círculos de amigos oscuros. Se convierte, poco a poco, en un tipo raro, con teorías que nadie comprende y una terrible furia que lo consume de a poco. Pero aun así lee: lee a los filósofos y a los matemáticos, a los escolásticos y a los físicos, con la expectativa de que de esa amalgama de lecturas surja algo parecido a una respuesta. El lenguaje de esa historia futura, se dice, será el producto alucinado de una inesperada mezcla entre la ciencia y el arte, entre la historia y la filosofía. Lee con la total convicción de que ese mapa, que poco a

350

poco comienza a llenarse de puntos y líneas, esconde una verdad absoluta.

Lee obsesivamente, pero no encuentra en los libros más que una imagen invertida de su propia voluntad. Es decir, descubre un mundo de fantasías privadas, trazadas por una lógica causal que solo él comprende. Animado por tazas de café que toma una tras otra, imagina que el mapa que traza sobre las paredes de su casa guarda una dinámica interna, una razón política e histórica. Pasa las tardes esbozando ecuaciones en busca de la fórmula que explique ese mapa de catástrofes que tiene frente a sí. Amparado por una paranoia que lo marcará durante años, imagina que todo es una conspiración, un plan regulado por un dios ausente. Es por esos años cuando comienza, a su vez, a politizarse. Se le ve presente en todas las marchas políticas que ocurren en Nueva York, en Nueva Jersey, en Boston, en Filadelfia. Siempre junto a sus tres perros enormes, solo o acompañado por algunos amigos tan raros como él, siempre vestido de negro, siempre esbozando un argumento político completamente incomprensible.

La política, para él, pasa a ser algo distinto. No parecen interesarle las elecciones de turno ni los acontecimientos que aparecen en los periódicos. El compromiso de ese muchacho furioso apunta a otra cosa: a un ritmo que siente bajo la superficie de la historia, a esas grandes manifestaciones históricas que laten, según él, detrás del día a día. Su historia política, por así decirlo, comienza con el Big Bang y sigue hasta el presente mediante un juego de correspondencias que solo él comprende. La política, para él, es un lenguaje privado cuya clave, sin embargo, cree encontrar un día en un libro de historia de los Estados Unidos. Entre decenas de datos irrelevantes, un nombre le sale al paso: William Tecumseh Sherman.

Antes que cualquier otra cosa, lo primero que le sorprende es el nombre: Tecumseh. Le suena prehistórico, mítico, antiguo. Le suena a fuego. Luego, la historia: el padre, un exitoso abogado de Ohio, muerto cuando el futuro general tenía apenas nueve años. La madre, sin herencia, forzada a hacerse cargo de once niños. El pequeño general que se va entonces a vivir con un vecino, el abogado Thomas Ewing, destacado integrante del Partido Whig que llegaría a ser el primer secretario del Interior. Una historia norteamericana envuelta en una tragedia familiar que se repetiría muchos años después cuando, en plena guerra civil, ese niño ahora convertido en general recibe un telegrama informándole que su hijo esta fatalmente enfermo. El pequeño Willy moriría unos días más tarde en un hospital de Memphis, consumido por una fiebre tifoidea que no dejó esperanza alguna. El pequeño hijo muerto a la misma edad a la que él había perdido a su propio padre. El resto de la historia, se dice mientras lee, va envuelta en el dolor de esa pérdida. La famosa marcha hacia el sur del general Sherman, comandante de las fuerzas de la Unión, la quema inmisericorde de la ciudad de Atlanta, la «guerra total» por la que se hizo famoso, los temibles incendios: todo, siente él mientras lee, está manchado por esa rotunda pérdida inicial.

Lee la historia del general William Tecumseh Sherman, la historia de cómo marchó con sus veinte mil hombres hacia el mar sureño, incendiándolo todo a su paso, y la imagen que le llega es precisamente esa: la imagen de un hombre que quiso desesperadamente deshacerse de la memoria de su hijo muerto. Lee la historia de su infame entrada en la ciudad de Atlanta, de cómo, una vez tomada la ciudad, aquel hombre de hombros caídos y andar ansioso ordenó a sus soldados que lo quemasen todo, las casas y los rebaños, los trenes y las iglesias. Lee así mismo, en una imagen que nunca olvidará jamás, cómo mientras sobre la ciudad de Atlanta subía una terrible humareda el general ordenó que la banda del 33.º batallón de Massachusetts tocara una última canción. Entonces recuerda otra imagen: recuerda a Nerón tocando la lira mientras Roma arde. No se detiene sin embargo allí. Se niega a detenerse en el final de esa épica macabra pero gloriosa. Lee de su estrategia de la tierra arrasada y de repente cree tener la clave de todo el asunto, la clave de esa historia natural de la destrucción que ha trazado sobre un mapamundi en media sala. Lee de la guerra total y su épica de la destrucción, y de repente cree entender que la historia que persigue encontró en aquel hombre su encarnación perfecta.

En las semanas siguientes lo único que hace es pensar en la épica Marcha hacia el Mar de Sherman. Le fascina la imagen de esa marcha final que imagina, sin duda, con tintes de gloria. Le atrae la imagen de un batallón de hombres dispuestos a dejarlo todo por un ideal en el que tal vez ni creían. Durante esas semanas decide finalmente darles nombre a esos tres perros que lo acompañan a todas partes. Los nombra en honor al general. El primero, William; el segundo, Sherman; y guarda para el tercero, indudablemente su favorito, el nombre de infancia: Tecumseh, jefe de la tribu Shawnee. Traza sobre el mapa la trayectoria de las fuerzas de la Unión, su paso por Atlanta y luego hacia el sur, hasta que un día, totalmente fumado, cree entender la cartografía que tiene frente a sí: ve los fuegos extenderse en una gran marcha hacia el sur. Ve, con una claridad que no volverá a encontrar en muchos años, la dirección de esa terrible pero gloriosa marcha y se dice que allí está todo: los fuegos, como el general, caminan lenta pero gloriosamente hacia el sur.

Le siguen meses de gran concentración, meses en los que el muchacho no hace otra cosa sino almacenar información: información sobre el general Sherman, sobre la guerra total, sobre el Sur, sobre la técnica de la tierra arrasada. Rellena libretas enteras con los datos y las historias que encuentra. Traza historias paralelas e imagina posible conexiones, empieza incluso a imaginar una posible conspiración política. Almacena nombres de compañías mineras, de compañías petroleras, nombres de dirigentes políticos. Nada, sin embargo, lo satisface. Nada le regala la imagen final. Cree haber encontrado la dirección de la historia, pero le falta el resto. Le falta el cuerpo de esa historia que culmina en un hombre empeñado en llegar glorioso hasta el sur. Frustrado, se entrega al alcohol. Ante la mirada de sus perros, bebe botella tras botella de bourbon barato mientras relee los datos que tiene frente a sí. Se da por vencido, aun cuando a veces intenta decirse que su héroe nunca se dio por vencido a pesar de que moría su hijo en plena guerra.

Son años perdidos, años en los cuales el muchacho intenta olvidar. Intenta, a fuerza de alcohol y drogas, deshacerse de sus obsesiones y de esa idea fija que lo ha forzado a rellenar más de cincuenta libretas con datos que ahora considera vacuos. Son años de drogas duras, de opioides que lo dejan tirado en el sofá, perdido en una calma frágil que los perros se dedican, de vez en cuando, a interrumpir. Su padre muere, sus amigos salen a buscar trabajos en otros pueblos mineros. Amigos que se casan, amigos que salen a la universidad, amigos que dejan de pintarse las uñas de negro y deciden un día salir de ese pueblo que no parece tener futuro. Son los primeros años de la era hippie, de Vietnam, años que profetizan las venideras protestas estudiantiles y la progresiva politización del país del viejo Sherman. Para él, sin embargo, son años que se van envueltos en una neblina suave, en un estupor alcohólico que esconde un profundo desasosiego.

Pero un día una imagen lo sorprende. Se levanta con el ladrido de los perros y descubre, en el televisor de la sala, la imagen de lo que parece ser una gran llama de fuego. Rápido comprende que la imagen esconde un secreto más macabro: lo que ve, lo que apenas entonces cree ver, es la imagen de un hombre incinerándose en plena calle. Ese día, las noticias no dejan de repetir la imagen una y otra vez. La repiten hasta consumirla: la imagen fotográfica de Thích Quảng Đức, monje budista vietnamita de sesenta y seis años incinerándose vivo en plena calle. Recuerda entonces la gran marcha de Sherman, los fuegos subterráneos, el gran mapamundi que crece a sus espaldas como un hijo olvidado y se dice que es hora de volver. Hora de regresar a la batalla.

Viendo la imagen del monje en plena calle, se dice que allí está la señal que esperaba, el símbolo de una historia que volvía a repetirse tal y como él había profetizado. Recuerda entonces un sueño: un sueño en el que aparecía una selva en llamas y en medio de ella la voz de un niño llamándolo.

Desde ese día se entrega totalmente a buscar esa voz que cree haber oído, una voz que ahora cree que saldrá del Sur, del Sur en ruinas de Sherman. Pasa las tardes en la biblioteca, metido entre libros de historia y geografía, convencido de que allí, entre tanto dato innecesario, encontrará escondida la figura de ese niño que ha creído escuchar en sueños. La imagen del monje incinerándose ha vuelto a despertar en él las ansias de totalidad, esa sensación de desasosiego que sintió el día que comprendió que su pueblo acabaría por convertirse en un vertedero de ruinas. Busca esa voz con la misma dedicación con la que desde ese día se entrega a informarse sobre esa guerra lejana que ha visto cristalizada en la imagen de un hombre en pleno acto de destrucción. Muchos de sus amigos, ahora en otros pueblos, son llamados por esos años a participar en la guerra. No él. Ha pasado los primeros años de la guerra arropado en alcohol, envuelto en una ligera sábana de olvido que le ha hecho obviar las cartas de reclutamiento que han llegado. No pretende cambiar. Menos ahora que cree comprender la imagen que ha visto. Vietnam: el nombre le suena contundente y extraño, adecuado al desprecio que siente por un país que ha olvidado a su pueblo.

Es por esos años cuando comienza a escribir. Sobre pequeñas libretas rojas marca Profile, esboza una serie de apuntes que al cabo de un año decide llamar *A Brief History of Destruction*. Se trata de una historia de la destrucción, una historia natural del fuego, una travesía por esa historia larga y flaca que lo obsesiona. Él, que vive en un pueblo que de a poco arde, que ha pasado años envuelto en el alcohol y las drogas, comprende que la destrucción constituye para él una política. Al cabo de dos años tiene ya cerca de diez libretas, repletas de anécdotas y de conjeturas, de fragmentos de una historia que para él culmina en dos imágenes: la imagen del viejo Sherman gozoso en su guerra final y la imagen de ese monje al que ha visto incinerarse en plena plaza. Escribe solo como sabe escribir: cortando y pegando anécdotas que encuentra en distintos libros, citando frases que lee, escribiendo en torno a ellas pequeñas glosas que le recuerdan los viejos libros de historia natural. Cataloga, almacena, escribe, incendiariamente, hasta que un día, revisando unos periódicos, se topa con una noticia en la que cree encontrar la voz que buscaba. Una noticia que comienza con un titular que dice: «*Deep in the Southern Jungle, A Prophetic Kid*». Encuentra esa nota y sin pensarlo dos veces, sin ni siquiera leerla, la recorta y la pega en su libreta. No lee. No necesita leer la noticia para sentir que allí se esconde el comienzo de otra marcha. Sale a caminar en plena noche, convencido de que la noticia sabrá esperarlo.

Esa noche abre una botella de bourbon y camina. Camina hasta más no poder, recorre las siluetas ruinosas de ese pueblo que ya no es. Atraviesa los espacios que fueron –la iglesia que fue, la alcaldía desierta, el antiguo colegio– impulsado por una voluntad de destino. Recorre el pueblo hasta llegar a la vieja autopista de entrada, hasta llegar a la última casa en pie, pero no por eso se detiene. Prosigue su camino hasta adentrarse, tocado por una levedad extraña, en el pueblo más cercano. Deja a los tres perros en la entrada del bar y, al entrar, ve en la esquina a tres mujeres que lo miran con cara de negocio. Y así mismo como las ve se les acerca, les pregunta cuánto sería y al escuchar la cifra no duda en escoger dos, una flaca pelirroja que no para de hablar y una italiana recién llegada que casi no habla inglés. Toma un último bourbon y se adentra, llevado por ellas, en un cuarto con tintes clásicos, en el medio del cual encuentra una cama a medio hacer. Extrañamente lúcido, pide una sola cosa: pide poder escoger la música. Apaga así la insufrible canción de Elvis que toca la vellonera y pone otra cosa, una música extraña, una música extrañísima, que las chicas ni siquiera sabían que estaba en el catálogo, una música de acordes fuertes y profundos, oscura y escalofriante. Una música que profetiza la furia y las ansias con las cuales las penetrará esa noche. La furia con la que buscará un fin en el cuerpo de esas dos mujeres a las que no volverá a ver pero con las que compartirá, por unas cuantas horas, una extraña apoteosis. Las penetra con la furia de quien busca el sexo como cura para un recuerdo agobiante, como quien sabiéndose cerca de la verdad que ha buscado, se niega a mirarle la cara. Y ellas lo miran cerrar los ojos y por un breve segundo temen estar acostándose con un hombre fatalmente enfermo. Ese hombre, se dicen, coge como quien no tuviera nada que perder, como quien, confrontado con la muerte, decide reír y entregarse a un último placer, oscuro y remoto.

Tres horas más tarde, lo levanta el ladrido de sus perros. Escucha el ladrido de Tecumseh, recuerda el proyecto inconcluso que ha dejado atrás y así mismo parte. A su lado, desnudas y sudorosas, saturadas de deseo, las dos mujeres yacen en un abrazo a medio hacer. Termina su whisky, se viste, recoge los perros y vuelve a cruzar, esta vez en sentido inverso, el trayecto que lo ha depositado en un bar de mala muerte. Recorre ese trayecto envuelto en una lucidez extrema. Desprovisto de deseos, se siente finalmente preparado para afrontar lo que viene. Iluminados por las primeras luces del amanecer, vuelve a ver la vieja iglesia, los escombros de lo que fue la alcaldía, su viejo colegio, hasta que a lo lejos ve la silueta de su casa. Y así mismo entra y encuentra, abierta sobre la mesa, la libreta con el recorte de periódico. Encuentra el recorte, con ese título que lo ha hecho soñar *«Deep in the Southern Jungle. A Prophetic Kid»*, y la fotografía, lejana y un tanto borrosa, de un niño de rasgos indígenas, con los brazos levantados hacia el cielo.

Lee y relee el artículo hasta que comprende que lleva tres años buscando en el lugar equivocado. Lleva tres años pensando que la voz saldría de un pequeño pueblo del Sur, sin pensar que ese sur y esa selva podrían estar lejos, mucho más lejos que Alabama, envuelto en un mundo cuyo idioma no comprende. Lleva tres años buscando en los pueblos arrasados por el viejo Sherman, sin imaginar que la voz podría salir de otra parte. Lo asalta entonces la convicción de que de América Latina sabe poco. Sabe poco de las tierras que se extienden al sur del río Grande, sabe poco de su idioma, sabe poco de su gente. Conoce poco del país que alberga esa selva en donde, según comenta el artículo, en medio de una gran tala de árboles un niño ha creído escuchar, entre los árboles, una voz sagrada.

Apenas un niño, tal y como comprende al mirar la foto que acompaña la nota periodista. Un niño de rasgos indígenas, de apenas diez años, que jura haber escuchado una voz que le decía que el final se acercaba y que vendría muy pronto, envuelto en una enorme hojarasca de fuego. Un niño sin padres, huérfano en plena selva, que parece haber convencido a una decena de hombres de que el final se acerca bajo la forma de enormes lenguas de fuegos que devorarán la selva. Pasa ese y los siguientes días leyendo todas las noticias que de ese joven vidente encuentra, hasta que un día la prensa se olvida del niño y para de publicar notas. Pasan semanas, meses en los que la prensa no vuelve a hablar del niño, meses de silencio y olvido, pero no por eso se desanima. Muy por el contrario, es entonces cuando más lee, sobre esa selva y sobre ese árbol, sobre el movimiento indigenista y sobre ese territorio vecino del que cree comprender poco. Lee obsesivamente, con la convicción de que es allá donde debe buscar la clave de su historia subterránea.

En la historia hay un viaje. Un viaje larguísimo que hace un muchacho que cree comprender finalmente algo. Una travesía en la que ese muchacho, vuelto ahora hombre, se empeña en llegar hasta el sur, hasta la Savannah de su admirado Sherman. Una odisea que se extiende de a poquito, de motel en motel, de estación de tren en estación de tren. Una odisea que crece a zancadas, tal y como crece la convicción de ese hombre al que se le ve cruzar el sur americano hasta llegar al Gran Cañón y sentarse a contemplar un atardecer magnífico. Un viaje en el que ve de cerca muchísimas cosas que había jurado que nunca vería: ve morir en plena calle a un hombre negro, ve paisajes desolados y otros magníficos, ve a una prostituta que llora en plena calle, ve a un oso enorme comer peces rojos que caen de una cascada, ve a un migrante mexicano caer rendido a su pies pidiendo ayuda, ve a un hombre ciego tocar el acordeón, ve a un niño de diez años escupir sangre, ve paisajes incendiados y otros en ruinas, ve hombres caer cansados frente al sol, ve hombres partir hacia la guerra y otros regresar muertos, ve a un perro ladrarle al cielo, ve un extraño horizonte color turquesa bajo el cual cree divisar una enorme fila de hombres cansados desfilando hacia el norte mientras él se empeña, testarudo, en abrirse paso hacia el sur.

En la historia hay muchas iglesias y muchos pastores, muchos sermones que el viajero escucha por primera vez, muchas historias bíblicas que alientan sus teorías. Sermones que le enseñan, por primera vez, el valor de la voz, de las historias orales, de las teorías vueltas relatos. Sermones que poco a poco van sembrando en él la convicción de que su verdadero rol será el de apóstol, el de esparcir la palabra de ese niño que en una jungla lejana sueña el fin del mundo. En las iglesias protestantes del Sur, inmerso en el corazón de comunidades negras que lo miran con confusión y con una chispa de desprecio, aprende finalmente a hablar. Él, que prisionero de una furia interna siempre prefirió callar, él, al que muchos familiares creyeron mudo, un día comprende el valor de la homilía y se dedica desde ese día a memorizar historias, a imaginar parábolas, a practicar en voz baja discursos que imagina que recitará algún día frente a esa iglesia propia que imagina honda y oscura como la selva misma. Practica, aprende, memoriza, hasta que un día, sintiéndose listo, empaca sus cosas y se dice que ha llegado la hora de tomar camino. Camina, primero hacia el oeste, hasta llegar a California, y luego hacia el sur, hacia esa región desconocida que lo intimida y lo seduce. Sin hablar apenas español, un día cruza la frontera y decide no mirar atrás.

El resto de la historia prosigue como un sueño. Una travesía larguísima, que dura años, a través de un continente que se escurre por terrenos serpentinos como mordidas de cocodrilo. Viajes en camionetas repletas de gallinas, drogas alucinógenas, encuentros y desvíos inesperados. Años que pasan como pasa un sueño, sin dirección ni sentido claro, inmersos en una corriente que los guía a ciegas, hasta depositarlo, un día que no olvidará jamás, frente a una enorme y magnífica selva en la que, según algunos, se encuentra ese árbol y ese niño. El resto es historia, dice el apóstol, pero hay una historia bajo la historia.

Hay una historia bajo la historia, termina por añadir el apóstol. Y aunque no ha mencionado nombre alguno, todos los peregrinos creen saber la clave de la historia que ha contado. Todos creen adivinar que, aunque se niegue a admitirlo, él es ese muchacho que crece junto a una historia que no comprende. Él es el producto de esa historia y de sus excesos. Entonces creen entenderlo un poco, aun cuando retoma la palabra y su voz vuelve a ser certera y rotunda como la de un pastor, envuelta en esos sermones de alto vuelo que comienzan a parecerles tediosos. Aun en esos momentos, los peregrinos recuerdan la historia del niño, esa historia de un pueblo con fuegos, y vuelve a ellos la sensación de estar frente a un niño que intenta escapar de una historia que lo arropa con una furia muda.

14

Escuchando la historia del apóstol, el padre recuerda la vieja biografía del fotógrafo Nadar que años atrás, el día de su partida hacia América, le regaló su padre. El libro que en un principio acompañó su quehacer fotográfico. Escuchando esa historia de fuegos subterráneos e historias profundas, recuerda los años que Nadar pasó en el subsuelo, fotografiando las catacumbas parisinas. Vuelven a salir a flote aquellas imágenes que hace años le hicieron perder el sueño. Entre esas imágenes que entonces regresan a él, recuerda una vieja fotografía del propio Nadar en las catacumbas, sentado frente a un epitafio ilegible, rodeado por botellas como si se tratase de un borracho. Recuerda la imagen de un hombre cargando a sus espaldas una carreta repleta de osamentas. Un hombre pálido y flaco que, según había leído en el mismo libro, no era ni siquiera un hombre, sino una estatua de cera que el propio fotógrafo había creado como modelo, en aquellos tiempos en los que tomar una foto duraba horas. Recuerda la forma en que, en aquella remota tarde neoyorquina, la idea de que Nadar –el primer fotógrafo en retratar París desde el cielo, el inventor de la fotografía área– hubiese decidido sumergirse en los subsuelos parisinos le hizo vagar, indeciso y perturbado, durante horas. Recuerda todo eso y se dice que, de salir vivo de esta expedición innecesaria, buscará ese pueblo del que habla el hombre y al encontrarlo se dedicará exclusivamente a fotografiar los fuegos de las minas. De salir vivo de este peregrinaje absurdo, se dice, se irá muy lejos, a uno de esos pequeños pueblos mineros, y se sentará a ver pasar el tiempo, a buscar allí una verdadera salida.

15

Tres días más tarde encuentran, a la orilla de un río, el cadavérico tronco de una caoba inmensa. Sobre su corteza, trazados con la delicadeza de una caligrafía divina, los túneles de las termitas esbozan el mapa de otra marcha funeraria. No es ese el árbol del que les ha hablado el apóstol, lo saben. Pero aun así les fascina esa épica en miniatura que trazan las termitas sobre la corteza de los árboles, la forma en que esbozan, sobre la piel de la selva, un texto secreto que solo ellas comprenden. El apóstol es el primero en detenerse frente al árbol, lo besa y luego deja que los demás peregrinos se acerquen. Solo entonces, respetuosos de ese orden ceremonial nunca pronunciado, uno por uno hace su ceremonia privada. Y allí está el árbol, erguido, elegante hasta en su propio cortejo fúnebre, honrosamente derrotado por un enemigo que sin él saberlo le corroía las entrañas. Cuando finalmente llegan al árbol la niña se acerca temerosa hasta que logra observar, más cerca que nunca, los caminos de las termitas. Durante el resto del viaje, por más enferma que esté, no olvidará la imagen de esos túneles minúsculos, por los cuales transitan animalitos capaces de derrotar a un verdadero gigante. Por más enferma que esté las termitas significarán, para ella, la posibilidad de un mundo subterráneo donde las fuerzas se tuercen y el tamaño deja de importar. Un mundo debajo del mundo: un inframundo.

No es ella, sin embargo, la única que queda fascinada con ese mundo microscópico y subterráneo. A partir de ese día su padre encontrará en la microscopía selvática el nuevo objeto de su mirada fotográfica. Desde entonces dejará de prestar atención a los paisajes sublimes, a los ríos en crecida y a las caobas enormes, para concentrar su lente sobre esos pequeños paisajes subterráneos que esconde el subsuelo tropical. La naturaleza dejará, en ese momento, de ser algo enorme y grandioso para convertirse en un mundo escondido sobre lo visible, un mundo reducido a la escala de las termitas, de las hormigas, de los insectos. Las cataratas majestuosas y las sublimes cimas volcánicas darán paso así a un mundo subterráneo, a ese atlas humilde que su lente encontrará escondido en cualquier rincón. Así, mientras el apóstol habla grandilocuencias, el padre y la hija se limitan a buscar en la superficie de lo visible las huellas de esa otra realidad que palpita –secreta, callada, temible– sobre un mundo en el cual no parecería pasar absolutamente nada. Ganarle al tedio, saben, es aprender a buscar los mundos en donde sí pasa algo.

16

Pasan por pueblos vacíos y por otros en ruina, hasta que al cabo de un día, justo cuando parece que acamparán a la intemperie, llegan a un pueblo repleto de lujos. En el camino no han visto nada igual. Cinco jeeps rojos los detienen. Dos nativos de brazos tatuados, cargados de metralletas, les piden los documentos y los revisan hasta que un silbido lejano los distrae. Desde lejos un gordo sudoroso y sin camisa, un criollo tostado por el sol, les da la señal a sus hombres de que los hombres del apóstol son bienvenidos. Se escucha entonces entre el grupo el rumor de un miedo. Un rumor que solo crece tan pronto ven al apóstol cruzar pueblo abajo, llegar hasta donde está el gordo y saludarlo efusivamente. Han llegado hasta acá envueltos en un aura de irrealidad, de lejanía, de levedad, de sueño, pero ahora, finalmente, creen abrir los ojos. Desde una choza cercana, dos hombres de brazos tatuados parecen vigilarlos silenciosamente. Más lejos aún, un grupo de hombres mueve unas cajas a un ritmo que no han experimentado por estas zonas. Finalmente, sienten todos para sí, la realidad se les viene encima, acompañada por un cansancio atroz. Han caminado una tarde entera sin la ilusión de un horizonte ni una posada, solo para llegar a un pueblo finalmente real. Un pueblo testarudamente real que amenaza con abrirles los ojos a medio camino, un pueblo más allá de los alucinantes discursos del apóstol. Miran alrededor y lo ven todo claro: ven el trajín de hombres vestidos con atuendos militares, ven las camionetas repletas, ven la risa siniestra de los hombres que desde la choza cercana parecen burlarse y comprenden, por primera vez, que su viaje es meramente algo secundario. Intuyen que bajo el rumor de sus pasos se esconde otra realidad, menos etérea y más real, de camionetas y metralletas, de hombres cínicos y golosos.

Al cabo de unos minutos el apóstol regresa, acompañado por el criollo gordo. Nunca antes lo han visto así: risueño y parlanchín, cotidiano, amigable. Casi un hombre común. Entre sus risas, creen descubrir una complicidad de años, una amistad que no se atreven a indagar ni interrumpir. Es ahora el gordo el que habla. Les deja saber que al fondo del campamento encontrarán cinco espaciosas chozas donde podrán dormir y bañarse. Les deja saber que no tienen por qué temer. Hoy serán huéspedes de honor. Les deja saber que tendrán comida en abundancia. Les deja saber que este pueblo no es como los otros, que aquí sí hay comida y convicción, comida y trabajo. En silencio, ellos lo escuchan hablar. En su voz descubren el timbre de un poder distinto al del apóstol. Un poder terrenal, descreído, burlón, que coincide perfectamente con la silueta obesa de ese hombre que ahora ven perderse pueblo abajo, al ritmo que imparte a sus hombres nuevas labores, al ritmo que se encarga de eliminar el tedio pueblerino. Ven cómo los hombres, temerosos, aceptan. Y entienden que también a ellos les toca aceptar sin preguntas, caminar cabizbajos, como quienes no quieren la cosa, hasta llegar a las chozas prometidas. Les ha tocado ver la cara siniestra de esa selva en la que creen buscar la salvación. Han visto la cara humana y vulgar de ese viaje que ahora prosigue como prosigue la risa del apóstol, arrastrando mentiras pueblo abajo, abrazada a la risa del gordo.

17

Una pequeña puerta de bambú da paso a la choza: una habitación inmensa con siete colchones rellenos de algas marinas. Siete mosquiteras envolviendo las siete camas y cinco ventanas pequeñas que dan a un patio donde un perro sucio juega a molestar a un par de gallinas que revolotean alborotadas. Una mesa de tablones y el piso de madera. Y luego, lo extraño: una pequeña luz eléctrica que cuelga del techo como si de magia se tratase.

Desde que comenzaron el peregrinaje casi no han encontrado pueblos con electricidad. A falta de luz eléctrica, las linternas han sido sus grandes aliados. Por eso ahora, al ver la bombilla eléctrica, recuerdan con extrañeza la vida que han dejado atrás. Esa vida terriblemente normal, cotidiana y tímida, repleta de peligros mundanos, que ha vuelto a salirles al paso en plena selva bajo la forma de un pueblo atravesado por el contrabando. Esa vida que ha vuelto a salirles al paso con la misma insistencia con la cual, desde una choza cercana, les llega el murmullo de una radio prendida: una interminable e incomprensible amalgama de voces distorsionadas que recrean para ellos la existencia de ese mundo al que han jurado no volver. Un murmullo de voces dentro del cual a veces creen distinguir estaciones donde se habla de cosas mundanas: de climas templados, de resultados deportivos, de los cambios más recientes en la Iglesia católica. Voces terriblemente mundanas que los despiertan a lo real y les hacen recordar que a fin de cuentas apenas se encuentran a quince días de ese bus que los ha dejado sobre las postrimerías de la selva. Apenas a dos semanas de ese bus con olor a boñiga que ha terminado por enterrarlos en ese sueño del que apenas ahora comienzan a levantarse, ojerosos y apestosos. Cansados están, de eso no hay duda. Pero en medio del cansancio revolotea como un moscardón perdido el rumor de una irritación profunda, la sensación –que nadie se atreve a decir en voz alta– de estar metidos en una conspiración ingrata, un negocio sucio como ese trajín de ilegalidades que han visto al entrar al pueblo.

Ha sido entonces una chica polaca la que ha cortado la tensión contando una historia. Ha sido esa chica polaca, tan flaca y ojerosa, de brazos tatuados y espíritu leve, la que ha interrumpido el desasosiego que marcaba la escena contando la historia del llanero de Humboldt. Y todos ellos han hecho silencio, pues creen, con razón, que esta es la primera vez que la escuchan hablar. La primera vez que escuchan la voz, ligera y tímida, de esta chica polaca que ahora retoma la palabra y cuenta la historia de cómo Alexander von Humboldt, mientras atravesaba los llanos venezolanos en busca de anguilas eléctricas, encontró a un hombre singular. Halló, en plena llanura, una magnífica máquina eléctrica, con discos cilíndricos y electrómetros, con baterías, todo bien montado, una máquina tan o más completa que aquellas que había visto en Europa. Preguntó Humboldt entonces por el dueño de aquella máquina y unos llaneros ociosos lo dirigieron hasta una cabaña terriblemente sencilla, donde un gordo de bigote impresionante tomaba café. Se llamaba Carlos del Pozo y según él mismo les contó había construido aquella máquina a partir de lo que había leído en dos manuales clásicos: el *Traité* de Sigaud de la Fond y las *Memorias* de Franklin. Llanero desde siempre, nunca había salido de aquel vasto territorio, nunca

368

había viajado a Europa ni al norte. Aquella tarde Humboldt la pasó con aquel hombre maravilloso, en cuyos modales toscos no se hallaba rastro alguno de la Europa que recordaba, fascinado por el hecho de que en aquellas vastas soledades, donde los nombres de Volta y de Galvani parecían ser desconocidos, un hombre común hubiese construido una versión exacta de aquella máquina que ponía a los europeos a soñar. Al día siguiente, concluyó la joven polaca, Humboldt partió al amanecer y con su partida un opaco atardecer volvió a caer sobre la llanura sureña y sobre ese extraño genio llamado Carlos del Pozo. La polaca ha contado la historia así y sobre el ambiente ha quedado una atmósfera pesada, de sueños a medio formarse y de conjeturas imposibles. Desde sus colchones de algas marinas, protegidos por los mosquiteros, ellos han escuchado la historia y han sentido que algo así es este pueblo extraño: un recuerdo del viejo mundo que se empeña en salirles al paso cuando ya creían haberlo perdido todo. Una vieja máquina eléctrica en medio de una llanura vasta y silenciosa. Mejor, se han dicho, sería rendirse al tedio y al cansancio, dejarse de tanta historia.

Y así mismo la niña ha visto cómo todos han caído rendidos, tocados por un cansancio que les viene de lejos. A ella, sin embargo, la historia de la chica polaca, esa historia de llaneros y de máquinas, le ha producido una extraña ansiedad. Ha recordado la cara grasienta del gordo que los ha recibido y en un breve chispazo ha imaginado que ese gordo no puede ser otro sino el mismísimo Carlos del Pozo. Entonces, atrapada por la curiosidad, concentrando las energías que le quedan, se ha zafado del abrazo de su madre, que ahora duerme, se ha desentendido del ronquido del padre y al abrir la puerta ha vuelto a sentir el murmullo oscuro de ese pueblo extraño. Ha sentido el rumor de un cuchicheo laborioso, los gritos vulgares con los que un capataz impone disciplina a un grupo de indígenas. Ha visto todo eso sin entender de qué se trataba, con el mero presentimiento de que allí se reproducía una escena ancestral. Más abajo, rodeado por media docena de botellas de cerveza que cinco mujeres criollas se pasan entre sí, ha visto al gordo hablando con el apóstol. Algo parecido al miedo, una punzada de hierro azul, le ha atravesado el cuerpo al ver la escena y su reacción ha sido clara: correr pueblo abajo en busca de una escapatoria. Ha sentido temor y alegría, todo en conjunto, a la hora de perderse selva adentro, a la hora de franquear caobas y helechos, fangosas piedras y espinosas plantas, en busca del siseo de ese río que ahora parece crecer hasta volverse omnipresente. En el camino se ha cruzado con hombres y mujeres que miran con extrañeza su piel pálida, ha escuchado voces que no comprende, pero nada la ha detenido. Ha perseguido ese rumor de río hasta verlo aparecer en la distancia y solo se ha detenido al verlo frente a sí. Ha visto sus aguas furiosas y solo entonces, presintiendo que allí se marca una frontera invisible, una línea blanca como el sueño, ha escuchado una voz a sus espaldas y al virarse se ha topado con la cara de ese hombre al que había creído dejar atrás.

En la cara del hombre que tiene frente a sí hay ternura y compasión, una dureza rocosa sobre la cual crece como liana silvestre una sutil gentileza. Ahora que finalmente lo ve de cerca, alejado de los rituales que noche tras noche lo arropan en un aura extraño, siente ver, por primera vez, la cara real de ese hombre extraño. Vista de cerca, la cara del apóstol adquiere una dulzura pueblerina, cierto toque de infancia y de inocencia. Visto de cerca parecería otro: un hombre más joven, más simple, más cercano. Lejos queda la figura apocalíptica a la que la niña ha escuchado pregonar sermones durante las pasadas semanas, lejos queda la temible figura que la ha forzado a correr pueblo abajo buscando una escapatoria. Encuentra, en cambio, una voz frágil, suave y sencilla, que la incita a quedarse.

«*Where are you going my dear?*», le dice.

Y en su voz ella cree encontrar un breve hogar. Luego, con

un gesto sencillo, el apóstol ha apuntado hacia un ramaje y le ha dicho:

«Do you see him, do you see the litttle animal?»

Y ella se ha quedado mirando el ramaje sin ver nada más que eso, un ramaje en plena selva, algunas hojas envueltas en el rumor del río en crecida. Pero él ha insistido y al cabo de unos minutos, en un tercer o cuarto intento, la niña ha creído distinguir, entre el verdoso ramaje, un movimiento animal. Entonces lo ha visto: un animalito perdido entre las ramas que juega a imitar, un animal hecho de palitos camuflajeado entre el ramaje, un animalito a medio camino entre la muerte y la vida. Lo ha visto de repente como quien descubre un sueño y ha sentido inmediatamente que algo así es ella: un animalito que en plena selva juega al escondite, a la inmovilidad, al juego de las máscaras. Un animal enfermo que juega a gastar las horas, a batallar el tedio aceptándolo. Ha sentido todo eso sin comprender lo que siente, hasta que de repente ha vuelto a escuchar la voz del apóstol.

«Es la mantis religiosa», le ha dicho él, regresándola a esa lengua que apenas comprende pero que ahora comienza a sentir cercana. Y ella se ha quedado mirando a ese animal de nombre extraño, de nombre teológico, como quien espera que ocurra algo allí donde no hay nada. Ha esperado unos minutos hasta que de repente ha visto cómo un pequeño insecto se ha posado sobre una rama cercana y la mantis, en un salto imprevisto, la ha devorado golosa. Asustada, ha girado temerosa, esperando encontrar el abrazo del apóstol, pero solo ha hallado la presencia llorosa de su preocupada madre increpándole por su fuga. Se ha quedado pensando entonces en la desaparición de ese hombre extraño al que de ahora en adelante verá con otros ojos.

Esa noche no duerme. Una y otra vez, la asalta la imagen que ha visto en la tarde: el animal apareciendo entre el ramaje, la atroz escena de canibalismo, la voz del apóstol a sus espaldas, la súbita aparición de su madre justo cuando más sola se creía. Esa noche no duerme, recreando una y otra vez lo que ha visto, convenciéndose de que todo el asunto no ha sido más que una mera alucinación y que mañana la realidad volverá a ser lo que siempre ha sido: el telón de lo visible. Pasa la noche en vigilia, pensando en ese animalito de nombre raro, y en su mente todo se mezcla y se confunde: la voz del apóstol, su rostro sincero, el abrazo de su madre, el salto mediante el cual la mantis ha devorado al insecto. Todo se confunde, envuelto en una sábana de miedo. Y de repente la niña presiente que el mundo no es meramente lo visible, que detrás del mundo se esconden pequeños animalitos esperando su momento para el salto, mundos dispares e invisibles. Ha llegado a los diez años desprovista de miedos, liberada de fantasmas y espíritus, pero una breve escena en la selva ha sido suficiente para resucitar temores olvidados. Detrás de todo hay otra cosa, se dice. Y siente que la noche es precisamente eso: la posibilidad de un mundo detrás del mundo. Detrás de la falsa quietud de la selva se esconde la posibilidad de ese otro mundo que hoy ha visto brevemente y del que apenas ahora comienza a aprender una enseñanza fundamental: no hay nada más traicionero que la paz.

18

Días de tormenta. Lluvia incesante y truenos. El rumor de la plegaria del apóstol y, a sus espaldas, la imagen de una indígena que se pasa todo el día tallando pequeñas figuras de santos. Entre arrebatos de tos y alucinaciones febriles, la niña la mira perpleja. Observa, no sin asombro, la cautela con la que la muchacha retoca la madera en busca de la entrada perfecta. En medio de su mundo, esa repetición del mismo gesto llega a parecerle fundamental: todo parece sostenerse allí, en la insistencia testaruda con la que muchacha se limita a repetir un simple gesto. Todo parecería sostenerse allí, tal y como el viejo mundo se sostenía sobre la testaruda convicción de Sísifo de llevar a cabo un proyecto imposible.

Todos los días la misma escena, la misma figurita, el mismo santo. El padre lo ha comprobado con sus propios ojos: cada figurita es exactamente la misma. El mismo santo cuyo rostro parece esconder algunas facciones indígenas y sobre cuyas palmas, extendidas hacia el cielo, se posa un pequeño pajarito. Curioso, impresionado, el padre ha tomado una figurita en la mano y ha podido comprobar que no hay casi diferencias. Ha recordado entonces la historia que le contó un amigo mexicano: la historia de un pintor, un loco prestigioso, que se había pasado la vida pintando las distintas facetas de un mismo volcán. Le habían llegado rumores de que un campesino había visto nacer, sobre una loma, el cráter de un volcán, y él, incasable en su obsesión geológica, no había tardado en dirigirse para allá. Diez años más tarde el viejo barbudo tenía más de dos mil esbozos y pinturas de aquel incipiente volcán. Dicen, los que lo conocieron por aquella época, que tenía, calcadas sobre el rostro, las penas de una locura más lúcida que cualquier otra, una locura suave como un disfraz que alguien se pone un día y no vuelve a quitarse nunca. Dicen, los que lo conocieron en su época tardía, cuando vivía de vagabundo en un hotel abandonado de Cuernavaca, que su lucidez era exacta, puntual, monotemática como lo es la lucidez de los grandes obsesivos. En las tardes tediosas, envuelto en la monotonía de la lluvia, el padre recuerda esa historia y se dice que algo así debería ser la vida: la repetición testaruda de un gesto vacío, la entrega incondicional a una mentira.

Días vacíos como la paz misma, días de tormenta que esconden la vaga sensación de que pronto algo sucederá. A veces, en esos días, el apóstol se aleja de su plegaria y por unas cuantas horas parece regresar al mundo de los mortales. Se sienta como si fuera otro hombre más a escuchar las historias que cuentan los peregrinos. Pocas veces interrumpe, y cuando lo hace, la voz parece ser otra, una voz más suave y sincera, una voz en algo parecida a una leve brisa. Entonces la niña lo mira y cree ver al hombre que ha visto a orillas del río. Un hombre normal y tierno, el mismo hombre que a veces, por las tardes, se sienta a jugar ajedrez junto a su padre. El mismo hombre que a veces, en medio de la tormenta, decide emborracharse junto al gordo. Ese mismo hombre del que sin embargo, en esos días de tormenta, tal vez a causa del tedio, empiezan a esparcirse rumores: se dice que lo del peregrinaje no es más que una forma de esconder sus negocios sucios, se dice que le debe al gordo dinero, se dice que se le ha visto acostándose con un indio, se dice que no hay vidente ni árbol, se dice que no es más que un drogadicto resignado, un peón en una cadena larguísima que ahora, inevitablemente, los incluye a ellos.

A veces, incluso, olvidan su título. Comienzan, como si ellos fueran nativos, a llamarlo «el gringo». Empieza a correr entre los peregrinos entonces el rumor de que el gringo bien podría ser un agente encubierto. Y tal y como corre el rumor se esparce el miedo: el miedo de estar metidos en asuntos ajenos, el miedo de ser peones en un mundo cuya lógica se les escapa. Están dispuestos a participar en el final de la historia, dispuestos a creer en un vidente con revelaciones apocalípticas, pero la idea, cotidiana, vulgar, real, de estar envueltos en una red de negocios sucios les aterra. Para ellos, que buscan desesperadamente salir de las redes de la sociedad, que buscan con ansias el mundo nuevo, no hay nada peor que esta sensación de estar envueltos en las más atroces garras del negocio urbano. Algunos preferirían terminarlo todo, regalarse a una pasión final, antes de verse rebajados a las vulgaridades de un narcotraficante gordo y borracho. Tal vez sea para escapar de ese rumor con cara de miedo que en las tardes de lluvia y temporal se sientan a contar historias ante la sombra atenta de una mujer que diligentemente talla santos.

19

Una tormenta sobrevolando la historia como un gran papalote. Una gran catástrofe, se dice la madre, que diera nacimiento a la naturaleza misma. Una naturaleza, piensa la madre, que fuera el efecto de la catástrofe en vez de su opuesto. Un vertedero enorme de pequeñas historias ruinosas sobre las cuales crece el musgo de un tiempo por venir. Un mundo de escombros, producto de una tormenta que pasó hace mucho y a la que llegamos el día después. Se dice eso y en su mente los sueños, las historias y la memoria se confunden. Entonces cree recordar la imagen de una cabaña en plena selva y ve adentro a un hombre, viejo y marchito, que escribe una enciclopedia larguísima ignorando que afuera el temporal se acerca.

Esas y otras cosas se dice la madre para negarse a afrontar lo evidente: que están, sin lugar a duda, en un pueblo vulgar, huéspedes de un hombre que se gana la vida de mala manera. Esa y otras cosas se repite la madre para negarse a ver los camiones que entran y salen del pueblo.

20

Al tercer día se levantan a una paz particular. Enredados sobre las mosquiteras, los rayos de luz son la primera señal de que la tormenta es cosa del pasado. Basta mirar por la ventana para ver que lo que queda es una leve resaca de tormenta envuelta en el trajín de camionetas que ahora vuelve a inundar el pueblo. El padre mira la esquina usual buscando a la talladora de santos pero no la encuentra. Apenas unas cuantas figuritas que la muchacha parece haber dejado atrás, santos que de seguro no alcanzaban su estándar de perfección. Toma una y se la da a la niña, que justo esa mañana se levanta más animada, sin fiebre y con un entusiasmo inusitado. La niña, mirando la figurita desconcertada, responde:

«Mira, una figurita del apóstol.»

Furioso, incapaz de aceptar la lógica monstruosa en la que han aceptado meter a su hija, el padre busca la figura del apóstol con ánimos de venganza. Lo busca por todas partes, hasta que comprende que simplemente no está.

Se levantan al tercer día y de repente notan que su líder no está. Lo buscan por el pueblo, en la casa del gordo, en los alrededores del río, pero nada. No hay huella del gringo. Preguntan en el pueblo pero nadie sabe de él. Incapaces de hallarlo, imaginan lo peor: la deserción o la muerte. Lo imaginan flotando río abajo, su cuerpo el último mensaje del gordo, lo imaginan entre el ramaje silvestre, picado por alguna víbora, lo imaginan envenenado por algún peregrino furioso. Lo imaginan muerto y se dicen que imaginarlo muerto sería mejor que imaginarlo desaparecido, con ellos a medio camino, sin posibilidad de salir de ese pueblo de mala muerte.

Lo encuentran siete horas más tarde, pueblo abajo, envuelto en una pelea monumental con el gordo, de la que intentan, sin lograrlo, descifrar algo. Todos lo saben sin decirlo: toca partir. Tres horas más tarde una camioneta los deja a medio camino, en una pequeña cabaña en medio de la selva, repleta de arañas y de huevos de serpiente. En una esquina, borracho, un nativo dormido parece alucinar en sueños. Ellos también descansarán allí. Luego, al amanecer, muy temprano, partirán. Una semana, ha dicho el apóstol. Una semana más de camino y llegarán al vidente. Y aunque no dicen nada, sienten cierta ansiedad, cierto miedo, al pensar que en siete días estarán en ese lugar del que tanto han escuchado, ese lugar que les ha hecho dejarlo todo atrás: los trabajos, las familias, el idioma, la vida. Una imagen, sin embargo, les asedia: la imagen del gordo sudoroso, la imagen de ese otro pueblo, real y vulgar, del que acaban de salir. Han prometido salir de la historia pero la historia parece salirles al paso, sudorosa y vulgar. Una semana, se dicen.

21

Esa tarde, para distraerlos, el actor alemán representa una vez más, para ellos, la pieza teatral con la que a menudo divierte a los nativos. Una obra del siglo XVII, en un alemán antiguo que ninguno de ellos comprende, pero frente al cual caen rendidos. Una pieza muy extraña, que les hace pensar en el cine mudo y en el mundo de los mimos, en la fragilidad de los caballos y en el silencio de los monjes. Un monólogo en el que parece haber una sola voz, tartamuda, que tropieza sobre sí misma una y otra vez. Una pieza antiquísima pero detrás de la cual sienten una voluntad muy moderna. Y ríen, porque en la pieza hay mucho de comedia y comedia es lo que quieren. Comedia es lo que necesitan para esconderse de la grotesca imagen de otra risa: la risa de ese gordo que en un pueblo cercano bebe cerveza.

22

Le siguen noches oscuras, estáticas y silenciosas, en las que el padre distrae a la niña contándole historias celestes. Noches calladas, en las que la naturaleza late impaciente como un caimán preñado. Conversaciones larguísimas, en las que la niña, cansada y débil, se limita a escuchar las alegorías de su padre, para quien cada constelación guarda una nueva historia, un nuevo mito, una nueva forma de entretener el aburrimiento y la enfermedad. Historias que apaciguan el miedo y que intentan devolverle la familiaridad a ese entorno que ahora la rodea como una pesadilla larga y flaca. Historias que batallan contra el calor y contra el tedio, anécdotas que todavía guardan para sí una última esperanza. Enferma, la tímida niña escucha e intuye que detrás de tanta palabra se esconde agazapado un temor muy hondo. Un temor que intuye pero calla, protegida como está por una convicción alegre: su padre le contará historias hasta que ya no haya historias que contar.

Y es que lo que su padre no sabe es esto: a ella le gustan las noches, la oscuridad y el silencio. En las noches todo es posibilidad, universos ovillados. Sonidos, ruidos, rumores: a esas horas el universo se limita a murmurar, y ella se divierte imaginando los mundos que laten tras esa amalgama sonora. Se divierte, por así decirlo, catalogando murmullos: el croar de las ranas, el gruñir de los cerdos, el siseo de la lluvia, el chirrido de las cigarras, el paso cansado de un oso hormiguero, el zumbido de un moscardón perdido, el incesante crecer de un río cercano. Más ligeros aún, casi inaudibles pero sí imaginables, le inquieta pensar que si prestara suficiente atención, algún día distinguiría, entre todos los sonidos, aquel que designa el militar paso de las termitas. Si prestara buen oído, se dice, alcanzaría a distinguir el puntual paso de las hormigas, el letal arrastre de la serpiente, la mortal danza de la tarántula. Desde la orilla del río ha visto, llegada la noche, los ojos expectantes y rojos de caimanes insomnes, ojos que la remiten a la mirada profunda y cansada del apóstol.

Siente entonces un poco de miedo.

Lo ha visto en las noches. Mientras los demás duermen, él se aleja del grupo y en la distancia se le ve más vivo que nunca, envuelto en un susurro de plegaria que lo asemeja a un tordo mojado. Lo ha visto permanecer a la intemperie en noches de lluvia, descampado y solo, con el torso desnudo y cabizbajo. Estático y mágico como ese insecto que él mismo le ha mostrado en plena selva. Un animal terriblemente inmóvil jugando al escondite. Una criatura a medio camino entre lo vegetal y lo animal, entre la muerte y la vida. «Mantis religiosa», la ha llamado él, y a ella esa expresión, inscrita en esa lengua que apenas comienza a entender, le ha sonado extrañamente familiar. Mantis religiosa, ha dicho él que se llamaba el animalito, y a ella, que apenas roza los once años, la expresión le ha hecho pensar en las noches en plena selva, cuando todos se levantan a contemplar a los otros dormir.

Ellos no saben que ella sabe. Ellos no saben que ella los ve a todos despertar a media madrugada, mirar alrededor y sentarse a contemplar la escena con ojos de preocupación. Ellos no saben porque a ella, cual animalito selvático, le gusta sentir que no la ven, le gusta sentirse invisible e inmóvil en el momento de rendir vigilia. Y así los ha visto a todos en sus quehaceres nocturnos. Ha visto a su madre que noche tras noche se levanta a esbozar sus sueños sobre esa pequeña libreta que carga a todas partes, ha visto a su padre levantarse cada madrugada a verla dormir, ha visto al apóstol deambular las noches inmerso en su plegaria insomne. Los ha visto a ellos y también a los otros: al borracho británico que espía el cuerpo de su madre tan pronto la ve dormir, al alemán que todas las noches gira su cuerpo nervioso buscando un sueño que no llega, a la chica californiana que todas las noches, llegadas las tres, mira alrededor como quien busca una familia. Los ha visto a todos, inmersos en sus sueños y en sus temores, despiertos en una vigilia que no parece tener fin. Sin comprender qué ha visto, su mirada ha tropezado sobre una pareja de hombres enredados como lianas, envueltos en un rumor de vida cuyo sentido le parece todavía opaco. Ha visto eso y de pronto una extraña sensación la ha invadido, la intuición de que si pudiera quedarse terriblemente quieta, inmóvil como ese animalito que ha visto, todo volvería a la normalidad y ella despertaría un día en casa.

Entre las largas caminatas que puntúan sus días, sus padres han intentado explicarle la razón del viaje. A ella solo le ha quedado algo claro: todos quieren ver más. Todos quieren ver mejor. Todos buscan la lucidez con la misma desesperación insomne con la que en las noches buscan el alba. Entre noche y noche, sus padres le han contado que al final del camino hay un niñito como ella, un niño muy joven y enfermo, solo que muy sabio. Un niño como ella que un día se ha levantado y ha visto un mundo distinto y que ese mismo niñito los espera para contarles lo que ha visto. Le han hablado de historias subterráneas y de fuegos milenarios, de cosas que a ella le suenan a pura fantasía, cuentos que a su edad deberían interesarle, pero por alguna razón la dejan fría. Le han contado la historia completa y por alguna razón a ella se le ha quedado grabada la imagen de un niño que al caer la tarde se sienta a mirar un espejo. Un niño flaco y pálido, cansado de ver siempre lo mismo, que con los últimos destellos de luz se sienta a ver los espejismos de un paisaje falso. Un escalofrío le ha recorrido entonces el cuerpo y ha sentido una tristeza profunda por ese niño y por todos los niños, pero también por sus padres. Ellos, todos ellos, quieren ver. Ella, en cambio, ha prometido volverse invisible.

23

Tan pronto el padre termina un nuevo cuento, a ella le da por preguntar siempre lo mismo. Tan pronto el padre dice fin, ella se apresura a molestarlo preguntando una pregunta sin sentido:

«¿Y después del fin?»

Su padre la abraza y la calienta. Luego le cuenta otro cuento y todo vuelve a estar bien. Pero muy para sí se queda pensando en esa pregunta que la niña le ha planteado. Una pregunta que lo deja despierto muchas noches, solo para volver a surgir por las mañanas:

«¿Y después del fin?»

24

Días arduos, de caminatas extensas y poco descanso. Una semana, ha dicho el apóstol, y ellos se limitan a seguirlo. Días en los que atraviesan ríos furiosos, repletos de árboles y de basura. Caminos repletos de lianas. Selva tupida y oscura. Tardes en las que atraviesan pequeños pueblos en los que comienzan a ver cada vez más signos reconocibles: nativos que utilizan los mismos rosarios del apóstol, las mismas velas de santos, las mismas joyas. En todos esos pueblos parecen reconocerlos y, sin embargo, no los detienen. Los acecha la extraña sensación de haber estado allí, los invade la incómoda sensación de haber olvidado algo. Pero se dicen que no importa, que apenas será una semana. Una semana de verdadera marcha, en la que el padre se niega a tomar fotografías, pensando como está todo el tiempo en esa historia de fuegos que ha contado el apóstol, en la imagen del viejo Sherman marchando junto a sus hombres hacia el sur. En las tardes húmedas, sudado hasta más no poder, el padre recuerda la historia que ha contado el apóstol y se jura que, de salir de este laberinto, buscará ese pequeño pueblo y pasará allí el resto de sus días. Tardes en las que el padre, con la niña muy enferma a cuestas, batalla por sacarse de encima el desasosiego que le produce ver con cuánta pasión se entrega su esposa a ese peregrinaje absurdo. Cuando se acabe todo, se dice, buscará un pueblo minero y dedicará sus días a fotografiar el subsuelo. El problema, sin embargo, es que los días pasan, las caminatas se extienden y la tierra prometida no aparece por ninguna parte.

Lo que sí comienzan a aparecer, espontáneamente distribuidos por la selva, son pequeños terrenos delimitados por alambres de púas, extraños sembradíos sobre los cuales crecen plantas verdes cuyos frutos, en algo parecidos a calabazas, los nativos comen hasta embriagarse. A medio camino, la imagen de un nativo drogado comienza a volverse usual. Los encuentran en plena selva, a veces solitarios y melancólicos, a veces envueltos en grandes jolgorios. Los encuentran drogados, envueltos en monólogos que, sin embargo, nunca se detienen a escuchar. No hay tiempo. Una semana, ha dicho el apóstol, no más. Apurados, atraviesan esas pequeñas escenas alucinatorias como si todo fuera una obra teatral, un sueño drogado, sin detenerse pero siempre al tanto. Un día, al borde de un río, encuentran a un nativo envuelto en un discurso atropellado, enredado en palabras drogadas cuyo idioma no comprenden. Es un hombre muy chico, de pies morados y mirada bizca, totalmente desnudo, que detiene su discurso tan pronto los ve y en un castellano muy pobre los increpa. Escupiendo, más que hablando, les dice que no encontrarán lo que buscan, que lo que se avecina es pura farsa, que la tierra se la robaron a su abuelo y que el hombre que los guía es conocido en sus tierras por sus mentiras. Ellos lo escuchan hablar, balbucear sus acusaciones, y se dicen, para sí mismos, que todo es producto de la droga. Lo ven meterse al río, regresar a su plegaria, y prosiguen su camino.

Al tercer día, de mañana, ven una avioneta atravesar el cielo. Signo de cercanía, piensan algunos. Dos horas más tarde, atraviesan un pequeño poblado en ruinas. Pequeñas casas sin habitantes, casas incineradas hace poco, saqueadas y quemadas. Y al borde de una mansión calcinada una suerte de jardín enorme con

386

flores de todos los colores, exquisitamente dispuestas, pequeños árboles claramente extranjeros, una pequeña fuente. Alguien, pareciera, ha dejado la casa hace poco. Alguien ha olvidado un jardín en plena jungla. Les extraña la escena y sin embargo les hace respirar. No preguntan nada. Si algo han entendido desde un principio es que en este viaje toca aceptar. Ven cómo el apóstol se detiene frente al jardín, cómo lo mira, cómo se persigna antes de entrar en la casa.

Y ellos lo imitan.

Entran así en esa pequeña mansión en plena jungla que les hace pensar en los mundos que han dejado atrás. Descubren, entre la ruina que ha dejado el fuego, muchísimos relicarios junto a una foto enorme de un viejo coronel. Descubren un cuarto repleto de mapas de la jungla y, junto a los mapas, intactas, decenas de pequeñas estatuas parecidas a las que han visto en el pueblo del gordo. Más adelante, saqueada, una biblioteca carcomida por las termitas, con cientos de libros que los peregrinos se sientan a revisar entre las ruinas.

Entre los libros que encuentran, algunos son de particular interés: los diecisiete volúmenes de la *Geografía* de Estrabón, los cinco volúmenes del *Cosmos* del barón Alexander von Humboldt, las cinco cartas que Colón envió a los reyes luego de su segundo viaje. Almanaques de viaje, catálogos de historia natural, libros que catalogan el mundo en categorías arbitrarias y hermosas. Libros devorados por las termitas que parecen haberse salvado del fuego. En el mismo anaquel que una vieja enciclopedia alemana, la madre encuentra una *Historia de las Guerras de la Independencia* entre cuyas páginas halla pequeños recortes de magazines del momento, fotografías de actrices y actores, el esqueleto de un insecto extraño. Allí, perdidas entre sus páginas, lee historias atroces, registros numéricos horribles que documentan muertes como si se tratara de estrellas. Se distrae leyendo historias del ejército realista, nombre que le hace pensar en un ejército opuesto, un ejército antirrealista que, como la vanguardia, se dedicara a contemplar la destrucción del realismo. Riendo, se dice que si alguna vez le tocara participar en alguna guerra, ese sería su bando: al lado de la vanguardia irrealista, en batalla decidida con la realidad.

En esa misma biblioteca, perdido entre dos anaqueles rotos, el padre encuentra un libro para la niña. Un libro escrito por quien pareciera ser un aprendiz de Julio Verne. Un libro que habla de un viaje muy largo, tan largo que los días no dan ni las fechas cuadran, pero en el cual el mundo aparece completo, ovalado y navegable. En la historia que se cuenta hay un capitán y una guerra, una catástrofe y un naufragio. Hay una fuga y luego largos años de viaje –Londres, Sevilla, Tánger, Nueva York, Calcuta, La Habana, San José–, un viaje que luego se extiende tierra adentro, hacia el sur, hasta culminar en un travesía larguísima. Trescientas páginas que narran la travesía del protagonista, un marinero belga, sobre la intemperie sudamericana. Miles y miles de palabras dedicadas a narrar los años que pasa el belga en la Patagonia cazando ñandúes junto a los indios tehuelches. Son páginas extrañas, que aburren a la niña hasta dejarla dormida, pero que al padre le provocan la inquietante sensación de estar metido en un mundo sin salida, páginas en las que el belga acompaña a los indios en una caminata larguísima por la llanura patagónica, mientras los indios intentan cazar ñandúes a fuerza de paciencia, forzándolos a una caminata enorme que los deja exhaustos y luego, sobre las planicies antárticas, los condena a una muerte pausada. Páginas que describen un tedio muy particular: aquel que describe una caza en donde la muerte es vista como una resolución inevitable.

Esa tarde, mientras los peregrinos indagan entre las ruinas de la extraña mansión, el padre busca una salida en las páginas de ese extraño libro de niños que ha terminado por mostrar su costado atroz, un libro cuyo final se prolonga más de lo debido hasta que el lector mismo cae derrotado como un ñandú en plena llanura.

No le queda claro si el final del libro es un chiste, un disparate o simplemente un error de imprenta. Poco importa. Esa tarde no hace sino pensar en la larguísima caminata de los tehuelches. Se queda pensando en el tedio de las noches a la intemperie, en los espejismos del desierto, en los días finales del ñandú y en su inevitable muerte. Piensa en la culminación de ese trayecto absurdo y se dice que los finales deberían ser algo así: no tanto un corte brusco ni una resolución absoluta, ni siquiera la propuesta de un horizonte abierto, sino un punto al que se llega exhausto.

A su lado, inmersa en un libro, su mujer fuma.

Los finales, se dice, tendrían que ser algo así: un cigarrillo que se consume de a poquito hasta que no queda más que una pequeña colilla quemándonos los dedos. La imagen entonces le llega clara. Imagina la larga caminata hacia el sur de los tahuelches y al final de esa larga caminata ve emerger la tierra que durante tantos años persiguió: ve emerger, al fondo del desierto, la Tierra del Fuego que hace años trazó sobre un viejo mapa y se dice que lo más seguro es que en la historia que lee los indios nunca lleguen a alcanzar al ñandú, tal y como Aquiles nunca alcanzó la tortuga ni su esposa terminará realmente por consumir el cigarrillo. Imagina que en el libro que lee son los indios los que quedan exhaustos al cabo de los días, mientras derrotados por el cansancio ven alejarse, sobre el fondo metálico de la llanura, la silueta de la parvada de ñandúes que prosiguen su camino hacia el sur.

Esa tarde no termina el libro. Se niega a terminarlo, inmerso como está en la imagen infinita de esa gran marcha animal que se adentra hacia el sur a paso lento. Se niega a saber cómo termina ese chiste largo que un escritor francés parece haberle jugado al viejo Julio Verne.

Esa noche acampan en el jardín, rodeados por la selva. Por primera vez en mucho tiempo creen entender que llegaron al viaje buscando un jardín para luego encontrarse con las ruinas de una selva que ya no existía. A su alrededor, los sonidos nocturnos les recuerdan que apenas quedan unos días. Creen escuchar dos avionetas más atravesar el cielo, creen escuchar sonidos puntuales que les parecen extrañamente humanos, ruidos que les hacen pensar que tal vez están en una encerrona. Duermen poco. Se limitan a dejar pasar las horas a sabiendas de que apenas quedan cuatro días y que la selva parece rodearlos por todas partes. Horas que, a falta de relojes y medidas, se pierden entre lo oscuro.

Esa tarde, entre las ruinas calcinadas de la mansión, han visto un gran reloj. Un antiguo reloj de piso que parece haberse salvado de la destrucción. Lo han visto y la sensación ha sido extraña. Llevan veintisiete días en este viaje y solo ahora, al ver el reloj de piso, con sus manecillas atoradas y su lustre anacrónico, han pensando en la cronología de minuteros que han dejado atrás. Llevan veintisiete días envueltos en un tiempo distinto, en un tiempo lunar, un tiempo que llamarían natural si no fuera porque algo en ellos les dice que el verdadero minutero lo llevan dentro, marcando el paso. Esa tarde han visto el reloj y han recordado una de las primeras instrucciones del apóstol: dejar atrás el tiempo. Mientras acampan en el jardín, sienten que los rodea un tiempo extraño, geológico y pesado como ese reloj anacrónico e inservible que yace perdido en plena jungla. Insomnes, creen escuchar el repicar de cinco campanas. Nerviosos, se dicen que la locura no anda lejos.

De todos ellos, tal vez la más animada es la madre. La madre que durante esas horas escribe, en una página nueva:

El poder solo se expresa en la capacidad para la destrucción. Habría que pensar la destrucción en sí como una categoría política. Estética también. El creador crea destruyendo. El político construye un nuevo mundo entre las ruinas. Habría que pensar esa relación inicial entre el arte y la política, esa violencia inicial que irrumpe tan pronto el pintor decide manchar, con un trazo inicial, el lienzo. Pensar la violencia de la primera línea, del primer trazo, del primer verso. Una violencia inicial, que no derrame sangre sino que abra espacios. Un mundo nuevo salido de las llamas como lo pensaron los griegos, un mundo nuevo salido de una violencia repleta de misericordia y pasión como lo imaginaron los dioses. Habría que pensar ese acto de destrucción como la base misma de toda política posible, como la posibilidad misma de hacer temblar los fundamentos. Escribir una historia natural de la destrucción como si se tratara de un tratado sobre estética.

Son breves notas de diario que por las noches, mientras ella duerme, el padre se dedica a leer, aterrado y con un miedo que le cala los huesos. Notas breves que le hacen pensar que no es ella la mujer que alguna vez amó. La mira dormir y se dice que por lo menos ella duerme, mientras que él se limita a contar las horas de un insomnio que se vuelve más y más común.

Esa noche la madre vuelve a soñar. Se sueña en medio de la guerra, en batalla con ese ejército realista del que tanto ha leído en las pasadas horas. A medio sueño comprende, sin embargo, que todo se trata de una gran confusión. Comprende que el escenario de la batalla no son las extensas llanuras sureñas ni las montañas andinas, sino un museo de nombre extraño. Se sueña en un gran museo, un museo vacío y largo sobre cuya sala principal yace tendido un mapa enorme, sobre el cual un hombre en algo parecido al apóstol camina. Camina dejando caer algo, una suerte de pintura que rápido se torna en llamas que recorren su superficie en siluetas serpentinas. Sueña que un hombre produce un mapa en llamas y que los espectadores lo aplauden. Y en el sueño ella está allí, aplaudiendo a un hombre en el que cree, diciéndose que algo así tendría que ser el arte del futuro: una empresa contra el mundo y contra la representación del mundo, un grito ahogado en pleno océano, que solo escuchan las algas y los peces. En el sueño el fuego prosigue hasta devorar el mapa entero y luego, de a poquito, al artista. Y ella se ve aplaudir, con aplausos que bordean en la histeria, convencida de que algo así será el futuro.

25

A la mañana siguiente, apenas amanece, parten. Dejan el jardín, la casa y el poblado incinerado atrás y vuelven a adentrarse en la selva. Los persigue la misma sensación de acecho, de estar envueltos en una encerrona invisible. Encuentran pequeñas chozas perdidas entre la selva, abandonadas hace poco, sobre cuyos pequeños patios, separadas por pequeños alambrados, crecen sembradíos de calabacines alucinatorios. Sobre las piedras empiezan a encontrar dibujos extraños, de figuras públicas y de superestrellas de cine, iconos cinematográficos y políticos pintados a colores. Creen descubrir, pintada a crayola sobre una roca enorme, la imagen de Marilyn Monroe y, junto a ella, la de Simón Bolívar. Cien metros más abajo, se topan con un nativo drogado que parece cantar alegre.

Apuran el paso.

Atraviesan una pequeña quebrada y luego un gran patio de helechos que cubren una roca rojiza sobre la cual encuentran otro dibujo: esta vez de lo que parece ser un extraño coronel español junto a Audrey Hepburn. En las próximas horas verán muchas de estas extrañas parejas. Algunos, como el padre, reirán. Algunos, siguiendo al apóstol, dirán que nada extraño ocurre. Algunos, como la madre, intentarán buscarles el sentido a esas extrañas pinturas. Algunos, como la niña, se limitaran a preguntar de qué se trata.

No recibirán respuesta alguna.

A mediodía, cansados, convencidos de que tendrán que descansar en alguna de esas chozas abandonadas que han visto a medio camino, ven surgir una pequeña montaña y junto a ella creen reconocer el ruido de una muchedumbre. Temerosos, la escuchan acercarse, bulliciosa y estridente, hasta que sobre la loma ven aparecer la máscara del primer niño.

Con el sol muy alto, a mediodía, se ven confrontados por un ejército de cien niños que bajan la montaña corriendo, sus rostros cubiertos por máscaras blancas, los cuerpos morenos y los pies ágiles. Un malón de niños que cruza una frontera improvisada cargando una enorme bandera color morado sobre la cual se traza un árbol blanco y frente a la cual los peregrinos retroceden asustados. El apóstol, sin embargo, no se inmuta. Camina entre el batallón sin miedo, los saluda, los mima como si fueran sus propios hijos: una manada de hijos sin rostro. Los peregrinos se limitan a mirarlo y a imitarlo. Prosiguen su camino mientras a su alrededor los niños se limitan a tocar los rostros, las manos, los brazos de los peregrinos. Se limitan a atravesar esa improvisada nube infantil, dentro de la cual los niños ríen ocultos bajo máscaras idénticas. Muchas noches, algún rumor nocturno les ha hecho imaginar una posible sublevación indígena. Nunca, sin embargo, imaginaron que esta vendría envuelta en la risa de una manada de niños.

Inmersa en esa extraña procesión, la niña olvida por un momento su enfermedad. Ha llegado hasta aquí siendo la única niña del grupo y ahora la infancia parece rodearla por todas partes. Más que nada, más que la edad de los niños o su cantidad, más que la extraña lengua que hablan, le interesan las máscaras. Las manosea tal y como ellos manosean sus brazos. De pequeña ha jugado a las máscaras y la verdad es que estas no son tan distintas. Son máscaras de plástico, como las que usan los niños en los cumpleaños, con una sonrisa marcada sobre el rostro. Y es ella, entre todos, la que alza la voz lógica. Es ella la que pregunta: ¿y de dónde salieron estas máscaras? Ninguno de los peregrinos le puede contestar. Creen haber llegado al fondo de la selva, pero a cada paso que dan la modernidad les juega una nueva carta. Creen haber llegado a un origen sin tiempo, pero un ejército de niños se dedica a recordarles que la selva a veces se viste de plástico. Y así prosiguen, cuesta arriba, subiendo esa montaña de la cual han visto bajar a los niños. Así prosiguen hasta que, llegando al tope de la montaña, el panorama se despeja y entonces creen ver lo que hasta entonces han buscado. Ven una llanura inundada entre dos montañas, ven los islotes que puntúan la escena como si de islas se tratara y recuerdan las palabras del apóstol. Recuerdan cómo ese hombre que ahora camina rodeado por niños les ha hablado de una gran ciudad trazada sobre un archipiélago de islas.

26

Lo que entonces ven, o creen ver los peregrinos, no admite comparación. Apenas una descripción exacta:

Sobre una enorme llanura anidada entre dos mesetas, cientos de pequeñas islas parecen flotar livianas. Entre ellas, tejiendo el paisaje como si de costuras se tratara, pequeños canales de agua esbozan, sobre la gran alfombra verde, la imagen inolvidable de un gran archipiélago de islas. Cada isla, a su vez, parece albergar un pequeño templo. Cientos de templos puntuando la llanura, todos idénticos, todos mirando hacia el este. Una ciudad de templos perdida en plena jungla, que crece en espiral hasta llegar a una isla central sobre la cual los peregrinos creen ver un templo enorme, con cinco torres y múltiples jardines. Una imagen de postal que no imaginarían haber encontrado ni en el más alucinante rompecabezas, pero que ahora tienen frente a sí como si de un espejismo se tratase.

Perdidos entre esos canales, ven cientos de pequeños botes y dentro de esos botes creen descubrir cientos de hombres que transitan lentamente por la ciudad de islas. Han llegado hasta acá pensando ser los primeros, pero la imagen que ven les deja saber que llegan tarde. Sobre el paisaje, una multitud de diminutas figuritas humanas se desplazan por esa ciudad que pareciese haber sido dibujada a escala. Esa ciudad que parece más la maqueta de un imperio antiguo que cualquier otra cosa. Ven niños, muchísimos niños que se pasean entre los canales de esa ciudad como si de un teatro se tratase. Niños como los que ahora los rodean a ellos, oscuros y chicos, un ejército de infantes idéntico al que ahora los toma de la mano y se dispone a guiarlos en el camino que ha de terminar depositándolos en esa extraña ciudad que les hace pensar más en Asia que en América, más en el desierto que en la jungla. Al cabo de un mes de arduo viaje, exhaustos, ven surgir ese extraño archipiélago de islas y creen finalmente haber encontrado el final de la travesía.

El apóstol se limita a darles la bienvenida pronunciando la primera profecía del vidente. En dos días, según ha predicho el vidente, ocurrirá el primero de los eventos: la aldea será el epicentro de un terremoto.

27

Lo que le sigue a esa visión, el frenético torbellino de eventos que sigue al pronunciamiento del apóstol, solo se vuelve visible retrospectivamente, como la paradoja que da sentido a este viaje absurdo. En las cuarenta y ocho horas que siguen, el padre ve cosas que nunca imaginó. Cosas que le parecen sacadas de un circo, pero que a los ojos de los demás peregrinos ganan proporciones épicas: allí donde él ve la lamentable explotación de cientos de menores, los demás ven un ejército de niños iluminados. Allí donde los demás ven un pequeño vidente, él ve la triste figura de un niño perdido entre sus propias mentiras. Allí donde los demás ven la resolución de la historia, él ve una gran farsa que se extiende con la fuerza de la peor epidemia. Lo han llevado hasta allí para que rinda testimonio fotográfico de esa ciudad utópica, pero lo único que puede sentir Yoav Toledano durante las horas que anteceden al evento es la alegría y el desconcierto que le provoca el saber que muy pronto terminará todo. Ha llegado hasta el final de la selva solo para encontrar que al final del viaje el viajero encuentra un simple reflejo de su propio deseo.

Por eso, tal vez, no le extraña cuando, llegado el día y la hora de la profecía, nada ocurre. Ningún terremoto, ningún fuego, ningún final. No le extraña que no ocurra nada, precisamente porque no esperaba nada. O, por decirlo de otro modo, esperaba precisamente que no ocurriese nada. Desarticular la fantasía, para así poder regresar, llevar a la pequeña a un hospital, regresar a la vida que dejaron atrás hace una década. Regresar al mundo y dedicarse a vivir como el más normal de los mortales: ver televisión, comer papas fritas, dedicarse a gastar los días saboreando el tedio. Lo que sí le sorprende sin embargo es ver cómo, a pesar del fracaso de su profecía, el apoyo de los peregrinos hacia el vidente solo parece crecer. Lo que le sorprende es ver cómo los peregrinos vuelven a arropar con frenético entusiasmo al pequeño vidente a pesar de su fracaso. Ha llegado al final del trayecto esperando el momento del desencanto, solo para comprender que el colapso solo sirve para desencadenar la furia del fanatismo.

Tal vez por eso, cuando su esposa le pide que tome una foto de su hija junto al pequeño vidente, Toledano termina por cuestionar, de una vez por todas, la odisea en la que anda envuelto. Por primera vez, en el instante en que escucha la voz de su esposa pidiendo la foto, siente ya no solo pena ni tampoco odio, sino una mezcla de desesperanza e impotencia que lo fuerza a tirar la cámara al suelo. Si la recoge y toma la foto no es porque haya cambiado de parecer, sino porque piensa que tal vez, en un futuro lejano, la foto será al menos la evidencia de ese terrible vacío que había encontrado al final del viaje. Pero en el momento de tomar la foto sabe más. Sabe que en ella no encontrará ni horror ni pasión, sino un burdo retrato vacío: la cara perdida de un niño de apenas diez años, inmerso en aquel gran teatro y, junto a ella, la cara pálida, confundida y enferma de su propia hija, reflejo inmediato de su propia confusión y desasosiego. Solo entonces, al tomar la foto, comprende que ha llegado el momento: toca partir.

Esa misma tarde, mientras su esposa escucha las profecías del vidente, toma a su hija enferma y escapa. Si le preguntaran no sabría describir el trayecto que lo llevó a través de selva, de vuelta al pueblo del gordo. No sabría describir qué tipo de instinto animal lo ayudó a recorrer el trayecto inverso hasta descubrir a lo lejos las humaredas de ese pueblo perdido en plena selva. Nadie, sin embargo, le preguntará. Esa misma tarde, luego de dejar a la niña en el pequeño hospital del pueblo, revisa un pequeño atlas hasta encontrar, entre la decena de pueblos mineros, aquel del que ha hablado el apóstol. Le da un beso a la niña, le deja un libro de dibujos animados y parte, a sabiendas de que algo ha culminado.

FRAGMENTO #317
(El gran Sur, Viviana Luxembourg)

Quisiera escribir estas líneas en código. En un idioma privado que solamente entendiéramos ella y yo, mi hija y yo. ¿O no se reduce a eso la vida: una larga estela de eventos sin forma que culmina el día que alguien traza un garabato en la arena y solo dos personas creen entender la clave que allí se esboza? Yo vi lo que los otros no vieron, tal vez por el hecho de que nunca quise ver lo que se supone que viera. Yoav no vio nada. Bastaba mirarlo a los ojos para saber que no veía lo que yo veía. Bastaba escucharlo respirar para comprender que tantos años detrás de la cámara habían terminado por volverlo ciego a la escena de injusticia que allí finalmente aparecía. Ver es creer, decía mi abuela. Pero también es saber qué se quiere creer. Yoav piensa que yo me lo creí todo. No entiende, no quiere entender, que yo comprendí la farsa de todo aquello pero sentí algo más: sentí la tristeza de ver a aquel niño explotado por un hombre blanco que lo había convencido de que actuase para todos nosotros aquella pantomima, sabrá Dios a cambio de cuántas monedas. Ver es entender lo que está en juego. Yo vi lo que otros no vieron, tal vez por el hecho de que ellos, en su egoísmo, buscaron en aquella escena la realidad que querían. Todos, incluso él, buscaron ver allí la escena de una salvación que no existía y no lograron comprender que detrás de aquel vacío se hallaba una historia de desencantos y violencias. Vieron al niño y detrás del niño no

401

vieron nada. No vieron la larguísima fila de niños, pasados y futuros –negros, indígenas, mulatos– que buscaban sobrevivir en un mundo que los expulsaba de un inicio. Buscando el final del mundo, no supieron verlo cuando lo tuvieron frente a sí. Yo vi lo que otros no vieron. Y supe que no podía salir, que mi historia estaba allí y que el tiempo había terminado por separarnos a Yoav y a mí, a los dos jóvenes que en plena noche habían roto las expectativas sociales cruzando una frontera invisible. Cada cual ve lo que quiere ver, decía mi abuela. Yo vi las tierras arrasadas de mi tatarabuelo Sherman y en ellas, en un reflejo que no olvidaré jamás, las tierras que años más tarde arrasarían las fuerzas de Efraín Ríos Montt. Vi a un niño perdido en un voraz ciclón histórico que no lo dejaba quieto, batallando en un teatro cruel que no obedecía ley alguna: ni la de la farsa ni la de la tragedia ni la de la comedia. Yo vi lo que los otros no vieron y supe al instante que Yoav no entendería, precisamente porque aquel era el garabato sobre la arena cuyo significado solamente entenderían dos personas. Ella y yo. Mi hija y yo. Yo vi y en el momento supe que mi hija vería también, aunque tuviesen que pasar los años. Algún día volvería a aquella escena y entendería lo que yo había visto: esa larga cadena de injusticias que terminaba en una escena que fingía el fin del mundo y sobre cuya sombra crecía la larga estela del desencanto. Supe que algún día ella entendería que detrás de ese niño se escondían muchos otros niños. Supe que entendería, aunque tal vez fuese ya demasiado tarde, mi fidelidad a esa visión y que algún día la tomaría como suya. Sentí entonces una enorme alegría. La alegría de saber que desde ese instante algo nos juntaba eternamente, un idioma secreto, un lenguaje privado que solo ella y yo hablaríamos de ahora en adelante y frente al cual su padre lamentablemente quedaba exiliado. Supe que algún día ella volvería a ver el garabato sobre la arena mojada de la historia y comprendiéndolo me perdonaría. Ese día, me digo, es hoy. Y repito: me gustaría haber escrito esta carta en un idioma secreto, en ese idioma secreto que trazan los mares y que solo entendemos las parias de la historia, ella y yo, mi hija y yo. Tú y yo.

Quinta parte
Después del fin (2014)

Lo absolutamente inútil es lo que me interesa revelar. No conduce a nada, aquello que nunca ha conducido a nada. Si acaso intercambios por los pasillos del túnel, saltos entre pretendidas imágenes arquetípicas. Pero es irrelevante la pretendida trascendencia de todo esto. Solo un fosco humito, al final. El fosco humito que reporta. Nada.

LORENZO GARCÍA VEGA

Hace dos años, en medio de un terrible invierno repleto de nieve, justo cuando creía haber dejado finalmente atrás la historia de aquella enigmática familia, algo –tal vez las largas temporadas de nieve e inmovilidad, tal vez la sensación de exilio que me invadía cada vez que llegaba el invierno– me hizo pensar nuevamente en la extraña historia de la que había sido parte. Muchas veces, durante aquella fría temporada, contemplando la nieve amontonada frente a mi casa, pensé en escribir todo aquello como si de una historia se tratase, como si todo hubiese sido una simple ficción. En cada ocasión el mismo obstáculo me detenía. Recordaba la ya remota pregunta de Tancredo –«¿Tragedia o farsa?»– y la imposibilidad de encontrar un tono adecuado desde el cual narrar todo aquello me salía al paso, forzándome nuevamente a la inmovilidad y al tedio. En más de una ocasión pensé que aquella historia pedía un género camaleónico, algo entre la tragedia y la farsa, pero la imposibilidad de traducir mi pensamiento en escritura terminó, una y otra vez, por dejarme postrado frente al papel, inmóvil e incapaz de escribir ni siquiera una palabra. Solía entonces colar una taza de café negro que bebía mientras desenfundaba las viejas carpetas repletas de apuntes y fotografías, aquellas que mostraban el archivo en ruinas de aquella familia cuya historia había sido, en un principio, una historia feliz. Narrar, volvía a reflexionar en casos como esos, no era más que encontrar un camino de vuelta a casa. Yo, sin embargo, no había regresado a casa en más de veinte años.

Un par de meses más tarde, a finales de mayo de 2014 –cuando todavía incapaz de hallar el tono adecuado pasaba las tardes esbozando comienzos fútiles–, la noticia apareció en la prensa: en un comunicado pronunciado por el Subcomandante Marcos en las tempranas horas de la madrugada en la comunidad La Realidad, en Chiapas, este había anunciado el fin y la desaparición del personaje llamado Marcos y su reemplazo por el Subcomandante Galeano. Esa noche, en vez de esbozar tentativos comienzos, recuerdo haberla pasado leyendo y releyendo el mensaje de despedida de Marcos. Era, como todos los suyos, un mensaje poético, repleto de intensidad y pasión, que empezaba con unas palabras contundentes: «... estas serán mis últimas palabras en público antes de dejar de existir». Recuerdo que la idea de esa desaparición retórica me hizo pensar en Giovanna, en el viejo Toledano, en Virginia McCallister, en toda esa lista de seres que parecían empeñados en demarcar los límites del arte de la desaparición. Pensé en ellos y la imagen que me vino a la mente fue la del tablero de corcho sobre el cual, casi quince años atrás, había visto cómo Giovanna intentaba apropiarse de una realidad que le era en un principio ajena. Recordé brevemente cómo en ese entonces la había mirado con cierto desdén, con la condescendencia de aquel que mira a quien se inmiscuye en asuntos que no comprende y no pude sino sentir cierto remordimiento. Luego, continué leyendo aquel mensaje que esbozaba, sin duda, una poética del anonimato mucho más clara que la que hubiese podido dar yo o cualquiera de mis colegas: «Nuestros jefes y jefas dijeron entonces: "Solo ven lo pequeños que son, hagamos a alguien tan pequeño como ellos, que a él lo vean y por él nos vean." Empezó así una compleja maniobra de distracción, un truco de magia terrible y maravilloso, una maliciosa jugada del corazón indígena que somos, la sabiduría indígena desafiaba a la modernidad en uno de sus bastiones: los medios de comunicación. Empezó entonces la construcción del personaje llamado Marcos.» Leí aquello y no pude sino pensar que en algo tenía razón Giovanna, a pesar de que nuestro proyecto no hubiese llegado a puerto. Algo en ella intuía la presencia de ese nudo oscuro e incierto al que todos queremos llegar algún día. Algo en ella comprendía desde entonces ese extraño truco de magia que era Marcos y se empeñaba en comprenderlo bajo su propia ley. Me limité entonces a copiar en limpio unas líneas que me parecieron iluminadoras y que sentí que delineaban ese tono narrativo que durante tanto tiempo había buscado sin éxito: «Tal vez al inicio, o en el transcurso de estas palabras, vaya creciendo en su corazón la sensación de que algo está fuera de lugar, de que algo no cuadra, como si faltaran una o varias piezas para darle sentido al rompecabezas que se les va mostrando. Como que de por sí falta lo que falta.» El tono que buscaba, pensé, era precisamente ese: un tono que apuntara, no sin alegría, hacia la pieza eternamente ausente. No pude sino pensar en la última noche que había pasado con Giovanna, en el rompecabezas que habíamos dejado a medias, en la conversación que nunca terminamos. El pronunciamiento terminaba con una sentencia categórica: «Así que aquí estamos, burlando a la muerte en la realidad.» Si algún día logro escribir la historia de esta familia, me repetí entonces, su historia se resumiría precisamente así: una larga broma para burlar la muerte.

Dos semanas más tarde, el 11 de junio, aparecía, en los medios de difusión y de prensa, una inesperada noticia. Muy pronto abriría, en una pequeña galería de arte contemporáneo en Puerto Rico, la exposición póstuma de una diseñadora de modas recientemente fallecida: Giovanna Luxembourg. La noticia iba acompañada de un detalle que me pareció relevante: la diseñadora había dispuesto las instrucciones precisas para que la muestra apareciera exactamente siete años después de su muerte. Había, así mismo, dejado instrucciones explícitas en torno a la localidad a ser usada, en torno a la organización de las piezas y en torno a los textos que acompañarían la misma. Había, por así decirlo, curado su propia muestra póstuma. Decir que me sentí traicionado sería mentir. Sentí algo más, una extraña sensación de desasosiego, una suerte de *déjà vu* que no logré sacarme de encima hasta que a la semana recibí la invitación personal. Se trataba de un pequeño sobre en cuya apertura aparecía únicamente la firma de Giovanna. Al abrirlo, la invitación aparecía elegante pero genérica, de no ser por un pequeño detalle incluido en la parte inferior: el esbozo de un pequeño quincunce que me hizo sonreír brevemente.

Recuerdo que esa noche soñé. Soñé que atravesaba los pasillos vacíos de un museo enorme, convencido de haber llegado un poco tarde, mientras apurado buscaba a Giovanna sin encontrarla. Soñé que recorría los pasillos de aquel museo vacío, convencido de que aquella suerte de mausoleo era la propia exposición: el museo mirándose a sí mismo. Me levanté sudado y con el sueño todavía vivo. Algo en él me hizo recordar la anécdota del robo de la *Mona Lisa,* la forma en que, en las semanas que siguieron al robo, miles de curiosos se apiñaron en las salas del Louvre a observar el espacio vacío sobre el cual, hasta hacía una semanas, colgaba la pintura que acababa de robar Vincenzo Peruggia. Recordé esa anécdota y me quedé pensando en museos, en vacíos y en mausoleos, en la forma en que ciertas cosas solo se hacían visibles al desaparecer, hasta que la imagen de Giovanna interrumpió mi pensamiento y me forzó a afrontar la realidad. En un gesto final, parecía decidida a forzar mi regreso a casa. Pasé horas despierto, pensando en la súbita desaparición de Marcos y en la gran travesía del viejo fotógrafo, en la imagen final de Virginia McCallister ante la justicia y en los últimos recuerdos que guardaba de Giovanna, hasta que llegada la madrugada caí profundamente dormido. Cinco horas más tarde, cuando finalmente me levanté, no tardé en comprar un boleto.

Ocho días más tarde un avión me llevaba de vuelta a ese país del que había salido hacía ya más de veinte años. Sin épica, sin sublimidad alguna, escuché cómo el avión despegaba mientras a mi izquierda, terriblemente cercana, una muchacha terminaba de comer su hamburguesa. Lo mío era lo opuesto al regreso épico de Ulises. Lo mío, pensé entonces mientras veía surgir las nubes, era un regreso desprovisto de Penélope y de Telémaco, un vulgar regreso a un hogar que me lo había dado todo pero que al cabo de veinte años amenazaba con convertirse en el peor de los espejos. Ni siquiera, temí, los perros me reconocerían. Y así, envuelto en esa historia que mi mente empezaba a componer de a poco como si de un rompecabezas se tratase, cuatro horas más tarde vi surgir por la ventanilla la imagen de postal que ya casi comenzaba a olvidar: la vieja ciudad amurallada y, a su alrededor, el mar. Enmarcada por la ventanilla, la imagen aparecía desprovista de nostalgia. Reconocí las siluetas de la gran laguna, algún que otro edificio de gobierno, la propia trayectoria del avión en su aterrizaje. Volvía nervioso, temeroso de no reconocerme en las viejas poses, de parecer irremediablemente extranjero, de perderme sin más entre la gente. De todos los comienzos, pensé al ver finalmente la pista de aterrizaje, el más difícil era sin duda aquel impuesto por el retorno. De todos los objetos de deseo, me dije al reconocer el indudable verde de los trópicos, el más seductor y temible era sin duda aquel que reflejaba nuestro propio origen.

Luego no pensé mucho más.

Me limité a escuchar la voz de la azafata que nos daba la bienvenida y me dejé llevar por dos viejas en cuya plática creí reconocer el habla de mi remota abuela. Me dejé guiar, en fin, por los ritmos del recuerdo y de la memoria, esos mismos que juegan al escondite durante años y solo reaparecen cuando uno los creía ya olvidados.

Tal vez por eso, en un intento de evasión, me aseguré de que mi llegada coincidiese con el día de la exposición. Así, pensé, pasaría las horas envuelto en trámites urgentes en preparación para el evento y evitaría darme tiempo suficiente como para entregarme a los demonios de la reflexión. No me defraudó, en un principio, el plan. El avión aterrizó a las cuatro y a las cuatro y media tomé el taxi camino al Viejo San Juan, con la mente puesta en que dos horas y media más tarde, a las siete, tendría que estar listo para salir hacia la exposición. Mientras por la ventanilla veía pasar ese panorama tan reconocible y a la vez tan modificado de hoteles y autopistas, de letreros y de gente, mi mente se distraía sorteando –con la precisión del mejor secretario– la sucesión de eventos que tendrían que ocurrir para que yo estuviese listo a la hora adecuada: media hora de taxi, quince minutos para el *check-in,* media hora para asentarme y tomar un baño, media hora para caminar hasta la galería. Detrás del telón de aquella cotidiana aritmética, sin embargo, la memoria preparaba su asedio: disponía los olores, los sonidos, la atmósfera precisa para que la emoción del recuerdo aflorara llegado el momento. Aun cuando yo me negaba a entregarme al recuerdo, mi pasado parecía empeñado en construirme trampas.

Días más tarde recordaría la reflexión de un poeta argelino para quien la patria era un ruido de fondo, una sensación de lugar más que una serie de memorias. Pero eso sería más tarde. Esa tarde creí estar a salvo del recuerdo y del pasado, atrincherado como estaba dentro de mi aritmética mental, hasta que el taxi tomó una derecha y el mar apareció finalmente, con una precisión y una puntualidad que no olvidaré nunca. Solo entonces, frente a aquel mar tantas veces visto y tantas veces olvidado, sentí el golpe de un batallón de memorias confusas acumuladas detrás de una extraña alegría. Reviví, en un instante, las horas que habían transcurrido desde mi llegada y la patria regresó a mí con la misma fuerza alegre con que a veces, de manera inesperada, reconocemos una melodía ya olvidada. No pude evitar sonreír, apertura que el taxista tomó para entablar conversación:

«Lindo el mar, ¿no? Oiga, ¿de dónde es usted?, ¿venezolano?»

Una simple línea bastó para expulsarme de la recién retomada patria. Una simple pregunta capaz de devolverme a ese anonimato turístico desde el cual me limité a responder con una escueta afirmación, temeroso de ser descubierto como un nativo irreconocible. Luego callé, mientras frente a mí veía aparecer el paisaje que me había acompañado durante mi adolescencia: las calles adoquinadas y los edificios coloniales, el aire de una ciudad turística que, sin embargo, guardaba sus secretos y sus olores. Diez minutos más tarde, cuando el taxi finalmente se detuvo frente a una pequeña casa convertida en hostal, me limité a pagar sin entablar más conversación. Sentí un extraño desasosiego al reconocer, justo frente al hotel, una vieja barra que solía frecuentar de adolescente.

La exposición quedaba en un viejo edificio que había sido —según me contó el muchacho que atendía su impresionante puerta de madera— la casa de un antiguo marqués esclavista. Tal vez por eso, al atravesar finalmente el portal, no pude sino pensar en la cantidad de bolsas repletas de oro que en algún momento habrían poblado aquel luminoso patio interior, en la cantidad de noches en las que, a oscuras, dos hombres habrían negociado allí el valor de una vida. Habría seguido pensando en tales cosas, dispuesto como estaba a permanecer distraído, si no hubiese sido porque, al verme entrar, una muchacha de ojos verdes y pelo oscuro me llamó por mi nombre desde una esquina repleta de gente. La reconocí de inmediato como una de las antiguas ayudantes de Giovanna, una muchacha entonces muy joven, en cuyo rostro, sin embargo, finalmente empezaban a mostrarse las huellas del paso del tiempo. «El tiempo tatuado sobre el rostro», medité recordando las epigramáticas frases de Giovanna. Alegre de verme, la muchacha me explicó que, según había dictado la diseñadora, la exposición la componían cuatro salas de distintas temáticas, por las cuales podía transitar a placer, sin preocuparme por el orden. Intentó entonces entablar conversación pero otra voz, esta vez gritando su nombre, la distrajo, y mientras la veía volver al grupo, aproveché la oportunidad para escabullirme entre las docenas de personas que abarrotaban el patio principal. Indeciso, decidí empezar por el primer cuarto a la izquierda, no sin antes leer una breve cita que adornaba una de las paredes del patio interior a modo de epígrafe. Una cita que inmediatamente reconocí como una de las muchas que Giovanna y yo habíamos discutido en nuestras pláticas. Impresa sobre una pared inmaculadamente blanca, la cita decía:

> Recuerdo perfectamente estar con Picasso durante el comienzo de la guerra, en el Boulevard Raspail, cuando el primer camión camuflado pasó. Era de noche, habíamos escuchado del camuflaje pero no lo habíamos visto, y Picasso, al verlo, se quedó mirándolo atónito y exclamó: «Sí, fuimos nosotros los que lo inventamos, esto es cubismo.»
>
> Gertrude Stein

Convencido de que lo mejor era escapar de la muchedumbre, evitando así reconocimientos y charlas, no me detuve allí ni pensé mucho más en la cita. Decidí, en cambio, adentrarme en ese primer cuarto que aparecía precedido por un título que francamente me gustó: *Teoría del color*. Recuerdo que, al entrar, la cantidad de material que vi –compuesto principalmente de citas y de cuadernos, de apuntes y de imágenes, incluso de un viejo abrigo coloreado– me hizo pensar en mi propio archivo, aquel que documentaba mi larga conversación con la diseñadora. Todavía hoy, dos años más tarde, cada vez que pienso en la enorme cantidad de material que aparecía desplegado entre las paredes de aquella vieja casa esclavista, termino recordando una imagen en particular: un retrato en el que aparecía un niño posando

412

frente a la cámara, en uno de esos viejos estudios orientalistas de fin de siglo. Sobre su brazo izquierdo se posaba un búho que cualquiera creería real si no fuese porque una pequeña nota al calce advertía de que se trataba de un búho taxidérmico. Recuerdo que al ver aquella foto pensé que aquel niño parecía cansado, tal vez incluso anémico. La foto era una perfecta alegoría del insomnio, pensé, mientras re-  cordaba una vieja fotografía de Kafka de niño que había visto hacía un tiempo. Me pregunté entonces por los padres del niño, a quienes tal vez miraba tras la cámara y que permanecerían para siempre en ese siglo que justo llegaba a su término y en el cual, a más de cinco mil kilómetros de distancia, en los recovecos de la vieja casa colonial en la que estábamos, la esclavitud era toda-vía una realidad. Aquel niño, pensé mientras observaba el cra-quelado que marcaba la imagen, era indudablemente un hijo de ese nuevo siglo que apenas se vislumbraba, repleto de cámaras e imágenes. Ese siglo que Giovanna y yo habíamos visto extinguir-se de a poquito, sin dejar más huellas que esta extraña exposición en la que me veía ahora envuelto.

Según leí en los largos párrafos que adornaban las paredes de la vieja mansión colonial, el niño se llamaba Abbott Handerson Thayer, había nacido el 12 de agosto de 1849 en Boston y su historia era una extraña mezcla de tragedia y heroísmo. Había pasado sus años de infancia en la zona rural de New Hampshire, a las faldas del monte Monadnock, cuyos monumentales paisajes habían inspirado en él un afán naturalista que había concretado

413

con una serie de primerizas incursiones en el mundo de la taxidermia y de la pintura paisajista. A los quince años, buscando nutrir estas pasiones, Abbott se había mudado a Boston, donde había conocido a un viejo pintor de nombre Henry D. Morse, de quien había aprendido lo necesario para ser aceptado, a los dieciocho años, en la reconocida Escuela de Arte de Brooklyn, donde, bajo el tutelaje del reconocido Lemuel Wilmarth, terminaría por consumar su carrera como pintor naturalista y conocería a Kate Bloede, su futura esposa. Según leí, a esos primeros años alegres, les seguían dos décadas de tristeza, marcadas por tres muertes que dejarían al pintor sumido en una melancolía sin límites: la muerte de sus dos primeros hijos, William Henry y Ralph Waldo, y la muerte de su esposa Kate en 1891, de resultas de una infección pulmonar.

Recuerdo que aquella noche, al leer sobre aquellas tres muertes recordé la frase de Marcos que recién había leído unos días atrás: «Así que aquí estamos, burlando a la muerte en la realidad», y me dije que todo lo que seguía en aquella vida era tal vez un intento de olvidar aquellas tres muertes mediante la elaboración de un arte del anonimato y del camuflaje. Junto a aquella foto inicial del joven Abbott al lado de su búho taxidérmico, encontré una serie de imágenes que me hicieron pensar en mi trabajo en el museo y en Giovanna, en su interés por la mimesis animal y en su capacidad por vislumbrar la muerte como el más temible camuflaje. Según leí, el 11 de noviembre de 1896, cinco años después de la muerte de su primera esposa, Abbott Thayer se había presentado en el congreso anual de la Asociación de Ornitólogos Americanos dispuesto a revolucionar el campo de la biología evolutiva. Decía haber encontrado una explicación a la amalgama de colores que distinguía al reino animal. Según explicó aquella tarde frente a una sala repleta de espectadores, la naturaleza del color en el reino animal obedecía a un principio muy sencillo: el de la protección evolutiva. Cada pluma y cada color correspondía al color que el animal debía tomar en un instante de peligro, para

así poder camuflarse sobre el fondo natural en un intento de evitar ser devorado. Quedé impresionado al leer la lista de personajes que habían intervenido en el debate que años más tarde, en 1909, surgiría tras la publicación de su primer libro, titulado *Concealing-Coloration in the Animal Kingdom*. Reconocí el nombre del filósofo William James, del cofundador de la teoría evolutiva Alfred Russel, de Winston Churchill y de Theodore Roosevelt. La política, pensé al leer los últimos dos nombres, se empeña siempre en perseguir al arte. Más abajo, junto a una serie de esbozos y dibujos del propio Thayer, encontré otro dato que me pareció interesante. Inicialmente imaginada como una investigación puramente científica, los estudios de Thayer sobre mimetismo y coloración habían tomado una nueva dirección tras el comienzo de la Gran Guerra, cuando el pintor había comprendido que sus teorías sobre coloración podían ser utilizadas por los militares para imaginar nuevas estrategias de camuflaje.

Quien lograra hacer invisibles a sus soldados ganaría la guerra. Junto a esa nota –que terminaba mencionando una frustrada

415

visita de Thayer a Churchill en los albores de la guerra– encontré una imagen de un buque británico camuflado, seguida por una nota que me pareció notable, un dato finalmente relacionado con la historia del diseño que tanto había importado a Giovanna. Según la nota, el 12 de marzo de 1919 el Chelsea Arts Club había convocado, bajo el nombre de Dazzle Ball, a un baile para el cual habían pedido a los invitados que vistieran patrones de negro y blanco parecidos a los que por esos mismos días comenzaban a adornar los buques camuflados de la marina británica. Mirando aquellas imágenes, no pude sino pensar en la imagen de la mantis religiosa, vestida siempre con su atuendo de guerra, imperiosa y fatal, temiblemente invisible.

A las imágenes de aquella alucinante fiesta les seguían un par de citas que me hicieron pensar que Giovanna me había escondido gran parte de su conocimiento sobre el tema. Nunca, durante nuestras conversaciones, la escuché hablar de Sir James George Frazer, maestro de la antropología moderna, ni mucho menos la escuché citar el párrafo que ahora aparecía inscrito en las paredes de la exposición bajo el título homeopático de *Lo similar produce lo similar*. Se trataba de la famosa cita en la que Frazer distingue dos modalidades de lo mágico, la primera bajo la ley de la semejanza, dentro de la cual lo similar produce lo similar, y la segunda bajo la ley del contagio, según la cual los objetos que han estado en contacto continúan interactuando aun cuando cierta distancia se impone entre ellos.

Nuestra historia, pensé, tenía algo de esa magia a distancia. Habían pasado quince años desde nuestros encuentros nocturnos, pero cada una de las palabras entonces pronunciadas parecía reverberar en ese presente vago que inundaba los pasillos vueltos galería de aquella vieja mansión colonial. Recordé entonces el pánico que Giovanna le tenía al contacto, la forma tan extraña que tenía de evadir las muchedumbres, inmersa como estaba en una ciudad que pedía, ante todo, el roce. Luego seguí caminando,

A break scene photographed through a duck shaped stencil.

mientras frente a mí aparecía toda una historia visual de lo que el curador de la exposición se empeñaba en llamar, siempre en francés, el fenómeno de los *camoufleurs:* la aparición, entre las dos guerras, de un conjunto de artistas dedicados a confeccionar posibles camuflajes para el uso militar de la armada nacional. La lista de *camoufleurs,* como todas, tenía el encanto de las series extensas y arbitrarias. Según el curador, comenzaba con Abbott Thayer y seguía con Lucien-Victor Guirand de Scévola, comandante de la famosa Section de Camouflage francesa, la cual desde 1915 contó entre sus filas con artistas del calibre de André Mare, Jacques Villon, Charles Camoin, Louis Guingot y Eugène Corbin. Luego, los nombres –Paul Klee, Hugh Cott, Franz Marc, John Graham Kerr, Leon Underwood– se multiplicaban con la irresponsable soltura que siempre caracteriza a las series, mientras, amontonadas junto a ellos, las denominaciones de las distintas escuelas de camuflaje –la Section de Camouflage francesa, el Middle East Command Camouflage Directorate británico, el 25th Engineers americano– daban a entender que detrás de aquella

417

lista se escondía una historia dentro de la cual el destino del arte volvía a enredarse con aquel de la política. Recuerdo que, mirando aquella enorme serie, me vinieron a la cabeza las carpetas de Virginia McCallister, y la memoria de la acusada me hizo pensar nuevamente en el falso color blanco con el que Giovanna teñía su pelo. También ella, pensé recordando las teorías de Thayer que acababa de leer, intentaba volverse anónima, imitando los colores de esa naturaleza de fondo dentro de la cual, desde ya, parecía intuir la presencia latente de un gran monstruo histórico.

«¿Tragedia o farsa?», volvía a preguntarme yo, mientras alrededor mío circulaba la gente con esa falsa atención que exhiben los invitados en las aperturas de las exposiciones de arte. Recordé entonces una idea que Virginia McCallister había dejado caer en pleno juicio: entender el arte moderno era compartir la obsesión del artista. La verdadera pregunta, pensé entonces, era si las obsesiones se podían compartir, si algún día yo llegaría a comprender con exactitud la extraña lógica que había forzado a Giovanna a esbozar visualmente aquella extraña historia. Dos niñas cruzaron corriendo el pasillo y apuntaron riéndose hacia el viejo abrigo de caza que, según leí, Thayer había heredado de William James. ¿Tragedia o farsa? Tal vez la diferencia estaba en quién contaba la historia y en cuántas veces la contaba. Tal vez, pensé mientras veía cómo las dos niñas jugaban al escondite en plena sala, la diferencia entre un género y otro era un asunto de perspectiva.

Sentí una extraña sensación de desasosiego al salir de la sala. Solo ahora comprendía que no tenía claro por qué había venido, ni qué esperaba encontrar. Tal vez, pensé, solo buscaba una excusa para volver. Pensé en regresar al patio interior, tomar un trago y socializar un poco, pero la remota posibilidad de verme obligado a explicar mi rol en aquella muestra me hizo reconsiderar el movimiento y decidí en cambio entrar en la segunda sala.

Se trataba de un salón compuesto exclusivamente de telas y de fotografías de telas que me hizo pensar en las tiendas de acampar del remoto Oriente, siempre acolchonadas contra las temperaturas extremas del desierto. Tal y como la primera sala se titulaba *Teoría del color,* esta se llamaba *Teoría de las redes* y exploraba la invención, a mediados de la Gran Guerra, de una serie de redes utilizadas para camuflar a las tropas terrestres frente a la mirada de águila que, desde los aviones, proporcionaba el lente enemigo de la fotografía aérea. Aquella mención me hizo recordar al viejo Toledano y su extraña dedicación a la fotografía subterránea. Me gustó el alcance metafórico de la idea: cubrir el territorio como si de una gran manta se tratase. Como si un día una enorme mariposa se posara sobre el mundo y abriese sus alas. Pensé en dos artistas de los que había escuchado hablar por esos días, cuyo arte consistía en cubrir con grandes mantas monumentos históricos. Pensé en Borges y en aquel magnífico relato suyo en el que los cartógrafos del reino configuran un mapa de dimensiones idénticas al territorio: un inútil mapa imaginado a escala real, cuyas ruinas todavía perduran —según el relato del argentino— en los desiertos del Oeste, entre animales y mendigos.

419

Según leí, el inventor del método había sido el mismo Lucien-Victor Guirand de Scévola del que había leído en la sala anterior, pastelista reconocido y director de la Section de Camouflage francesa, quien para 1918 había logrado establecer un sistema de fábricas para la producción de tales redes que incluía a más de nueve mil obreros, ubicados por todo el territorio de Francia. Recuerdo en particular una foto incluida en la exposición, que mostraba a decenas de mujeres perdidas entre una maraña de redes que parecía de por sí un fondo de arbustos. Entre esa fauna privada, la luz parecía entrar a duras penas, lo cual me hizo pensar en el viejo bar libanés en el que la vieja de pelo rojo se dedicaba a leer diarios viejos una vez que caía la tarde. Nada más difícil, volví a repetirme, que compartir una obsesión. Luego volví a pensar en la foto inicial que había encontrado en la primera sala, aquella foto que retrataba al joven Abbott Thayer junto a su búho taxidérmico. Me quedé pensando en su cansancio y en su mirada, en la forma en que los hombres volvían a ser niños al final de sus vidas, o tal vez nunca dejaban de ser niños. Adultos escondidos de sí mismos, jugando al escondite con su

pasado, arropándose en trabajo y en responsabilidad en un último intento de volverse anónimos. Un último intento de olvidar aquella antigua foto que, perdida entre las gavetas de la vieja casa familiar, los retrata como lo que siempre han sido: niños mirando su inocencia. Esas y muchas otras cosas pensé mientras caminaba por aquella sala repleta de telas y redes, hasta que sin darme cuenta me encontré al final de la sala, con el recuerdo todavía puesto sobre la foto del joven Thayer, convencido de que aquella exposición no tenía más razón de ser que la de proyectar un falso orden sobre un proyecto que desde un principio no había sido más que un capricho infantil.

La tercera sala, titulada *Teoría de la piel*, se encontraba en el segundo piso del edificio. Adornando la entrada, una cita de Darwin le hacía justicia a su título: «La diferencia más conspicua entre el hombre y el resto de los animales es la desnudez de su piel.» Escuché el eco de mis pasos y comprendí que finalmente me encontraba solo. Tal vez había dejado al resto de la gente atrás, tal vez había logrado detenerme lo suficiente como para dejarlos avanzar hasta la última sala, ganando así este espacio de silencio. Solo entonces, en una segunda mirada, comprendí que era aquella la sala que me correspondía. Vi, dispuestas sobre sus paredes, como si de una constelación se tratase, fotografías de las docenas de animales de los que Giovanna y yo habíamos hablado en las largas noches de aquel ya remoto fin de siglo: vi las cholas brasileñas, vi la *Sepia officinalis,* vi la *Phylliidae,* vi la liebre polar y los esfíngidos. Mentiría si digo que no sentí alegría y orgullo al ver que todas aquellas horas de trabajo no habían sido en vano. Algo mío había quedado inscrito en esta exposición en la que hasta entonces me había movido con cierta extrañeza. Un detalle, sin embargo, me extrañó. Encontré, intercaladas entre las fotografías de los animales, una serie de fotografías que –tras leer el texto del curador– comprendí que retrataban el interés que Abbott Thayer había mostrado hacia el final de su carrera en torno a las culturas

indígenas. Según el curador, Thayer había esbozado que en estas culturas la vestimenta servía tal y como servía el color en el reino animal: como elemento mimético, como camuflaje y como protección. La idea, evidentemente absurda y errónea, de que los pueblos indígenas se hallaban más cerca del mundo natural, me

422

sorprendió inmediatamente, pero no me detuvo. Me interesó ver las decenas de fotografías en torno al mimetismo indígena, intercaladas con estudios en torno a las prácticas de tatuaje en esas culturas. Según Thayer, la cultura occidental había olvidado el antiguo efecto mimético del tatuaje y del vestido, prefiriendo en cambio, junto al traje monocromático, la sencillez de la piel desnuda. La idea me gustó y me hizo pensar en la palidez de la piel de Giovanna, esa piel que jugaba a la perfección con su pelo rubio-blanco. Volver al blanco, pensé, volver a la palidez del anonimato. Un sonido me distrajo. Un hombre, pequeño y calvo, había entrado en la sala, rompiendo mi tan apreciada soledad. Persiguiendo mi soledad, o tal vez persiguiendo la intuición que empezaba a formarme de la exposición, apuré el paso, dejé atrás la sala y me adentré en la siguiente, sin importarme su nombre y sin leer la información que aparecía escrita en la pared.

Entonces lo vi: un pasillo larguísimo y un tanto oscuro dentro del cual reconocí las siluetas de más de dos docenas de máscaras. Entre ellas, en pequeños cuadros ligeramente iluminados, Giovanna había intercalado una serie de citas. No dejé que la aparición de aquellas máscaras tantas veces imaginadas y tantas veces despreciadas lograse molestarme. Me limité, en cambio, a caminar lentamente por aquel pasillo que ahora parecía más largo que nunca, perteneciente a otra ciudad y a otro siglo, mientras leía en orden aquellas citas en las que parecían converger un sinnúmero de historias de violencia: recuerdo que allí, entre frases sueltas del general Sherman y frases de antiguos esclavistas, se mezclaban frases de viejos cimarrones, frases testimoniales de indígenas que habían sobrevivido al genocidio de las tierras arrasadas, frases de niños que habían visto morir a sus padres en plena guerra. Recordé entonces la mención que alguien me había hecho sobre el infame pasado esclavista de aquella vieja mansión colonial y solo una frase del subcomandante, perdida entre tanta cita dolorosa, logró sacarme de mi desconcierto. Una frase que decía: «Para que nos vieran, nos tapamos el rostro; para que nos nombraran, nos negamos el nombre; apostamos el presente para tener futuro; y para vivir... morimos.» Recuerdo que aquella frase, perdida entre tanto testimonio y entre tanto dolor, me produjo cierto alivio y me hizo pensar en aquella otra frase que apenas unos días atrás había escuchado pronunciar al mismo hombre: «Así que aquí estamos, burlando a la muerte en la realidad.» Recordé entonces la figura de María José Pinillos leyendo los poemas de Vallejo, tratando de escapar del dolor a través de las palabras del peruano y algo en la conjunción entre la frase y la imagen me devolvió el recuerdo de aquella noche en la que había visto a Giovanna confrontar sus miedos. Volví a ver sus pálidos dedos jugando con el elefante de jade y la imagen del sobre médico tirado sobre la sala.

Tal vez buscando sacudirme el malestar que aquel recuerdo había producido en mí, decidí seguir caminando, concentrarme en las citas que ahora crecían frente a mí como las piezas de aquel enorme rompecabezas que años antes Giovanna y yo habíamos dejado a medias. Seguí leyendo, frase tras frase, incapaz de saber hacia dónde me llevaba todo aquello, hasta que al final del pasillo, flanqueada por máscaras, reconocí la fotografía que años atrás la fiscalía había presentado como última evidencia en el juicio contra Virginia McCallister. Reconocí el rostro enfermizo y cansado de la joven Giovanna, la mirada seca y decidida de su madre y, entre ellas, inundando la escena con una vaguedad inconmensurable, el rostro indígena del pequeño vidente. Reconocí, en aquel asustado rostro, el tatuaje del quincunce y volví a repetir la frase que acababa de rememorar: «Así que aquí estamos, burlando a la muerte en la realidad.» Un mundo, me dije, en el que todavía existían frases para los malestares era un mundo redimible. Volví entonces a la fotografía, a las tres miradas que allí se esbozaban. Sentí entonces un vértigo extraño, la sensación de haber llegado a esa frontera invisible en la que las miradas se confundían detrás de un dolor común que poco tenía que ver con las tragedias y las farsas. Un dolor que abolía los géneros y dentro del cual convivían la mirada vacía de la lectora del bar del Bowery, los ojos cansados del viejo Toledano contemplando el revolotear de las gallinas huérfanas, el rostro tatuado del tartamudo y las palabras incomprensibles del imaginario William Howard, el rostro cansado de Giovanna y la confusión del pequeño vidente. Nos vi a todos allí, en esa gran marcha de los insomnes, y recordé la imagen del pequeño Abbott Handerson Thayer que acababa de ver hacía un rato. Nos vi a todos retratados en esa mirada ausente y me dije que Giovanna me había traído hasta aquí para que yo encontrase, en esta última foto, un reflejo de la vida de aquel hombre y en ella un espejo de mi propio cansancio. No pensé mucho más. Sentí que alguien abría a mis espaldas la puerta de la sala. Temeroso de ser descubierto junto a mi secreto, salí de la exposición a sabiendas de que a más tardar al día siguiente la noticia de aquella foto saldría desglosada en la prensa internacional.

Esa noche caminé. Atravesé las viejas callejuelas adoquinadas de la ciudad colonial, cargando una inesperada ligereza, hasta que en una pequeña plaza frente al mar encontré a un grupo de viejos jugando dominó. Me senté a jugar junto a ellos y en medio del calor tropical les conté la historia de la caza de los ñandúes según me la había explicado Giovanna. Les conté cómo los indios tehuelches cazaban ñandúes en la Patagonia, persiguiendo al animal a pie a través de cientos de kilómetros, hasta verlo caer exhausto. Conté esa historia y cuando vi que todos me miraban atónitos comprendí que Giovanna había logrado su encomienda. Había logrado convertirme en un animal incomprensible.

ILUSTRACIONES

p. 17 fotografía del archivo del autor.

p. 413 Abbott Handerson Thayer de adolescente, c. 1861 / Buckingham's Inc., photographer. Archivo de Abbott Handerson Thayer y familia, 1951-1999, tomo1881-1850. Archives of American Art, Smithsonian Institution.

p. 415 buque camuflado. Fotografía tomada del libro *Hide and Seek. Camouflage, Photography, and the Media of Reconnaissance,* de Hanna Rose Shell.

p. 417 Abbot Handerson Thayer, *Stencil Ducks,* carpeta de trabajo para el libro *Concealing-Coloration in the Animal Kingdom* © Smithsonian American Art Museum. Cortesía de los herederos de Abbott Handerson Thayer.

p. 419 foto © M. Puttnam, 26 de febrero de 1941.

p. 421 mujeres trabajando en una fábrica de artículos de camuflaje, 1917. Imperial War Museum, Londres.

p. 422 Abbott Handerson Thayer, *N. American Indians and Soldiers,* carpeta de trabajo para el libro *Concealing-Coloration in the Animal Kingdom* © Smithsonian American Art Museum. Cortesía de los herederos de Abbott Handerson Thayer.

AGRADECIMIENTOS

A la literatura le gusta delirar a partir de lo que existe. Esta novela no es la excepción. En ella se juega a imaginar un mundo posible a partir de muchísimos datos reales: personas, citas, libros, teorías y datos históricos. Me hubiese sido imposible imaginar el personaje de Virginia McCallister sin el libro *The Trials of Art* y menos aún sin la intuición de Jacoby, Costa y Escari, cuyo «arte de los medios» inspiró la elaboración del proyecto conceptual de la protagonista mucho antes que Donald Trump intentara apropiarse del término *«fake news»*. Así mismo, no habría podido imaginar mi libro sin la ayuda de *Hide and Seek. Camouflage, Photography and the Media of Reconnaisance,* de Hanna Rose Shell. Muchos personajes reales pueblan estas páginas: del general William Sherman, cuya técnica de las tierras arrasadas inspiró aquí cierta reflexión histórica, hasta la figura del Subcomandante Marcos, cuyas palabras dan esperanza a lo que, si no, sería un laberinto sin salida, la realidad aquí solo pretende –como bien sabe el ahora Subcomandante Galeano– ser un paso hacia una reflexión sobre las ficciones que estructuran nuestra realidad política. Siguiendo esta intuición, el libro se nutre de muchos proyectos artísticos ajenos, entre los cuales debo mencionar el proyecto *Tierra arrasada,* de Óscar Farfán, el libro *Breviario,* de Juan Carlos Quiñones, la obra de Edward Hopper y la obra de Francis Alÿs, sin cuyas agudas fábulas este libro no sería posible. De igual manera, no sería posible sin la ayuda de Gabriel Piovanetti y Jorge Méndez, cuyos talentos fotográficos remediaron mi total incapacidad para manejar una cámara. También debo agradecer a Gabriela Nouzeilles, cuya enseñanza sobrevuela esta novela, a modo de eco. Y, por último, a mis editores Silvia Sesé, Jorge Herralde e Ilan Stavans, por sus perspicaces lecturas, sugerencias y comentarios, y por confiar en este proyecto.

ÍNDICE